EM CHAMAS

SUZANNE COLLINS

EM CHAMAS

Tradução de Alexandre D'Elia

Rocco

Título original
THE HUNGER GAMES
CATCHING FIRE

Copyright © 2009 *by* Suzanne Collins

Todos os direitos reservados.
Nenhuma parte desta obra pode ser reproduzida,
ou transmitida por qualquer forma ou meio eletrônico ou mecânico,
inclusive fotocópia, gravação ou sistema de armazenagem e
recuperação de informação, sem a permissão escrita do editor.

Direitos para a língua portuguesa reservados
com exclusividade para o Brasil à
EDITORA ROCCO LTDA.
Rua Evaristo da Veiga, 65 – 11º andar
Passeio Corporate – Torre 1
20031-040 – Rio de Janeiro – RJ
Tel.: (21) 3525-2000 – Fax: (21) 3525-2001
rocco@rocco.com.br|www.rocco.com.br

Printed in Brazil/Impresso no Brasil

Preparação de originais
LUCIANA FIGUEIREDO

CIP-Brasil. Catalogação na publicação.
Sindicato Nacional dos Editores de Livros, RJ.

C674e   Collins, Suzanne, 1962-
       Em chamas / Suzanne Collins; tradução de Alexandre D'Elia.
   – 1ª ed. – Rio de Janeiro: Rocco, 2021.
(Jogos vorazes; 2)
Tradução de: Catching fire
ISBN 978-65-5532-145-6

1. Sobreviventes - Literatura juvenil. 2. Programas de televisão
– Literatura juvenil. 3. Literatura juvenil americana I. D'Elia,
Alexandre. II. Título. III. Série.

21-72524   CDD-808.899283   CDU-82-93(73)

Camila Donis Hartmann – Bibliotecária – CRB-7/6472

O texto deste livro obedece às normas do
Acordo Ortográfico da Língua Portuguesa.

**Para meus pais,
Jane e Michael Collins,**

**e meus sogros,
Dixie e Charles Pryor**

PARTE I

"A FAGULHA"

1

Aperto o cantil em minhas mãos com firmeza, muito embora o calor do chá já tenha se dissipado há muito no ar gelado. Meus músculos estão rígidos devido ao frio. Se uma matilha de cães selvagens aparecer nesse instante, as chances de escalar uma árvore antes de eles atacarem são francamente desfavoráveis. Eu devia me levantar, dar uma circulada, e tentar diminuir a rigidez de meus membros. Mas em vez disso, mantenho-me sentada, imóvel como a rocha que está embaixo de mim, enquanto o amanhecer começa a iluminar a floresta. Não tenho como lutar contra o sol. Posso apenas observar impotentemente como ele me carrega em direção a um dia que tenho abominado há meses.

Por volta do meio-dia eles estarão na minha nova casa na Aldeia dos Vitoriosos. Os repórteres, as equipes com as câmeras, até mesmo Effie Trinket, minha antiga acompanhante, terão se dirigido ao Distrito 12, vindos da Capital. Imagino se Effie ainda estará usando aquela ridícula peruca cor-de-rosa, ou se estará com alguma outra cor artificial especialmente para a Turnê da Vitória. Haverá outras pessoas esperando também. Uma equipe encarregada de cuidar de todas as minhas necessidades na longa viagem de trem. Uma equipe de preparação encarregada de me embelezar para as aparições públicas. Cinna, meu estilista e amigo, que desenhou o esplêndido traje que fez com que a audiência reparasse em mim pela primeira vez nos Jogos Vorazes.

    Se pudesse escolher, tentaria esquecer por completo os Jogos Vorazes. Jamais falaria neles. Fingiria que não eram nada além de um sonho ruim. Mas a Turnê da Vitória torna isso impossível. Estrategicamente situada quase que entre um Jogo e outro, ela é uma maneira de manter o horror vivo e presente. Não apenas nós, residentes dos distritos, somos forçados a nos lembrar do punho de ferro da Capital a cada ano, como também somos forçados a comemorá-la. E esse ano eu terei que viajar de distrito em distrito para aparecer diante das multidões entusiasmadas, que secretamente me odeiam, para olhar bem nos rostos dos familiares cujos filhos eu matei...

    O sol persiste em se levantar, de modo que eu me ponho de pé. Todas as minhas juntas reclamam e minha perna esquerda está dormente há tanto tempo que leva vários minutos de caminhada para que eu volte a senti-la. Estou na floresta há três horas, mas como não fiz nenhuma tentativa real de caçar, não tenho nada comigo. Isso não tem mais importância para a minha mãe ou para a minha irmãzinha, Prim. Elas podem comprar carne no açougue da cidade, embora nenhuma de nós prefira o sabor do que se encontra por lá ao da carne de caça recém-abatida. Mas o meu melhor amigo, Gale Hawthorne, e sua família estão contando com o suprimento de hoje e eu não posso deixá-los na mão. Começo a jornada de uma hora e meia que será necessária para cobrir a nossa linha de armadilhas. Na época em que estávamos na escola, tínhamos tempo nas tardes para verificar a linha e caçar e coletar e ainda voltar para a cidade a tempo de realizar a venda. Mas agora que Gale foi trabalhar nas minas de carvão – e não tenho nada para fazer o dia inteiro –, passei a desempenhar essa função.

A essa altura Gale já terá batido o cartão de ponto nas minas, entrado no elevador que revira o estômago em direção às profundezas da terra e começado a martelar o revestimento de carvão. Sei muito bem como é lá embaixo. Todos os anos a minha turma da escola faz um tour nas minas como parte do treinamento. Quando era pequena, a experiência era simplesmente desagradável. Os túneis claustrofóbicos, o ar viciado, a escuridão sufocante para todos os lados. Mas depois que o meu pai e vários outros mineiros foram mortos numa explosão, mal consigo me aproximar daquele elevador. O tour anual tornou-se uma enorme fonte de ansiedade para mim. Por duas vezes fiquei tão enjoada devido à expectativa do evento que minha mãe me deixou em casa porque imaginou que eu tivesse contraído uma gripe.

Penso em Gale, que só se sente realmente vivo na floresta, com ar fresco, luz do sol e a água límpida do rio. Não sei como ele aguenta. Bom... sei, sim. Ele aguenta porque essa é a única maneira de alimentar sua mãe, os dois irmãos e a irmã menor. E aqui estou eu com baldes e mais baldes de dinheiro, mais do que o suficiente para alimentar ambas as nossas famílias, e ele não aceita pegar uma única moeda sequer. É ainda mais duro para ele permitir que eu leve a carne, embora saiba que ele teria com toda certeza suprido a minha mãe e Prim caso eu tivesse morrido nos Jogos. Digo a ele que está me fazendo um favor, que enlouqueço se tiver de ficar sentada o dia inteiro sem fazer nada. Mesmo assim, nunca deixo a caça quando ele está em casa. O que é uma coisa fácil, já que ele trabalha doze horas por dia.

Agora eu só consigo ver Gale aos domingos, quando nos encontramos na floresta para caçar juntos. Ainda é o melhor dia da semana, mas não é mais como costumava ser, quando podíamos falar o que bem entendíamos um com o outro. Os Jogos estragaram até isso. Fico na esperança de que, à medida que o tempo passe, consigamos pouco a pouco readquirir a liberdade que existia entre nós, mas uma parte de mim sabe que isso é algo sem sentido. Não há como voltar atrás.

Tive sorte nas armadilhas – oito coelhos, dois esquilos e um castor que nadou em direção a uma arapuca de arame bolada pelo próprio Gale. Ele é um ás das armadilhas, amarrando-as em troncos curvados de modo que as presas fiquem fora do alcance dos predadores, equilibrando toras de madeira em delicados gatilhos formados por pequenos galhos, tecendo cestas para pegar peixes impossíveis de serem evitadas. À medida que avanço, montando as armadilhas novamente com todo o cuidado do mundo, sei que jamais serei capaz de rivalizar seu instinto para o equilíbrio, seu instinto para o momento em que a presa cruzará a trilha. É muito mais do que experiência. É um dom natural. Tal qual a maneira como acerto um animal, mesmo na mais completa escuridão, abatendo-o com uma única flecha.

Quando volto para a cerca que envolve o Distrito 12, o sol já está bem alto. Como sempre, paro para escutar por um instante, mas não há nenhum zumbido indicando uma corrente de eletricidade passando pela cerca. Quase nunca há, muito embora a barreira supostamente permaneça eletrificada vinte e quatro horas por dia. Eu me espremo através da abertura embaixo do muro e chego na Campina, que fica a um arremesso de pedra de minha casa. Minha antiga casa. Nós ainda a mantemos já que, oficialmente, o local ainda é a residência designada para minha mãe e minha irmã. Se eu caísse morta agora mesmo, elas seriam obrigadas a voltar para lá. Mas hoje as duas estão confortavelmente instaladas na nova casa, na Aldeia dos Vitoriosos, e sou a única pessoa que utiliza o lugar minúsculo onde fui criada. Para mim, aquela é a minha verdadeira casa.

Vou para lá agora trocar de roupa. Trocar a velha jaqueta de couro de meu pai por um elegante casaco de lã que sempre parece apertado demais nos meus ombros. Substituir as minhas botas de caça gastas e macias por um par de caros sapatos feitos numa máquina, os quais minha mãe imagina que são mais apropriados para alguém com o meu status. Já guardei o meu arco e as minhas flechas num tronco oco da floresta. Embora o tempo esteja se esgotando, permito-me ficar sentada na cozinha alguns minutinhos. O local exala uma sensação de abandono, sem fogo algum na lareira, sem toalha em cima da mesa. Tenho saudades de minha antiga vida aqui. Nós mal conseguíamos nos manter vivas, mas sabia onde me encaixava, sabia qual era o meu lugar na trama inflexível de nossas vidas. Gostaria muito de poder voltar para cá porque, olhando o passado, ela parece tão segura em comparação à que vivo agora, sendo tão rica e tão famosa e tão odiada pelas autoridades na Capital.

Um gemido na porta dos fundos chama minha atenção. Abro a porta e encontro Buttercup, o gato velho e sujo de Prim. A nova casa desagrada a ele quase tanto quanto a mim, e ele sempre sai de lá quando minha irmã está na escola. Nós nunca fomos particularmente amigos, mas agora temos esse novo laço. Eu o deixo entrar, dou-lhe um naco de gordura de castor e até faço um carinho entre as suas orelhas.

— Você é horrível, sabia? — digo a ele. Buttercup encosta na minha mão em busca de mais carinho, mas nós temos que ir embora. — Vamos lá. — Eu o agarro com uma das mãos, pego o saco que contém a minha caça com a outra e carrego tudo para a rua. O gato se solta de mim e desaparece debaixo de um arbusto.

Os sapatos pinicam os meus tornozelos à medida que vou pisando a rua cinzenta de carvão. Atravessando becos e passando por quintais, chego à casa de Gale em questão de minutos. Sua mãe, Hazelle, debruçada na pia da cozinha, me vê pela janela. Ela seca as mãos no avental e desaparece para me receber na porta da casa.

Gosto de Hazelle. Eu a respeito. A explosão que matou meu pai também levou seu marido, deixando-a com três garotos e um bebê a caminho. Menos de uma semana depois de dar à luz, ela estava nas ruas em busca de trabalho. As minas não eram uma opção, sobretudo com um bebê para tomar conta, mas ela conseguiu arrumar roupa para lavar com alguns comerciantes da cidade. Aos catorze anos, Gale, o mais velho dos garotos, tornou-se o principal provedor da família. Ele já era candidato a tésseras, o que lhes dava o direito de receber um mísero suprimento de grãos e óleo em troca de Gale inscrever seu nome diversas vezes no sorteio anual dos tributos. E ainda por cima, naquela época ele já era um habilidoso montador de armadilhas. Mas isso não era o suficiente para manter uma família de cinco pessoas sem que Hazelle trabalhasse no tanque até que seus dedos ficassem em carne viva. No inverno, as mãos dela ficavam tão vermelhas e quebradiças que sangravam ao mais simples toque. E sangrariam até hoje se não fosse por um unguento preparado por minha mãe. Mas Hazelle e Gale estavam determinados a não permitir que as outras crianças, Rory, de doze anos, Vick, de onze, e Posy, o bebê de quatro anos, jamais se candidatassem a tésseras.

Hazelle sorri quando vê a caça. Ela pega o castor pelo rabo, sentindo seu peso.

— Isso aqui vai dar um belo de um cozido. — Ao contrário de Gale, ela não liga nem um pouco para o nosso acordo referente à caça.

— Boa pele também — respondo. É reconfortante estar aqui com Hazelle. Avaliando os méritos da caça como sempre fizemos. Ela serve uma caneca de chá de ervas em torno da qual envolvo os meus dedos gelados com muita gratidão. — Estava pensando em levar Rory pra dar um passeio comigo um dia desses, quando voltar da turnê. Depois da aula. Ensinar ele a atirar.

Hazelle balança a cabeça em concordância.

— Isso ia ser bom. Gale também quer fazer isso, mas ele só tem o domingo livre, e acho que gosta de reservar esses dias pra você.

Não consigo impedir o rubor que toma o meu rosto. É uma bobagem, claro. Quase ninguém me conhece melhor do que Hazelle. Ela sabe os laços que compartilho com Gale. Tenho certeza de que inúmeras pessoas imaginavam que um dia nos casaríamos, mesmo que tal coisa jamais tivesse passado pela minha cabeça. Mas isso foi antes dos Jogos. Antes de meu companheiro tributo, Peeta Mellark, anunciar que estava loucamente apaixonado por mim. Nosso romance tornou-se a estratégia central para nossa sobrevivência na arena. Só que para Peeta não foi apenas uma estratégia. Não tenho certeza do que foi para mim. Mas agora sei que o episódio foi tremendamente doloroso para Gale. Sinto um aperto no peito só de pensar em como Peeta e eu teremos de nos apresentar novamente como amantes durante a Turnê da Vitória.

Dou um gole no chá, embora a bebida esteja quente demais, e me afasto da mesa.

— É melhor eu ir andando. Preciso dar um trato no visual para me apresentar diante das câmeras.

Hazelle me abraça.
– Aproveite a comida.
– Com certeza – digo.
Minha próxima parada é o Prego, onde tradicionalmente comercializo minhas mercadorias. Anos atrás o local era um armazém que servia para estocar carvão, mas, quando entrou em desuso, virou ponto de encontro para todo tipo de transação comercial ilegal e, em seguida, transformou-se num mercado clandestino. Se o lugar atrai um determinado tipo de elemento criminoso, então é o meu local, imagino. Caçar na floresta que cerca o Distrito 12 viola pelo menos uma dezena de leis e a punição é a morte.

Embora jamais mencionem isso, devo muito às pessoas que frequentam o Prego. Gale me contou que Greasy Sae, a velha que serve sopa, começou a coletar donativos para patrocinar a mim e a Peeta durante os Jogos. Era para ser apenas uma coisa do Prego, mas muitas outras pessoas ficaram sabendo e resolveram contribuir. Não sei exatamente quanto foi arrecadado, só que o preço de cada dádiva na arena era exorbitante. Mas até onde sei, para mim a iniciativa representou a diferença entre a vida e a morte.

Ainda acho estranho abrir a porta da frente segurando um saco vazio, nenhuma caça, nada para vender e, ao invés, sentir os bolsos cheios de moedas pesando em minha cintura. Tento ir ao máximo de barracas possível, dividindo minhas compras entre café, pães, ovos, seda e óleo. Depois lembro de acrescentar três garrafas de aguardente branca que compro de uma mulher de um braço só chamada Ripper, uma vítima de um acidente na mina que foi esperta o suficiente para achar uma maneira de continuar viva.

A aguardente não é para minha família. É para Haymitch, meu mentor e de Peeta nos Jogos. Ele passa a maior parte do tempo de cara amarrada, agressivo e bêbado. Mas Haymitch fez o trabalho dele – mais do que isso até – porque, pela primeira vez na história, foi permitido que dois tributos vencessem. Por isso, independentemente de quem seja Haymitch, devo muito a ele também. E a dívida é eterna. Vou levar a aguardente branca porque, há algumas semanas, o estoque dele acabou e não havia mais nenhuma garrafa à venda, o que o levou a ter uma crise de abstinência, tremendo e berrando para coisas assustadoras que somente ele conseguia enxergar. Ele deixou Prim morrendo de medo e, para ser franca, eu também não achei nem um pouco divertido vê-lo naquele estado. Desde então, tenho estocado o produto para a eventualidade de ele voltar a sumir das prateleiras.

Cray, nosso Chefe dos Pacificadores, franze a testa quando me vê com as garrafas. É um homem idoso com alguns fios de cabelo grisalhos penteados para os lados, sobre a cabeça brilhante e rosada.

– Esse troço é forte demais pra você, menina. – Ele deve saber. Fora Haymitch, nunca conheci uma pessoa que bebesse tanto quanto Cray.

– Ah, minha mãe usa isso aqui em alguns remédios – digo, indiferente.

– Bom, isso mata praticamente qualquer coisa – responde ele, e me dá uma moeda por uma garrafa.

Quando chego à barraca de Greasy Sae, dou um pulo, sento-me no balcão e peço um pouco de sopa, que parece uma mistura de abóbora com feijão. Um Pacificador chamado Darius chega e compra uma tigela enquanto tomo a sopa. De todos os membros da força policial, ele é um dos meus favoritos. Não fica dando uma de fortão e tem sempre uma boa piada para contar. Provavelmente está na faixa dos vinte e poucos anos, mas não parece ser muito mais velho do que eu. Algo em seu sorriso, em seus cabelos ruivos desalinhados, lhe dá um aspecto de menino.

– Você não deveria estar no trem uma hora dessas? – pergunta ele.

– Eles vão me pegar ao meio-dia – respondo.

– Você não podia estar mais arrumadinha? – pergunta ele num sussurro. Não consigo deixar de sorrir para a implicância, apesar do humor em que me encontro. – Poderia colocar uma fitinha nos cabelos ou alguma coisa assim. – Ele dá uma sacudida na minha trança e afasto a mão dele.

– Não se preocupe. Quando eles tiverem terminado de me ajeitar, estarei irreconhecível – digo.

– Bom – diz ele. – Vamos mostrar um pouquinho de orgulho pelo nosso distrito, só pra variar, hein, senhorita Everdeen? – Ele balança a cabeça para Greasy Sae como quem finge estar indignado e vai se juntar aos amigos.

– Quero essa tigela de volta – grita Greasy Sae na sua direção, mas, como está rindo, seu tom não parece lá dos mais sérios. – Gale vai se despedir de você? – pergunta-me ela.

– Não, ele não estava na lista – digo. – Mas estive com ele no domingo.

– Imaginei que estivesse na lista, já que é seu primo e coisa e tal – diz ela, com ironia.

É mais uma parte da mentira que a Capital produziu. Quando Peeta e eu ficamos entre os oito finalistas nos Jogos Vorazes, eles enviaram repórteres ao distrito para traçar um perfil de nós dois. Quando perguntaram sobre meus amigos, todos se dirigiram a Gale. Mas não era possível que eu tivesse Gale como melhor amigo com toda aquela história romântica entre Peeta e eu rolando na arena. Gale era bonito demais, másculo demais, e não estava nem um pouco disposto a sorrir e a dar uma de simpático para as câmeras. Entretanto, somos bem parecidos fisicamente. Ambos temos aquele visual típico da Costura. Cabelos lisos e escuros, pele morena, olhos cinzentos. Aí, algum gênio resolveu fazer dele meu primo. Não tinha noção de nada disso até o momento em que voltei para casa. Quando desci do trem e pisei na plataforma, minha mãe disse: "Seus primos estão loucos para vê-la!" Em seguida, virei-me e vi Gale e Hazelle e todas as crianças esperando por mim, então a única coisa que pude fazer foi continuar com a farsa.

Greasy Sae sabe que não somos parentes, mas mesmo algumas pessoas que nos conhecem há anos parecem ter esquecido disso.

– Não aguento mais esperar! Quero que tudo isso acabe logo – sussurro.

– Eu sei – diz Greasy Sae. – Mas a tempestade só passa depois que você a atravessa. É melhor não se atrasar.

Uma neve branda começa a cair enquanto me dirijo à Aldeia dos Vitoriosos. Fica a mais ou menos um quilômetro de caminhada da praça no centro da cidade, mas o local parece um mundo completamente diferente. É uma comunidade separada construída ao redor de um lindo campo verde repleto de plantas e flores. São doze casas, cada qual suficientemente grande para acomodar em seu interior dez casas iguais àquela em que fui criada. Nove estão vazias, como sempre estiveram. As três que estão em uso pertencem a Haymitch, Peeta e eu.

As casas habitadas pela minha família e pela de Peeta possuem um aconchegante brilho de vida. Janelas iluminadas, fumaças de chaminés, vários feixes de milho coloridos pendurados nas portas da frente como decoração para o Festival da Colheita que se aproxima. Entretanto, a casa de Haymitch, apesar do cuidado do caseiro, exala um ar de abandono e descaso. Paro na frente da casa dele, preparando-me para entrar, ciente de que será uma experiência desagradável, e em seguida entro.

Torço o nariz por puro nojo. Haymitch se recusa a deixar que alguém entre para fazer uma limpeza e o que ele faz para resolver o problema sozinho não adianta de nada. Ao longo dos anos, os odores de bebida e vômito, repolho cozido e carne queimada, roupa suja e dejetos de ratos têm se misturado a um fedor que enche meus olhos de lágrimas. Vou abrindo caminho em meio a uma verdadeira lixeira de embalagens usadas, vidro quebrado e ossos para chegar ao lugar onde sei que vou encontrar Haymitch. Ele está sentado à mesa da cozinha, braços esparramados na madeira, o rosto em cima de uma poça de álcool, roncando em alto e bom som.

Cutuco o ombro dele.

– Levanta! – grito bem alto, porque sei que não existe um jeito sutil de acordá-lo. Seu ronco para por um momento, como se ele estivesse avaliando a situação, e em seguida recomeça. Eu o empurro com força. – Acorda, Haymitch. Hoje é o nosso dia! – Abro a janela, respirando bem fundo o ar puro que vem de fora. Meus pés remexem o lixo no chão, desenterro uma cafeteira de cobre e a encho na pia. O fogão ainda não se apagou completamente e consigo acender uma chama a partir de alguns carvões. Despejo um pouco de pó de café na xícara, o suficiente para garantir uma mistura boa e forte, e coloco a cafeteira no fogo.

Haymitch continua completamente apagado. Como nada mais funcionou, encho uma bacia com água gelada, derramo em cima da cabeça dele e saio da frente correndo. Um som gutural e animalesco deixa sua garganta. Ele dá um salto, chutando a cadeira para trás, segurando uma faca. Esqueço que ele sempre dorme agarrado a uma faca. Devia ter arrancado o objeto de sua mão, mas minha cabeça já está cheia demais. Vociferando um monte de xingamentos, ele dá alguns golpes no ar antes de voltar a si. Enxuga o rosto na manga da camisa e volta-se para o parapeito da janela onde fico empoleirada para o caso de precisar sair rapidamente.

– O que você está fazendo? – ele explode.

– Você pediu pra te acordar uma hora antes das câmeras chegarem – respondo.

– O quê?

– A ideia foi sua – insisto.

Ele parece estar se lembrando.

– Por que estou todo molhado?

– Não consegui acordá-lo de outro jeito – digo. – Escute, se você queria ser tratado como um bebê era melhor ter pedido a Peeta.

– Pedido o quê? – Só de ouvir o som da voz dele meu estômago já se contorce em meio a uma coleção de emoções desagradáveis como culpa, tristeza e medo. E saudade. Eu poderia muito bem admitir que tem um pouco disso também. Só que a competição é muito grande para que ela tenha alguma chance de vencer.

Observo Peeta atravessar a cozinha em direção à mesa, a luz do sol que entra pela janela refletindo o brilho da neve em seus cabelos louros. Ele parece forte e saudável, muito diferente do garoto doente e faminto que conheci na arena, e mal se percebe que está mancando. Ele coloca um pão recém-saído do forno em cima da mesa e estende a mão para Haymitch.

– Pedi pra vocês me acordarem, não para me causarem uma pneumonia – diz Haymitch, soltando a faca. Ele tira a camisa imunda, exibindo uma camiseta igualmente suja, e se esfrega de alto a baixo com a parte seca.

Peeta sorri e molha a faca de Haymitch na aguardente branca da garrafa que está no chão. Ele enxuga a lâmina na manga da camisa até deixá-la bem limpa e corta uma fatia de pão. Peeta sempre nos fornece pão fresquinho. Eu caço. Ele faz pão. Haymitch bebe. Temos nossas próprias maneiras de nos manter ocupados, de manter as recordações de nossa experiência como competidores nos Jogos Vorazes devidamente controladas. Só depois de dar a Haymitch a ponta do pão é que Peeta olha para mim pela primeira vez.

– Quer um pedaço?

– Não, comi no Prego – digo. – Mas muito obrigada assim mesmo. – Minha voz não parece pertencer a mim, está formal demais. Exatamente como tem sido todas as vezes em que falo com Peeta desde que as câmeras terminaram de filmar o nosso feliz retorno a nossos lares e vidas reais.

– Você é quem sabe – diz ele friamente.

Haymitch joga a camisa em algum ponto da bagunça.

– Brrr. Vocês dois precisam fazer um bom aquecimento antes do show.

Ele tem razão, é claro. A audiência estará à espera do par de pombinhos que venceu os Jogos Vorazes. Não de duas pessoas que mal conseguem se olhar nos olhos. Mas a única coisa que digo é:

– Vá tomar um banho, Haymitch. – Em seguida, giro o corpo na janela, pulo e ando em direção à minha casa pela relva verde.

A neve ficou mais densa, e deixo um rastro de pegadas atrás de mim. Na porta, paro para sacudir os sapatos úmidos antes de entrar. Minha mãe tem trabalhado noite e dia para deixar tudo perfeito para as câmeras, de modo que não tem nenhum cabimento sujar de neve o chão que ela deixou brilhando. Mal pisei dentro de casa e ela já está lá segurando o meu braço como se quisesse me impedir de entrar.

— Pode deixar, estou tirando-os aqui — digo, deixando os sapatos no capacho.

Minha mãe dá um sorriso esquisito, como de alívio, e retira do meu ombro o saco com a caça.

— É só neve. A caminhada foi boa?

— Caminhada? — Ela sabe muito bem que passei quase a noite toda na floresta. Então, vejo o homem em pé atrás dela na porta da cozinha. Só de olhar para seu terno bem-cortado e para suas feições cirurgicamente perfeitas, sei que ele é da Capital. Há algo errado. — Caminhada nada, foi mais uma patinação. Está superescorregadio lá fora.

— Tem alguém aqui te esperando — diz minha mãe. Seu rosto está pálido demais e consigo perceber a ansiedade que ela está tentando esconder.

— Pensei que só chegariam ao meio-dia — digo, fingindo não reparar o estado dela. — Cinna chegou mais cedo para ajudar a me preparar?

— Não, Katniss, é o... — começa minha mãe.

— Por aqui, por favor, senhorita Everdeen — diz o homem. Ele faz um gesto para que eu me dirija ao corredor. É estranho ser conduzida dentro de sua própria casa, mas sei muito bem que é melhor não fazer nenhum comentário a respeito.

Enquanto sigo, sorrio por cima do ombro para minha mãe, a fim de garantir a ela que não há nada de errado.

— Provavelmente mais instruções para a turnê. — Eles têm me enviado todo tipo de material sobre o itinerário e sobre os protocolos a serem observados em cada distrito. Mas, à medida que vou andando em direção à porta do escritório, uma porta que nunca vi fechada até aquele momento, minha mente começa a disparar torpedos de alerta para todos os lados. Quem está aqui? O que será que eles querem? Por que a minha mãe está tão pálida?

– Entre – diz o homem da Capital que me conduziu pelo corredor.

Giro a maçaneta de metal polido e entro. Meu nariz registra aromas conflitantes de rosas e sangue. Um homem pequeno e de cabelos brancos que me parece vagamente familiar está lendo um livro. Ele ergue um dedo como que para dizer: "Só um instante." Em seguida se vira, e meu coração quase para de bater.

Estou olhando bem nos olhos de serpente do presidente Snow.

2

Na minha cabeça, o presidente Snow deveria ser visto em pilares de mármore adornados com bandeiras gigantescas. É perturbador vê-lo cercado de objetos comuns em minha sala. É como tirar a tampa de uma panela e encontrar uma víbora com os dentes arreganhados em vez do cozido.

O que poderia estar fazendo aqui? Minha mente volta rapidamente aos dias de abertura de outras turnês da vitória. Lembro-me de ter visto os tributos vitoriosos com seus mentores e estilistas. Até alguns oficiais do alto escalão do governo apareciam vez por outra. Mas nunca havia visto o presidente Snow. Ele participa das celebrações na Capital. Ponto.

Para ter feito todo esse percurso desde a sua cidade só pode significar uma única coisa. Estou em sérios apuros. E se for esse o caso, minha família também está. Um calafrio percorre meu corpo quando penso em minha mãe e minha irmã perto desse homem que me despreza. E sempre me desprezará. Porque passei a perna em seus sádicos Jogos Vorazes, obriguei a Capital a fazer papel de boba e consequentemente minei seu controle.

Tudo o que estava tentando fazer era manter Peeta e eu vivos. Qualquer ato de rebelião que possa ter existido foi puramente casual. Mas quando a Capital decreta que apenas um tributo pode ficar vivo e você tem a audácia de desafiá-la, imagino que isso por si só já seja uma rebelião. Minha única defesa era fingir que estava sendo levada à loucura pela minha paixão por Peeta. Então nós dois tivemos permissão para continuar vivos. Para ser coroados como vitoriosos. Para poder voltar para casa, comemorar, dar adeus às câmeras e ser deixados finalmente em paz. Até agora.

Talvez seja a novidade da casa, ou o choque de vê-lo, ou a compreensão mútua de que ele poderia mandar me matar em um segundo que faz com que me sinta uma intrusa. Como se aquela fosse a casa dele e eu fosse a penetra. Então, não lhe dou as boas-vindas nem lhe ofereço uma cadeira. Não digo nada. Na realidade, trato-o como se fosse uma verdadeira cobra, do tipo mais venenoso. Fico imóvel, olhos grudados nele, avaliando as minhas possibilidades de fuga.

— Acho que podemos tornar toda essa situação muito mais simples se concordarmos que um não deve mentir para o outro – diz ele. – O que você acha?

Achei que minha língua tivesse ficado congelada e que falar seria algo impossível, então surpreendo-me respondendo com uma voz firme:

— Sim, isso nos poupará tempo.

O presidente Snow sorri e reparo em seus lábios pela primeira vez. Estou esperando lábios de serpente, o que significa nenhum lábio. Mas os dele são grossos, a pele bastante esticada. Sou obrigada a imaginar se a sua boca foi modificada para fazer com que ele ficasse mais atraente. Se for o caso, foi uma perda de tempo e de dinheiro porque ele não é nem um pouco atraente.

— Meus conselheiros estavam preocupados com a possibilidade de você ser uma pessoa difícil, mas você não está planejando ser uma pessoa difícil, está? – pergunta ele.

— Não – respondo.

— Foi o que falei para eles. Eu disse que uma garota que passou por tantos infortúnios para se manter viva não vai estar interessada em jogar tudo isso fora de mão beijada. Sem falar na família que ela precisa proteger. Sua mãe, sua irmã e todos aqueles... primos. — Pelo jeito como demorou para falar a palavra "primos", posso dizer de antemão que ele sabe que Gale e eu não compartilhamos nenhuma parte de nossa árvore genealógica.

Bom, todas as cartas estão sobre a mesa agora. Talvez seja melhor assim. Eu não me dou muito bem com ameaças ambíguas. Prefiro saber logo como está o placar.

— Vamos sentar. — O presidente Snow senta-se à grande escrivaninha de madeira polida onde Prim faz seus deveres de casa, e minha mãe, seus orçamentos. A exemplo de nossa casa, esse é um local onde ele não tem nenhum direito (apesar de ter, no fundo, no fundo, todos os direitos) de ocupar. Sento-me em frente à escrivaninha em uma das cadeiras entalhadas de encosto reto. Ela é feita para uma pessoa mais alta do que eu, de modo que somente as pontas dos meus pés tocam o chão.

— Estou com um problema, senhorita Everdeen — diz o presidente Snow. — Um problema que começou no momento em que você pegou aquelas amoras envenenadas na arena.

Esse foi o momento em que imaginei que, se os Idealizadores dos Jogos tivessem de escolher entre assistir a Peeta e eu cometermos suicídio – o que teria significado a falta de um vencedor – e permitir que nós dois permanecêssemos vivos, eles ficariam com a segunda opção.

— Se o Chefe dos Idealizadores dos Jogos, Seneca Crane, tivesse alguma coisa naquela cabeça, ele teria transformado você em pó ali mesmo. Mas ele teve um desafortunado ataque de sentimentalismo. Então você está bem aqui. Pode imaginar onde ele está? – pergunta o presidente Snow.

Assinto porque, pela maneira como ele fala, está mais do que claro que Seneca Crane foi executado. O cheiro de rosas e de sangue ficou ainda mais forte agora que apenas uma escrivaninha nos separa. Tem uma rosa na lapela do presidente Snow, o que pelo menos sugere uma fonte para o perfume de flor, mas ela deve ser geneticamente aprimorada, porque nenhuma rosa verdadeira exala um aroma como aquele. Quanto ao sangue... eu não sei.

– Depois disso, não havia mais nada a fazer além de deixar que vocês dois prosseguissem com sua pequena encenação. E você foi muito boa nisso também, como aquele jeitinho de estudante loucamente apaixonada. As pessoas na Capital ficaram bastante convencidas. Infelizmente, nem todo mundo foi enganado por seu ato dramático – diz ele.

Meu rosto deve estar registrando pelo menos uma pontinha de espanto por ele tocar nesse assunto.

– Isso, é claro, você não sabe. Você não tem acesso a informações sobre o clima nos distritos. Em vários deles, todavia, as pessoas viram o seu pequeno truque com as amoras como um ato de desafio, não como um ato de amor. E se uma garota do Distrito 12, logo esse!, pode desafiar a Capital e escapar incólume, o que os impedirá de fazer o mesmo? – diz ele. – O que impediria, digamos, um levante?

Demora um pouco para a última frase ser registrada pela minha mente. Então todo o peso dela me atinge em cheio.

– Ocorreram levantes? – pergunto, não só tremendo de medo, mas também um pouco exultante diante da possibilidade.

– Ainda não. Mas ocorrerão se o curso dos acontecimentos não mudar. E é sabido que levantes levam a revoluções. –

O presidente Snow esfrega um ponto em cima da sobrancelha esquerda, o exato ponto onde eu mesma tenho as minhas dores de cabeça. – Você faz alguma ideia do que isso significaria? De quantas pessoas morreriam? Das condições que os sobreviventes teriam de enfrentar? Independentemente dos problemas que alguém possa ter com a Capital, acredite quando digo que se ela lançar suas garras sobre os distritos, mesmo que por um curto período de tempo, todo o sistema desmoronará.

Fico chocada com a franqueza e mesmo com a sinceridade do discurso. Como se a sua principal preocupação fosse o bem-estar dos cidadãos de Panem, quando na verdade nada poderia ser mais distante da verdade do que isso. Não sei como ouso dizer as palavras seguintes, mas digo:

– Ele deve ser muito frágil mesmo, se um punhado de amoras pode derrubá-lo.

Há uma longa pausa enquanto ele me examina. Então diz apenas:

– É frágil, sim, mas não da maneira que você imagina.

Alguém bate na porta e em seguida o homem da Capital estica a cabeça.

– A mãe dela quer saber se o senhor quer chá.

– Eu gostaria. Gostaria muito de tomar um chá – diz o presidente. A porta se abre ainda mais e lá está minha mãe em pé segurando uma bandeja com um serviço de chá de porcelana que ela trouxe para a Costura quando se casou. – Pode colocar aqui, por favor. – Ele põe o livro que estava lendo no canto da escrivaninha e dá uma batidinha no centro.

Minha mãe coloca a bandeja na escrivaninha. Ela contém um bule de chá e xícaras de porcelana, leite e açúcar, e um pratinho com biscoitos lindamente decorados com suaves flores coloridas. A decoração só pode ser obra de Peeta.

– Que visão mais convidativa. Sabe, é engraçado o quanto as pessoas frequentemente se esquecem que os presidentes também precisam comer – diz o presidente Snow, com todo o seu charme. De qualquer modo o gesto parece acalmar um pouco a minha mãe.

– Há algo mais específico que o senhor deseje? Posso preparar alguma coisa mais substanciosa se o senhor estiver com fome – oferece ela.

– Não, melhor do que isso impossível. Muito obrigado – diz ele, dispensando-a. Minha mãe curva a cabeça, olha para mim de relance e vai embora. O presidente Snow serve o chá para nós dois e coloca leite e açúcar em sua xícara. Em seguida, passa um bom tempo mexendo. Sinto que ele já disse tudo o que tinha a dizer e está esperando a minha resposta.

– Eu não tive intenção de começar nenhum levante – digo.

– Acredito em você. Pouco importa. Seu estilista acabou sendo profético na escolha de seu traje. Katniss Everdeen, a garota em chamas, você acendeu uma fagulha que, se não for contida, pode crescer e se transformar num inferno que destruirá Panem – diz ele.

– Por que o senhor simplesmente não me mata agora? – solto a pergunta.

– Publicamente? Isso apenas acrescentaria combustível às chamas.

– Providencie um acidente, então – sugiro.

– Quem acreditaria nisso? – pergunta ele. – Você não acreditaria, se estivesse assistindo.

– Então o senhor poderia simplesmente dizer o que deseja que eu faça. É só dizer que eu faço.

– Se ao menos a coisa fosse assim tão simples. – Ele pega um dos biscoitos floridos e o examina. – Magnífico. Foi a sua mãe que fez?
– Peeta. – E, pela primeira vez, descubro que não sou capaz de encará-lo. Vou pegar o chá, mas o coloco de volta quando ouço o ruído da xícara roçando no pires. Para disfarçar, pego rapidamente um biscoito.
– Peeta. Como está o amor da sua vida?
– Bem – digo.
– Em que momento ele se deu conta do grau exato de sua indiferença? – pergunta o presidente Snow, mergulhando o biscoito no chá.
– Eu não sou indiferente.
– Mas talvez não tão encantada com o jovem quanto fez o país acreditar.
– Quem diz que eu não sou?
– Eu digo. E não estaria aqui se fosse a única pessoa que tivesse dúvidas a esse respeito. Como anda o primo bonitão?
– Eu não sei... eu não... – Meu nojo em relação a essa conversa, a discutir com o presidente Snow meus sentimentos por duas das pessoas que mais estimo, faz com que as minhas palavras saiam engasgadas.
– Fale, senhorita Everdeen. Posso matá-lo facilmente se não chegarmos a uma resolução satisfatória – diz o presidente.
– Você não está fazendo nenhum favor a ele desaparecendo na floresta em sua companhia todos os domingos.

Se ele sabe disso, o que mais sabe? E como sabe disso? Muitas pessoas podem dizer a ele que Gale e eu passamos nossos domingos caçando. Por acaso, não aparecemos no fim de cada um desses dias abarrotados de caça? E não fazemos isso há anos? A verdadeira questão é o que ele acha que acontece na floresta além do Distrito 12. Certamente não temos sido rastreados lá. Ou temos? Será que fomos seguidos? Isso parece impossível. Pelo menos de ser feito por uma pessoa. Câmeras? Até agora isso não havia passado pela minha cabeça. A floresta sempre foi nosso local mais seguro, nosso local além do alcance da Capital, onde somos livres para dizer o que sentimos, para ser o que realmente somos. Pelo menos antes dos Jogos. Se temos sido observados desde então, o que eles viram? Duas pessoas caçando, dizendo coisas traiçoeiras contra a Capital, sim, não resta dúvida. Mas não duas pessoas que se amam, o que parece ser a conclusão do presidente Snow. Estamos livres dessa acusação. A menos que... a menos que...

Aconteceu uma única vez. Foi rápido e inesperado, mas aconteceu de fato.

Depois que Peeta e eu voltamos dos Jogos, passaram-se várias semanas até que eu ficasse a sós com Gale. No início, eram as celebrações obrigatórias. Um banquete para os vitoriosos para o qual somente as pessoas dos mais altos escalões eram convidadas. Um feriado para todo o distrito com comida de graça e animadores trazidos da Capital. O Dia da Parcela, o primeiro de doze, em que pacotes de comida foram entregues a todas as pessoas do distrito. Essa foi minha celebração favorita. Ver todas aquelas crianças famintas da Costura correndo de um lado para o outro brandindo latas de creme de maçã, carne enlatada e até balas. Em casa, pesados demais para serem carregados, seriam encontrados sacos de grãos, latas de óleo. Saber que uma vez por mês por um ano inteiro todos eles receberiam uma nova parcela. Essa foi uma das únicas vezes em que realmente me senti bem por ter vencido os Jogos.

Então, entre cerimônias e eventos e repórteres documentando todos os meus passos enquanto me apresentava em público e agradecia e beijava Peeta para os espectadores, eu não tinha nenhuma privacidade. Depois de algumas semanas, as coisas finalmente se acalmaram. As equipes de filmagem e os repórteres foram embora. Peeta e eu assumimos a fria relação que vínhamos tendo desde então. Minha família se estabeleceu em nossa casa na Aldeia dos Vitoriosos. A vida cotidiana do Distrito 12 – trabalhadores nas minas, crianças na escola – voltou a sua rotina e a seu ritmo normais. Esperei até me certificar de que a barra estivesse realmente limpa e então, num domingo, sem dizer nada a ninguém, levantei-me horas antes do nascer do sol e me encaminhei para a floresta.

A temperatura ainda estava elevada o suficiente para que não precisasse de casaco. Levei um saco cheio de comidas especiais: galinha fria, queijo, pães assados e laranjas. Na minha antiga casa, vesti minhas botas de caçada. Como de costume, a cerca não estava eletrificada e foi simples deslizar para a floresta e pegar meu arco e as minhas flechas. Fui para o nosso local, meu e de Gale, onde tomamos café da manhã juntos na manhã da colheita que me mandou para os Jogos.

Esperei por pelo menos duas horas. Tinha começado a pensar que ele havia desistido de mim nas semanas que haviam passado. Ou que ele não gostava mais de mim. Ou até me odiava. E a ideia de perdê-lo para sempre, meu melhor amigo, a única pessoa a quem confiei meus segredos, era tão dolorosa que eu mal conseguia suportar. Não depois de tudo o mais que havia acontecido. Sentia as lágrimas escorrendo em meus olhos e a garganta começando a se fechar como sempre ocorre quando fico chateada.

Então, ergui o olhar e lá estava ele, a três metros de distância, apenas me observando. Sem pensar, dei um salto e o abracei com força, deixando escapar um estranho som que misturava riso, engasgo e choro. Ele me abraçava com tanta força que eu nem conseguia ver o seu rosto, e demorou um bom tempo até que me soltasse, mas, então, ele já não tinha muita escolha porque eu estava tendo uma crise de soluços tão inacreditável que precisava urgentemente beber alguma coisa.

Naquele dia, fizemos o que sempre fazíamos. Tomamos nosso café da manhã. Caçamos, pescamos e colhemos. Conversamos sobre as pessoas na cidade. Mas não sobre nós, sua nova vida nas minas, o período que passei na arena. Sobre outras coisas apenas. Quando estávamos no buraco do muro que fica próximo ao Prego, acho que eu realmente já estava acreditando que as coisas poderiam voltar a ser como sempre foram. Que poderíamos ser como sempre fomos. Entreguei toda a caça para Gale vender, já que tínhamos comida de sobra agora. Disse para ele que não iria ao Prego dessa vez, mesmo estando com muita vontade de aparecer por lá, porque minha mãe e minha irmã não sabiam nem mesmo que eu tinha saído para caçar, e ficariam imaginando onde eu poderia estar. Então, de repente, enquanto eu sugeria assumir as armadilhas que precisavam de um cuidado diário, ele segurou o meu rosto e me beijou.

Eu estava completamente despreparada. Alguém poderia pensar que depois de todas aquelas horas que passei com Gale – observando-o falar e rir e se preocupar –, eu saberia tudo o que deveria saber sobre os lábios dele. Mas não imaginava que eles seriam tão cálidos em contato com os meus. Ou que aquelas mãos, que podiam montar as mais intricadas armadilhas, pudessem me prender com a mesma facilidade. Acho que alguma espécie de ruído escapou do fundo da minha garganta, e lembrei vagamente dos meus dedos, bem fechados e pousados em seu tórax. Então ele me soltou e disse:

— Eu precisava fazer isso. Pelo menos uma vez. — E foi embora.

Apesar de o sol estar se pondo e de minha família estar possivelmente preocupada, sentei-me ao lado de uma árvore próxima ao muro. Tentei decifrar o que estava sentindo em relação ao beijo, se tinha gostado dele ou se tinha me deixado indignada, mas só me lembrava de fato da pressão dos lábios de Gale e do aroma das laranjas, que ainda estava perceptível em sua pele. Não tinha sentido comparar aquele beijo com os muitos que eu trocara com Peeta. Ainda não estava claro para mim se algum deles havia realmente contado. Por fim, fui para casa.

Naquela semana, cuidei das armadilhas e deixei a carne com Hazelle. Mas só vi Gale no domingo seguinte. Tinha um discurso na ponta da língua sobre como não queria um namorado e nunca tinha planejado me casar etc. e tal, mas acabei não usando. Gale se comportou como se o beijo jamais houvesse acontecido. Talvez ele estivesse esperando que eu dissesse alguma coisa. Ou que eu retribuísse o beijo. Em vez disso, a exemplo dele, simplesmente fingi que aquilo jamais aconteceu. Mas havia acontecido. Gale havia despedaçado alguma espécie de barreira invisível entre nós dois com aquele beijo, bem como qualquer esperança que eu pudesse ter tido de reatar nosso antigo e descomplicado relacionamento. Seja lá o que eu estivesse fingindo, jamais poderia voltar a olhar para aqueles lábios da maneira como sempre olhei.

Tudo isso passa como um raio na minha cabeça enquanto os olhos do presidente Snow fixam-se em mim logo depois de sua ameaça de matar Gale. Como fui estúpida em pensar que a Capital simplesmente me ignoraria assim que voltasse para casa! Talvez eu não soubesse nada sobre os potenciais levantes. Mas sabia que eles estavam zangados comigo. Em vez de agir com a extrema cautela que a situação exigia, o que foi que eu fiz? Do ponto de vista do presidente, ignorei Peeta e ostentei minha preferência pela companhia de Gale diante de todo o distrito. E, ao fazer isso, deixei bem claro que estava, na realidade, fazendo pouco da Capital. E agora, por causa da minha falta de cuidado, Gale, nossas famílias e Peeta também estão em perigo.

– Por favor, não faça nenhum mal a Gale – sussurro. – Ele é só um amigo. Ele é meu amigo há anos. Nossa relação não passa disso. Além do mais, agora todo mundo pensa que nós somos primos.

– Só estou interessado em como isso afeta a sua dinâmica com Peeta e, portanto, como isso afeta o clima nos distritos – diz o presidente.

– Vai ser a mesma coisa na turnê. Estarei apaixonada por ele como estava antes.

– Como você está agora – corrige o presidente Snow.

– Como estou agora.

– Só que o seu desempenho terá de ser bem melhor para que os levantes possam ser evitados – diz ele. – Essa turnê será a nossa única chance de controlarmos a situação.

– Eu sei. Vou me empenhar. Vou convencer todo mundo nos distritos de que não estava desafiando a Capital, de que estava loucamente apaixonada.

O presidente Snow se levanta e limpa os lábios grossos com um guardanapo.

– Mire mais alto caso você esteja falhando.

– Como assim? Como é que eu posso mirar mais alto? – pergunto.

– Convença a mim. – Ele joga o guardanapo e pega o livro. Não estou olhando para ele quando se dirige à porta, então estremeço quando sussurra em meu ouvido: – A propósito, estou sabendo do beijo. – Em seguida, a porta se fecha atrás dele.

3

O cheiro de sangue... estava no hálito dele.

O que ele faz?, imagino. Será que ele o bebe? Eu o imagino tomando em uma xícara de chá. Mergulhando um biscoito em sangue e puxando-o embebido em vermelho.

Do lado de fora, um carro surge, suave e quieto como o ronronar de um gato, e depois some ao longe. O veículo desaparece da mesma forma que apareceu, sem ninguém notar.

Tenho a impressão de que a sala está girando em círculos lentos e assimétricos, e acho que vou desmaiar. Curvo-me para a frente e agarro a escrivaninha com uma das mãos. A outra ainda está segurando o lindo biscoito de Peeta. Acho que havia um lírio-tigrino nele, mas agora tudo se reduz a farelos na minha mão. Eu nem sabia que estava esmagando o biscoito, mas imagino que tenha sido obrigada a me agarrar em alguma coisa enquanto o mundo dava voltas ao meu redor.

Uma visita do presidente Snow. Distritos à beira de levantes. Uma ameaça de morte direta a Gale, com outras a caminho. Todos que eu amo condenados. E quem sabe quem mais vai pagar pelas minhas ações? A menos que eu coloque a situação sob controle nessa turnê. Tranquilize o descontentamento e apazigue a mente do presidente Snow. Mas como? Provando ao país que amo Peeta Mellark, sem deixar a menor sombra de dúvida.

Não posso fazer isso, penso. *Não sou tão boa assim.* Peeta é a pessoa boa, aquele que todos gostam. Ele consegue fazer as pessoas acreditarem em qualquer coisa. Eu sou a que cala a boca e fica sentada deixando-o falar o máximo possível. Mas não é Peeta quem precisa provar sua devoção. Sou eu.

Escuto os passos leves e rápidos de minha mãe no corredor. *Ela não pode saber*, penso. *Sobre nada disso.* Coloco as mãos em cima da bandeja e rapidamente limpo o farelo do biscoito que ficou nos dedos. Dou um gole no chá com as mãos trêmulas.

– Está tudo bem, Katniss? – pergunta ela.

– Tudo bem. A gente nunca vê isso na televisão, mas o presidente sempre visita os vitoriosos antes da turnê para desejar boa sorte a eles – digo com entusiasmo.

O rosto de minha mãe fica inundado de alívio.

– Ah, pensei que fosse algum problema.

– Não, nada disso – digo. – O problema vai começar quando minha equipe de preparação descobrir que negligenciei o retoque das sobrancelhas. – Minha mãe ri, e penso em como passou a ser impossível deixar de cuidar da família depois que assumi essa função com a idade de onze anos. E em como sempre terei que proteger a minha mãe.

– Posso começar a preparar o seu banho? – pergunta ela.

– Ótima ideia – digo, e posso perceber como ela fica satisfeita com minha resposta.

Desde que voltei para casa, tenho tentado com afinco melhorar o relacionamento com minha mãe. Pedir que ela faça coisas para mim em vez de dispensar qualquer oferta de ajuda, como fiz durante anos por pura raiva. Deixar que cuide de todo o dinheiro que recebo. Retribuir os abraços dela em vez de simplesmente tolerá-los. O período que passei na arena fez com que me desse conta do quanto precisava parar de puni-la por algo que ela não tinha como evitar. Especificamente, a devastadora depressão na qual ela caiu depois da morte de meu pai. Porque, às vezes, acontecem coisas com as pessoas com as quais elas não estão preparadas para lidar.

Como é o meu caso, por exemplo. Neste exato momento.

Além do mais, ela fez uma coisa maravilhosa quando voltei para o distrito. Depois que nossas famílias e amigos cumprimentaram a mim e a Peeta na estação de trem, foram permitidas algumas perguntas dos repórteres. Alguém perguntou a minha mãe o que pensava de meu novo namorado e ela respondeu que, apesar de Peeta ser o modelo perfeito do que um jovem deveria ser, eu não estava suficientemente madura para ter nenhum namorado. Ela afirmou isso olhando fixamente para Peeta. Houve muito riso e comentários do tipo: "Tem alguém aí em perigo" da parte da imprensa, e Peeta soltou a minha mão e se afastou um pouco de mim. Isso não durou muito tempo – havia muita pressão para que nosso comportamento fosse o oposto –, mas nos deu uma desculpa para sermos um pouco mais reservados do que havíamos sido na Capital. E talvez essa tenha sido a razão por eu ter sido vista tão poucas vezes na companhia de Peeta depois que as câmeras foram embora.

Subo a escada em direção ao banheiro, onde uma banheira fumegante me espera. Minha mãe colocou um saquinho de flores secas que perfuma o ar. Nenhuma das duas está acostumada ao luxo de girar uma torneira e ter uma quantidade ilimitada de água quente ao nosso dispor. Nós tínhamos apenas água fria em nossa casa na Costura, e um banho significava ter de esquentar no fogo o que sobrava de água. Tiro a roupa e mergulho na água sedosa – minha mãe providenciou também uma espécie de óleo – e tento entender o que está acontecendo.

A primeira questão é a quem contar, se é que devo contar a alguém. Não para minha mãe e nem para Prim, obviamente; elas ficariam desesperadas de preocupação. Não para Gale. Mesmo que eu conseguisse falar com ele. O que ele faria com a informação, de qualquer maneira? Se ele estivesse sozinho, talvez tentasse persuadi-lo a fugir. Certamente teria condições de sobreviver na floresta. Mas ele não está sozinho e jamais abandonaria a família. Ou a mim. Quando chegar em casa, terei de explicar a ele por que os nossos domingos passarão a ser uma coisa do passado, mas não consigo pensar nisso agora. Só consigo pensar em meu próximo passo. Além do mais, Gale já está tão irritado e frustrado com a Capital que às vezes penso que ele vai fazer seu próprio levante. A última coisa que ele precisa é de um incentivo. Não, não posso contar para nenhuma das pessoas que deixarei aqui no Distrito 12.

Ainda existem três pessoas em quem talvez possa confiar, a começar por Cinna, meu estilista. Mas meu palpite é de que talvez Cinna já esteja correndo risco, e não quero aumentar ainda mais os seus problemas ligando-o a mim. Então sobra Peeta, que vai ser meu parceiro nessa enganação, mas como começar essa conversa? *E aí, Peeta, lembra quando eu disse que estava meio que fingindo estar apaixonada por você? Bom, preciso realmente que você esqueça isso por enquanto e se comporte como se estivesse duplamente apaixonado por mim ou então o presidente Snow pode acabar matando Gale.* Não posso fazer uma coisa dessas. Além do mais, Peeta vai ter um bom desempenho sabendo ou não o que está em jogo. Com isso sobra apenas Haymitch. O bêbado, mal-humorado e hostil Haymitch, em quem acabei de despejar uma bacia de água gelada. Como meu mentor nos Jogos, sua tarefa era me manter viva. Só espero que ele ainda esteja apto para a função.

Mergulho a cabeça na água, bloqueando todos os sons ao meu redor. Gostaria muito que a banheira ficasse bem grande para que eu pudesse sair nadando como costumava fazer nos domingos de verão quando ia à floresta com meu pai. Aqueles dias significavam um prazer especial. Nós saíamos de manhã bem cedinho e penetrávamos na floresta mais do que o habitual para chegar a um pequeno lago que ele havia encontrado enquanto caçava. Nem lembro de ter aprendido a nadar, já que ele me ensinou quando eu era bem pequena. Só lembro de mergulhar, de dar saltos mortais e de ficar nadando de um lado para o outro. O leito lamacento do lago embaixo dos meus pés. O cheiro das flores e das plantas. Boiar, como estou fazendo agora, mirando o céu azul enquanto o barulho da floresta era abafado pela água. Ele ensacava os patos que faziam seus ninhos na margem, caçava ovos na grama e nós dois cavávamos bem fundo à procura de raízes de katniss, a planta em homenagem à qual recebi o meu nome. De noite, quando chegávamos em casa, minha mãe fingia não me reconhecer porque eu estava limpa demais. Então ela preparava um jantar fantástico com pato grelhado e tubérculos de katniss assados com molho.

Nunca levei Gale ao lago. Poderia ter levado. Demora muito para se chegar lá, mas os patos são tão fáceis de capturar que dá para compensar o tempo que se perde de caçada. Mas é um local que eu nunca quis realmente compartilhar com ninguém, um local que pertencia apenas a meu pai e a mim. Desde o fim dos Jogos, quando passei a ter poucas coisas com as quais me ocupar, estive lá algumas vezes. Nadar continua sendo uma coisa prazerosa, mas na maioria das vezes a visita me deixava deprimida. Ao longo dos últimos cinco anos, o lago permaneceu inacreditavelmente intocado, ao passo que eu estou quase irreconhecível.

Mesmo debaixo d'água, consigo ouvir os sons agitados. Buzinas de carros, gritos de saudação, portas batendo. Isso só pode significar que a minha equipe de preparação chegou. Só tenho tempo para me enxugar e entrar num robe antes que a equipe invada o banheiro. A noção de privacidade não existe. Em relação a meu corpo, nós não temos segredos, essas três pessoas e eu.

— Katniss, suas sobrancelhas! — Venia dá um grito, e mesmo com a nuvem escura de preocupação pairando sobre mim, sou obrigada a conter o riso. Seus cabelos azulados foram estilizados de modo a ficarem pontudos em toda a cabeça, e as tatuagens douradas que antes se concentravam acima de suas sobrancelhas agora também contornam os olhos, contribuindo para a expressão de choque que produzi nela.

Octavia aparece e dá um tapinha tranquilizador nas costas de Venia, seu corpo cheio de curvas parecendo ainda mais roliço do que de costume ao lado do corpo angular e magro de Venia.

— Calma, calma. Você pode ajeitar isso em dois segundos. Mas o que é que eu vou fazer com essas unhas? — Ela agarra a minha mão e a coloca bem aberta entre suas mãos cor de ervilha. Não, a pele dela não está exatamente da cor de ervilha. O verdinho é mais suave. A mudança de tom é, sem sombra de dúvida, uma tentativa de acompanhar as volúveis tendências de moda da Capital. — Com toda a sinceridade, Katniss, você podia ter deixado alguma coisa onde eu pudesse fazer o meu trabalho! — choraminga ela.

É verdade. Roí as unhas até a raiz nos últimos meses. Pensei na possibilidade de me livrar do vício, mas não consegui encontrar um bom motivo para isso.

— Desculpa — murmuro baixinho. De fato, não tenho passado muito tempo me preocupando em saber como isso pode afetar a minha equipe de preparação.

Flavius levanta alguns fios dos meus cabelos molhados. Sacode a cabeça como quem está desaprovando o que vê, o que faz com que seus cachinhos alaranjados balancem para todos os lados.

— Alguém tocou nisso aqui desde a última vez em que você esteve com a gente? — pergunta ele seriamente. — Você lembra que a gente pediu especificamente para você não mexer nos cabelos?

— Lembro! — respondo, grata por poder mostrar que não havia me esquecido totalmente deles. — Quer dizer, não, ninguém os cortou, não. Lembro disso. — Não, eu não me lembrava. É como se o assunto jamais houvesse sido mencionado. Desde que voltei para casa, tudo o que tenho feito é mantê-los na minha tradicional trança que cai pelas costas.

Isso parece acalmá-los um pouco, e todos eles me beijam, me colocam numa cadeira e, como de costume, começam a falar sem parar e sem se preocupar em notar se estou escutando ou não. Enquanto Venia reinventa as minhas sobrancelhas e Octavia me aplica unhas falsas e Flavius faz uma massagem com creme em meus cabelos, ouço tudo sobre a Capital. Que sucesso foram os Jogos, como as coisas têm sido chatas desde então, como todos estão esperando ansiosamente a próxima visita minha e de Peeta ao término da Turnê da Vitória. Depois disso, não vai demorar muito até que a Capital comece a se preparar para o Massacre Quaternário.

— Não é emocionante?

— Você não está se achando a pessoa mais sortuda do mundo?

– No seu primeiro ano como vitoriosa já vai ser a mentora num Massacre Quaternário!

As palavras deles se atropelam em um borrão de empolgação.

– Ah, sim – digo com neutralidade. É o melhor que consigo fazer. Num ano normal, ser mentor dos tributos é um verdadeiro pesadelo. Não posso mais passar pela escola sem imaginar que crianças terei de treinar. Mas, para piorar ainda mais as coisas, este ano se realiza a septuagésima quinta edição dos Jogos Vorazes, e isso significa que também é o ano do Massacre Quaternário. Ele ocorre a cada vinte e cinco anos, marcando o aniversário da derrota dos distritos com comemorações de alto nível e, para garantir uma diversão extra, algumas mudanças terríveis para os tributos. É claro que essa é a primeira vez que testemunho um desses eventos. Mas, na escola, lembro de ouvir que no segundo Massacre Quaternário a Capital exigiu que fossem levados para a arenas o dobro do número de tributos. Os professores não entraram em muitos detalhes, o que é surpreendente, porque esse foi o ano em que o Distrito 12 recebeu sua coroa com o representante Haymitch Abernathy.

– É melhor que Haymitch esteja se preparando para receber muita atenção! – grita Octavia.

Haymitch jamais conversou comigo sobre sua experiência pessoal na arena. Eu jamais perguntaria. E se alguma vez vi os Jogos dele reprisados na televisão, devia ser muito nova para me lembrar. Mas a Capital não vai permitir que ele se esqueça desse ano. De certa forma, é uma boa coisa Peeta e eu estarmos disponíveis como mentores durante o Massacre, porque não restam dúvidas de que Haymitch estará arrasado.

Depois de exaurirem o tópico do Massacre Quaternário, minha equipe de preparação desanda a falar sobre vários outros assuntos referentes a suas vidas inconcebivelmente fúteis.

Quem disse o que sobre alguém de quem nunca ouvi falar, e que tipo de sapatos eles acabaram de comprar, e uma longa história de Octavia sobre o tremendo erro que foi mandar todo mundo usar penas na festa de aniversário dela.

Logo as minhas sobrancelhas começam a pinicar, meu cabelo fica sedoso e macio, e minhas unhas estão prontas para serem pintadas. Aparentemente, eles receberam instruções para preparar apenas as minhas mãos e o meu rosto, provavelmente porque tudo o mais ficará coberto por conta do clima frio. Flavius quer muito usar em mim o batom púrpura que é sua marca registrada pessoal, mas se contenta em usar o rosa assim que eles começam a pintar o meu rosto e as minhas unhas. Consigo ver pelas cores que Cinna escolheu que estamos fazendo uma produção estilo garotinha, não uma coisa mais sexy. Bom. Nunca vou convencer ninguém de coisa alguma se tentar bancar a provocante. Haymitch deixou isso muito claro quando me treinava para a entrevista que antecede os Jogos.

Minha mãe entra, um pouco tímida, e diz que Cinna pediu para ela mostrar à equipe de preparação como havia feito o meu penteado no dia da colheita. Eles ficam entusiasmados e então observam, absolutamente atentos, ela destrinchar o processo do elaborado penteado da trança. No espelho, vejo suas caras sérias seguindo todos os passos, a ansiedade de todos quando chega a vez de eles tentarem realizar o passo. Na realidade, os três são tão prontamente respeitosos e simpáticos com minha mãe que me sinto mal pelo ar de superioridade que às vezes tenho com eles. Quem sabe quem seria eu ou sobre o que falaria se tivesse sido criada na Capital? Talvez também acabasse me lamentando por algo como trajes de pena na minha festa de aniversário.

Quando meus cabelos ficam prontos, encontro Cinna na sala do andar de baixo, e só de olhar para ele sinto uma esperança renovada. Sua aparência é a de sempre, roupas simples, cabelos castanhos cortados bem curtos e apenas um leve toque de delineador dourado nos olhos. Nós nos abraçamos, e sinto uma enorme vontade de cuspir todo o episódio com o presidente Snow. Mas não, decidi contar primeiro para Haymitch. Ele vai saber melhor quais são as pessoas que podem aguentar esse rojão. Mas é tão fácil conversar com Cinna. Ultimamente, nós temos conversado muito pelo telefone que veio instalado na casa. É meio que uma piada, porque mais ninguém que a gente conhece usa um. Tem o Peeta, mas obviamente não ligo para ele. Haymitch arrebentou o dele na parede anos atrás. Minha amiga Madge, a filha do prefeito, tem um telefone em sua casa, mas se nós queremos conversar, fazemos pessoalmente. No início, o aparelho quase nunca era usado. Aí Cinna começou a me ligar para aprimorar o meu talento.

Todos os vitoriosos devem possuir um. Seu talento é a atividade que você assume, já que não precisa trabalhar nem na escola, nem na atividade industrial de seu distrito. Pode ser qualquer coisa, na verdade, qualquer coisa a respeito da qual eles possam fazer entrevistas com você. Peeta, para todos os efeitos, possui um talento, que é a pintura. Ele tem decorado bolos há anos na padaria de sua família. Mas agora que é rico, pode se dar o luxo de manchar telas de verdade com sua tinta. Não possuo nenhum talento, a menos que você leve em consideração a caça ilegal, e eles não levam. Ou, quem sabe, cantar, coisa que eu não faria para a Capital nem em um milhão de anos. Minha mãe tentou fazer com que eu me interessasse por uma variedade de alternativas cabíveis de uma lista que

Effie Trinket enviara a ela. Culinária, arranjos florais, tocar flauta. Nenhuma delas deu certo, embora Prim tivesse queda pelas três. Finalmente, Cinna entrou em cena e se ofereceu para me ajudar a desenvolver a paixão que eu tinha por design de roupas, o que requeria de fato certa habilidade, já que era algo completamente inédito. Mas só concordei porque isso significava poder estar em contato com Cinna, e porque ele prometeu que faria todo o trabalho.

Agora ele está arrumando várias coisas na minha sala: roupas, tecidos e cadernos com desenhos feitos por ele. Pego um dos cadernos e examino um vestido supostamente criado por mim.

— Quer saber, acho até que eu prometo — digo.

— Vista-se, coisinha sem talento — diz ele, jogando vários itens de roupa na minha direção.

Posso não ter nenhum interesse por design de roupas, mas amo as produções que Cinna faz para mim. Como estas. Calças com um caimento perfeito feitas de um material grosso e macio. Uma camisa branca confortável. Um suéter tecido com fios de lã macios verdes, azuis e cinzentos. Botas de couro com cadarço que não pinicam os meus dedos.

— Eu mesma criei o meu traje? — pergunto.

— Não, você espera um dia criar seus trajes e ser como eu, seu herói da moda — diz Cinna. Ele me entrega uma pequena pilha de cartões.

— Você vai ler isso aqui para as câmeras enquanto estiverem filmando as roupas. Tente parecer interessada.

Só então Effie Trinket chega com uma peruca cor de abóbora para lembrar a todos:

— Estamos seguindo o cronograma a contento! — Ela me beija nos dois lados do rosto enquanto acena para a equipe de filmagem, e então me pede para ficar em posição. Effie é a única razão pela qual chegamos pontualmente a qualquer compromisso na Capital, portanto tento seguir suas orientações. Começo a zanzar de um lado para o outro como se fosse uma marionete, segurando roupas e dizendo coisas sem sentido como: "Isso não é o máximo?" A equipe de som grava a leitura que faço dos cartões com uma voz entusiasmada, para inseri-la mais tarde na edição final. Em seguida, sou tirada da sala para que possam filmar em paz as criações feitas por mim/por Cinna.

Prim chegou cedo da escola para o evento. Agora ela está na cozinha sendo entrevistada por outra equipe. Está linda num vestidinho azul-celeste que ressalta seus olhos, seus cabelos louros presos com uma fitinha na mesma cor. Ela está um pouco curvada para a frente nas botas branquíssimas, como se estivesse a ponto de alçar voo.

Bum! É como se alguém tivesse me dado um soco de verdade no peito. Ninguém fez isso, é claro, mas a dor é tão real que dou um passo para trás. Aperto os olhos e não enxergo Prim – enxergo Rue, a garota de doze anos do Distrito 11 que foi minha aliada na arena. Ela voava como um pássaro, de árvore em árvore, agarrando-se nos galhos mais finos. Rue, que não consegui salvar. Que deixei morrer. Eu a visualizo deitada no chão com a lança ainda cravada no estômago...

Quem mais vou deixar de salvar da vingança da Capital? Quem mais vai ser morto se eu não fizer o que o presidente Snow deseja?

Percebo que Cinna está tentando me vestir com um casaco, então levanto os braços. Sinto o contato com a pele, dentro e fora, encaixando-se contra o meu corpo. Não é de nenhum animal que eu tenha visto antes.

— Arminho — diz ele enquanto toco a manga branca. Luvas de couro. Um cachecol vermelho-vivo. Alguma coisa peluda cobre minhas orelhas. — Você está trazendo os protetores de orelha de volta à moda.

Odeio protetores de orelha, penso. Eles dificultam a audição e, desde que fiquei quase surda de um ouvido devido a uma explosão na arena, gosto menos ainda deles. Depois que venci, a Capital tratou o meu ouvido, mas ainda continuo testando minha capacidade de audição.

Minha mãe chega correndo com alguma coisa na mão.

— Para dar sorte — diz.

É o broche que Madge me presenteou antes de eu ir para os Jogos. Um tordo voando num círculo de ouro. Tentei dá-lo para Rue, mas ela nunca aceitou. Rue dizia que o broche era o motivo pelo qual ela tinha decidido confiar em mim. Cinna o prende no nó do cachecol.

Effie Trinket está por perto, batendo palmas.

— Atenção, pessoal! Vamos fazer nossa primeira tomada externa, onde os vitoriosos cumprimentam uns aos outros no começo de sua maravilhosa viagem. Muito bem, Katniss, dê um sorrisão, você está superentusiasmada, certo? — E não exagero quando digo que ela me empurra porta afora.

Por um instante, não consigo enxergar direito por causa da neve, que agora está caindo intensamente. Então, consigo distinguir Peeta saindo pela porta de sua casa. Na minha cabeça, escuto a ordem do presidente Snow: "*Convença a mim.*" E sei que é exatamente isso o que tenho de fazer.

Meu rosto se abre num imenso sorriso quando caminho na direção de Peeta. Então, como se não conseguisse suportar mais um segundo sequer longe dele, começo a correr. Ele me pega e gira o meu corpo no ar e então escorrega — ele ainda não está totalmente acostumado com sua perna artificial – e nós dois caímos na neve, eu por cima dele, e é lá que nos beijamos pela primeira vez em meses. É um beijo cheio de pelo, flocos de neve e batom, mas por baixo de todas essas coisas, sinto a firmeza que Peeta sempre proporciona a tudo. E sei que não estou só. Por mais que o tenha magoado, ele não vai me expor na frente das câmeras. Não vai me condenar com um beijo chocho. Ele ainda está cuidando de mim. Exatamente como fazia na arena. De alguma maneira, esse pensamento me dá vontade de chorar. Em vez disso, eu o ajudo a se levantar, encaixo o meu braço no dele e saímos os dois a caminhar alegremente.

O resto do dia é um borrão na memória: chegar na estação, se despedir de todo mundo, o trem partindo, a velha equipe – Peeta e eu; Effie e Haymitch; Cinna e Portia, a estilista de Peeta – desfrutando de um jantar indescritivelmente delicioso que não consigo me lembrar como era. E então estou vestindo um pijama e um robe muito largo, sentada em meu elegantíssimo compartimento, esperando os outros dormirem. Sei que Haymitch vai ficar acordado por horas e horas. Ele não gosta de dormir quando está escuro.

Quando o trem parece estar quieto, calço a pantufa e vou até o compartimento dele. Preciso bater diversas vezes até ele atender, resmungando, como se tivesse certeza que eu estava trazendo más notícias.

– O que você quer? – diz ele, quase me derrubando com o hálito carregado de vinho.

– Preciso falar com você – sussurro.

– Agora? – diz. E balanço a cabeça em concordância. – É melhor que seja algo bom. – Ele espera, mas tenho certeza de que qualquer palavra proferida por nós em algum trem da Capital está sendo registrada. – E aí?

O trem começa a frear. Por um segundo acho que é o presidente Snow me observando e que, não aprovando o fato de eu estar confiando a informação a Haymitch, tinha decidido me matar agora mesmo. Mas estamos apenas parando para abastecer.

– O trem está abafado demais – digo.

É uma frase totalmente inofensiva, mas vejo os olhos de Haymitch se estreitarem assim que entende a situação.

– Sei do que você precisa. – Ele passa bruscamente por mim e desce o corredor às pressas em direção a uma porta. Quando a abre, depois de um certo esforço, uma rajada de neve nos atinge. Ele salta para o chão.

Um atendente da Capital vem correndo ajudar, mas Haymitch o dispensa educadamente enquanto continua cambaleando na neve.

– Só quero um pouco de ar fresco. É só um minutinho.

– Desculpe. Ele está bêbado – digo. – Vou buscá-lo. – Salto e sigo desajeitadamente atrás dele ao longo da trilha, ensopando minha pantufa de neve, enquanto ele me conduz além do último vagão para não sermos ouvidos. Em seguida, ele se volta para mim.

– O que é?

Conto tudo a ele. Sobre a visita do presidente Snow, sobre Gale, sobre como nós todos vamos morrer caso eu fracasse.

Seu rosto fica sóbrio, adquire um aspecto mais maduro à luz vermelha dos faróis traseiros.

– Então você não pode fracassar.

– Se você pudesse me ajudar a transformar essa viagem num sucesso... – começo.

– Não, Katniss, não é só a viagem – diz ele.

– Como assim? – digo.

– Mesmo que essa viagem seja um sucesso, eles vão voltar daqui a alguns meses para nos levar pros Jogos. Você e Peeta serão mentores agora, todos os anos daqui para a frente. E a cada ano eles vão relembrar o romance e transmitir os detalhes de sua vida privada, e você jamais, em hipótese alguma, será capaz de fazer qualquer outra coisa além de viver feliz para sempre com aquele garoto.

Todo o impacto do que ele está dizendo me atinge em cheio. Jamais terei uma vida com Gale, mesmo que eu queira. Jamais terei permissão para viver sozinha. Terei de estar eternamente apaixonada por Peeta. A Capital exigirá isso. Como ainda tenho dezesseis anos, ainda poderei ficar com minha mãe e com Prim por algum tempo. Mas depois... Mas depois...

– Você compreende o que eu estou dizendo? – ele insiste.

Balanço a cabeça afirmativamente. Ele quer dizer que só há um futuro possível, se eu quiser manter aqueles que amo vivos e permanecer viva. Terei de me casar com Peeta.

4

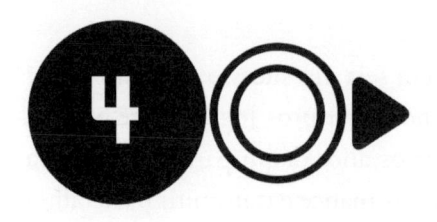

Voltamos ao trem em silêncio, com os mesmos passos cambaleantes da ida. No corredor em frente à porta do meu compartimento, Haymitch dá um tapinha no meu ombro e diz:

– Existem opções piores do que se casar com Peeta, sabe.
– Então entra em seu compartimento, levando consigo o hálito forte de vinho.

Na minha cabine, retiro a pantufa encharcada, o robe molhado e o pijama. Há outros itens iguais nas gavetas, mas eu apenas rastejo para debaixo das cobertas em cima da cama com a roupa de baixo mesmo. Fixo o olhar na escuridão, pensando em minha conversa com Haymitch. Tudo que ele disse sobre as expectativas da Capital, meu futuro com Peeta e até mesmo seu último comentário, era verdade. É claro que minhas opções podiam ser bem piores do que me casar com Peeta. Mas essa não é exatamente a questão, é? Uma das poucas liberdades que temos no Distrito 12 é o direito de nos casar com quem queremos ou simplesmente não casar e pronto. E agora até isso me foi tirado. Imagino se o presidente Snow ainda vai exigir que a gente tenha filhos. Se a gente tiver, eles terão de enfrentar a colheita ano após ano. E não seria qualquer coisa ver o filho não de um, mas de dois vitoriosos escolhido para a arena. Filhos de vitoriosos já estiveram antes no ringue. Isso sempre proporciona muita excitação e gera muita conversa sobre o azar que acompanha essa determinada família. Mas acontece com muita frequência para ser apenas uma questão de sorte ou azar. Gale está convencido de que a Capital faz isso de propósito, manipula o resultado para acrescentar uma carga extra de dramaticidade. Tendo em vista todos os problemas que causei, provavelmente garanti que qualquer filho meu estará presente nos Jogos.

Penso em Haymitch solteiro, sem família, tapando o mundo com a bebida. Ele poderia ter escolhido qualquer mulher do distrito. Mas escolheu a solidão. Solidão, não – isso soa tranquilo demais. A coisa é mais um confinamento solitário. Será que foi porque, tendo estado na arena, ele sabia que era melhor não arriscar? Senti o sabor dessa alternativa quando eles cantaram o nome de Prim no dia da colheita e a observei caminhar em direção ao palco e à morte certa. Mas na condição de sua irmã, eu podia tomar o seu lugar, opção proibida para minha mãe.

Minha mente procura freneticamente uma saída. Não posso deixar o presidente Snow me condenar a isso. Mesmo que signifique tirar a minha própria vida. Mas antes disso, tentaria fugir. O que eles fariam se eu simplesmente fugisse? Desaparecesse na floresta e jamais voltasse? Será que eu conseguiria ao menos levar comigo todas as pessoas que amo, começar uma nova vida bem no meio da natureza selvagem? Altamente improvável, porém não impossível.

Balanço a cabeça para me livrar dessa ideia. Não é o momento de ficar fazendo planos mirabolantes de fuga. Preciso focar na Turnê da Vitória. O destino de muitas pessoas depende de eu dar um bom show.

A manhã nasce antes de o sono chegar, e Effie já está batendo na porta. Pego a primeira roupa que encontro em cima da mesinha de cabeceira e me arrasto para o vagão-restaurante. Não vejo que diferença faz acordar, já que essa é uma viagem de um dia inteiro, mas acabo descobrindo que a maquiagem de ontem foi apenas para me levar para a estação. Hoje, vou receber a atenção da minha equipe de preparação.

– Por quê? Está frio demais pra que alguma coisa apareça – resmungo.

– Não no Distrito 11 – diz Effie.

Distrito 11. Nossa primeira parada. Eu preferia começar em qualquer outro distrito, já que era aqui que Rue morava. Mas não é assim que a Turnê da Vitória funciona. Normalmente ela começa no 12 e então passa pelos distritos em ordem decrescente até chegar ao 1, e em seguida vai para a Capital. O distrito do vitorioso é pulado e deixado por último. Como o 12 realiza a comemoração menos fabulosa de todas – normalmente apenas um jantar para os tributos e um desfile da vitória na praça, onde parece que ninguém se diverte –, provavelmente é melhor nos tirar do caminho o quanto antes. Este ano, pela primeira vez desde que Haymitch venceu, a última parada da turnê será no 12, e a Capital vai bancar as festividades.

Tento desfrutar a comida, como Hazelle disse. O pessoal da cozinha claramente deseja me agradar. Eles prepararam meu prato favorito, cozido de cordeiro com ameixas secas, entre outras guloseimas. Suco de laranja e uma caneca com chocolate fumegante está à minha espera em meu lugar à mesa. Então eu como muito, a refeição é impecável, mas não posso dizer que esteja aproveitando. Também me preocupo com o fato de que ninguém, com exceção de mim mesma e Effie, apareceu para comer.

– Onde estão os outros? – pergunto.

– Ah, quem sabe por onde anda Haymitch? – diz Effie. Eu não estava de fato esperando Haymitch, porque ele provavelmente está indo para a cama agora. – Cinna ficou trabalhando até tarde organizando o seu vagão de enfeites. Ele deve ter mais de cem trajes pra você. Suas roupas de noite são belíssimas. E o pessoal da equipe de Peeta provavelmente ainda está dormindo.

– Ele não precisa de preparação? – pergunto.

– Não do jeito que você precisa – responde Effie.

O que isso significa? Significa que tenho de passar a manhã tendo os pelos do meu corpo arrancados enquanto Peeta dorme. Não tinha pensado muito nisso, mas na arena pelo menos alguns dos garotos ainda tinham pelos no corpo ao passo que nenhuma garota tinha. Consigo me lembrar dos de Peeta agora, enquanto eu o banhava no riacho. Muito louro à luz do sol, assim que a lama e o sangue saíram com a água. Apenas seu rosto permanecia completamente liso. Nenhum dos garotos tinha barba, e muitos já tinham idade para tal. Imagino o que fizeram com eles.

Se eu me sinto arrasada, minha equipe de preparação parece em piores condições, tomando café atrás de café e pílulas coloridas. Até onde sei, eles nunca se levantam antes do meio-dia, a menos que haja alguma espécie de emergência nacional, como os pelos das minhas pernas. Fiquei muito feliz quando eles voltaram a crescer. Como se isso fosse um sinal de que as coisas talvez estivessem voltando ao normal. Passo os dedos ao longo da penugem macia e encaracolada em minhas pernas e me entrego à equipe de preparação. Nenhum deles está falante como de costume, de modo que consigo ouvir cada fio sendo arrancado do folículo. Tenho de me enfiar numa banheira cheia de uma solução espessa e de cheiro desagradável, enquanto o meu rosto e os meus cabelos são empapados de creme. Dois outros banhos se seguem, com misturas menos agressivas. Sou esfregada, depilada, massageada e umedecida até o meu corpo ficar em carne viva.

Flavius levanta o queixo e suspira:

– É uma pena o Cinna ter dito para não fazer nenhuma alteração em você.

– Pois é, a gente podia fazer uma coisa bem especial em você – diz Octavia.

– Quando ela estiver mais velha – diz Venia de uma maneira quase agourenta. – Aí ele vai ser obrigado a deixar a gente fazer.

Fazer o quê? Encher os meus lábios como fizeram com o presidente Snow? Tatuar os meus seios? Tingir minha pele de magenta e implantar gemas sob a superfície? Esculpir padrões decorativos no meu rosto? Dotar-me de garras curvadas? Ou de bigodes iguais aos de um gato? Vi todas essas coisas e muito mais nas pessoas que vivem na Capital. Será que elas realmente não fazem a menor ideia de como a sua aparência fica monstruosa para as outras pessoas?

A ideia de ficar entregue aos caprichos estilísticos da minha equipe de preparação só faz aumentar ainda mais as misérias que competem pela minha atenção – meu corpo vítima de abuso, minha falta de sono, meu casamento obrigatório e o terror de ser incapaz de satisfazer as demandas do presidente Snow. Quando me apresento para o almoço, onde Effie, Cinna, Portia, Haymitch e Peeta já começaram a comer sem mim, já estou me sentindo pesada demais para conversar. Eles estão animadíssimos, falando sobre a comida e sobre como costumam dormir bem em trens. Todos estão bastante entusiasmados com a turnê. Bom, todos exceto Haymitch. Ele está curtindo uma ressaca e mordendo um *muffin*. Eu também não estou exatamente com fome, talvez porque tenha me empanturrado demais de coisas deliciosas no café da manhã ou porque esteja triste demais. Fico remexendo uma tigela de caldo, comendo apenas uma colher ou duas. Não consigo nem olhar para a cara de Peeta – o marido que me foi designado –, embora saiba que nada disso é culpa dele.

As pessoas reparam, tentam me colocar no meio da conversa, mas eu simplesmente as ignoro. Em determinado momento, o trem para. A pessoa que está nos servindo relata que a parada não é apenas para abastecer – alguma parte do trem apresentou defeito e precisa ser substituída. Será necessária pelo menos uma hora para o conserto. A informação deixa Effie agitada. Ela pega o cronograma e começa a tentar entender como o atraso vai atrapalhar todos os eventos até o fim de nossas vidas. Finalmente, não consigo ouvir mais uma palavra sequer do que ela está falando.

– Ninguém se importa, Effie – rebato. Todos à mesa me encaram surpresos, inclusive Haymitch, que seria de se imaginar que ficaria do meu lado nesse assunto, já que Effie o enlouquece. Coloco-me imediatamente na defensiva. – Bom, ninguém se importa mesmo! – digo, levantando e saindo do vagão-restaurante.

O trem subitamente parece sufocante e fico completamente enjoada. Encontro a saída, abro a porta com força – desencadeando uma espécie de alarme, que ignoro – e salto para fora na esperança de aterrissar na neve. Mas o contato do ar na minha pele é quente e agradável. As árvores ainda estão com folhas verdes. Quantos quilômetros em direção ao sul percorremos em um dia? Caminho ao longo de uma trilha, estreitando os olhos para o brilho intenso da luz do sol, já lamentando as palavras ditas a Effie. Ela não é a culpada pelo meu sofrimento. Deveria voltar e pedir desculpas a ela. Minha explosão foi o cúmulo da falta de educação, e boa educação é algo tremendamente importante para ela. Mas meus pés continuam ao longo da trilha, ultrapassam o trem, deixam-no para trás. Uma hora de atraso. Posso andar pelo menos durante vinte minutos em qualquer direção e retornar com tempo suficiente. Em vez disso, após uns duzentos metros, desabo no chão e fico lá sentada olhando ao longe. Se tivesse um arco e flecha comigo, será que continuaria andando?

Depois de um tempo, ouço passos atrás de mim. Deve ser Haymitch, vindo para me chamar a atenção. Sei que mereço, mas mesmo assim não estou disposta a ouvir a reprimenda.

– Eu não estou com saco para ouvir lição de moral – vou logo avisando, olhando para o gramado aos meus pés.

– Vou tentar ser rápido. – Peeta se senta ao meu lado.

– Pensei que fosse o Haymitch – digo.

– Não, ele ainda está concentrado naquele *muffin*. – Observo Peeta posicionar sua perna artificial. – O dia está difícil, hein?

– Não é nada – digo.

Ele respira fundo.

– Escuta aqui, Katniss, faz tempo que estou a fim de conversar com você sobre a maneira como me comportei no trem. Estou me referindo àquele último trem. O que trouxe a gente de volta. Eu sabia que você tinha alguma coisa com Gale. Eu tinha ciúmes dele antes mesmo de conhecer você oficialmente. E não era justo prender você ao que quer que tenha havido nos Jogos. Peço desculpas.

O pedido de desculpas dele me pega de surpresa. É verdade que Peeta se afastou de mim depois que confessei que o meu amor por ele durante os Jogos era apenas uma encenação. Mas não cobro isso dele. Na arena, desempenhei o papel romântico em todos os sentidos. Havia momentos em que eu francamente não sabia o que sentia por ele. E, na verdade, ainda não sei.

– Eu também peço desculpas – digo. Não tenho certeza do motivo exatamente. Talvez porque haja uma possibilidade efetiva de estar a ponto de destruí-lo.

– Você não tem por que pedir desculpas. Você estava apenas nos mantendo vivos. Mas não quero que a gente continue assim, ignorando um ao outro na vida real e caindo na neve todas as vezes que tem uma câmera por perto. Aí pensei que se parasse de agir como se estivesse tão, enfim, magoado, a gente podia tentar ser amigos – diz ele.

Todos os meus amigos provavelmente acabarão mortos, mas recusar o pedido de Peeta não iria mantê-lo seguro.

– Tudo bem – digo. A oferta dele faz com que eu me sinta melhor. Menos enganadora, de uma forma ou de outra. Seria legal se ele tivesse me dito isso há mais tempo, antes que eu soubesse que o presidente Snow tinha outros planos e que ser apenas amigos não era mais opção para nenhum dos dois. Mas, de um jeito ou de outro, estou contente de estarmos conversando novamente.

– E aí, qual é o problema? – pergunta ele.

Eu não posso contar para ele. Agarro um punhado de grama.

– Vamos começar com uma coisa mais básica. Não é estranho eu saber que você arriscaria a sua vida para salvar a minha... e ao mesmo tempo não saber qual é a sua cor favorita? – diz ele.

Um sorriso se forma em meus lábios.
– Verde. E a sua?
– Laranja.
– Laranja? Como os cabelos de Effie? – digo.
– Um pouco menos intenso – diz ele. – É mais tipo... o pôr do sol.

O pôr do sol. Consigo vê-lo imediatamente, a borda do sol se pondo, o céu estriado com suaves sombras alaranjadas. Lindo. Lembro-me do biscoito de lírio-tigrino e, agora que Peeta está novamente falando comigo, lembrar do biscoito é tudo o que consigo fazer para não contar a história toda do presidente Snow. Mas sei que Haymitch não iria gostar que eu fizesse isso. É melhor continuar falando besteiras.

– Sabia que todo mundo fala maravilhas das suas pinturas? Eu acho muito chato não ter visto nenhuma delas – digo.

– Bom, tenho um vagão inteiro cheio delas. – Ele se levanta e me oferece a mão. – Vamos lá.

É bom sentir os dedos dele novamente entrelaçados nos meus, não para um show, mas em função de uma amizade real. Caminhamos de volta ao trem de mãos dadas. Na porta, eu me lembro:

– Antes de mais nada preciso pedir desculpas a Effie.

– Não tenha medo de exagerar nessa parte – Peeta me diz.

Então, quando volto para o vagão-restaurante, onde os outros ainda estão almoçando, faço um pedido de desculpas a Effie que me parece efusivo, mas que na opinião dela provavelmente consegue apenas compensar a minha falta de etiqueta. Sendo justa, Effie aceita as desculpas graciosamente. Ela diz que está claro que estou sob muita pressão. E seus comentários acerca da necessidade de *alguém* cumprir o cronograma duram apenas uns cinco minutos. Escapei dessa com facilidade, para ser sincera.

Quando Effie termina, Peeta me conduz através de alguns vagões para que eu veja suas pinturas. Não sei o que esperava. Versões maiores dos biscoitos de flor, quem sabe. Mas o que encontro é algo totalmente diferente. Peeta pintou os Jogos.

Algumas cenas são impossíveis de serem compreendidas de imediato, se a pessoa que está vendo não esteve ela própria na arena. Água pingando pelas rachaduras em nossa caverna. O leito seco da fonte. Um par de mãos, as dele, cavando em busca de raízes. Outras, qualquer pessoa reconheceria. O chifre dourado chamado Cornucópia. Clove arrumando as facas em sua jaqueta. Um dos bestantes, inquestionavelmente o louro de olhos verdes que só podia ser Glimmer, rosnando enquanto avançava sobre nós. E eu. Estou por toda parte. No alto de uma árvore. Batendo uma camisa contra as pedras no riacho. Deitada inconsciente numa piscina de sangue. E uma que não consigo situar – talvez essa tenha sido a minha aparência quando a febre dele estava alta –, emergindo de uma névoa cinza que combina perfeitamente com os meus olhos.

– O que você acha? – pergunta ele.

– Odeio tudo isso – digo. Quase consigo sentir o cheiro de sangue, a sujeira, a respiração artificial do bestante. – A única coisa que faço atualmente é tentar esquecer a arena e aí você traz tudo aquilo de volta. Como é que você se lembra de todos esses detalhes?

– Eu vejo essas cenas todas as noites.

Sei o que ele quer dizer. Pesadelos – que antes dos Jogos não me eram estranhos – agora me assolam assim que adormeço. Mas aquele mais antigo, o de meu pai indo pelos ares nas minas por causa de uma explosão, atualmente é raro. Em vez dele, tenho revivido versões do que aconteceu na arena. Minha tentativa infrutífera de salvar Rue. Peeta sangrando até a morte. O corpo inchado de Glimmer desintegrando-se em minhas mãos. O fim horrendo de Cato nas garras dos bestantes. Esses são os meus visitantes mais frequentes.

– Eu também. Isso ajuda alguma coisa? Pintar essas cenas todas?

– Não sei. Acho que estou com um pouco menos de medo de dormir à noite, ou pelo menos é isso que digo para mim mesmo – responde ele. – Mas eles não foram embora.

– De repente eles nunca vão mesmo. Os de Haymitch não foram. – Haymitch não diz isso, mas tenho certeza de que é por isso que ele não gosta de dormir no escuro.

– Não. Mas pra mim é melhor acordar com uma pintura do que com uma faca na mão – diz ele. – Quer dizer então que você realmente odiou os quadros?

– Odiei. Mas eles são extraordinários. São mesmo – respondo. E realmente são. Mas não quero mais olhar para eles. – Quer ver o meu talento? Cinna fez um grande trabalho.

Peeta ri.

– Mais tarde. – O trem avança, e consigo ver a terra se movendo pela janela. – Vamos lá, estamos quase chegando no Distrito 11. Vamos dar uma olhada.

Andamos até o último vagão do trem. Há cadeiras e sofás para nos sentarmos, mas o que é maravilhoso é que as janelas traseiras sobem até o teto, de modo que você tem a nítida sensação de que está a céu aberto, no ar fresco, e você consegue ver uma boa parte da paisagem. Imensos campos abertos com manadas de vacas leiteiras pastando. Tão diferente de nosso lar cheio de árvores. A velocidade diminui ligeiramente e acho que talvez estejamos nos aproximando de mais uma parada, quando uma cerca se ergue diante de nós. Com pelo menos dez metros de altura e dotada de sinistros rolos de arame farpado no topo, ela faz a nossa cerca do Distrito 12 parecer coisa de criança. Meus olhos inspecionam rapidamente a base, que contém enormes placas de metal alinhadas. Há poucas chances de se cavar um buraco, poucas chances de uma escapada para caçar. Então vejo as torres de vigilância, situadas com a mesma distância umas das outras, recheadas de guardas armados, tão deslocadas em meio às flores silvestres em torno delas.

– Aquilo ali é uma coisa bem diferente – diz Peeta.

Rue me deu a impressão de que as regras no Distrito 11 eram impostas de uma maneira mais dura. Mas nunca imaginei nada parecido com isso.

Agora começam a aparecer os campos cultiváveis, que se estendem até onde a vista alcança. Homens, mulheres e crianças usando chapéus de palha para se proteger do sol erguem seus troncos, viram-se em nossa direção, perdem um momento esticando as costas enquanto observam a passagem de nosso trem. Consigo ver pomares ao longe, e imagino se esse é o local onde Rue trabalhava, colhendo as frutas dos galhos mais finos no topo das árvores. Pequenas comunidades de casebres – em comparação com as da Costura, elas poderiam ser consideradas de alta categoria – surgem aqui e ali, mas estão completamente vazias. Todas as mãos devem ser necessárias na colheita.

Os campos são intermináveis. Não consigo acreditar no tamanho do Distrito 11.

– Quantas pessoas você acha que vivem aqui? – pergunta Peeta. Balanço a cabeça em negativa. Na escola se referem a ele como um distrito grande, e é só. Nenhum número real a respeito da população. Mas essas crianças que nós vemos na câmera, esperando a colheita a cada ano, só podem ser uma pequena amostra dos que realmente habitam o distrito. O que eles fazem? Convocações preliminares? Pegam os vencedores antes do tempo e garantem a presença deles na multidão? Como exatamente Rue acabou naquele palco com nada além do vento se oferecendo para lhe substituir?

Começo a me cansar da vastidão, da interminável vastidão desse lugar. Quando Effie vem nos dizer que está na hora de nos vestirmos, não me oponho. Vou para o meu compartimento e deixo a equipe de preparação fazer o meu cabelo e a maquiagem. Cinna entra com um vestido laranja bonitinho, adornado com folhas de outono. Imagino o quanto Peeta vai gostar da cor.

Effie me coloca junto a Peeta e recapitula a programação do dia uma última vez. Em alguns distritos, os vitoriosos percorrem a cidade enquanto os residentes dão os vivas. Mas no 11 – talvez porque não haja exatamente uma cidade para começo de conversa, tudo sendo tão espalhado, ou talvez porque eles não queiram desperdiçar tantas pessoas enquanto a colheita está em curso – a aparição em público limita-se à praça. A cerimônia acontece em frente ao Edifício da Justiça, uma enorme estrutura de mármore. No passado, deve ter sido uma construção bonita, mas o tempo já cobrou seu preço. Mesmo na televisão, é possível ver as trepadeiras tomando conta da fachada prestes a desmoronar e o telhado quase despencando. A praça em si está rodeada de lojas em péssimo estado de conservação, a maioria abandonada. Onde quer que morem os bem de vida no Distrito 11, certamente não é aqui.

Nossa apresentação pública será inteiramente ao ar livre, no que Effie se refere como a varanda, o espaço coberto de telhas entre as portas da frente e a escada, protegido do sol por um telhado amparado por colunas. Peeta e eu seremos apresentados, o prefeito do Distrito 11 lerá um discurso em nossa homenagem, e nós responderemos com um muito obrigado escrito à mão fornecido pela Capital. Se um vitorioso tinha algum aliado especial entre os tributos mortos, é considerado de bom-tom acrescentar alguns comentários pessoais. Eu deveria dizer alguma coisa a respeito de Rue, e também de Thresh, na realidade, mas todas as vezes que tentei escrever sobre eles em casa, acabei com um papel em branco me encarando de volta. É difícil para mim falar sobre eles sem me emocionar. Felizmente, Peeta preparou uma coisinha e, com algumas leves alterações, o texto pode servir para nós dois. Ao fim da cerimônia, receberemos uma espécie de placa, e então poderemos nos retirar para o Edifício da Justiça, onde um jantar especial será servido.

Quando o trem começa a parar na estação do Distrito 11, Cinna faz os últimos retoques no meu traje, mudando a faixa de cabelo cor de laranja por uma em tom dourado metálico e prendendo em meu vestido o broche com o tordo que eu usava na arena. Não há nenhum comitê de boas-vindas na plataforma, apenas um esquadrão de oito Pacificadores que nos dirigem ao interior de um caminhão blindado. Effie torce o nariz assim que a porta se fecha atrás de nós.

– Dá até pra achar que somos todos criminosos – diz ela.

Todos não, Effie. Só eu, penso.

O caminhão nos deixa nos fundos do Edifício da Justiça. Somos levados para dentro apressadamente. Sinto o cheiro de uma excelente refeição sendo preparada, mas ele não bloqueia os odores de mofo e podridão. Não nos oferecem tempo algum para darmos uma olhada ao redor. Quando nos dirigimos rapidamente para a entrada da frente, ouço o hino começando a tocar na praça. Alguém prende um microfone em mim. Peeta pega minha mão esquerda. O prefeito está nos apresentando no exato instante em que as maciças portas se abrem com um gemido.

— Olha o sorriso! — diz Effie, e nos dá uma cutucada. Nossos pés começam a se mover para a frente.

É isso. É aqui que tenho de convencer a todos de como estou apaixonada por Peeta, penso. A cerimônia solene está muito bem-mapeada, de modo que não tenho muita certeza de como fazer isso. Não é um momento propício para um beijo, mas talvez eu consiga arranjar um jeito.

Aplausos calorosos se seguem, mas nada parecido com as reações que recebemos na Capital, os vivas e gritos entusiasmados e assovios. Atravessamos a varanda protegida do sol até o fim do telhado e logo estamos em pé no topo de uma grande escadaria de mármore sob um sol fortíssimo. À medida que meus olhos vão se ajustando, vejo que os prédios na praça possuem vários cartazes pendurados que ajudam a cobrir o estado de abandono em que eles se encontram. O local está cheio de gente mas, novamente, isso significa apenas uma fração do número de pessoas que ali residem.

Como de costume, uma plataforma especial foi construída na base do palco para as famílias dos tributos mortos. Do lado de Thresh há apenas uma mulher idosa com as costas curvadas e uma garota alta e musculosa que imagino ser a irmã dele. Do lado de Rue... não estou preparada para a família de Rue. Seus pais, cujos rostos ainda demonstram os sinais da tristeza recente. Seus cinco irmãos menores que se parecem tanto com ela. Os portes leves, os luminosos olhos castanhos. Eles formam um aglomerado de pequenos pássaros escuros.

O aplauso cessa e o prefeito faz o discurso em nossa homenagem. Duas menininhas aparecem com enormes buquês de flores. Peeta faz a sua parte da resposta manuscrita e, então, eu surpreendo meus próprios lábios concluindo o texto. Felizmente, minha mãe e Prim ensaiaram bastante comigo para que eu pudesse fazer a leitura de cor.

Peeta escreveu seus comentários em um cartão, mas ele não o pega. Ao contrário, fala com seu estilo simples e vitorioso sobre Thresh e Rue chegando entre os oito finalistas, sobre como ambos me mantiveram viva – portanto, mantendo-o vivo – e sobre como isso é uma dívida que nós jamais poderemos ressarcir. E então ele hesita antes de acrescentar algo que não estava escrito no cartão. Talvez, porque ele pensasse que Effie pudesse obrigá-lo a retirar caso soubesse.

– Isso não tem como substituir as perdas de vocês, mas, como símbolo de nosso agradecimento, gostaríamos que as famílias dos tributos do Distrito 11 recebessem um mês de nossos ganhos a cada ano enquanto estivermos vivos.

A multidão só consegue reagir com arquejos e murmúrios. Não há nenhum precedente para o que Peeta fez. Nem sei se isso é legal. Provavelmente nem ele sabe, portanto ele resolveu não perguntar, para o caso de não ser. Quanto às famílias, elas simplesmente olham fixamente para nós em estado de choque. As vidas delas foram mudadas para sempre quando Thresh e Rue faleceram, mas esse presente efetivará uma nova mudança. Um mês de ganho de um tributo vitorioso pode facilmente sustentar uma família por um ano. Enquanto estivermos vivos, eles não passarão fome.

Olho para Peeta, que me oferece um sorriso triste. Ouço a voz de Haymitch. – *Existem opções piores do que se casar com Peeta*. – Naquele momento, é impossível imaginar como eu poderia arranjar alguém melhor do que ele. O momento... é perfeito. Então, quando me levanto na ponta dos pés para beijá-lo, o gesto não parece nem um pouco forçado.

O prefeito dá um passo à frente e presenteia a ambos com uma placa que é tão grande que preciso baixar o meu buquê para segurá-la. A cerimônia está para terminar quando reparo em uma das irmãs de Rue olhando para mim. Ela deve ter mais ou menos nove anos e é quase uma cópia exata de Rue, até no jeito de ficar de pé com os braços ligeiramente estendidos. Apesar das boas notícias a respeito dos ganhos, ela não está feliz. Na realidade, está parecendo recriminar alguma coisa. Será porque eu não salvei Rue?

Não. É porque ainda não agradeci a ela, penso.

Uma onda de vergonha percorre todo o meu corpo. A menina está certa. Como é que posso ficar ali parada, passiva e muda, deixando todas as palavras ao encargo de Peeta? Se tivesse vencido, Rue jamais teria deixado a minha morte passar em branco. Lembro de como cuidei, na arena, para que ela ficasse coberta de flores, para garantir que a perda dela não passasse despercebida. Mas aquele gesto não vai significar coisa alguma se eu não o sustentar agora.

– Esperem! – Dou um passo à frente desajeitadamente, pressionando a placa contra meu peito. O tempo que me foi designado para falar chegou e passou, mas preciso falar algo. Minhas dívidas são grandes. E mesmo que eu tivesse prometido todos os meus ganhos para as famílias, isso não seria uma desculpa para o meu silêncio hoje. – Esperem, por favor.

Eu não sei como começar, mas assim que começo, as palavras jorram da minha boca como se estivessem sendo formadas no fundo da minha mente há bastante tempo:

– Desejo transmitir meus agradecimentos aos tributos do Distrito 11. – Olho para a dupla de mulheres do lado de Thresh. – Só falei com Thresh uma única vez. Tempo suficiente para que ele poupasse a minha vida. Não o conhecia, mas sempre o respeitei. Pelo poder que ele tinha. Por sua recusa em disputar os Jogos em quaisquer termos que não fossem os dele. Os Carreiristas queriam se associar a ele desde o início, mas ele jamais aceitou a parceria. Eu o respeitava por isso.

Pela primeira vez, a senhora corcunda – será a avó de Thresh? – levanta a cabeça e um rastro de sorriso surge em seus lábios.

A multidão ficou em silêncio, em um silêncio tão grande que imagino como é que eles vão lidar com isso. Devem estar todos prendendo a respiração.

Volto-me para a família de Rue.

– Mas tenho a sensação de ter conhecido Rue, e ela vai estar sempre comigo. Todas as coisas bonitas fazem com que eu me lembre dela. Eu a vejo nas flores amarelas que crescem na Campina perto de minha casa. Eu a vejo nos tordos que cantam nas árvores. Mas, acima de tudo, eu a vejo em minha irmã, Prim. – Minha voz falha, mas estou quase terminando. – Obrigada por suas crianças. – Levanto o queixo para me dirigir à multidão. – E obrigada a todos vocês pelo pão.

Fico lá parada, sentindo-me arrasada e minúscula, com milhares de olhos fixos sobre mim. Há uma longa pausa. Então, de algum lugar na multidão, alguém assobia a melodia de quatro notas dos tordos que Rue cantava. A que sinalizava o fim do dia de trabalho nos pomares. A que significava segurança na arena. No fim da melodia, encontro a pessoa que está assobiando, um homem idoso desgastado pelo tempo vestindo uma camisa vermelha desbotada e macacão. Seus olhos encontram os meus.

O que acontece em seguida não é um acidente. É muito bem-executado para ser algo espontâneo, porque acontece em total sincronia. Todas as pessoas na multidão pressionam os três dedos médios de suas mãos esquerdas contra os lábios e os estendem na minha direção. É o nosso sinal no Distrito 12, o último adeus que dei a Rue na arena.

Se eu não tivesse falado com o presidente Snow, esse gesto talvez me levasse às lágrimas. Mas com suas recentes ordens para acalmar os distritos ainda frescas em meus ouvidos, a manifestação me enche de pavor. O que ele vai pensar dessa saudação pública à garota que desafiou a Capital?

O impacto do que acabei de fazer me atinge em cheio. Não foi intencional – quis apenas expressar os meus agradecimentos –, mas acabei provocando uma coisa perigosa. Um ato de discordância das pessoas do Distrito 11. É exatamente esse tipo de coisa que eu deveria estar desencorajando!

Tento pensar em algo a dizer que pudesse diminuir o impacto do que acabou de acontecer, que pudesse negar a manifestação, mas ouço uma leve estática indicando que o meu microfone foi cortado e que o prefeito reassumiu o controle da cerimônia. Peeta e eu agradecemos uma última rodada de aplausos. Ele me conduz de volta à porta, sem saber que alguma coisa deu errado.

Tenho uma sensação engraçada e preciso parar por um momento. Pedacinhos de luz do sol dançam diante de meus olhos.

– Você está se sentindo bem? – pergunta Peeta.

– Só um pouco tonta. O sol está forte demais – digo. Vejo o buquê na mão dele. – Esqueci minhas flores – murmuro.

– Eu pego – diz ele.

– Pode deixar.

Estaríamos seguros no interior do Edifício de Justiça nesse momento se eu não tivesse parado, se não tivesse esquecido as flores. Em vez disso, da zona profundamente sombreada da varanda, nós vemos a coisa toda acontecer.

Um par de Pacificadores arrastando o homem idoso que assobiara em direção ao topo da escada. Forçando-o a se ajoelhar diante da multidão. E colocando uma bala em sua cabeça.

5

O homem acaba de desabar no chão quando uma parede de uniformes brancos de Pacificadores bloqueia a nossa visão. Vários soldados estão com armas automáticas em punho nos empurrando de volta à porta.

– Estamos indo! – diz Peeta, empurrando o Pacificador que está me pressionando. – Nós já entendemos, beleza? Vamos lá, Katniss. – Ele me abraça e me guia de volta ao Edifício de Justiça. Os Pacificadores seguem um ou dois passos atrás de nós. Assim que chegamos ao interior do prédio, as portas são fechadas e ouvimos as botas dos Pacificadores se dirigindo de volta à multidão.

Haymitch, Effie, Portia e Cinna esperam embaixo da tela cheia de estática que está montada na parede, seus rostos tensos devido à ansiedade.

– O que aconteceu? – Effie se apressa a perguntar. – A imagem saiu do ar logo depois do lindo discurso de Katniss, e então Haymitch disse que teve a impressão de ter ouvido um tiro, e eu disse que isso era ridículo, mas quem sabe? Tem lunático por tudo quanto é canto!

– Não aconteceu nada, Effie. Foi o motor de um caminhão velho que explodiu – diz Peeta, tranquilo.

Mais dois tiros. A porta não abafa muito bem o som. Quem foi agora? A avó de Thresh? Uma das irmãs de Rue?

– Vocês dois. Venham comigo – diz Haymitch. Peeta e eu o seguimos, deixando os outros para trás. Os Pacificadores que estão estacionados ao redor do Edifício da Justiça dão pouca importância aos nossos movimentos agora que estamos em segurança no interior do prédio. Subimos uma magnífica escadaria de mármore em curva. No topo, há um longo corredor com um carpete puído. Portas duplas estão abertas, nos dando as boas-vindas ao interior da primeira sala que encontramos. O teto deve ficar a uns seis metros de altura. Desenhos de frutas e flores estão esculpidos no friso, e crianças pequenas e gorduchas com asas olham para nós de cada ângulo da sala. Vasos de flores exalam um aroma doce que me dá coceira nos olhos. Nossos trajes de gala estão pendurados na parede. Essa sala foi preparada para nosso uso, mas o tempo que ficamos aqui mal é suficiente para deixarmos nossos presentes. Então Haymitch arranca os microfones de nossos peitos, enfia-os debaixo da almofada de um sofá e acena para nós.

Até onde sei, Haymitch só esteve ali uma única vez, quando participou de sua própria Turnê da Vitória décadas atrás. Mas ele deve ter uma memória fantástica ou instintos confiáveis, porque nos conduz através de um emaranhado de escadarias tortuosas e corredores cada vez mais estreitos. Às vezes, ele para e força alguma porta. Pelo chiado de protesto das dobradiças dá para dizer que faz um bom tempo que ela não é aberta. Por fim, subimos uma escada que dá num alçapão. Quando Haymitch empurra a porta para o lado, entramos no domo do Edifício da Justiça. É um lugar imenso, cheio de móveis quebrados, pilhas de livros, escadas de biblioteca e armas enferrujadas. A poeira não é retirada há anos. A luz luta para penetrar no ambiente através de quatro janelas quadradas encardidas em cada lado do domo. Haymitch dá um chute no alçapão e se vira para nós.

— O que aconteceu? – pergunta ele.

Peeta relata tudo o que ocorreu na praça. O assobio, a saudação, nossa hesitação na varanda, o assassinato do velho.

— Haymitch, o que está acontecendo?

— Vai ser melhor você mesma falar – diz Haymitch para mim.

Eu discordo. Acho que vai ser cem vezes pior se eu mesma falar. Mas conto tudo a Peeta com o máximo de calma que consigo reunir. Sobre o presidente Snow, a inquietação nos distritos. Não omito nem mesmo o beijo de Gale. Exponho os detalhes de como todos estamos em perigo, de como o país inteiro está em perigo por causa do meu truque com as amoras.

— Era para eu consertar as coisas nessa turnê. Fazer todo mundo acreditar que agi por amor. Acalmar os ânimos. Mas, obviamente, tudo o que fiz hoje foi deixar três pessoas mortas, e agora todo mundo na praça vai ser punido. – Sinto-me tão mal que sou obrigada a sentar no sofá, apesar das molas e do estofo expostos.

— Aí eu também acabei piorando as coisas. Dando o dinheiro – diz Peeta. De repente ele dá um soco num abajur precariamente colocado em cima de um engradado e o objeto voa pela sala despedaçando-se no chão. – Isso precisa acabar. Agora. Esse... esse... joguinho de vocês dois ficarem contando segredos um para o outro e escondendo de mim como se eu fosse uma pessoa inconsequente, ou idiota ou fraca demais pra lidar com eles.

— Não é bem assim, Peeta... – começo.

— É exatamente assim! – ele berra. – Também tenho várias pessoas de quem gosto, Katniss! Família e amigos no Distrito 12 que vão morrer exatamente como as de que você gosta se a gente não resolver isso aqui. Quer dizer então que, depois de tudo o que a gente passou na arena, não tenho nem o direito de ouvir a verdade de você?

– Você é sempre tão confiável e uma pessoa tão boa, Peeta – diz Haymitch –, e ainda por cima tão inteligente ao se colocar diante das câmeras que nem passou pela minha cabeça perturbar essa harmonia.

– Bom, você me superestimou. Porque eu realmente fiz uma besteira imensa hoje. O que você acha que vai acontecer com os membros das famílias de Rue e Thresh? Você acha que vão receber a parte que merecem de nossos ganhos? Você acha que dei a eles um futuro brilhante? Porque acho que eles vão ter sorte se sobreviverem a esse dia! – Peeta joga mais uma coisa pelos ares, uma estátua dessa vez. Eu nunca o vi se comportar dessa maneira.

– Ele tem razão, Haymitch – digo. – Nós erramos em não contar tudo pra ele. Mesmo lá na Capital.

– Mesmo na arena, vocês dois tinham uma espécie de sistema montado, não tinham? – pergunta Peeta. A voz dele está mais calma agora. – Uma coisa da qual eu não fazia parte.

– Não. Não oficialmente. Eu só conseguia saber o que Haymitch queria que eu fizesse a partir das coisas que ele enviava, ou não enviava – digo.

– Bom, eu nunca tive essa oportunidade. Porque ele nunca me enviou nada até você aparecer – diz Peeta.

Eu não tinha pensado muito sobre isso. Qual deve ter sido a perspectiva de Peeta quando apareci na arena com um remédio para queimaduras e pão ao passo que ele, que estava à beira da morte, não tinha recebido nada. Era como se Haymitch estivesse me mantendo viva e deixando ele morrer.

– Veja bem, garoto... – começa Haymitch.

— Não precisa se preocupar, Haymitch. Sei que você precisava escolher um de nós. E eu também queria que ela tivesse sido a escolhida. Mas isto aqui é diferente. Há pessoas mortas lá fora. E mais pessoas vão morrer a menos que a gente trabalhe muito bem. Todos sabemos que sou melhor do que Katniss na frente das câmeras. Ninguém precisa me dizer o que tenho que falar. Mas preciso saber no que estou me metendo – diz Peeta.

— De agora em diante, você será informado de tudo – promete Haymitch.

— Acho bom – diz Peeta. Ele nem se dá o trabalho de olhar para mim antes de sair.

A poeira que levantou fica pairando no ar à procura de novos lugares onde pousar. Meus cabelos, meus olhos, meu broche de ouro brilhante.

— Você me escolheu, Haymitch? – pergunto.

— Escolhi, sim – diz ele.

— Por quê? Você gosta mais dele.

— É verdade. Mas lembre-se, até eles mudarem as regras, a minha única esperança era tirar um de vocês de lá com vida – responde ele. – Pensei que, já que ele estava tão decidido a te proteger, bom, cá entre nós três, talvez nós conseguíssemos trazer você para casa.

— Ah. – É tudo o que consigo dizer.

— Você vai ver as escolhas que terá de fazer. Se a gente sobreviver a isso – diz Haymitch –, você vai aprender.

Bom, uma coisa eu aprendi hoje. Esse lugar não é uma versão maior do Distrito 12. Nossa cerca não é vigiada e quase nunca está eletrificada. Nossos Pacificadores não são bem--vindos, mas também não são tão brutais. Nossas dificuldades cotidianas evocam mais fadiga do que fúria. Aqui no 11, eles sofrem muito mais agudamente e sentem um desespero muito maior. O presidente Snow está certo. Uma fagulha poderia ser suficiente para inflamá-los.

As coisas estão acontecendo com muita rapidez para que eu consiga processar tudo. O aviso, os tiros, o reconhecimento de que posso ter iniciado alguma coisa que terá grandes consequências. Tudo isso é improvável demais. E uma coisa seria eu ter planejado criar uma agitação tão grande, mas dadas as circunstâncias... como foi que consegui causar tanto problema?

– Vamos. A gente precisa participar do jantar – diz Haymitch.

Fico debaixo do chuveiro o tempo que me é permitido e em seguida saio para ser arrumada. A equipe de preparação parece indiferente aos eventos do dia. Estão todos excitadíssimos com o jantar. Nos distritos, eles são suficientemente importantes para participar, ao passo que na Capital quase nunca recebem convites para as festas mais prestigiosas. Enquanto tentam adivinhar quais pratos serão servidos, não paro de ver o tiro estourando os miolos do idoso. Nem presto atenção ao que estão fazendo comigo até quase o momento de sair, quando finalmente me olho no espelho. Um vestido rosa-chá sem alça roça os meus sapatos. Meus cabelos estão presos atrás da cabeça e caem pelas costas numa chuva de anéis.

Cinna aparece atrás de mim e coloca um resplandecente xale prateado em meus ombros. Ele me olha no espelho.

– Gosta?

– É lindo. Como sempre – digo.

– Vamos ver como é que ele fica com um sorriso – diz ele delicadamente. É a senha para me alertar que em um minuto as câmeras estarão de volta. Dou um jeito de erguer os cantos dos lábios. – Lá vamos nós.

Quando nos reunimos para descer para o jantar, dá para ver que Effie está irritada. Certamente, Haymitch não contou para ela o que aconteceu na praça. Não ficaria surpresa se Cinna e Portia soubessem, mas ao que parece existe um acordo tácito para que Effie fique fora do circuito das más notícias. Mas não demora muito até que o problema apareça.

Effie recapitula o cronograma da noite e em seguida o joga para o lado.

— E então, graças a Deus, vamos entrar naquele trem e dar o fora daqui — diz ela.

— Algo errado, Effie? — pergunta Cinna.

— Não gosto do jeito como a gente tem sido tratado. Jogados dentro de caminhões sem poder pisar na plataforma. E depois, mais ou menos uma hora atrás, decidi dar uma olhada em volta do Edifício da Justiça. Vocês sabem que sou meio especialista em arquitetura.

— Ah, sim, ouvi falar — diz Portia, antes que a pausa ficasse longa demais.

— Então, estava apenas dando uma olhadinha ao redor porque as ruínas dos distritos vão dar o que falar esse ano, quando dois Pacificadores apareceram e me mandaram voltar aos meus aposentos. Um deles inclusive encostou a arma em mim! — diz Effie.

Não consigo parar de pensar que isso foi o resultado direto de Haymitch, Peeta e eu termos desaparecido no início do dia. É reconfortante, na verdade, pensar que Haymitch talvez tenha agido de modo correto. Que ninguém estaria monitorando o domo empoeirado onde nós conversamos. Embora eu aposte que agora estejam.

Effie parece tão perturbada que eu a abraço espontaneamente.

— Que coisa horrível, Effie. De repente seria melhor a gente nem ir a esse jantar. Pelo menos até eles pedirem desculpas. — Sei que ela jamais concordaria com isso, mas seu estado de espírito melhora consideravelmente diante da sugestão, diante do reconhecimento de sua reclamação.

— Não, eu consigo. É parte do meu trabalho lidar com os altos e baixos. E a gente não pode deixar vocês dois perderem o jantar – diz ela. — Mas obrigada pela sugestão, Katniss.

Effie nos coloca em formação para a entrada. Primeiro as equipes de preparação, depois ela, os estilistas, Haymitch. Peeta e eu, é claro, vamos por último.

Em algum lugar mais abaixo, músicos começam a tocar. Quando a primeira onda de nossa pequena procissão começa a descer os degraus, Peeta e eu ficamos de mãos dadas.

— Haymitch diz que errei em brigar com você. Você estava apenas agindo de acordo com as suas instruções — comenta Peeta. — E eu estaria mentindo se dissesse que nunca omiti coisas de você no passado.

Lembro do choque ao ouvir Peeta confessando seu amor por mim na frente de Panem inteira. Haymitch sabia disso e não tinha me dito nada.

— Acho que eu mesma também quebrei algumas coisas depois daquela entrevista.

— Só uma urna – diz ele.

— E as suas mãos. Mas esse tipo de atitude não faz mais sentido, faz? Mentirmos um pro outro?

— Nenhum sentido – diz Peeta. Esperamos no topo da escada, permitindo que Haymitch se coloque a quinze passos de distância, de acordo com a orientação de Effie. — Foi só uma vez mesmo que você beijou Gale?

Fico tão atônita que respondo:

— Foi. — Com tudo o que aconteceu hoje, será que essa pergunta realmente o estava atormentando tanto?

— Quinze passos. Vamos nessa — diz ele.

Uma luz nos atinge, e exibo o mais esplêndido sorriso que alguém pode imaginar.

Descemos os degraus e somos tragados pelo que se torna uma indistinta coleção de jantares, cerimônias e viagens de trem. Todo dia é a mesma coisa. Acordar. Se vestir. Andar em meio a multidões entusiasmadas. Ouvir um discurso em nossa homenagem. Fazer um discurso de agradecimento em retribuição, mas apenas o que a Capital nos forneceu, jamais acrescentar quaisquer adendos pessoais a partir de agora. Às vezes uma breve turnê: uma olhadinha no mar em um distrito, florestas altíssimas em outro, fábricas feiosas, campos de trigo, refinarias fedorentas. Vestir os trajes de gala. Participar de jantares. Trem.

Durante as cerimônias, somos solenes e respeitosos, mas sempre grudados um no outro, pelas mãos, pelos braços. Nos jantares, ficamos à beira do delírio em nosso amor recíproco. Nós nos beijamos, dançamos, somos pegos tentando dar uma escapadinha para ficarmos a sós. No trem, ficamos silenciosamente tristes enquanto tentamos avaliar o efeito que estaríamos provocando.

Mesmo sem nossos discursos pessoais para desencadear discordâncias — não é preciso dizer que os que fizemos no Distrito 11 foram editados antes de o evento ser transmitido — dá para sentir algo no ar, uma panela no fogo prestes a transbordar. Não em todos os lugares. Algumas multidões lembram gado a caminho do matadouro, impressão que eu sei que o Distrito 12 normalmente projeta nas cerimônias dos vitoriosos. Mas em outros — particularmente no 8, no 4 e no 3

– existe uma genuína felicidade estampada nos rostos das pessoas assim que nos veem e, por trás dessa felicidade, fúria. Quando eles cantam o meu nome, é mais um grito de vingança do que um viva. Quando os Pacificadores aparecem para silenciar uma multidão indisciplinada, ela intensifica a postura em vez de recuar. E sei que não há nada que eu jamais possa fazer para mudar isso. Nenhuma demonstração de amor, embora crível, mudaria essa maré. Se o fato de eu ter estendido aquelas amoras foi um ato de insanidade temporária, então essas pessoas também vão abraçar a insanidade.

Cinna afrouxa minha roupa na cintura. A equipe de preparação ameniza as olheiras. Effie começa a me dar pílulas para dormir, mas elas não funcionam. Não tão bem. Adormeço apenas para ser despertada por pesadelos que aumentam em quantidade e intensidade. Peeta, que passa grande parte da noite vagando pelo trem, ouve os meus gritos enquanto luto para escapar da névoa proporcionada pelas drogas que apenas prolongam os horríveis sonhos. Ele consegue me acordar e me acalmar. Em seguida, deita na minha cama e me abraça até que eu adormeça novamente. Depois disso, recuso as pílulas. Mas todas as noites deixo que ele deite na minha cama. Administramos a escuridão da mesma maneira que fazíamos na arena, abraçados um ao outro, vigiando os perigos que podem surgir a qualquer momento. Nada mais acontece, mas nosso arranjo rapidamente se torna objeto de fofocas no trem.

Quando Effie menciona o assunto comigo, penso, *Ótimo. De repente a história vai chegar no presidente Snow.* Digo a ela que faremos um esforço para sermos mais discretos, mas não fazemos nada disso.

As aparições consecutivas no 2 e no 1 são especialmente horripilantes. Cato e Clove, os tributos do Distrito 2, poderiam ter voltado para casa se Peeta e eu não tivéssemos. Eu matei pessoalmente o garoto e a garota, Glimmer, do Distrito 1. Enquanto tento evitar olhar para a família do garoto, descubro que seu nome era Marvel. Como é possível que eu não soubesse? Tenho a impressão de que antes dos Jogos eu não tinha prestado atenção, e depois não queria saber.

Quando chegamos à Capital, já estamos desesperados. Fazemos aparições intermináveis para multidões embevecidas. Não há nenhum perigo de um levante aqui entre os privilegiados, entre aqueles cujos nomes jamais são colocados nas bolas da colheita, cujos filhos jamais morrem pelos crimes supostamente cometidos gerações atrás. Não precisamos convencer ninguém na Capital de nosso amor, apenas nos ater ao tênue fio de esperança de que ainda conseguiremos alcançar algumas daquelas pessoas que fracassamos em convencer nos distritos. O que quer que façamos, parece muito pouco, e já um tanto quanto tardio.

De volta a nossos antigos aposentos no Centro de Treinamento, sou eu quem sugere o pedido de casamento em público. Peeta concorda, mas em seguida desaparece em seu quarto por um bom tempo. Haymitch me diz para deixá-lo em paz.

– Pensei que ele quisesse – digo.

– Não dessa maneira – diz Haymitch. – Ele queria que a coisa fosse pra valer.

Volto para o meu quarto e me deito debaixo das cobertas, tentando não pensar em Gale e sem conseguir pensar em mais nada.

Naquela noite, no palco diante do Centro de Treinamento, somos submetidos a uma série de perguntas. Caesar Flickerman, em seu cintilante terno azul, seus cabelos, pálpebras e lábios ainda tingidos de pó de arroz azul, conduz impecavelmente a entrevista. Quando pergunta sobre o nosso futuro, Peeta se ajoelha, extravasa seu coração e implora para que eu me case com ele. Eu, é claro, aceito. Caesar mal consegue se conter, a audiência da Capital fica histérica, e tomadas das multidões em toda Panem mostram um país embriagado de felicidade.

O presidente Snow em pessoa faz uma visita surpresa para nos congratular. Ele bate na mão de Peeta e lhe dá um tapinha de aprovação no ombro. Ele me abraça, envolvendo-me com seu cheiro de sangue e rosas, e planta um beijo suave em meu rosto. Quando se afasta, seus dedos enterrados em meus braços, seu rosto sorrindo para o meu, ouso erguer as sobrancelhas. Elas perguntam o que a minha boca não pode perguntar. *Eu consegui? Foi suficiente? Entregar tudo a você, manter o jogo rolando, prometer me casar com Peeta. Isso foi suficiente?*

Como resposta, ele faz uma negativa com a cabeça de maneira quase imperceptível.

6

Naquele movimento ligeiro, vejo o fim da esperança e o começo da destruição de tudo que me é mais caro no mundo. Não consigo adivinhar qual será a forma de punição, a que distância será jogada a rede, mas quando tudo estiver terminado, é muito provável que nada mais reste. Então é fácil imaginar que num momento como esse eu seria tomada por completo desespero. Isto é o mais estranho: o que sinto é alívio. Sinto que posso desistir do jogo. Que a pergunta sobre se consigo ter sucesso nesse empreendimento foi respondida, mesmo que essa resposta tenha sido um sonoro não. Que, se tempos desesperadores clamam por medidas desesperadas, então estou livre para agir tão desesperadamente quanto desejar.

Só que não aqui, não ainda. É essencial voltar para o Distrito 12, porque a parte principal de qualquer plano incluirá minha mãe e minha irmã, Gale e sua família. E Peeta, se eu conseguir que ele nos acompanhe. Acrescento Haymitch à lista. Essas são as pessoas que devo levar comigo quando fugir para os confins da natureza. Como vou convencê-los, para onde ir no meio do inverno, o que será preciso para que escapemos de ser capturados são perguntas sem respostas. Mas pelo menos agora sei o que devo fazer.

Então em vez de ficar me contorcendo no chão chorando, estico o corpo com uma confiança que não tinha há muitas semanas. Meu sorriso, apesar de até certo ponto insano, não é forçado. E assim, eu mais do que depressa o reaproveito para o meu visual de menininha-quase-catatônica-de-tanta-felicidade quando o presidente Snow silencia a audiência e diz:

– O que você acha de realizarmos o casamento deles bem aqui na Capital?

Caesar Flickerman pergunta se o presidente tem uma data em vista.

– Ah, antes de marcarmos uma data, é melhor acertarmos com a mãe de Katniss – diz o presidente. O público dá uma sonora gargalhada e o presidente me abraça. – Se todo o país se concentrar nisso, talvez vocês consigam se casar antes dos trinta.

– Provavelmente o senhor terá de formular uma nova lei – digo, soltando uma risadinha.

– Se for necessário, assim será – diz o presidente com um bom humor conspiratório.

Ah, como nós dois nos divertimos.

A festa, realizada na sala de banquetes da mansão do presidente Snow, é incrível. O teto com pé-direito de doze metros de altura foi transformado num céu noturno, e as estrelas estão dispostas exatamente como estão no meu distrito. Tenho a impressão de que elas também são assim quando vistas da Capital, mas quem saberia dizer? Aqui tem sempre luz demais para que as estrelas possam ser enxergadas. Mais ou menos no meio do caminho entre o chão e o teto, músicos flutuam no que parecem nuvens brancas e fofas, mas não consigo ver o que as mantém no ar. Mesas tradicionais de jantar foram substituídas por inúmeros sofás e cadeiras estofados, alguns dos quais cercando as lareiras, outros ao lado de aromáticos jardins floridos ou fontes cheias de peixes exóticos, de modo que as pessoas possam comer e beber, e fazer o que quer que desejem no mais completo conforto. Há uma grande área ladrilhada no centro da sala que funciona como pista de dança, como palco para apresentações performáticas de artistas que entram e saem e como um outro local para se misturar com os convidados extravagantemente vestidos.

Mas a verdadeira estrela do evento é a comida. Mesas decoradas com as mais finas iguarias estão alinhadas nas paredes. Tudo o que se pode imaginar, e coisas com que ninguém jamais sonharia, estão à disposição dos convidados. Bois, porcos e cabritos inteiros girando nas grelhas. Imensos pratos de aves recheadas com frutas aromatizadas e nozes. Criaturas dos oceanos salpicadas de molho ou implorando para serem mergulhadas em misturas apimentadas. Incontáveis queijos, pães, legumes, doces, cachoeiras de vinho e rios de destilados que brilham nas chamas.

Meu apetite voltou junto com meu desejo de retaliação. Após semanas me sentindo preocupada demais para comer, estou faminta.

– Quero provar tudo nesta sala – digo a Peeta.

Percebo que ele está tentando ler minha expressão, tentando entender a minha transformação. Como ele não sabe que o presidente Snow acha que eu fracassei, ele só pode imaginar que acredito que tivemos sucesso. Que talvez eu até sinta uma felicidade genuína com nosso noivado. Seus olhos refletem sua perplexidade, mas apenas brevemente, porque estamos sendo filmados.

– Então é melhor você se apressar – diz ele.

– Tudo bem, só uma provinha de cada prato – digo. Minha promessa é quase que imediatamente quebrada diante da primeira mesa, que contém mais ou menos uns vinte tipos de sopa, quando encontro um caldo cremoso de abóbora salpicado de nozes moídas e pequenas sementes pretas. – Eu poderia comer isto aqui a noite inteira! – exclamo. Mas não como. Fraquejo novamente diante de um caldo verde que só consigo descrever como algo tão saboroso quanto a primavera, e mais uma vez experimento uma sopa rosada fumegante acompanhada de framboesas.

Rostos aparecem, apresentações são feitas, fotos são tiradas, beijos são dados e recebidos nas mais diversas faces. Aparentemente, meu broche com o tordo lançou uma nova moda que virou a sensação da temporada, porque diversas pessoas aparecem para me mostrar seus acessórios. Meu pássaro foi copiado em fivelas de cintos, bordado em lapelas de seda, até mesmo tatuado em lugares íntimos. Todos querem usar o símbolo da vencedora. Só consigo imaginar o quanto isso não deve estar levando o presidente Snow à loucura. Mas o que ele pode fazer? Os Jogos foram um tremendo sucesso aqui, onde as amoras não passaram de um símbolo de uma garota desesperada tentando salvar seu namorado.

Peeta e eu não fazemos nenhum esforço para achar companhia, mas somos constantemente assediados. Somos o que ninguém deseja perder nessa festa. Eu me comporto como quem está deliciada, mas meu interesse por essas pessoas que vivem na Capital é zero. Elas servem apenas para me distrair da comida.

Todas as mesas apresentam novas tentações, e mesmo seguindo o meu restrito regime de provar apenas um pouquinho de cada prato, começo a me empanturrar rapidamente. Pego uma pequena ave assada, dou uma mordida e minha língua é inundada por molho de laranja. Delicioso. Mas convenço Peeta a comer o resto porque quero continuar experimentando tudo, e a ideia de desperdiçar comida, como vejo tantas pessoas fazendo de modo tão leviano, é abominável para mim. Depois de mais ou menos dez mesas, estou completamente cheia, e nós só experimentamos um pequeno número dos pratos disponíveis.

Só então a minha equipe de preparação se junta a nós. Eles beiram a incoerência, navegando entre o álcool que consumiram e o êxtase que estão sentindo por participarem de um evento desta magnitude.

– Por que vocês não estão comendo? – pergunta Octavia.

– Eu comi, mas não consigo colocar mais nada na boca – digo. Todos eles riem como se isso fosse a coisa mais boba que já ouviram em toda a vida.

– Isso não é problema para ninguém! – diz Flavius. Eles nos levam até uma mesa que contém pequenas taças de vinho cheias de um líquido transparente. – Beba isto!

Peeta pega uma taça, dá um gole, e eles ficam nervosos.

– Aqui não! – berra Octavia.

– Você precisa fazer isso lá dentro – diz Venia, apontando para as portas que vão dar no toalete. – Senão você vai sujar o chão todo!

Peeta olha para a taça novamente e raciocina.

– Vocês estão querendo dizer que isso aqui vai me dar vontade de vomitar?

Minha equipe de preparação ri histericamente.

– É claro, pra você poder continuar comendo – diz Octavia. – Eu já estive lá duas vezes. Todo mundo faz isso, senão como é que você vai conseguir se divertir num banquete como esse?

Fico muda, olhando as tacinhas elegantes e tudo o que elas representam. Peeta coloca a dele na mesa com tamanha precisão que alguém poderia até pensar que o objeto estava prestes a explodir.

— Vamos dançar, Katniss.

Música ecoa das nuvens à medida que ele me afasta da equipe, da mesa, e me leva para a pista. Conhecemos apenas alguns passos de dança em nosso distrito, a partir de músicas tocadas por violinos e flautas e que requerem uma boa dose de espaço. Mas Effie nos mostrou alguns temas bem populares na Capital. A música é lenta e divagante, de modo que Peeta me puxa de encontro a seus braços e nos movemos num círculo praticamente sem dar nenhum passo. Daria para dançar essa música em cima de um prato de torta. Ficamos em silêncio por um tempo. Então, Peeta fala com uma voz tensa:

— A gente tenta aceitar as coisas como são, imaginando que pode lidar com isso, imaginando que, de repente, eles não são tão maus assim, e aí... — Ele se interrompe.

A única coisa em que consigo pensar é nos corpos flácidos das crianças em nossa mesa de cozinha, enquanto minha mãe receita o que os pais não têm condições de dar a elas. Mais comida. Agora que somos ricos, ela oferece um pouco para que levem para casa. Mas antigamente, com muita frequência, não havia nada a ser dado e a criança não tinha como ser salva. E aqui na Capital eles vomitam pelo prazer de encher seus estômagos ininterruptamente. Não por causa de alguma enfermidade do corpo ou da mente, nem por causa de alguma comida estragada. É o que todo mundo faz numa festa. É o que é esperado. Faz parte da diversão.

Um dia, quando dei uma passada na casa de Hazelle para deixar um pouco de caça, Vick estava doente com uma tosse forte. Como faz parte da família de Gale, o menino deve comer melhor do que noventa por cento do restante do

Distrito 12. Mas ainda assim ele passou mais ou menos quinze minutos falando sobre como eles tinham aberto uma lata de melaço de milho do Dia da Parcela e cada um tinha colocado uma colher no pão e que talvez comessem ainda mais no fim da semana. E de como Hazelle tinha dito que ele podia colocar um pouquinho numa xícara de chá para melhorar sua tosse, mas ele não achava isso certo a menos que os outros também pudessem fazer a mesma coisa. Se a coisa é assim na casa de Gale, como deverá ser nas outras casas?

– Peeta, eles trazem a gente para cá para lutar até a morte para se divertirem – digo. – Na boa, isso aqui não é nada em comparação com a arena.

– Eu sei, sei disso. É que às vezes não aguento mais. Tem horas que... eu nem sei o que fazer. – Ele faz uma pausa e em seguida sussurra: – Talvez a gente esteja errado, Katniss.

– Em relação a quê?

– Em relação a tentar aquietar as coisas nos distritos – diz ele.

Minha cabeça se move rapidamente de um lado para o outro, mas não parece que alguém tenha ouvido alguma coisa. A equipe de filmagem está distraída numa mesa de mariscos, e os casais dançando ao redor de nós ou estão bêbados demais ou entretidos demais uns com os outros para notar alguma coisa.

– Desculpa – diz Peeta. Ele deveria se desculpar mesmo. Isso não é lugar para ficar dando voz a tais pensamentos.

– Em casa conversamos sobre isso – digo.

Só então Portia aparece com um homem grande que me parece vagamente familiar. Ela o apresenta como Plutarch Heavensbee, o novo Chefe dos Idealizadores dos Jogos. Plutarch pergunta a Peeta se tem permissão para dançar comigo. Peeta está novamente com o rosto que usa diante das câmeras e me passa de bom grado, alertando o homem para que não fique muito grudado em mim.

Não quero dançar com Plutarch Heavensbee. E não quero sentir as mãos dele, uma pousada sobre a minha, a outra na minha cintura. Não estou acostumada a ser tocada, exceto por Peeta ou por meus familiares, e coloco Idealizadores dos Jogos abaixo de vermes na escala de criaturas que eu quero que tenham contato com a minha pele. Mas ele parece sentir isso e me mantém quase à distância de seus braços estendidos enquanto movimentamos nossos corpos na pista.

Ficamos de papo sobre a festa, sobre o entretenimento, sobre a comida, e então ele faz uma piada sobre estar evitando beber ponche desde os treinamentos. Não entendo a piada, e só então percebo que ele é o homem que caiu para trás em cima da tigela de ponche quando atirei uma flecha nos Idealizadores dos Jogos durante a sessão de treinamento. Bom, não foi bem assim. Meu alvo era a maçã que estava na boca de um porco assado. Mas fiz todo mundo se sobressaltar.

– Ah, foi você que... – Rio, me lembrando dele se encharcando de ponche ao cair.

– Foi, sim. E você vai ficar satisfeita em saber que eu nunca me recuperei daquilo – diz Plutarch.

Quero observar que, da mesma maneira, vinte e dois tributos mortos jamais se recuperarão dos Jogos que ele ajudou a criar. Mas digo apenas:

– Bom. Quer dizer então que você é o Chefe dos Idealizadores dos Jogos esse ano? Isso deve ser uma grande honra.

– Cá entre nós, não havia muitas pessoas interessadas no emprego – diz ele. – Há muita responsabilidade em relação a como serão os Jogos.

Pode crer, o último cara na função está morto, penso. Ele deve saber a respeito de Seneca Crane, mas não parece minimamente preocupado.

– Você já está planejando os Jogos do Massacre Quaternário? – pergunto.

– Ah, sim. Bom, eles estão sendo preparados há anos, é claro. Arenas não são construídas num dia. Mas o, digamos, sabor dos Jogos está sendo determinado agora. Acredite ou não, tenho uma reunião da área de estratégia marcada para hoje à noite.

Plutarch dá um passo para trás e puxa do bolso do colete um relógio de ouro preso a uma corrente. Ele abre a tampa com o dedo, verifica a hora e franze a testa.

– Preciso ir andando. – Ele vira o relógio para que eu possa ver o visor. – Começa à meia-noite.

– Parece tarde para... – digo, mas então algo me distrai. Plutarch passa o polegar sobre o visor de cristal do relógio e, por um instante, uma imagem surge, brilhando como se estivesse iluminada por uma vela. Mais um tordo. Exatamente como o broche em meu vestido. Só que esse desaparece. Ele fecha o relógio.

– Muito bonito – digo.

– Ah, é muito mais do que bonito. É singular – diz ele. – Se alguém perguntar por mim, diga que fui para casa dormir. As reuniões devem ser mantidas em segredo. Mas pensei que seria seguro contar pra você.

– Com certeza. Seu segredo está seguro comigo – digo.

Enquanto apertamos nossas mãos, ele se curva ligeiramente, um gesto comum aqui na Capital.

– Bom, Katniss, vejo você nos Jogos, quando o verão chegar. Muitas felicidades em seu noivado, e boa sorte com sua mãe.

— Vou precisar mesmo — digo.

Plutarch desaparece e vago em meio à multidão, procurando por Peeta, enquanto estranhos me parabenizam, pela minha vitória nos Jogos, pela minha escolha de batom. Eu respondo, mas estou na verdade pensando em Plutarch exibindo seu bonito e exclusivo relógio para mim. Havia alguma coisa estranha nele. Quase clandestina. Mas o quê? Talvez ele pense que mais alguém vai roubar sua ideia de colocar no visor do relógio um tordo que fica invisível. Sim, provavelmente ele pagou uma fortuna por isso e agora não tem como mostrar o relógio para ninguém porque tem medo de que alguém possa fazer uma imitação barata do objeto. Só na Capital mesmo...

Encontro Peeta admirando uma mesa de bolos decorados com o máximo de esmero. Padeiros vieram da cozinha especialmente para conversar com ele sobre decoração de bolos, e dá para vê-los tropeçando uns nos outros para responder às perguntas que ele faz. Acatando um pedido de Peeta, eles reúnem uma amostra de pequenos bolos para ele levar para o Distrito 12, onde poderá examinar o trabalho dos padeiros da Capital com tranquilidade.

— Effie disse que a gente precisa estar no trem a uma da manhã. Eu me pergunto que horas devem ser agora — diz ele, olhando ao redor.

— Quase meia-noite — respondo. Arranco uma flor de chocolate de um bolo e dou uma mordidinha, ultrapassando totalmente qualquer preocupação com as boas maneiras.

— Hora de agradecer e dizer adeus! — gorjeia Effie, agarrando o meu cotovelo. Esse é um desses momentos em que eu simplesmente amo a pontualidade compulsiva dela. Buscamos Cinna e Portia, e Effie nos acompanha pela sala para que possamos nos despedir de pessoas importantes. Em seguida, nos conduz até a porta.

– A gente não devia agradecer ao presidente Snow? – pergunta Peeta. – Afinal estamos na casa dele.

– Ah, ele não é muito de festa, não. Ocupado demais – diz Effie. – Já cuidei para que os bilhetes e presentes necessários sejam enviados a ele amanhã. Olha só quem chegou! – Effie faz um leve aceno a dois atendentes da Capital que estão carregando um embriagado Haymitch.

Percorremos as ruas da Capital num carro com janelas escuras. Atrás de nós, um outro carro leva as equipes de preparação. A quantidade de pessoas comemorando nas ruas é tão grande que torna o tráfego lento. Mas Effie é meticulosa como uma cientista, de modo que exatamente a uma da manhã estamos de volta ao trem que logo em seguida parte da estação.

Haymitch é depositado em seu compartimento. Cinna pede chá e nos sentamos ao redor da mesa, enquanto Effie recita seu cronograma e nos lembra que ainda estamos em turnê.

– Temos que pensar no Festival da Colheita no Distrito 12. Então, sugiro que a gente tome esse chá e siga diretamente para cama. – Ninguém discute.

Quando abro os olhos, estamos no início da tarde. Minha cabeça está apoiada no braço de Peeta. Não me lembro de ele ter vindo na noite passada. Eu me viro, com cuidado para não perturbá-lo, mas ele já está acordado.

– Nenhum pesadelo – diz ele.

– O quê?

– Você não teve nenhum pesadelo na noite passada – diz ele.

Ele tem razão. Pela primeira vez em séculos dormi a noite inteira sem distúrbios.

— Mas tive um sonho – digo, relembrando. – Estava seguindo um tordo na floresta. Por um bom tempo. Era Rue, na verdade. Enfim, quando o tordo cantava, ele tinha a voz dela.

— Para onde ela te levou? – pergunta Peeta, tirando algumas mechas de cabelo da minha testa.

— Não sei. A gente nunca chegou – digo. – Mas estava me sentindo feliz.

— Bom, você dormia como quem está feliz.

— Peeta, como é que pode eu nunca saber quando você está tendo um pesadelo?

— Não sei. Acho que não grito e nem esperneio, ou qualquer coisa assim. Fico paradinho, paralisado de terror, e só – diz ele.

— Você devia me acordar – digo, pensando em como interrompo o sono dele duas ou três vezes numa noite ruim. Em quanto tempo é necessário para me acalmar.

— Não precisa. Meus pesadelos normalmente têm a ver com perder você – diz ele. – Eu fico legal logo que percebo que você está aqui.

Argh. Peeta faz comentários como esse de uma maneira tão indiferente que tenho a nítida sensação de estar levando um soco no estômago. Ele está apenas respondendo honestamente à minha pergunta. Ele não está me pressionando para responder da mesma maneira, para fazer alguma declaração de amor. Mas ainda assim sinto-me péssima, como se eu estivesse usando-o de um jeito terrível. Estou? Não sei. Só sei que, pela primeira vez, tenho a sensação de estar agindo de modo imoral ao permitir que ele fique aqui na minha cama. O que é irônico, já que agora estamos oficialmente noivos.

– Vai ser pior quando a gente estiver em casa e eu estiver dormindo sozinho novamente – diz ele.

É isso aí, estamos quase chegando em casa.

A agenda para o Distrito 12 inclui um jantar na casa do prefeito Undersee, hoje à noite, e um desfile dos vitoriosos na praça durante o Festival da Colheita, amanhã. Nós sempre celebramos o Festival da Colheita no último dia da Turnê da Vitória, mas normalmente isso significa uma refeição em casa ou com amigos, se você tiver como arcar com os custos. Este ano será um evento público e, como a Capital vai bancar, todas as pessoas do distrito inteiro ficarão com as barrigas cheias.

Grande parte de nossa preparação ocorrerá na casa do prefeito, já que nós voltamos a nos cobrir de peles para as aparições ao ar livre. Ficamos pouquíssimo tempo na estação de trem, o suficiente para dar sorrisos e acenar enquanto entramos em nosso carro. E só conseguimos ver nossos familiares muito mais tarde, na hora do jantar.

Estou contente pelo fato de o evento ocorrer na casa do prefeito em vez de no Edifício da Justiça, onde está o monumento à memória de meu pai, onde eles me levaram depois da colheita para aquela horrível despedida. O Edifício da Justiça está muito cheio de tristeza.

Mas gosto da casa do prefeito Undersee, principalmente agora que sua filha, Madge, e eu somos amigas. Nós sempre fomos, de uma certa forma. A amizade tornou-se oficial quando ela foi se despedir de mim antes de minha partida para os Jogos. Quando ela me deu aquele broche com o tordo para que eu tivesse sorte. Depois que voltei para casa, começamos a passar um bom tempo juntas. Acontece que Madge também tem muitas horas vagas para preencher. Era um pouco esquisito de início porque não sabíamos o que fazer. Ouço outras garotas de nossa idade conversando sobre garotos, ou sobre outras garotas, ou sobre roupas. Madge e eu não somos fofoqueiras e roupas me matam de tédio. Mas depois de alguns começos incertos, percebi que ela estava louca para visitar a floresta, de modo que a levei até lá algumas vezes e mostrei a ela como se usa o arco e flecha. Ela está tentando me ensinar a tocar piano, mas o que mais gosto é de ouvi-la tocar. Às vezes almoçamos na casa uma da outra. Madge gosta mais da minha. Seus pais parecem ser legais, mas eu acho que ela não os vê com frequência. O pai dela precisa administrar o Distrito 12 e a mãe tem dores de cabeça fortíssimas que a obrigam a ficar na cama por dias e dias.

– De repente seria uma boa você levá-la até a Capital – eu disse durante uma das vezes em que isso aconteceu. Não estávamos tocando piano naquele dia porque mesmo dois andares abaixo o som piorava ainda mais as dores da mãe dela. – Aposto que lá eles conseguem curá-la.

– Acho que sim. Mas ninguém vai para Capital, a não ser a convite – disse Madge, entristecida. Até os privilégios dos prefeitos são limitados.

Quando chegamos à casa do prefeito, tenho tempo apenas de dar um rápido abraço em Madge antes que Effie comece a me empurrar em direção ao terceiro andar onde vou me aprontar. Depois que estou preparada e trajada com um longo vestido prateado, ainda tenho uma hora livre antes do jantar, de modo que dou uma escapadinha para me encontrar com ela.

O quarto de Madge fica no segundo andar com vários outros aposentos de hóspedes e o escritório de seu pai. Estico a cabeça no escritório para dar um alô para o prefeito, mas o local está vazio. A televisão está ligada, e paro para assistir a algumas tomadas minhas e de Peeta na festa da Capital, ontem à noite. Dançando, comendo, beijando. Isso deve estar passando em todas as casas de Panem nesse exato momento. A audiência não deve mais aguentar olhar para a cara dos amantes desafortunados do Distrito 12. Sei que eu mesma não aguento mais.

Estou saindo da sala quando um bipe chama a minha atenção. Viro-me e vejo a tela da televisão ficar preta. Em seguida as palavras "ÚLTIMAS NOTÍCIAS DO DISTRITO 8" começam a piscar. Instintivamente, compreendo que isso não é para mim, mas alguma coisa destinada somente aos olhos do prefeito. Tenho que ir embora. E rápido. Em vez disso, me flagro aproximando-me ainda mais do aparelho de TV.

Uma apresentadora que nunca vi antes aparece. Uma mulher de cabelos grisalhos e com uma voz rouca que exprime autoridade. Ela avisa que as condições estão piorando e que um alerta Nível 3 foi acionado. Forças adicionais estão sendo enviadas para o Distrito 8, e toda a produção têxtil está suspensa.

Eles cortam a imagem da mulher e mostram agora a praça principal no Distrito 8. Eu a reconheço porque estive lá na semana passada. Ainda há cartazes com o meu rosto balançando ao vento em cima dos telhados. Abaixo, há uma cena de tumulto. A praça está tomada de pessoas aos berros, seus rostos escondidos por pedaços de pano e máscaras improvisadas, atirando tijolos. Prédios estão em chamas. Pacificadores atiram na multidão, matando quem estiver na frente.

Nunca vi nada parecido em toda a minha vida, mas só posso estar testemunhando uma única coisa. Isso é o que o presidente Snow chama de levante.

7

Uma bolsa de couro cheia de comida e um cantil com chá quente. Um par de luvas revestidas de pele que Cinna deixou para trás. Três galhos arrancados das árvores nuas estão na neve, apontando na direção que eu seguirei. Isso é o que deixo para Gale em nosso local de encontro habitual no primeiro domingo depois do Festival da Colheita.

Prossegui em meio à floresta fria e enevoada, abrindo uma trilha que não será familiar a Gale, mas que é simples para meus pés acharem. Ela me leva ao lago. Não tenho mais confiança de que nosso local de encontro regular continue oferecendo privacidade, e vou precisar disso e muito mais para ser capaz de abrir meu coração para Gale hoje. Mas será que ele ao menos virá? Se não vier, não terei outra escolha a não ser me arriscar a ir até a casa dele na calada da noite. Há coisas que ele precisa saber... coisas que eu preciso que ele me ajude a entender...

Assim que as implicações do que eu estava vendo na televisão do prefeito Undersee me atingiram em cheio, corri para a porta e me dirigi ao corredor. E foi na hora certa, porque o prefeito subiu a escada segundos depois. Eu acenei para ele.

– Atrás de Madge? – disse ele, num tom de voz amigável.

– Estou, sim. Quero mostrar meu vestido para ela – respondi.

– Bom, você sabe onde encontrá-la. – Nesse exato momento, foi possível ouvir um outro ruído de bipe vindo do escritório. O rosto dele ficou sério. – Com licença. – O prefeito entrou em seu escritório e fechou bem a porta.

Esperei no corredor até conseguir me recompor do choque. Lembrei a mim mesma que devia agir com naturalidade. Então encontrei Madge no quarto dela, sentada em frente à cômoda, penteando seus cabelos louros e ondulados diante do espelho. Estava usando o mesmo bonito vestido branco que vestira no dia da colheita. Ela viu meu reflexo atrás de si e sorriu.

– Olha só. Parece até que você acabou de chegar das ruas da Capital.

Eu me aproximei. Meus dedos tocaram o tordo.

– E agora até o meu broche é uma sensação. Os tordos são uma febre na Capital, graças a você. Tem certeza de que não o quer de volta?

– Deixa de besteira, isso foi um presente – disse Madge. Ela prendeu os cabelos com uma festiva fita dourada.

– Afinal, onde foi que você o conseguiu?

– Era da minha tia – disse ela. – Mas acho que está na família há muito tempo.

– É uma coisa engraçada, essa escolha de um tordo – comentou. – Sabe, por causa de tudo o que aconteceu na rebelião. Aquela história dos gaios tagarelas se voltando contra a Capital e coisa e tal.

Os gaios tagarelas eram bestantes, pássaros do sexo masculino geneticamente aprimorados, criados como armas pela Capital para espionar os rebeldes nos distritos. Eles conseguiam lembrar e repetir longas passagens de conversas humanas. Por isso eram enviados para áreas de rebelião, com o intuito de capturar nossas palavras e retransmiti-las para a Capital. Os rebeldes entenderam a artimanha e fizeram com que eles se voltassem contra a Capital enviando-os de volta para casa cheios de mentiras. Quando isso foi descoberto, os gaios tagarelas foram abandonados. Entraram em extinção poucos anos depois, mas não antes de se acasalarem com fêmeas de tordos, criando uma espécie completamente nova.

– Mas os tordos nunca foram armas – disse Madge. – Eles só cantam, certo?

– Acho que sim. – Mas não é verdade. O nosso tordo não é apenas um pássaro que canta. Ele é a criatura que a Capital jamais imaginou que pudesse existir. Nunca passou pela cabeça deles que seus gaios tagarelas altamente controlados pudessem ter seus cérebros adaptados à natureza, que pudessem transmitir seu código genético, que pudessem adquirir uma nova forma. Eles não conseguiram prever a vontade que os pássaros tinham de permanecer vivos.

Agora, enquanto caminho pela neve, vejo os tordos saltando de galho em galho, absorvendo as melodias dos outros pássaros, replicando-as e em seguida transformando-as em algo totalmente novo. Como sempre, eles me fazem lembrar de Rue. Penso no sonho que tive ontem à noite no trem, no qual era um tordo e a seguia. Gostaria muito de poder ter dormido um pouco mais e descoberto para onde ela estava tentando me levar.

É uma longa caminhada até o lago, com certeza. Se decidir realmente me seguir, Gale ficará exausto por causa desse excessivo uso de uma energia que poderia ser mais bem-utilizada numa caçada. Ele estava conspicuamente ausente do jantar na casa do prefeito, muito embora o resto de sua família tivesse comparecido. Hazelle disse que ele estava em casa, doente, o que obviamente era uma mentira. Tampouco consegui encontrá-lo no Festival da Colheita. Vick me disse que ele estava caçando. Isso provavelmente era verdade.

    Depois de algumas horas, chego a uma casa velha perto da margem do lago. Talvez a palavra "casa" seja um pouquinho exagerada. O local possui apenas um único cômodo com mais ou menos quatro metros quadrados. Meu pai achava que muito tempo atrás havia muitos prédios – ainda dá pra ver algumas das fundações – e pessoas iam até lá para pescar no lago. Essa casa sobreviveu às outras porque é feita de concreto. Piso, telhado, teto. Apenas uma das quatro janelas de vidro continua lá, entortada e amarelada pelo tempo. Não há água encanada nem eletricidade, mas a lareira ainda funciona, e no canto tem uma pilha de lenha que meu pai e eu juntamos anos atrás. Faço uma fogueira pequena, esperando que a névoa obscureça qualquer indício de fumaça. Enquanto o fogo vai aumentando, tiro a neve que se acumulou debaixo das janelas vazias, usando uma vassourinha feita com um galho que meu pai fez para mim quando eu tinha uns oito anos de idade e brincava de casinha lá. Então, sento-me em um pequeno espaço de concreto perto da lareira, me aquecendo ao fogo e esperando por Gale.

    Surpreendentemente, não demora muito até ele aparecer. Um arco preso no ombro e, pendurado no cinto, um peru selvagem que ele deve ter abatido ao longo do caminho. Gale fica parado na entrada, como se estivesse ponderando se entra ou não. Ele está segurando a bolsa de couro com comida, intocada, o cantil, as luvas de Cinna. Presentes que ele se recusa a aceitar porque está com raiva de mim. Eu sei exatamente como ele se sente. Por acaso eu não fiz a mesma coisa com a minha mãe?

Olho bem em seus olhos. Sua personalidade não lhe permite mascarar o quanto ficou magoado, o quão traído se sente pelo meu noivado com Peeta. Essa vai ser a minha última chance, esse encontro de hoje, de não perder Gale para sempre. Eu poderia levar horas tentando explicar, e mesmo assim ele talvez me recusasse. Em vez disso, vou direto ao cerne de minha defesa.

– O presidente Snow em pessoa ameaçou mandar matar você – digo.

Gale ergue ligeiramente as sobrancelhas, mas não há uma real demonstração de medo ou mesmo de espanto.

– Mais alguém?

– Bom, na verdade ele não me deu nenhuma lista. Mas dá para adivinhar muito bem que as nossas famílias estão nela – digo.

É o suficiente para que ele se aproxime do fogo. Ele se agacha diante da lareira e se aquece.

– A menos que a gente faça o quê?

– A menos que nada, por enquanto – digo. Obviamente, isso requer muito mais explicação, mas eu não tenho ideia de por onde começar, portanto fico lá sentada olhando de maneira sinistra para o fogo.

Depois de mais ou menos um minuto assim, Gale quebra o silêncio:

– Bom, obrigado pelo aviso.

Volto-me para ele, pronta para rebater, mas percebo o brilho de humor em seus olhos. Eu me odeio por sorrir. Esse não é um momento engraçado, mas acho que é peso demais para ser jogado em cima de alguém. Nós todos seremos obliterados independentemente de qualquer coisa.

– Quer saber, eu tenho um plano.

105

– Ah, maneiro. Aposto que é a coisa mais fantástica do mundo – diz ele. E joga as luvas no meu colo. – Toma aí. Eu não quero as luvas velhas do seu noivo.

– Ele não é meu noivo. Isso é parte da nossa encenação, só isso. E essas luvas não são dele. São de Cinna.

– Então me devolve – diz ele. Gale recoloca as luvas, flexiona os dedos e balança a cabeça como quem aprova. – Pelo menos, vou morrer com conforto.

– Muito otimista da sua parte. É claro que você não sabe o que aconteceu – digo.

– Vamos ouvir, então.

Decido começar com a noite em que Peeta e eu fomos coroados vitoriosos nos Jogos Vorazes, e Haymitch me alertou a respeito da fúria da Capital. Conto para ele sobre a inquietude que me perseguiu até mesmo depois de eu voltar para casa. A visita do presidente Snow, os assassinatos no Distrito 11, a tensão nas multidões, o esforço de última hora representado pelo noivado, a indicação do presidente de que isso não foi o suficiente, minha certeza de que terei de pagar pelo que tem ocorrido.

Gale não me interrompe em momento algum. Enquanto falo, ele enfia as luvas no bolso e se ocupa em transformar a comida na bolsa de couro em uma refeição para nós dois. Torrando pães e queijo, cortando maçãs, colocando castanhas para assar no fogo. Observo as mãos dele, seus dedos belos e capazes. Cheios de cicatrizes, como os meus estavam antes que a Capital apagasse todas as marcas da minha pele, mas fortes e habilidosos. Mãos que possuem o poder de cavar nas minas, mas também a precisão para montar uma armadilha delicada. Mãos nas quais confio.

Faço uma pausa para tomar um pouco de chá do cantil antes de contar para ele a respeito de meu retorno ao lar.

– Bom, você fez mesmo uma bagunça danada – diz.
– Ainda nem terminei.
– Já ouvi o suficiente por hoje. Vamos pular logo para esse seu plano – diz.
Respiro fundo.
– A gente foge.
– O quê? – pergunta ele. Isso o pegou realmente de surpresa.
– Vamos para floresta e sumimos de vista – digo. É impossível interpretar o rosto dele. Será que vai rir de mim, desprezar a ideia como se fosse apenas uma tolice? Eu me levanto, agitada, preparando-me para uma discussão. – Você mesmo disse que a gente podia fazer isso! Naquela manhã da colheita. Você disse...

Ele dá um passo à frente e sinto-me sendo erguida do chão. A sala começa a girar, e sou obrigada a prender os braços em torno do pescoço de Gale para me firmar. Ele está rindo, feliz.

– Ei! – protesto, mas também estou rindo.

Gale me coloca no chão, mas não me solta.

– Tudo bem, vamos fugir – diz ele.

– Jura? Você não acha que fiquei maluca? Você vai comigo? – Um pouco do peso esmagador começa a se transferir para os ombros de Gale.

– Acho que você ficou maluca sim, e mesmo assim eu vou com você. – Ele está falando sério. Não apenas falando sério, como também aprovando a ideia. – A gente consegue. Sei que a gente consegue. Vamos sair daqui e nunca mais voltar!

– Tem certeza? – digo. – Porque vai ser difícil, com as crianças e coisa e tal. Eu não vou entrar seis quilômetros na floresta para depois você ficar...

— Eu tenho certeza. Tenho cem por cento de certeza absoluta. — Ele abaixa a cabeça, de modo que sua testa encoste na minha, e me puxa para perto dele. Sua pele, todo o seu corpo, irradia calor por estar tão próximo ao fogo, e fecho os meus olhos, absorvendo o seu calor. Respiro o odor do couro umedecido pela neve, de fumaça e de maçãs, o cheiro de todos aqueles dias de inverno que compartilhamos antes dos Jogos. Não tento me mover. E por que deveria, afinal de contas? Sua voz se transforma num sussurro: — Eu te amo.

E é por isso que eu devia ter me mexido.

Eu nunca vejo essas coisas chegando. Elas acontecem rápido demais. Num segundo você está propondo um plano de fuga e no outro... você é obrigada a lidar com uma coisa como essa. Dou o que deve ser a pior resposta possível:

— Eu sei.

Soa péssimo. É como se estivesse supondo que ele não conseguiria deixar de me amar, mas ao mesmo tempo eu não sentisse nada por ele. Gale começa a se afastar.

— Eu sei! E você... você sabe o que representa para mim. — Não é suficiente. Ele se solta de mim. — Gale, eu não consigo pensar em mais ninguém desse jeito, agora. A única coisa em que consigo pensar, todo dia, todo santo dia da minha vida desde que Prim foi escolhida na colheita, é em como estou assustada. E parece que não tem muito espaço pra mais nada. Se a gente pudesse ir pra algum lugar seguro, de repente, eu poderia agir de modo diferente. Sei lá.

Consigo vê-lo engolindo a decepção.

— Então, vamos nessa, vamos descobrir. — Ele se vira para o fogo, onde as castanhas estão começando a queimar. Ele as revira na lareira. — Vamos precisar convencer a minha mãe.

Acho que ele vai de qualquer jeito. Mas a felicidade voou para longe, deixando um rastro de tensão bastante familiar em seu lugar.

— E a minha também. Vou ter que fazê-la enxergar a luz da razão. Levá-la para uma longa caminhada. Vou ter que fazê-la ver que a gente não tem como sobreviver de outro jeito.

— Ela vai entender. Assisti a muita coisa dos Jogos com ela e com a Prim. Ela não vai dizer não para você — diz Gale.

— Assim espero. — A temperatura na casa parece ter caído vinte graus em questão de segundos. — Haymitch vai ser o verdadeiro desafio.

— Haymitch? — Gale abandona as castanhas. — Você não vai falar para ele vir com a gente, vai?

— Eu preciso, Gale. Não posso deixá-lo, e nem Peeta porque eles... — A carranca que ele faz corta meu raciocínio. — O que é?

— Desculpa. Não tinha percebido que o nosso grupo era tão grande — rebate ele.

— Ele seria torturado até a morte para revelar o meu paradeiro.

— E a família de Peeta? Eles jamais virão com a gente. Na realidade, eles provavelmente dedurariam a gente em dois minutos. E acho que ele é esperto o suficiente pra sacar isso. E se ele decidir ficar aqui?

Tento parecer indiferente, mas a minha voz sai engasgada:

— Então ele fica.

— Você o deixaria para trás? — pergunta Gale.

— Para salvar Prim e minha mãe, eu deixaria, sim — respondo. — Quer dizer, não! Vou dar um jeito de ele ir com a gente.

— E eu, você me deixaria para trás? — A expressão de Gale está dura como uma pedra agora. — Se, por exemplo, eu não conseguisse convencer a minha mãe a arrastar três crianças pro meio do mato no inverno.

— Hazelle não vai se recusar. Ela vai enxergar a razão — digo.

— E se ela não enxergar, Katniss? E aí?

— Nesse caso você vai ser obrigado a levá-la à força, Gale. Você acha que estou inventando tudo isso? — A minha voz também está se elevando por causa da raiva.

— Não. Eu não sei. De repente o presidente está apenas te manipulando. Afinal, ele está produzindo o seu casamento. Você viu como a multidão na Capital reagiu. Eu não acho que ele possa se dar ao luxo de te matar. Ou de matar Peeta. Como é que ele vai sair dessa? — diz Gale.

— Bom, com um levante no Distrito 8, duvido que ele esteja gastando muito tempo escolhendo o meu bolo de casamento! — grito.

Assim que as palavras saem de minha boca, sinto vontade de recolhê-las. O efeito que elas causam em Gale é imediato — o rubor em suas bochechas, o brilho em seus olhos acinzentados.

— Tem um levante no 8? — diz ele numa voz abafada.

Tento voltar atrás. Reduzir a tensão dele, assim como tentei reduzir a tensão nos distritos.

— Não sei bem se é um levante. Está rolando uma certa inquietação. Pessoas nas ruas... — digo.

Gale agarra o meu ombro.

— O que foi que você viu?

— Pessoalmente, nada! Eu só ouvi algumas coisas. — Como de costume, meu esforço é insuficiente e vem tarde demais. Eu desisto e conto para ele. — Vi uma coisa na televisão do

prefeito. Uma coisa que não era para eu ter visto. Tinha uma multidão, e focos de incêndio, e os Pacificadores estavam atirando nas pessoas, mas todo mundo estava reagindo... – Mordi o lábio e lutei para continuar descrevendo a cena. Em vez disso, digo em voz alta as palavras que têm me comido por dentro.
– E a culpa é minha, Gale. Por causa do que eu fiz na arena. Se eu tivesse simplesmente me matado com aquelas amoras, nada disso teria acontecido. Peeta poderia ter voltado para casa e todas as outras pessoas também estariam seguras.

– Seguras para fazer o quê? – diz ele, num tom de voz mais sereno. – Morrer de fome? Trabalhar como escravas? Mandar os filhos para colheita? Você não fez mal às pessoas, você deu uma oportunidade a elas. Elas só precisam ser corajosas o suficiente para agarrar essa oportunidade. Já se fala sobre isso nas minas. As pessoas que querem lutar. Você não vê? Está acontecendo! Está finalmente acontecendo! Se está ocorrendo mesmo um levante no Distrito 8, por que não aqui? Por que não em todos os distritos? Essa pode ser a coisa, a coisa que a gente tem...

– Pare com isso. Você não sabe do que está falando. Os Pacificadores, fora do 12, eles não são como Darius, ou como o Cray! As vidas das pessoas que vivem nos distritos significam menos do que nada para eles!

– É por isso que a gente tem que entrar para a luta! – responde ele, duramente.

– Não! A gente precisa sair daqui antes que eles matem a gente e um monte de outras pessoas também! – Estou berrando novamente, mas não consigo entender por que ele está fazendo isso. Por que ele não vê o que é tão absolutamente inegável?

Gale me empurra rispidamente para o lado.

– Então vai embora você. Eu não saio daqui nem em um milhão de anos.

– Você estava super a fim de ir agora há pouco. Não vejo como um levante no Distrito 8 pode contribuir com alguma coisa além de tornar ainda mais importante a nossa fuga. Você está doido em relação a... – Não, não posso jogar Peeta na cara dele. – E a sua família?

– E as outras famílias, Katniss? As que não têm como fugir? Você não entende? A coisa não tem mais a ver apenas com a gente se salvar. Principalmente se a rebelião já começou! – Gale balança a cabeça, sem esconder o desgosto que está sentindo por mim. – Você podia fazer tantas outras coisas. – Ele joga as luvas de Cinna em meus pés. – Eu mudei de ideia. Não quero nada feito na Capital. – E vai embora.

Olho para as luvas. Nada feito na Capital? Será que isso foi dirigido a mim? Será que ele pensa que eu agora não passo de um produto da Capital e que, portanto, sou algo intocável? A injustiça da ideia me enche de raiva. Mas a raiva está misturada ao medo em relação a que tipo de coisa louca ele pode vir a fazer em seguida.

Afundo perto do fogo, desesperada por conforto, para poder pensar em qual será meu próximo passo. Fico mais calma pensando que rebeliões não acontecem de um dia para o outro. Gale só vai poder falar com os mineiros amanhã. Então, se eu conseguir alcançar Hazelle antes, talvez ela o coloque nos eixos. Mas não posso ir agora. Se ele estiver lá, não vai me deixar entrar. Quem sabe hoje à noite, depois que todas as outras pessoas tiverem ido dormir... Hazelle normalmente trabalha até tarde lavando roupa. Então eu podia dar um pulo lá, dar uma batidinha na janela e contar a situação para que ela pudesse impedir que Gale fizesse alguma coisa estúpida.

Minha conversa com o presidente Snow no escritório me volta à mente.

— Meus conselheiros estavam preocupados com a possibilidade de você ser uma pessoa difícil, mas você não está planejando ser uma pessoa difícil, está?

— Não.

— Foi o que falei para eles. Eu disse que uma garota que passou por tantos infortúnios para se manter viva não vai estar interessada em jogar tudo isso fora de mão beijada.

Penso em todas as dificuldades que Hazelle teve para manter aquela família viva. Certamente ela ficará do meu lado nessa questão. Ou será que não?

Já deve ser quase meio-dia agora, e os dias estão curtos demais. Não faz nenhum sentido ficar na floresta depois de escurecer, se não houver necessidade. Apago o que restou de minha pequena fogueira, limpo os restos de comida e prendo as luvas de Cinna ao cinto. Acho que vou ficar com elas por um tempo. Caso Gale mude de ideia. Penso na expressão que ele tinha no rosto quando as jogou no chão. Na repugnância que parecia sentir por elas, por mim...

Caminho em meio à floresta e alcanço minha antiga casa enquanto o dia ainda está claro. Minha conversa com Gale foi obviamente um revés, mas ainda estou determinada a prosseguir com o plano de fugir do Distrito 12. Tomo a decisão de encontrar Peeta em seguida. De uma maneira estranha, tendo em vista que ele também viu um pouco do que vi na turnê, pode ser que ele seja persuadido mais facilmente do que Gale. Dou de cara com ele no instante em que está saindo da Aldeia dos Vitoriosos.

— Estava caçando? — pergunta ele. Dá para ver que não considera isso uma boa ideia.

— Não estava, não. Você está indo para a cidade? — pergunto.

— Estou. Vou jantar com minha família — diz ele.

— Bom, pelo menos posso caminhar com você. — A estrada da Aldeia dos Vitoriosos para a praça é pouco utilizada. É um lugar suficientemente seguro para se conversar. Mas parece que não estou conseguindo fazer com que as palavras saiam da minha boca. Fazer a proposta a Gale foi desastroso demais. Mordo meus lábios rachados. A praça fica mais próxima a cada passo que dou. Posso demorar um bom tempo para ter uma outra oportunidade. Respiro fundo e deixo as palavras saírem:

— Peeta, se eu te pedisse para fugir do distrito comigo, você concordaria?

Peeta pega o meu braço, fazendo-me parar. Ele não precisa verificar o meu rosto para ver que estou falando sério.

— Depende do motivo do pedido.

— Eu não consegui convencer o presidente Snow. Tem um levante ocorrendo no Distrito 8. A gente precisa se mandar daqui — digo.

— Quando você diz "a gente" você está se referindo a nós dois apenas? Não. Quem mais iria com a gente? — pergunta ele.

— Minha família. A sua, se eles quiserem ir. Haymitch, talvez — digo.

— E Gale?

— Não sei. Pode ser que ele tenha outros planos.

Peeta balança a cabeça e me dá um sorriso pesaroso.

— Aposto que ele tem. Com certeza, Katniss, eu vou.

Sinto uma pontinha de esperança.

— Vai?

— Claro. Mas acho que você não vai de jeito nenhum — diz.

Eu me solto de seu braço.

— Então você não me conhece. Pode ficar pronto. A gente sai a qualquer momento. — Começo a andar e ele segue um ou dois passos atrás de mim.

— Katniss — diz Peeta. Não diminuo o ritmo. Se ele acha a ideia ruim, nem quero saber, porque é a única que tenho. — Katniss, para um instante. — Chuto um bolo de neve suja para fora da trilha e deixo que ele me alcance. O pó do carvão faz com que tudo fique com uma aparência particularmente horrível. — Eu vou mesmo, se você quiser que eu vá. Só acho que é melhor a gente discutir isso com Haymitch. A gente precisa ter certeza de que não vai piorar ainda mais as coisas pra todo mundo. — Ele levanta a cabeça. — O que é?

Eu levanto o queixo. Estava tão absorvida com as minhas próprias preocupações que nem notei o estranho ruído vindo da praça. Um assobio, o som de um impacto, a multidão inteira prendendo a respiração.

— Vamos — diz Peeta, seu rosto subitamente tenso. Eu não sei por quê. Não consigo distinguir o som, nem mesmo adivinhar a situação. Mas significa alguma coisa ruim para ele.

Quando alcançamos a praça, fica claro que algo está acontecendo, mas a multidão está densa demais para que eu consiga enxergar. Peeta sobe num engradado encostado no muro da doceria e me oferece a mão enquanto vasculha a praça. Estou quase lá quando ele subitamente me impede de continuar.

— Desce. Sai daqui! — Ele está sussurrando, mas sua voz soa ríspida e insistente.

— O que é? — tento forçar o caminho de volta ao topo do engradado.

— Vai pra casa, Katniss! Eu chego lá em um minuto, juro! — diz ele.

Seja lá o que for, é algo terrível. Solto a mão dele e começo a abrir caminho em meio à multidão. As pessoas me veem, reconhecem o meu rosto e em seguida exibem um olhar de pânico. Mãos me empurram para trás. Vozes sibilam.

– Sai daqui, garota.

– Só vai piorar as coisas.

– O que você quer fazer? Você quer que ele morra?

Mas a essa altura o meu coração está batendo com tanta rapidez que mal consigo ouvi-los. Sei apenas que o que quer que esteja ocorrendo no meio da praça tem a ver comigo. Quando finalmente alcanço um espaço vazio, descubro que estou certa. E que Peeta estava certo. E que aquelas vozes também estavam certas.

Os pulsos de Gale foram amarrados a um poste de madeira. O peru selvagem que ele caçou mais cedo está pendurado acima dele, o prego enfiado no pescoço. Sua jaqueta foi jogada no chão, a camisa está rasgada. Ele está tombado de joelhos e inconsciente, sustentado apenas pelas cordas em seus pulsos. O que antes eram suas costas é agora um pedaço de carne viva e ensanguentada.

Em pé atrás dele está um homem que nunca vi na vida, mas cujo uniforme eu reconheço. É o designado para ser o Chefe dos Pacificadores de nosso distrito. Mas esse não é o velho Cray. Esse é um homem alto e musculoso com vincos salientes nas calças.

Demoro a entender toda a cena, até que eu vejo o braço dele levantando um chicote.

8

– Não! – grito, avançando. É tarde demais para impedir que o braço desça, e instintivamente sei que não terei forças para bloqueá-lo. Em vez disso, jogo-me diretamente entre o chicote e Gale. Abro os braços para proteger o máximo possível seu corpo estraçalhado, de modo que fico completamente exposta. Levo todo o impacto do golpe no lado esquerdo de meu rosto.

A dor é excruciante e instantânea. Pontinhos distorcidos de luz cruzam a minha visão e caio de joelhos. Uma das mãos cobre o rosto enquanto a outra me impede de tombar no chão. Já consigo sentir a chibata se erguendo novamente, o inchaço fechando meu olho. As pedras embaixo de mim estão molhadas com o sangue de Gale, o ar impregnado do forte aroma.

– Para! Você vai matar ele! – berro.

Vislumbro o rosto de meu agressor. Duro, com linhas profundas, uma boca cruel. Cabelos grisalhos raspados quase até a raiz, olhos tão pretos que parecem apenas pupilas, um nariz longo e reto avermelhado devido ao ar frio. O poderoso braço se ergue novamente, seus olhos fixos em mim. Minha mão voa em direção ao meu ombro, faminta por uma flecha, mas, é claro, minhas armas estão guardadas na floresta. Cerro os dentes prevendo o golpe seguinte.

— Espere! — late uma voz. Haymitch aparece, tropeçando em um Pacificador caído no chão. É Darius. Um enorme calombo púrpura está visível em meio aos cabelos ruivos de sua testa. Parece inconsciente, mas ainda respirando. O que aconteceu? Será que ele tentou ajudar Gale antes de mim?

Haymitch o ignora e me coloca de pé rispidamente.

— Ah, excelente. — Sua mão segura o meu queixo e o ergue. — Ela tem uma sessão de fotos na semana que vem para escolher o vestido de casamento. O que é que eu vou falar pro estilista dela?

Identifico uma pontinha de reconhecimento nos olhos do homem com o chicote. Coberta de roupas de inverno, meu rosto sem maquiagem, minha trança enfiada cuidadosamente no casaco, não seria fácil me reconhecer como a vitoriosa dos últimos Jogos Vorazes. Principalmente com metade do rosto inchado. Mas Haymitch aparece na televisão há anos, e seria muito difícil alguém se esquecer dele.

O homem pousa o chicote nos quadris.

— Ela interrompeu o castigo de um criminoso confesso.

Tudo no homem, sua voz autoritária, seu sotaque esquisito, alerta para uma ameaça desconhecida e perigosa. De onde ele vem? Do distrito 11? Do 3? Da própria Capital?

— Não estou nem aí se ela explodiu a droga do Edifício da Justiça! Olha só pro rosto dela! Você acha que o rosto dela vai estar em condições de ser filmado daqui a uma semana? — rosna Haymitch.

A voz do homem ainda está fria, mas consigo detectar um leve indício de dúvida:

— Isso não é problema meu.

– Ah, não? Bom, então vai começar a ser, meu amigo. A primeira coisa que vou fazer quando chegar em casa é telefonar para a Capital – diz Haymitch. – Vou descobrir quem foi que autorizou você a estragar o rostinho bonito da minha vitoriosa!

– Ele estava caçando ilegalmente. O que ela tem com isso, afinal de contas? – diz o homem.

– Ele é primo dela. – Peeta agora está segurando o meu outro braço, mas dessa vez delicadamente. – E ela é minha noiva. Então, se você quer bater nele, vai ter que passar por cima de nós dois.

De repente nós somos isso mesmo. As únicas três pessoas no distrito que poderiam fazer uma encenação como essa. Embora certamente seja uma coisa temporária. Haverá repercussões, não resta dúvida. Mas por enquanto, a única coisa que me importa é manter Gale vivo. O novo Chefe dos Pacificadores olha de relance para seu esquadrão de apoio. Aliviada, vejo que são todos rostos familiares, velhos amigos do Prego. Só de olhar para a expressão em seus rostos é possível dizer que eles não estão gostando do show.

Um deles, uma mulher chamada Purnia, que come regularmente na barraquinha de Greasy Sae, dá um passo à frente, o olhar severo.

– Acredito que, por ele ser um réu primário, o número necessário de chicotadas já foi dispensado, senhor. A menos que a sua sentença seja a morte, o que teríamos que executar com um pelotão de fuzilamento.

– Esse é o protocolo padrão aqui? – pergunta o Chefe dos Pacificadores.

– Sim, senhor – diz Purnia, e várias outras pessoas balançam a cabeça em concordância. Tenho certeza de que nenhuma delas na verdade sabe ao certo, tendo em vista que no Prego o protocolo padrão para alguém que aparece com um peru selvagem é todo mundo soltar fogos.

– Muito bem. Então tira o seu primo daqui, garota. E se ele recobrar os sentidos, lembre a ele que, da próxima vez em que caçar ilegalmente nas terras da Capital, vou reunir pessoalmente o pelotão de fuzilamento. – O Chefe dos Pacificadores enxuga a mão nas tiras do chicote, espirrando sangue em nós. Em seguida, ele o enrola e vai embora.

A maioria dos outros Pacificadores entra numa formação estranha atrás dele. Um pequeno grupo fica no local e segura o corpo de Darius pelas pernas e pelos braços. Olho para Purnia e pronuncio a palavra "obrigada" antes que ela se vá. Ela não responde, mas tenho certeza de que compreendeu.

– Gale. – Eu me viro, minhas mãos remexendo os nós que prendem seus pulsos. Alguém entrega uma faca e Peeta corta as cordas. Gale desaba no chão.

– Melhor levá-lo para sua mãe – diz Haymitch.

Não há maca, mas a senhora idosa da barraquinha de roupas nos vende a tábua que serve de balcão.

– Peço apenas para você não falar onde conseguiu isso – diz ela, empacotando rapidamente o restante de suas mercadorias. A maior parte da praça ficou vazia, o medo vencendo a compaixão. Mas depois do que acabou de acontecer, não posso culpar ninguém.

Quando deitamos Gale de bruços na tábua, já são poucas as pessoas que restam para carregá-lo. Haymitch, Peeta e alguns mineiros que trabalham na mesma equipe de Gale o erguem.

Leevy, uma menina que mora na Costura, a poucas casas da minha, segura o meu braço. Minha mãe salvou a vida de seu irmãozinho no ano passado, quando ele pegou sarampo.

– Precisa de ajuda para voltar para casa? – pergunta Leevy. Seus olhos cinzentos estão amedrontados, porém determinados.

– Não, mas você pode ir até a casa da Hazelle e pedir para ela se encontrar com a gente? – pergunto.

– Claro – diz Leevy, girando sobre os calcanhares.

– Leevy! – digo. – Não a deixe trazer as crianças.

– Pode deixar. Vou ficar com elas.

– Obrigada. – Pego a jaqueta de Gale e corro atrás dos outros.

– Coloca um pouco de neve em cima disso – ordena Haymitch por cima do ombro. Apanho um punhado de neve e aperto no rosto para anestesiar um pouco a dor. Meu olho esquerdo está lacrimejando intensamente agora e, na parca luminosidade, tudo que consigo fazer é seguir as botas à minha frente.

Enquanto caminhamos, ouço Bristel e Thom, os colegas de trabalho de Gale, juntando os pedaços da história. Gale deve ter ido para a casa de Cray, como já fez centenas de vezes, sabendo que Cray sempre paga bem por um peru selvagem. Mas o que ele encontrou foi o novo Chefe dos Pacificadores, um homem que eles ouviram alguém chamando de Romulus Thread. Ninguém sabe o que aconteceu com Cray. Ele estava comprando aguardente branca no Prego hoje de manhã, aparentemente ainda comandando o distrito, mas agora ninguém sabe onde ele se meteu. Thread prendeu Gale imediatamente e, é claro, como ele estava lá segurando um peru selvagem, não havia muito o que Gale pudesse dizer para se defender. Rumores acerca de seu infortúnio se espalharam com rapidez. Ele foi levado para a praça, forçado a confessar sua culpa e sentenciado ao chicoteamento imediatamente. Quando eu apareci, ele já havia levado pelo menos quarenta chicotadas. Ele desmaiou por volta da trigésima.

– Foi sorte ele estar apenas com um peru – diz Bristel. – Se ele estivesse carregando a quantidade de caça que costumava trazer, a coisa teria sido bem pior.

– Ele contou para o Thread que tinha achado o peru perdido na Costura. Disse que o bicho atravessou a cerca e ele foi lá e deu um golpe de porrete na cabeça dele. É crime da mesma maneira. Mas se eles tivessem descoberto que ele tinha estado na floresta usando armas, com certeza o teriam matado na hora – diz Thom.

– E o Darius? – pergunta Peeta.

– Depois de mais ou menos umas vinte chicotadas, ele apareceu e disse que já era suficiente. Só que ele não fez a coisa de um jeito inteligente e oficial, como a Purnia. Ele agarrou o braço de Thread e o cara bateu com o cabo do chicote na cabeça dele. Acho que não dá pra ele ter muita esperança – diz Bristel.

– Acho que não dá para nenhum de nós ter muita esperança – diz Haymitch.

A neve volta a cair, grossa e úmida, tornando a visibilidade ainda mais difícil. Vou cambaleando até a minha casa atrás dos outros, usando meus ouvidos muito mais do que os olhos para me guiar. Uma luz dourada colore a neve assim que a porta se abre. Minha mãe, que, sem dúvida alguma, estava esperando por mim após um longo dia de ausência sem explicação, analisa a cena.

— O novo Chefe — diz Haymitch, e ela balança a cabeça ligeiramente para ele, como se nenhuma outra explicação fosse necessária.

Encho-me de admiração, como aliás sempre acontece, ao vê-la transformar-se de uma mulher que me chama para matar uma aranha em uma mulher totalmente imune ao medo. Quando uma pessoa doente ou quase morrendo é levada para ela... essa é a única hora em que penso que minha mãe sabe quem ela é. Em questão de segundos a comprida mesa da cozinha foi esvaziada, um tecido branco esterilizado foi colocado em cima dela e Gale para lá foi içado. Minha mãe pega um pouco de água de uma chaleira enquanto ordena que Prim traga uma série de coisas do armário de remédios. Ervas secas, soluções e frascos. Observo as mãos dela, os dedos longos e finos triturando um pouco disso, adicionando um pouco daquilo e colocando tudo dentro da bacia. Mergulhando um tecido no líquido quente enquanto dá instruções para que Prim prepare uma segunda infusão.

Minha mãe olha de relance na minha direção.

— Ele fez um corte no seu olho?

— Não, só ficou inchado — digo.

— Coloca mais um pouco de neve em cima — instrui ela. Mas está mais do que evidente que eu não sou a prioridade.

— Vai dar para salvá-lo? — pergunto à minha mãe. Ela não diz nada enquanto rasga o tecido e o segura no ar para que esfrie um pouco.

— Não se preocupe — diz Haymitch. — Antes de Cray, as chicotadas eram bem frequentes. A gente sempre trazia as vítimas para cá.

Não consigo me lembrar de uma época anterior a Cray, uma época em que havia um Chefe dos Pacificadores que costumava chicotear com assiduidade. Mas minha mãe devia ter mais ou menos a mesma idade que tenho hoje e ainda trabalhava na farmácia com seus pais. Naquela época, ela já devia ter mãos capazes de curar.

Cada vez com mais delicadeza, ela começa a limpar a carne mutilada das costas de Gale. Sinto um enjoo no estômago, infrutífero, o resto da neve pingando da minha luva e formando uma poça no chão. Peeta me coloca numa cadeira e aperta um pano com neve fresca no meu rosto.

Haymitch fala para Bristel e Thom irem para casa, e eu o vejo colocando algumas moedas nas mãos deles.

– Não sei o que vai acontecer com a turma de vocês – diz Haymitch. Eles balançam a cabeça e aceitam o dinheiro.

Hazelle chega, sem fôlego e atarantada, neve recém-caída nos cabelos. Sem dizer uma palavra, ela se senta num banquinho perto da mesa, pega a mão de Gale e a encosta em seus lábios. Minha mãe não dá atenção nem mesmo a ela. Ela adentrou aquela zona especial que inclui apenas ela mesma e o paciente, e ocasionalmente Prim. O resto pode muito bem esperar.

Mesmo sob os cuidados de suas mãos experientes, demora muito tempo para limpar os ferimentos, verificar que partes de pele dilaceradas podem ser salvas, aplicar um unguento e um curativo leve. À medida que o sangue começa a ser removido, consigo ver onde cada golpe da chibata aterrissou e sinto o açoite ressoando no único corte que tenho no rosto. Multiplico a minha própria dor uma, duas, quarenta vezes e só posso torcer para que Gale permaneça inconsciente. É claro que isso é pedir muito. Assim que os últimos curativos são colocados, um gemido escapa de seus lábios. Hazelle acaricia seus cabelos e sussurra alguma coisa enquanto minha mãe e Prim vasculham seu parco estoque de analgésicos em busca do tipo normalmente acessível apenas a médicos. Eles são difíceis de ser encontrados, caros e sempre bastante procurados. Minha mãe precisa guardar os mais fortes para as piores dores, mas qual é a pior dor? Para mim, é sempre a dor atual. Se eu estivesse no comando, esses analgésicos acabariam em um dia, porque tenho pouquíssima capacidade de observar pessoas sofrendo. Minha mãe tenta guardá-los para aqueles que estão realmente à beira da morte, para que se afastem do mundo em paz.

Como Gale está voltando a si, elas decidem dar a ele uma mistura de ervas que pode ser ingerida oralmente.

– Isso não vai ser suficiente – digo. Elas me encaram. – Isso não vai ser suficiente. Eu sei a dor que ele está sentindo. Isso não alivia nem uma dor de cabeça mais forte.

– Vamos combinar as ervas com um xarope sonífero, Katniss, e ele vai aguentar. As ervas são mais para a inflamação... – começa a dizer minha mãe, com toda a calma do mundo.

– Dá logo esse remédio para ele! – berro com ela. – Dá logo! Afinal de contas, quem são vocês para ficarem decidindo quanta dor ele é capaz de suportar?

Gale começa a se agitar ao ouvir a minha voz, na tentativa de entrar em contato comigo. O movimento faz com que saia sangue de seu curativo e um som agonizante escapa de sua boca.

– Tirem-na daqui – diz minha mãe. Haymitch e Peeta literalmente me carregam do recinto enquanto eu grito as maiores obscenidades para ela. Eles me contêm na cama de um dos quartos vagos até eu parar de lutar.

Enquanto estou lá deitada, soluçando, lágrimas tentando irromper de meu olho inchado, ouço Peeta sussurrar para Haymitch algo sobre o presidente Snow, algo sobre o levante no Distrito 8.

— Ela quer que a gente fuja daqui — diz ele, mas se Haymitch tem uma opinião sobre isso, ele não a extravasa.

Depois de um tempo, minha mãe aparece e cuida de meu rosto. Em seguida, segura a minha mão, acariciando o meu braço, enquanto Haymitch a informa acerca do ocorrido com Gale.

— Quer dizer então que começou tudo de novo? — diz ela. — Como antes?

— Ao que parece — responde ele. — Quem imaginaria que iríamos lamentar a saída do velho Cray?

Cray seria detestado de qualquer maneira por causa do uniforme que vestia, mas era o hábito que ele tinha de atrair mulheres jovens esfomeadas para sua cama em troca de dinheiro que o tornava um objeto de ódio no distrito. Nos tempos realmente ruins, as mais famintas se reuniam na frente de sua porta à noite em busca de uma chance de ganhar algumas moedas para alimentar suas famílias, vendendo seus próprios corpos. Se eu tivesse idade suficiente na época que meu pai morreu, haveria uma grande chance de estar entre elas. Em vez disso, aprendi a caçar.

Não sei exatamente o que a minha mãe quer dizer com tudo começando de novo, mas estou zangada demais e sentindo muitas dores para perguntar. Mas a ideia de que tempos piores estão voltando está registrada em minha cabeça, porque quando a campainha toca, eu salto imediatamente da cama. Quem poderia ser a essa hora da noite? Só pode haver uma resposta. Pacificadores.

– Eles não podem pegar Gale – digo.

– Talvez estejam atrás de você – me lembra Haymitch.

– Ou de você – digo.

– Aqui não é a minha casa – observa Haymitch. – Mas vou abrir a porta.

– Não, eu vou – diz minha mãe, com tranquilidade.

Entretanto, todos nós acabamos indo, seguindo-a pelo corredor até a insistente campainha. Quando ela abre a porta, não vemos nenhum esquadrão de Pacificadores, mas uma figura solitária com neve dos pés à cabeça. Madge. Ela me estende uma caixinha de cartolina molhada.

– Use isso aqui no seu amigo – diz ela. Tiro a tampa da caixa, revelando meia dúzia de ampolas com um líquido transparente. – Isso é da minha mãe. Ela disse que eu podia pegar. Use isso, por favor. – Ela corre de volta para a tempestade antes que possamos impedi-la.

– Que garota maluca – murmura Haymitch enquanto seguimos minha mãe até a cozinha.

O que quer que minha mãe tivesse dado a Gale, eu estava certa: não foi suficiente. Seus dentes estão cerrados e sua pele brilha de suor. Minha mãe enche uma seringa com o líquido transparente de uma das ampolas e aplica em seu braço. Quase que imediatamente, o rosto dele começa a relaxar.

– Que troço é esse? – pergunta Peeta.

– Vem da Capital. É chamado morfináceo – responde minha mãe.

– Eu nem sabia que Madge conhecia Gale – diz Peeta.

– A gente vendia framboesas para ela – digo, quase com raiva. Mas afinal de contas estou com raiva do quê? Certamente não do fato de ela ter trazido o remédio.

– Ela deve gostar muito dessas frutas – diz Haymitch.

É isso o que me deixa irritada. É a conclusão de que existe alguma coisa entre Gale e Madge. E eu não gosto disso.

– Ela é minha amiga. – É tudo o que digo.

Agora que Gale ficou totalmente inconsciente devido ao analgésico, todos parecem estar mais tranquilos. Prim nos convence a comer um pouco de cozido e pão. Um quarto é oferecido a Hazelle, mas ela precisa voltar para casa por causa das crianças. Haymitch e Peeta estão dispostos a ficar, mas minha mãe também os despacha para casa. Ela sabe que não faz sentido tentar a mesma coisa comigo e me deixa cuidar de Gale enquanto ela e Prim descansam.

Sozinha na cozinha com Gale, eu me sento no banquinho de Hazelle e seguro a mão dele. Depois de um tempo, meus dedos acham seu rosto. Toco partes dele que jamais tive motivos para tocar antes. Suas densas e escuras sobrancelhas, a curva da bochecha, a linha do nariz, a nuca. Percorro o desenho dos pelos em seu queixo e finalmente sigo em direção a seus lábios. Suaves e grossos, ligeiramente rachados. Sua respiração aquece a minha pele enregelada.

Será que todo mundo parece mais jovem quando está dormindo? Porque nesse exato momento ele poderia muito bem ser o garoto com quem eu dei de cara na floresta anos atrás, o que me acusou de roubar suas armadilhas. Que dupla nós éramos – órfãos de pai, assustados, mas também intensamente comprometidos em manter nossas famílias vivas. Desesperados, ainda que não mais sozinhos depois daquele dia, porque havíamos encontrado um ao outro. Penso em uma centena de momentos vividos na floresta, preguiçosas tardes de pescaria, o dia em que eu o ensinei a nadar, a vez em que torci o joelho e ele me levou para casa no colo. Um sempre contando com o outro, tomando conta do outro, forçando o outro a ser corajoso.

Pela primeira vez, inverto nossas posições em minha cabeça. Em minha mente, observo Gale se oferecendo para salvar Rory na colheita, ele sendo arrancado de minha vida, tornando-se o amante de alguma garota estranha para permanecer vivo, e, então, voltando para casa com ela. Morando perto dela. Prometendo se casar com ela.

O ódio que eu sinto por ele, pela garota-fantasma, por tudo, é tão real e imediato que chega a me sufocar. Gale é meu. Eu sou dele. Qualquer outra coisa é impensável. Por que terá sido necessário que sua vida ficasse a um centímetro de se extinguir sob aquele chicote para que eu pudesse enxergar isso?

Porque sou egoísta. Sou covarde. Sou o tipo de garota que, mesmo podendo ser claramente útil para alguma coisa, fugiria para continuar viva e deixaria para trás para sofrer e morrer aqueles que não têm como segui-la. Essa é a garota com quem Gale se encontrou hoje na floresta.

Não é surpresa nenhuma eu ter vencido os Jogos. Nenhuma pessoa decente jamais consegue essa proeza.

Você salvou Peeta, penso, sem muita convicção.

Mas agora questiono inclusive isso. Eu sabia muito bem que minha vida no Distrito 12 se tornaria impossível se eu deixasse aquele garoto morrer.

Pouso a cabeça na beirada da mesa, tomada de desprezo por mim mesma. Desejando ter morrido na arena. Desejando que Seneca Crane tivesse me despedaçado da maneira que o presidente Snow disse que ele devia ter feito quando estendi aquelas amoras.

As amoras. Percebo que a resposta para quem eu sou reside naquele punhado de frutas venenosas. Se as estendi para salvar Peeta porque sabia que seria rejeitada se voltasse para casa sem ele, então, sou uma pessoa desprezível. Se as estendi porque o amava, ainda assim, sou autocentrada, embora perdoável. Mas se eu as estendi para desafiar a Capital, sou alguém de valor. O problema é que não sei exatamente o que estava se passando dentro de mim naquele momento.

Será possível que as pessoas nos distritos estejam com a razão? Que aquilo tenha sido um ato de rebelião, mesmo que feito de modo inconsciente? Porque no fundo, no fundo, devo saber que manter a mim mesma, ou à minha família, ou aos meus amigos vivos fugindo não é o suficiente. Mesmo que eu conseguisse. Isso não consertaria nada. Isso não impediria as pessoas de se ferirem da mesma maneira que Gale hoje.

A vida no Distrito 12 não é de fato tão diferente da vida na arena. Em determinado ponto, você precisa parar de correr, se virar e encarar quem quer que queira ver você morta. A coisa mais difícil é encontrar a coragem para fazer isso. Bom, não é difícil para Gale. Ele é um rebelde nato. Eu sou a que faz planos de fuga.

– Desculpa – sussurro. Curvo-me e o beijo.

Seus cílios se mexem e ele olha para mim em meio a uma névoa de opiáceos.

– E aí, Catnip.

– E aí, Gale.

– Pensei que a uma hora dessas você já estaria longe – diz ele.

Minhas escolhas são simples. Posso morrer como uma presa na floresta ou posso morrer aqui ao lado de Gale.

– Eu não vou para lugar nenhum. Vou ficar bem aqui e arrumar todo tipo de encrenca que for possível.

– Eu também – diz Gale. Ele só consegue dar um sorriso antes que as drogas o levem novamente para o estado de inconsciência.

9

Alguém dá uma sacudida em meu ombro e eu me sento. Caí no sono com o rosto em cima da mesa. O pano branco deixou marcas na minha bochecha sã. A outra, a que levou a chicotada de Thread, lateja dolorosamente. Gale está apagado, mas seus dedos estão entrelaçados nos meus. Sinto cheiro de pão recém-saído do forno e viro o meu pescoço rígido para dar de cara com Peeta, olhando para mim com uma expressão muito triste. Tenho a sensação de que ele estava nos observando há algum tempo.

– Vai para a cama, Katniss. Eu cuido dele agora – diz.

– Peeta. Sobre o que eu disse ontem, sobre fugir... – começo.

– Eu sei – diz ele. – Você não precisa explicar nada.

Vejo os pães na bancada na luz pálida e enevoada da manhã. As sombras azuladas abaixo dos olhos dele. Fico me perguntando se ele dormiu mesmo. Se dormiu, não foi por muito tempo. Penso em como ele concordou em ir comigo ontem, em como ficou ao meu lado para proteger Gale, na disposição que demonstrou para me acompanhar em tudo e em como eu faço tão pouco em retribuição. Não importa o que eu faça, sempre magoo alguém.

– Peeta...

– Vai dormir, certo?

Subo a escada, rastejo para debaixo das cobertas e imediatamente caio no sono. Em determinado momento, Clove, a garota do Distrito 2, entra em meus sonhos. Ela vai em meu encalço, me prende no chão e puxa uma faca para cortar o meu rosto, abrindo um talho bem grande. Em seguida Clove começa a se transformar, seu rosto se alonga virando uma espécie de focinho, pelos escuros brotam de sua pele, suas unhas crescem e se transmutam em longas garras, mas os olhos permanecem imutáveis. Ela se torna a forma bestante de si mesma, o ser com aspecto de lobo criado pela Capital que nos aterrorizou na última noite em que estivemos na arena. Jogando a cabeça para trás, ela emite um uivo arrepiante que é detectado por outros bestantes nas proximidades. Clove começa a limpar o sangue que flui do meu ferimento, cada lambida proporcionando uma nova onda de dor em meu rosto. Dou um grito estrangulado e acordo sobressaltada, suando e tremendo. Cubro com a mão a bochecha machucada e lembro a mim mesma que não foi Clove, mas sim Thread quem me fez esse ferimento. Gostaria que Peeta estivesse aqui para me abraçar, até lembrar que não devo mais desejar esse tipo de coisa. Escolhi Gale e a rebelião. Um futuro com Peeta é ideia da Capital, não minha.

O inchaço ao redor do meu olho diminuiu e consigo abri-lo um pouco. Puxo as cortinas e vejo que a nevasca piorou e se transformou numa tempestade de neve em grande escala. Não há nada além da intensa brancura e do vento uivante, cujo som é extraordinariamente parecido com o dos bestantes.

Dou boas-vindas à tempestade, com seus ventos ferozes e a neve que cai sem perdão. Isso pode ser suficiente para afastar os verdadeiros lobos, também conhecidos como Pacificadores, da minha casa. Alguns dias para pensar. Para elaborar um plano. Com Gale, Peeta e Haymitch à mão. Essa tempestade é uma bênção.

Entretanto, antes de descer para encarar essa nova vida, levo algum tempo tentando compreender o que isso vai significar. Menos de um dia atrás, estava preparada para fugir da cidade com meus entes queridos no meio do inverno, com a possibilidade bastante real de sermos perseguidos pela Capital. Um empreendimento precário na melhor das hipóteses. Mas agora estou me comprometendo a algo ainda mais arriscado. Combater a Capital é garantia, em todos os sentidos, de uma retaliação rápida da parte deles. Devo aceitar que a qualquer momento poderei ser presa. Haverá uma batida na porta, como a de ontem à noite, e um grupo de Pacificadores aparecendo para me levar. Talvez haja tortura. Mutilações. Uma bala na minha cabeça em plena praça, se tiver sorte o suficiente para ter um fim tão rápido. A Capital possui uma criatividade quase infinita em matéria de arranjar meios de matar pessoas. Imagino essas coisas e fico aterrorizada, mas vamos encarar os fatos: eles já estavam me cercando, de uma forma ou de outra. Fui um tributo nos Jogos. Fui ameaçada pelo presidente. Levei uma chicotada na cara. Eu já sou um alvo.

Agora vem a parte mais difícil. Preciso aceitar que a minha família e meus amigos talvez venham a compartilhar a minha sina. Prim. Basta pensar em Prim e toda a minha determinação se desintegra. É meu dever protegê-la. Puxo o cobertor e cubro a cabeça. Minha respiração está tão acelerada que gasto todo o oxigênio e começo a ficar sufocada. Não posso permitir que a Capital faça algum mal a Prim.

E então eu me dou conta. Eles já fizeram isso. Mataram nosso pai naquelas minas abomináveis. Ficaram sentados de braços cruzados enquanto ela quase morria de fome. Eles a escolheram para ser um tributo e depois a fizeram assistir à sua irmã lutar até a morte nos Jogos. Ela sofreu muito mais do que eu sofri quando tinha doze anos de idade. E até mesmo isso não passa de uma pálida comparação com a vida de Rue.

Jogo o cobertor para o lado e sugo o ar frio que atravessa a janela.

Prim... Rue... por acaso não são elas o principal motivo de eu tentar lutar? Porque o que foi feito com elas é algo tão errado, tão além de qualquer justificativa, tão malévolo que não me dá nenhuma outra escolha? Porque ninguém tem o direito de tratá-las como elas foram tratadas?

Sim. Isso é o que deve ser lembrado quando o medo ameaça me engolir. O que estou a ponto de fazer, independentemente do que nós todos sejamos forçados a suportar, é em função delas. É tarde demais para ajudar Rue, mas talvez não seja tarde demais para aquelas cinco carinhas que olharam para mim na praça do Distrito 11. Talvez não seja tarde demais para Rory e Vick e Posy. Talvez não seja tarde demais para Prim.

Gale tem razão. Se as pessoas tiverem coragem, isso pode ser uma oportunidade. Ele também tem razão quando diz que, já que fui eu quem começou tudo isso, eu ainda poderia ser muito útil. Embora não faça a menor ideia de como. Mas decidir não fugir é um primeiro passo crucial.

Tomo uma chuveirada, e nessa manhã o meu cérebro não está fazendo o inventário dos suprimentos para serem levados para os confins da natureza, mas sim tentando entender como as pessoas organizaram aquele levante no Distrito 8. Tantas pessoas, tão claramente desafiando a Capital. Será que foi pelo menos planejado, ou será que foi alguma coisa que simplesmente irrompeu após tantos anos de ódio e ressentimento? Como poderíamos fazer algo similar aqui? Será que as pessoas do Distrito 12 participariam ou será que se trancariam em suas casas? Ontem a praça ficou vazia muito rapidamente depois do castigo de Gale. Mas será que não foi porque todos nos sentimos impotentes demais e não temos a menor ideia do que fazer? Precisamos que alguém nos guie e assegure de que podemos obter sucesso. Acho que não sou essa pessoa. Posso ter sido a catalisadora da rebelião, mas um líder deve ser alguém com convicção, e eu mal consigo convencer a mim mesma. Alguém com uma coragem inquebrantável, e eu ainda estou trabalhando com afinco para encontrar a minha própria. Alguém com palavras claras e persuasivas, e estou frequentemente com a língua presa.

Palavras. Penso em palavras e penso em Peeta. Como as pessoas acolhem tudo o que ele diz. Ele poderia colocar multidões em ação, aposto, se assim quisesse. Ele encontraria sem dificuldade as palavras que deveria dizer. Mas tenho certeza de que essa ideia jamais passou pela sua cabeça.

Desço e encontro minha mãe e Prim cuidando de um Gale prostrado. O efeito do remédio deve estar passando, pela cara que ele está fazendo. Eu me preparo para mais uma briga, mas tento manter a voz calma:

– Não tem como você dar mais uma dose para ele?

– Vou dar, se for necessário. Achamos melhor tentar a cobertura de neve primeiro – diz minha mãe. Ela retirou os curativos. Dá para ver nitidamente o calor que irradia das costas dele. Ela coloca um pano limpo em cima da carne torturada e faz um gesto com a cabeça para Prim.

Prim surge, mexendo o que parece ser uma grande tigela cheia de neve. Mas está com uma cor levemente esverdeada e tem um aroma agradável. Cobertura de neve. Ela começa a aplicar cuidadosamente o material no pano. Quase consigo ouvir o chiado da pele martirizada de Gale recebendo a mistura. Os olhos dele se abrem levemente, perplexos, e então ele deixa escapar um som de alívio.

— É muita sorte nossa estar nevando — diz minha mãe.

Imagino como deve ser se recuperar de chicotadas durante o verão, com o calor sufocante e a água morna saindo da torneira.

— O que você fazia nos meses mais quentes? — pergunto.

Uma ruga aparece entre as sobrancelhas de minha mãe quando ela responde:

— Tentava afastar as moscas.

Meu estômago fica embrulhado diante da resposta. Ela enche um lenço com a mistura de neve e eu o encosto em meu rosto. A dor vai embora instantaneamente. É o frio da neve, sim, mas qualquer que seja a mistura de ervas que minha mãe adicionou também ajuda a anestesiar.

— Ah, que maravilha isso aqui. Por que você não colocou essa mistura nele ontem à noite?

— Eu precisava ajeitar o ferimento antes — diz ela.

Não sei o que isso significa exatamente, mas, contanto que funcione, quem sou eu para questioná-la? Ela sabe o que está fazendo, minha mãe. Sinto uma pontinha de remorso em relação a ontem à noite, às coisas horríveis que eu berrei para ela enquanto Peeta e Haymitch me arrastavam da cozinha.

— Desculpe. Desculpe por ter gritado com você ontem.

— Já ouvi coisas piores — diz ela. — Você viu como as pessoas agem quando alguém que elas amam está sofrendo.

Alguém que elas amam. As palavras deixam a minha língua dormente como se estivesse cheia de cobertura de neve. É claro que eu amo Gale. Mas a que tipo de amor ela está se referindo? O que estou querendo dizer quando digo que amo Gale? Não sei. Eu realmente o beijei ontem à noite, num momento em que não respondia por minhas ações. Mas tenho certeza de que ele não se lembra disso. Lembra? Espero que não. Se lembrar, tudo vai ficar mais complicado e eu não posso ficar pensando em beijos quando tenho uma rebelião para incitar. Balanço ligeiramente a cabeça para me livrar do pensamento.

— Onde está Peeta? — pergunto.

— Foi para casa assim que ouvimos você se mexendo na cama. Ele não queria sair daqui sozinho durante a nevasca — diz minha mãe.

— Ele chegou bem? — pergunto. Numa nevasca você pode ficar perdido e ficar vagando a esmo.

— Por que você não liga para ele para se certificar? — ela pergunta.

Vou para o escritório, uma sala que tenho evitado bastante desde o meu encontro com o presidente Snow, e disco o número de Peeta. Depois de chamar algumas vezes, ele atende.

— Oi. Eu só queria ter certeza de que você tinha chegado bem.

— Katniss, eu moro a três casas de você — diz ele.

— Eu sei, mas com esse tempo, sei lá.

— Bom, estou bem, sim. Obrigado pela preocupação. — Há uma longa pausa. — Como está o Gale?

— Tudo bem com ele. Minha mãe e Prim estão aplicando cobertura de neve nele agora.

— E o seu rosto?

— Eu também coloquei um pouquinho da mistura. Você viu Haymitch hoje?

– Dei uma olhada nele. Bêbado até a raiz dos cabelos. Mas acendi a lareira dele e deixei alguns pães.

– Eu queria conversar com... com vocês dois. – Não ouso acrescentar mais nada pelo telefone, que certamente deve estar grampeado.

– Provavelmente você vai ter que esperar até que o tempo melhore – diz ele. – Nada vai acontecer antes disso, de qualquer maneira.

– Nada mesmo – concordo.

A tempestade de neve leva dois dias para ir embora, deixando um saldo de montes de neve mais altos do que a minha cabeça. Mais um dia até que a trilha que vai da Aldeia dos Vitoriosos à praça seja desobstruída. Durante esse tempo, ajudo a cuidar de Gale, aplico cobertura de neve em meu rosto, tento lembrar tudo que posso a respeito do levante no Distrito 8, caso nos seja de alguma utilidade. O inchaço em meu rosto diminui ainda mais, deixando-me uma ferida que coça bastante e um olho bem roxo. Mas ainda assim, na primeira oportunidade que tenho, telefono para Peeta para ver se ele quer dar um pulo na cidade comigo.

Nós acordamos Haymitch e o arrastamos conosco. Ele reclama, mas não tanto quanto de costume. Todos nós sabemos que precisamos discutir o que aconteceu e não pode ser em um lugar tão perigoso quanto nossas casas na Aldeia dos Vitoriosos. Na realidade, esperamos que a aldeia fique bem para trás antes de abrirmos a boca. Eu passo o tempo estudando os paredões de quatro metros formados pela neve que se juntou de cada lado da estreita trilha que acabou de ser desobstruída, imaginando se eles não vão desabar em cima de nós.

Finalmente, Haymitch quebra o silêncio.

– Quer dizer então que estamos todos nos dirigindo para o grande desconhecido, não é? – pergunta ele, olhando para mim.

– Não – digo. – Não mais.

– Você analisou as fraquezas desse plano, não analisou queridinha? – pergunta ele. – Alguma ideia nova?

– Quero começar um levante.

Haymitch apenas ri. Não se trata nem de um riso maldoso, o que é mais perturbador ainda. É a prova de que ele não consegue nem mesmo me levar a sério.

– Bom, eu quero beber alguma coisa. Mas depois me conta como você se saiu nessa, combinado? – diz ele.

– Então qual é o seu plano? – rebato, com raiva.

– O meu plano é garantir que tudo saia perfeito para o seu casamento – diz Haymitch. – Liguei para remarcar a sessão de fotos sem dar muitos detalhes.

– Você nem tem telefone.

– Effie mandou consertar. Sabia que ela me perguntou se eu gostaria de levar você até o altar? Disse para ela que quanto mais cedo melhor.

– Haymitch. – Consigo ouvir o tom de súplica surgindo em minha voz.

– Katniss. – Ele me imita. – Não vai funcionar.

Calamos a boca quando uma equipe de homens com pás passa por nós, seguindo em direção à Aldeia dos Vitoriosos. Talvez eles possam dar um jeito naqueles paredões de neve de quatro metros de altura. E quando eles saem de vista, a praça já está bem próxima. Nós entramos nela e tudo para simultaneamente.

Nada vai acontecer durante a nevasca. Essa era a conclusão a que Peeta e eu havíamos chegado. Mas nós não podíamos estar mais equivocados. A praça foi transformada. Um cartaz enorme com a insígnia de Panem está pendurado no telhado do Edifício da Justiça. Pacificadores vestindo uniformes imaculadamente brancos marcham sobre os paralelepípedos limpos há pouco tempo. Ao longo dos telhados dos prédios, mais soldados ocupam nichos portando metralhadoras. O mais inquietante é uma fileira de novas construções – um pelourinho oficial, diversas cercas de estacas e um cadafalso – montados no centro da praça.

– Thread trabalha rápido – diz Haymitch.

Algumas ruas depois da praça, vejo uma chama subindo ao céu. Nenhum de nós tem nada a dizer a respeito. Só pode ser o Prego virando fumaça. Penso em Greasy Sae, Ripper, em todos os meus amigos que retiram seus sustentos de lá.

– Haymitch, você não acha que ainda havia alguém no... – Eu não consigo terminar a frase.

– Que nada, eles são espertos. Você também seria, se tivesse passado mais tempo por aqui – diz ele. – Bom, é melhor eu ver qual o estoque de álcool etílico disponível na farmácia.

Ele atravessa pesadamente a praça e eu olho para Peeta.

– Para que ele quer isso? – Então eu percebo a resposta. – A gente não pode deixar ele beber isso. Ele vai se matar, ou no mínimo ficar cego. Tenho um pouco de aguardente branca em casa.

– Eu também. De repente isso o segura um pouco até a Ripper achar uma maneira de retomar seu negócio – diz Peeta. – Preciso verificar como está a minha família.

– Preciso ver Hazelle. – Agora estou preocupada. Achava que ela estaria lá em casa assim que a neve fosse retirada. Mas ainda não há qualquer sinal dela.

– Eu também vou. Vou dar uma passadinha lá na padaria quando estiver voltando para casa – diz ele.

– Obrigada. – De repente, me sinto bastante assustada pelo que talvez encontre pela frente.

As ruas estão quase desertas, o que não seria tão incomum nesse momento do dia se as pessoas estivessem nas minas e as crianças na escola. Mas não estão. Vejo rostos nos observando das portas, através das persianas.

Um levante, penso. *Que idiota eu sou.* Existe uma imperfeição inerente no plano que tanto Gale quanto eu fomos cegos demais para enxergar. Um levante requer infringir a lei, desbancar a autoridade. Nós fizemos isso durante todo o tempo em que estivemos vivos, ou pelo menos nossas famílias fizeram. Caça ilegal, comércio no mercado clandestino, fazer pouco da Capital na floresta. Mas para a maior parte das pessoas no Distrito 12, uma ida ao Prego para comprar alguma coisa seria arriscada demais. E eu na expectativa de que eles se reunissem na praça com tijolos e tochas? A mera visão de mim e de Peeta já é suficiente para que as pessoas afastem seus filhos das janelas e fechem a cortina.

Encontramos Hazelle em sua casa, cuidando de uma Posy bem doente. Reconheço as marcas do sarampo.

– Não tinha como deixá-la aqui sozinha – diz ela. – Sabia que Gale estaria sendo cuidado pelas melhores mãos do mundo.

– É claro – digo. – Ele está bem melhor. Minha mãe acha que ele vai voltar para as minas daqui a algumas semanas.

– De qualquer maneira, pode ser que elas ainda não estejam abertas daqui a duas semanas – diz Hazelle. – O boato que está circulando é que vão ficar fechadas por tempo indeterminado. – Ela olha com inquietude para o tanque vazio.

– Você também está parada?

– Não oficialmente – diz Hazelle. – Mas agora está todo mundo com medo de me mandar trabalho.

– De repente é a neve – arrisca Peeta.

– Não, Rory deu uma volta rápida pelas ruas hoje de manhã. Ao que tudo indica, não tem nenhuma roupa para lavar – diz ela.

Rory abraça Hazelle.

– A gente vai ficar bem.

Tiro um pouco de dinheiro do bolso e coloco em cima da mesa.

– Minha mãe vai mandar alguma coisa para Posy.

Quando estamos do lado de fora, me viro para Peeta.

– Volta você. Eu quero dar uma passada no Prego.

– Eu vou junto – diz ele.

– Não. Já arrumei encrenca demais para você.

– Então evitar um passeio pelo Prego... vai resolver tudo pra mim? – Ele sorri e pega a minha mão. Juntos, nós percorremos as ruas da Costura até chegarmos ao edifício em chamas. Eles não se importaram nem mesmo em deixar alguns Pacificadores no local. Sabem que ninguém tentaria salvá-lo.

O calor das chamas derrete a neve que está em volta e uma água preta escorre na direção dos meus pés.

– É toda aquela poeira do carvão, dos tempos passados – afirmo. Estava em todos os cantos e em todos os orifícios. Até nos rodapés. É incrível o local não ter desabado antes. – Eu quero achar Greasy Sae.

– Hoje não, Katniss. Acho que a gente não vai ajudar ninguém fazendo visitas numa situação como essa.

Retornamos à praça. Compro alguns bolos na padaria do pai de Peeta enquanto eles jogam conversa fora, falando do tempo. Ninguém menciona os horrendos instrumentos de tortura que estão a poucos metros da porta. A última coisa que noto ao sairmos da praça é que eu não reconheço nem um rosto sequer entre os Pacificadores.

À medida que os dias vão passando, as coisas vão ficando de mal a pior. As minas permanecem fechadas há duas semanas e a essa altura metade do Distrito 12 já está passando fome. O número de crianças candidatando-se a tésseras aumenta vertiginosamente, mas elas quase sempre não recebem nenhuma porção de grãos. A escassez de comida começa, e mesmo aqueles com dinheiro voltam das lojas de mãos vazias. Quando as minas são reabertas, os salários são reduzidos, as horas de trabalho estendidas e os mineiros enviados para trabalhar em locais flagrantemente perigosos. A comida prometida, e ansiosamente esperada, para o Dia da Parcela chega estragada e emporcalhada por roedores. As instalações na praça ficam bastante movimentadas, pessoas são arrastadas para o local e punidas por delitos há tanto tempo ignorados que havíamos esquecido que eram ilegais.

Gale vai para casa sem que mencionemos uma única vez a palavra rebelião. Mas não consigo parar de pensar que tudo que ele testemunhar nas ruas apenas fortalecerá sua decisão de se revoltar. As condições duras nas minas, os corpos torturados na praça, a fome nos rostos de seus familiares. Rory candidatou-se a tésseras, uma coisa sobre a qual Gale nem consegue falar, mas isso ainda não é o suficiente devido à pequena disponibilidade e aos preços cada vez mais altos dos alimentos.

A única notícia boa é que consegui convencer Haymitch a contratar Hazelle para trabalhar como sua empregada, o que resulta em algum dinheiro extra para ela e uma fantástica elevação na qualidade de vida dele. É estranho entrar na casa de Haymitch e encontrá-la limpa e agradável, e com comida no fogão. Ele mal repara porque está lutando uma batalha inteiramente diferente. Peeta e eu tentamos racionar a quantidade de bebida de que dispúnhamos, mas o estoque está quase no fim, e a última vez em que vi Ripper, ela estava presa no tronco.

Sinto-me como uma pária ao caminhar pelas ruas. Todos me evitam em público agora. Mas em casa não me falta companhia. Um constante suprimento de doentes e feridos é depositado em nossa cozinha diante de minha mãe, que há muito parou de cobrar por seus serviços. Mas seu estoque de remédios está se esgotando tão rapidamente que logo, logo só lhe restará a neve para tratar seus pacientes.

A floresta, é claro, está proibida. Absolutamente proibida. Impensável. Nem mesmo Gale desafia a lei agora. Mas numa manhã, eu resolvo desafiá-la. E não é a casa cheia de doentes e moribundos, as costas ensanguentadas, as crianças com as caras chupadas, as botas que marcham nas ruas ou a miséria onipresente que me levam a passar por baixo da cerca. É a chegada numa noite de um caixote cheio de vestidos de casamento com um bilhete de Effie, dizendo que o presidente Snow aprovou pessoalmente esses modelos.

O casamento. Será que ele está realmente planejando levar a ideia adiante? O que, em seu cérebro distorcido, isso vai alcançar? Será para o benefício daqueles que residem na Capital? Um casamento foi prometido, um casamento será realizado. E em seguida? Ele vai nos matar? Como uma lição para os distritos? Não sei. Não consigo ver nenhum sentido nisso. Eu me viro e me remexo na cama até não aguentar mais. Tenho que sair daqui. Pelo menos por algumas horas.

Minhas mãos cavam o meu closet até encontrarem o traje de material isolante que Cinna fez para meus momentos de lazer durante a Turnê da Vitória. Botas à prova d'água, um casaco de inverno que me cobre dos pés à cabeça, luvas térmicas. Adoro o meu velho equipamento de caçada, mas a caminhada que estou planejando fazer hoje é mais apropriada para esse tipo de roupa high-tech. Desço a escada na pontinha dos pés, encho minha bolsa de comida e saio de casa às escondidas. Esgueirando-me por ruelas e becos, chego ao ponto mais vulnerável da cerca, mais próximo a Rooba, o açougueiro. Como muitos trabalhadores cruzam esse caminho para chegar às minas, a neve está toda marcada de pegadas. As minhas não serão notadas. Com todo o seu aparato de segurança, Thread prestou pouca atenção à cerca, quem sabe imaginando que a temperatura inclemente e os animais selvagens fossem suficientes para manter todos devidamente seguros em suas casas. Mesmo assim, no instante em que me coloco embaixo da grade, cubro minhas pegadas até que as árvores as escondam para mim.

O dia está nascendo quando retiro meu arco e minhas flechas e começo uma marcha forçada pela floresta coberta de neve. Estou decidida, por algum motivo, a chegar no lago. Talvez para me despedir do local, de meu pai e dos tempos felizes que passamos ali, porque sei que provavelmente jamais voltarei a colocar os pés lá. Talvez só então eu seja capaz de respirar bem fundo novamente. Uma parte de mim não está realmente se importando com a possibilidade de ser capturada, contanto que eu veja o local mais uma vez.

O percurso leva duas vezes o tempo habitual. As roupas de Cinna retêm muito bem o calor de meu corpo, e chego encharcada de suor sob o casaco de inverno, enquanto meu rosto está dormente por causa do frio. O brilho intenso do sol de inverno refletido na neve fez brincadeiras com a minha visão, e estou tão exausta e envolvida em meus próprios devaneios desesperados que não noto os sinais. Uma tênue fumaça da chaminé, as marcas de pegadas recentes, o cheiro de agulhas de pinheiro queimadas. Estou literalmente a alguns metros da porta da casa de cimento quando paro bruscamente. E não é por causa da fumaça ou das pegadas ou do cheiro. É por causa do inconfundível clique de uma arma atrás de mim.

Segunda natureza. Instinto. Eu me viro pegando a flecha, embora já saiba que a sorte não está a meu favor. Vejo o uniforme branco de um Pacificador, o queixo pontudo, a íris levemente castanha onde a minha flecha encontrará seu alvo. Mas a arma é jogada no chão e a mulher desarmada estende algo para mim em sua mão enluvada.

– Pare! – grita ela.

Hesito, incapaz de processar essa mudança de rumo. Talvez eles tenham ordens para me levar com vida para que possam me torturar até que eu incrimine todas as pessoas com quem convivi até hoje. *É isso aí, boa sorte então*, penso. Meus dedos estão totalmente decididos a lançar a flecha quando vejo o objeto na luva. É um pequeno círculo branco achatado que parece um pãozinho. Na verdade, é mais parecido com um biscoito. Cinza e úmido nas bordas. Mas uma imagem está claramente estampada no centro dele.

O meu tordo.

PARTE II

"O MASSACRE"

10

Isso não faz sentido. Um pão estilizado com o meu pássaro. Ao contrário das sofisticadas representações que vi na Capital, essa aqui definitivamente não expressa a moda.

— O que é isso? O que significa? — pergunto rispidamente, ainda preparada para matar.

— Significa que estamos do seu lado — diz uma voz trêmula atrás de mim.

Eu não a vi quando me aproximei. Ela devia estar na casa. Não tiro os olhos de meu alvo atual. Provavelmente a recém-chegada está armada, mas estou apostando que ela não vai arriscar me deixar ouvir o clique que significa a minha morte iminente, sabendo que eu mataria sua companheira instantaneamente.

— Vá para algum lugar onde eu possa vê-la — ordeno.

— Ela não pode... — começa a mulher com o biscoito.

— Vá! — grito. Ouço um passo e um som de algo sendo arrastado. Ouço o esforço que o movimento requer. Uma outra mulher, ou talvez eu devesse dizer que é apenas uma menina, já que parece ter a minha idade, surge mancando. Está vestida com um uniforme de Pacificador que não lhe cai bem e um manto de pele branco feito para uma pessoa muito maior do que ela. Ela não está com nenhuma arma visível. Suas mãos estão ocupadas em equilibrar-se numa muleta tosca feita de um galho quebrado. A ponta de sua bota direita não consegue tirar a neve do caminho, por isso o som de algo sendo arrastado.

Examino o rosto da menina, que está corado de frio. Seus dentes são tortos e há uma marquinha vermelha de nascença sobre um de seus olhos cor de chocolate. Ela não é uma Pacificadora. Tampouco uma cidadã da Capital.

— Quem é você? — pergunto, com cautela, porém menos beligerante.

— Meu nome é Twill — diz a mulher. Ela é mais velha. Talvez uns trinta e cinco anos. — E essa é a Bonnie. Nós fugimos do Distrito 8.

Distrito 8! Então elas devem estar sabendo do levante!

— Onde vocês conseguiram os uniformes?

— Roubei da fábrica — diz Bonnie. — A gente os produz lá. Só que eu pensei que esse aqui seria para... para uma outra pessoa. Por isso o tamanho errado.

— A arma pertence a um Pacificador morto — diz Twill, seguindo meus olhos.

— O biscoito na sua mão. Com o pássaro. Do que se trata? — pergunto.

— Você não sabe, Katniss? — Bonnie parece estar genuinamente surpresa.

Elas me reconhecem. É claro que elas me reconhecem. Meu rosto está descoberto e estou aqui parada nos arredores do Distrito 12, apontando uma flecha para elas. Quem mais eu poderia ser?

— Sei que ele combina com o broche que eu usei na arena.

— Ela não sabe — diz Bonnie suavemente. — Talvez ela não tenha conhecimento de nada disso.

Subitamente sinto a necessidade de estar por dentro das coisas.

– Sei que vocês fizeram um levante no 8.

– Fizemos, e é por isso que fomos obrigadas a sair de lá – diz Twill.

– Bom, agora vocês estão livres. O que pretendem fazer em seguida? – pergunto.

– Estamos indo para o Distrito 13 – responde Twill.

– Distrito 13? – digo. – Não existe nenhum 13. Ele foi tirado do mapa.

– Setenta e cinco anos atrás – diz Twill.

Bonnie se mexe apoiada na muleta e faz uma careta.

– O que houve com a sua perna?

– Torci o tornozelo. Minhas botas são grandes demais – diz Bonnie.

Mordo o lábio. Meu instinto me diz que elas estão falando a verdade. E por trás dessa verdade encontra-se uma grande quantidade de informação que eu gostaria muito de obter. Dou um passo à frente e pego a arma de Twill antes de baixar o arco. Então eu hesito um momento, lembrando de outro dia nessa mesma floresta, quando Gale e eu assistimos a um aerodeslizador surgir do nada e capturar dois fugitivos da Capital. O garoto recebeu um golpe de lança e morreu na hora. A garota ruiva – descobri mais tarde quando estive na Capital – foi mutilada e transformada numa serva muda, tornando-se uma Avox.

– Alguém está perseguindo vocês?

– Achamos que não. Achamos que eles imaginam que nós duas morremos numa explosão na fábrica – diz Twill. – E só não morremos por muito pouco.

– Tudo bem, vamos entrar – digo, indicando com a cabeça a casa de cimento. Eu as sigo, levando a arma comigo.

Bonnie vai direto para a lareira e se cobre com a capa de um Pacificador deixada diante do fogo. Ela estica as mãos na frente da tênue chama que queima em uma das pontas de um pedaço de madeira chamuscado. Sua pele é tão pálida que parece transparente, e consigo ver o fogo brilhar no corpo dela. Twill tenta arrumar a capa, que devia pertencer a ela própria, ao redor da trêmula garota.

Uma lata foi cortada pela metade, a borda perigosamente exposta. Foi posicionada sobre as cinzas, cheia de agulhas de pinheiro imersas em água fumegante.

– Está fazendo chá? – pergunto.

– Na verdade, a gente não tem muita certeza. Lembro de ter visto alguém fazendo isso com agulhas de pinheiro nos Jogos Vorazes alguns anos atrás. Pelo menos até onde sei, eram agulhas de pinheiro – diz Twill, franzindo o cenho.

Lembro do Distrito 8, um horroroso espaço urbano fedendo a resíduos industriais, pessoas residindo em apartamentos caindo aos pedaços. Quase nenhuma planta à vista. Nenhuma oportunidade, nenhuma mesmo, de alguém entender como funciona a natureza. É um milagre essas duas terem conseguido chegar vivas até aqui.

– Estão sem comida? – pergunto.

Bonnie balança a cabeça em concordância.

– Pegamos o que pudemos, mas quase não havia alimento disponível. E já faz um bom tempo que a coisa está assim. – O tremor na voz dela derrete as minhas últimas defesas. Ela não passa de uma garota ferida e malnutrida fugindo da Capital.

– Bom, então hoje vocês estão com sorte – digo, despejando o conteúdo da minha bolsa no chão. As pessoas estão morrendo de fome em todo o distrito e ainda assim nós temos muito mais do que o suficiente. Então faço algumas distribuições por conta própria. Tenho as minhas prioridades: a família de Gale, Greasy Sae, alguns dos demais comerciantes do

Prego que perderam seus negócios. Minha mãe tem outras pessoas para ajudar, na maior parte pacientes. Na manhã de hoje, propositalmente, coloquei comida em excesso na bolsa que uso nas caçadas, sabendo que minha mãe veria a despensa vazia e imaginaria que eu estaria fazendo a minha peregrinação usual aos famintos. Na verdade, estava ganhando tempo para ir para o lago sem que ela ficasse preocupada. Tinha a intenção de entregar a comida hoje à noite, quando voltasse, mas agora vejo que isso não vai acontecer.

Da bolsa, puxo dois pãezinhos frescos com uma camada de queijo derretido em cima. Sempre temos um estoque desses pães lá em casa depois que Peeta descobriu que eles eram os meus favoritos. Jogo um para Twill, mas ela não consegue pegar, e coloco o outro no colo de Bonnie, já que sua coordenação olho-mão parece um pouco questionável no momento, e eu não quero que ele acabe no fogo.

– Ah – diz Bonnie. – Tudo isso é para mim?

Algo dentro de mim se contorce assim que me lembro de outra voz. Rue. Na arena. Quando dei para ela a coxa do ganso silvestre. *Ah, é a primeira vez que tenho uma coxa inteira só pra mim.* A descrença dos cronicamente famintos.

– É isso aí, pode comer – digo. Bonnie segura o pãozinho como se não conseguisse acreditar que fosse real e, então, enterra os dentes nele uma, duas, várias vezes, incapaz de se conter. – É melhor você mastigar um pouco. – Ela balança a cabeça, concordando, tentando diminuir o ritmo, mas sei o quanto é difícil quando o seu estômago está tão vazio. – Acho que o seu chá está pronto. – Tiro a lata das cinzas. Twill pega duas xícaras em sua mochila e ponho o chá no chão para esfriar um pouco. As duas se aconchegam uma na outra, comendo, soprando o chá e dando pequenos goles na bebida escaldante enquanto preparo o fogo. Espero até elas começarem a chupar a gordura dos dedos para perguntar: – E aí, qual é a história de vocês?

E elas me contam.

Desde os Jogos Vorazes vem crescendo o descontentamento no Distrito 8. Ele sempre esteve lá, é claro, em alguma medida. Mas a diferença agora é que conversar já não é suficiente, e a ideia de agir passou de desejo à realidade. As fábricas têxteis que serviam Panem sempre tiveram máquinas barulhentas, e o som também permitia que as ideias circulassem livremente, as bocas próximas aos ouvidos, palavras que não eram notadas, que não eram controladas. Twill dava aulas na escola, Bonnie era uma de suas alunas, e quando o último sinal tocava, ambas trabalhavam durante quatro horas na fábrica especializada em uniformes de Pacificadores. Bonnie, que trabalhava no friorento posto de inspeção, levou meses para conseguir dois uniformes, uma bota aqui, uma calça ali. Elas destinavam-se a Twill e a seu marido porque ficou acertado que, uma vez que o levante começasse, seria crucial espalhar a notícia para além do Distrito 8 para que a rebelião fosse bem-sucedida.

O dia em que eu e Peeta fomos até lá fazer nossa aparição por ocasião da Turnê da Vitória foi, na realidade, uma espécie de ensaio. As pessoas na multidão se posicionaram de acordo com suas equipes, perto dos prédios que seriam seus alvos quando a rebelião irrompesse. Esse era o plano: tomar os centros de poder na cidade, como o Edifício da Justiça, o quartel-general dos Pacificadores e o Centro de Comunicações, localizado na praça. E outros locais ainda: a linha férrea, o armazém de grãos, a estação de luz e o arsenal.

A noite do meu noivado, a noite em que Peeta caiu de joelhos e proclamou seu amor eterno por mim na frente das câmeras na Capital, foi a noite em que começou o levante. Era o disfarce ideal. Nossa entrevista da Turnê da Vitória com Caesar Flickerman era um programa a que todos assistiriam obrigatoriamente. Ele deu às pessoas do Distrito 8 um motivo para sair às ruas à noite, reunindo-se ou na praça ou em diversos centros comunitários ao redor da cidade para acompanhar pelos telões. Normalmente, tal atividade teria sido bastante suspeita. Ao contrário, todos encontravam-se em seus devidos lugares na hora marcada, oito da noite, quando as máscaras foram postas e o inferno se instaurou.

Pegos de surpresa e sobrepujados por uma impressionante quantidade de pessoas, os Pacificadores foram inicialmente dominados pelas massas. O Centro de Comunicações, o armazém e a estação de luz foram tomados. À medida que os Pacificadores iam caindo, armas eram apropriadas pelos rebeldes. Havia uma esperança de que isso não tivesse sido um ato de insanidade, que, de uma certa forma, se eles pudessem espalhar a notícia para outros distritos, uma real deposição do governo na Capital talvez fosse possível.

E aí, aconteceu. Pacificadores começaram a chegar aos milhares. Aerodeslizadores bombardearam as casamatas dos rebeldes, que viraram cinzas. No caos total que se seguiu, o máximo que as pessoas conseguiam fazer era chegar em casa com vida. A cidade foi dominada em menos de quarenta e oito horas. Então, por uma semana, as pessoas foram proibidas de deixar suas casas. Nada de comida, nada de carvão, todos impedidos de sair às ruas. A única vez que a televisão mostrou alguma coisa além de estática foi quando os suspeitos de terem sido os instigadores foram enforcados na praça. Então, uma noite, quando todo o distrito estava quase morrendo de fome, veio a ordem para que tudo voltasse à normalidade.

Para Twill e Bonnie, isso significou voltar para a escola. Uma rua interditada por causa das bombas fez com que elas se atrasassem para o turno de trabalho na fábrica, de modo que elas ainda estavam a cerca de cem metros de distância quando o local foi pelos ares, matando todos que estavam em seu interior – incluindo o marido de Twill e toda a família de Bonnie.

– Alguém deve ter contado para o pessoal da Capital que a ideia do levante tinha começado lá – diz Twill, com a voz baixa.

As duas correram de volta para a casa de Twill, onde ainda se encontravam os uniformes dos Pacificadores. Juntaram o máximo de provisões que conseguiram, roubando livremente de vizinhos que agora tinham certeza estarem mortos, e seguiram para a estação ferroviária. Num armazém próximo aos trilhos, elas vestiram os uniformes dos Pacificadores e, disfarçadas, conseguiram entrar num vagão cheio de tecido que partia para o Distrito 6. Elas saíram do trem numa parada para reabastecimento no meio do caminho e seguiram viagem a pé. Ocultas pela floresta, mas usando os trilhos como guia, elas alcançaram os arredores do Distrito 12 dois dias atrás, onde foram forçadas a parar quando Bonnie torceu o tornozelo.

– Compreendo por que vocês estão fugindo, mas o que esperam encontrar no Distrito 13? – pergunto.

Bonnie e Twill trocam olhares nervosos.

– A gente não tem muita certeza – diz Twill.

– Lá só tem destroços – digo. – Todo mundo já viu os filmes sobre o local.

– Mas é justamente isso. Eles têm usado o mesmo filme desde que eu me conheço por gente – diz Twill.

– É mesmo? – Tento lembrar, tento reunir em minha mente as imagens do 13 que vi na televisão.

– Você sabe como eles sempre mostram o Edifício da Justiça? – continua Twill. Balanço a cabeça em assentimento. Já vi a tomada milhares de vezes. – Se você prestar bem atenção, você vai ver. No alto da tela, bem no canto direito.

– Vou ver o quê? – pergunto.

Twill estende novamente o biscoito com o pássaro.

– Um tordo. Só dá pra ver ele voando por alguns segundos. O mesmo tordo todas as vezes.

– No nosso distrito, o pessoal acha que eles ficam repassando o mesmo filme antigo o tempo todo porque a Capital não pode mostrar o que realmente está acontecendo lá agora – diz Bonnie.

Murmuro como quem não está acreditando.

– Vocês estão indo pro Distrito 13 com base nisso? A tomada de um pássaro? Vocês acham que vão encontrar uma nova cidade com pessoas passeando pelas ruas? E a Capital achando isso tudo muito natural?

– Não – diz Twill seriamente. – A gente acha que as pessoas foram morar no subterrâneo quando tudo na superfície foi destruído. A gente acha que eles conseguiram sobreviver. E a gente também acha que a Capital os deixa em paz porque, antes dos Dias Escuros, a principal atividade industrial do Distrito 13 era energia nuclear.

– Eles trabalhavam em minas de grafite – digo. Mas, hesito, porque essa é a informação que me foi dada pela Capital.

– Eles tinham algumas minas pequenas, é verdade. Mas não o suficiente para justificar uma população daquele tamanho. Isso, imagino, é a única coisa que a gente sabe com certeza – diz Twill.

Meu coração está acelerado. E se elas estiverem certas? Será que isso poderia ser verdade? Será que poderia haver um outro lugar para fugirmos além da natureza selvagem? Algum lugar seguro? Se existe uma comunidade no Distrito 13, não seria melhor ir para lá, onde talvez eu seja capaz de fazer a diferença, em vez de ficar aqui esperando a minha morte? Mas também tem o seguinte... se há pessoas no Distrito 13, com armas poderosas...

– Por que elas não ajudaram a gente? – digo, irritada. – Se isso é verdade, por que elas deixam a gente vivendo dessa maneira? Com todos morrendo de fome e com as matanças nos Jogos? – E, de repente, começo a odiar essa imaginária cidade subterrânea do Distrito 13 e todos que estão vivendo lá e assistindo à nossa morte. Eles não são melhores do que a Capital.

– A gente não sabe – sussurra Bonnie. – Nesse exato momento, a gente está apenas se agarrando à esperança de que eles existem mesmo.

Isso faz com que eu readquira a consciência. Essa história não passa de delírio. O Distrito 13 não existe porque a Capital jamais permitiria que existisse. Elas provavelmente estão equivocadas em relação ao filme. Tordos são tão raros quanto rochas. E tão resistentes quanto. Se eles conseguiram sobreviver ao bombardeio inicial do 13, provavelmente estão vivendo agora em condições melhores do que nunca.

Bonnie não tem casa. Sua família está morta. Voltar para o Distrito 8 ou se mudar para algum outro distrito seria impossível. É claro que a ideia de um Distrito 13 independente e próspero a comove. Eu não tenho coragem de dizer que o que ela está perseguindo é um sonho tão imaterial quanto névoa. Talvez ela e Twill possam tentar viver de alguma maneira na floresta. Duvido muito, mas elas estão num estado tão lastimável que eu me sinto na obrigação de procurar ajudá-las.

Primeiro, dou a elas toda a comida que está na minha bolsa, grãos e feijão seco na maior parte, mas há o suficiente para sustentá-las por enquanto, se forem cuidadosas. Então levo Twill para a floresta e tento explicar a ela os rudimentos da caça. Ela tem uma arma que, caso seja necessário, pode converter energia solar em mortíferos raios de energia que podem durar indefinidamente. Quando ela consegue matar o primeiro esquilo, o coitado do bichinho parece mais um pedaço de carne queimada, porque foi atingido diretamente no corpo. Mas mostro a ela como tirar a pele e limpar a carne. Com alguma prática, ela vai dominar o procedimento. Corto uma nova muleta para Bonnie. De volta à casa, dou para a garota uma camada extra de meias e a mando enfiá-las nas botas para caminhar durante o dia, e depois usá-las nos pés à noite. Por fim, eu as ensino a acender adequadamente um fogo.

Elas imploram por detalhes acerca da situação no Distrito 12 e conto como é a vida sob o jugo de Thread. Percebo que elas consideram isso uma informação importante para levar até aqueles que governam o Distrito 13 e finjo que concordo com elas, para não destruir suas esperanças. Mas, quando a luminosidade do sol sinaliza o fim da tarde, não tenho mais tempo para entretê-las.

– Preciso ir agora – digo.

Elas são só agradecimentos e me abraçam efusivamente.

Lágrimas escapam dos olhos de Bonnie.

– Não consigo acreditar que a gente conheceu você de verdade. Praticamente só se fala de você desde que...

– Eu sei. Eu sei. Desde que eu peguei aquelas amoras – digo, fatigada.

Quase não sinto a caminhada de volta para casa, mesmo com a neve começando a cair. Minha mente está girando com as novas informações acerca do levante no Distrito 8 e a improvável, embora tentadora, possibilidade de existência do Distrito 13.

As palavras de Bonnie e Twill confirmaram uma coisa: o presidente Snow tem me feito de boba. Nem todos os beijos e carinhos do mundo poderiam ter impedido a agitação que estava se instaurando no Distrito 8. Sim, eu ter estendido as amoras foi a fagulha, mas não tinha como controlar o fogo. Ele devia saber disso o tempo todo. Então por que me fazer aquela visita, por que me mandar persuadir a multidão de meu amor por Peeta? Isso era obviamente um estratagema para me distrair e impedir que eu fizesse algo mais para inflamar os distritos. E, é claro, para entreter as pessoas na Capital. Tenho a impressão de que o casamento é apenas uma extensão necessária disso.

Estou me aproximando da cerca quando um tordo surge num galho e cantarola para mim. Diante dessa visão, percebo que não obtive em momento algum uma explicação completa sobre o pássaro no biscoito e sobre o que ele significa.

"*Significa que estamos do seu lado*", foi o que Bonnie disse. Eu tenho pessoas do meu lado? Qual lado? Por acaso, sou inadvertidamente o rosto da rebelião pela qual todos anseiam? Será que o tordo em meu broche se transformou num símbolo da resistência? Se é esse o caso, o meu lado não está indo muito bem. Basta olhar para o que aconteceu no 8 para perceber isso.

Guardo as armas no tronco oco próximo a minha antiga casa na Costura e vou em direção à cerca. Estou de joelhos, me preparando para entrar na Campina, mas ainda estou tão preocupada com os eventos do dia que é necessário o pio de uma coruja para me trazer de volta ao mundo.

Na penumbra, a grade parece tão inofensiva quanto de costume. Mas o que me faz afastar a mão é o som, como um zumbido de uma árvore cheia de ninhos de teleguiadas, indicando que a cerca está ligada e em altíssima tensão.

11

Meus pés recuam automaticamente e me camuflo entre as árvores. Cubro a boca com a luva para dispersar o branco da minha respiração no ar gelado. Adrenalina percorre o meu corpo, apagando todas as preocupações do dia, enquanto me concentro na ameaça imediata que se encontra diante de mim. O que está acontecendo? Será que Thread acionou a eletricidade da cerca como uma precaução extra de segurança? Ou será que ele de algum modo sabe que hoje eu escapei? Será que ele está determinado a me manter do lado de fora do Distrito 12 até que possa me prender? Até que possa me arrastar para a praça para ser presa no tronco ou para ser chicoteada ou enforcada?

Acalme-se, ordeno a mim mesma. Não que essa seja a primeira vez que eu tenha ficado presa do lado de fora do distrito por causa de uma cerca eletrificada. Isso já aconteceu algumas vezes ao longo dos anos, mas Gale estava sempre comigo. Nós dois simplesmente procurávamos uma árvore confortável para esperar até que a energia fosse desativada, o que sempre ocorria, mais cedo ou mais tarde. Quando eu demorava a chegar, Prim tinha o hábito de ir até a Campina para verificar se a cerca estava eletrificada ou não, só para poupar minha mãe de preocupações.

Mas hoje minha família jamais imaginaria que eu estivesse na floresta. Inclusive tomei algumas providências para que isso não passasse pela cabeça delas. Então, se eu não aparecer, elas certamente ficarão preocupadas. E tem uma parte de mim que também está preocupada, porque não tenho certeza de que isso é apenas uma coincidência: o fato de a energia ser ativada exatamente no mesmo dia que eu volto à floresta. Pensava que ninguém tinha visto eu me esgueirar por baixo da cerca, mas quem sabe? As paredes têm olhos. Alguém relatou ter visto Gale me beijando nesse mesmo ponto. Mesmo assim, isso foi à luz do dia e antes de eu passar a ser mais cuidadosa com o meu comportamento. Será que poderia haver por aqui câmeras de segurança? Havia pensado nisso antes. Será que essa foi a maneira pela qual o presidente Snow ficou sabendo do beijo? Estava escuro quando eu me esgueirei pela cerca e o meu rosto estava envolto por um cachecol. Mas a lista de suspeitos de invadir a floresta provavelmente é pequena demais.

Meus olhos espiam através das árvores, para além da cerca, na Campina. Tudo o que vejo é a neve iluminada aqui e ali pela luz das janelas na borda da Costura. Nenhum Pacificador à vista, nenhum sinal de que eu esteja sendo perseguida. Quer Thread saiba ou não que saí do distrito hoje, entendo que o curso da minha ação deve ser o mesmo: atravessar novamente a cerca sem ser vista e fingir que nunca saí.

Qualquer contato com a grade ou com os fios de arame farpado que guarnecem o topo significaria uma eletrocução instantânea. Acho que não consigo passar por baixo da cerca sem me arriscar a ser detectada, e, de qualquer maneira, o chão está duro e gelado. Isso me deixa com uma única escolha. De uma forma ou de outra, terei que atravessá-la por cima.

Começo a andar rente às árvores em busca de uma com um galho alto e comprido o suficiente para servir ao meu plano. Depois de andar quase dois quilômetros, dou de cara com um antigo bordo que talvez sirva. Mas o tronco é largo demais e muito cheio de neve para que eu possa subir, e não tem nenhum galho baixo. Subo em uma árvore próxima e salto desajeitadamente para o bordo, quase escorregando no galho pegajoso. Mas consigo me equilibrar e lentamente sigo em direção à ponta de um galho que se debruça sobre o arame farpado.

Quando olho para baixo, lembro por que Gale e eu sempre esperamos na floresta em vez de tentar saltar sobre a cerca. Ficar a uma altura suficiente para evitar o risco de ser frito significa ficar a mais ou menos seis metros do chão. Imagino que o meu galho deva estar a uns sete. É um pulo perigoso, mesmo para alguém que tem anos de experiência em árvores. Mas que outra escolha eu tenho? Podia procurar um outro galho, mas agora já está quase escuro. A neve que não para de cair vai obscurecer qualquer luar. Aqui, pelo menos, consigo ver que tem um montinho de neve que vai acolchoar minha aterrissagem. Mesmo que pudesse achar uma outra árvore, o que é duvidoso, quem pode saber no que eu estaria pulando? Prendo a minha bolsa vazia no pescoço e lentamente vou baixando o corpo até ficar pendurada apenas pelas mãos. Por um instante, reúno a coragem necessária. Em seguida solto os dedos.

Sinto que estou caindo, e então atinjo o chão com um solavanco que me sobe à coluna. Um segundo depois, minhas costas atingem em cheio o chão. Eu me deito na neve, tentando avaliar os estragos. Sem me levantar, já posso dizer, pela dor no calcanhar esquerdo e no cóccix, que me machuquei. A única dúvida é sobre a gravidade das lesões. Estou esperando hematomas, mas, quando me esforço para me levantar, desconfio que também quebrei alguma coisa. Mas consigo andar, então começo a me movimentar, tentando esconder da melhor forma possível que estou mancando.

Minha mãe e Prim não podem saber que estive na floresta. Preciso arrumar alguma espécie de álibi, por mais forçado que seja. Algumas das lojas na praça ainda estão abertas, de modo que eu entro em uma e compro panos brancos para fazer curativo. Nosso estoque em casa está quase acabando, de qualquer modo. Em outra, compro um saco de balas para Prim. Enfio uma das balas na boca, sentindo a menta derreter na minha língua, e percebo que é a primeira coisa que como desde que o dia começou. Tinha a intenção de fazer uma refeição no lago, mas assim que vi o estado de Twill e Bonnie, me pareceu errado não dar tudo o que possuía para elas.

Quando chego em casa, meu calcanhar esquerdo já não suporta peso algum. Decido dizer para minha mãe que estava tentando consertar um vazamento no telhado da nossa antiga casa e escorreguei. Quanto à comida perdida, eu não vou me deter muito em explicar para quem ela foi entregue. Arrasto-me porta adentro, pronta para desabar na frente do fogo. Mas em vez disso, tomo mais um susto.

Dois Pacificadores, um homem e uma mulher, estão de pé na entrada de nossa cozinha. A mulher permanece impassível, mas eu vislumbro uma pontinha de surpresa no rosto do homem. Ninguém me esperava. Eles sabem que eu estava na floresta e que a uma hora dessas deveria estar presa na armadilha.

– Oi – digo, com uma voz neutra.

Minha mãe aparece atrás de mim, mas se mantém a distância.

— Aí está ela, bem na hora do jantar – diz ela, com um tom até certo ponto esfuziante demais. Estou bastante atrasada para o jantar.

Penso em tirar as botas, como faria normalmente, mas duvido muito que consiga tirá-las sem revelar os meus machucados. Em vez disso, tiro apenas o meu manto molhado e sacudo a neve dos cabelos.

— Posso ajudar em alguma coisa? – pergunto aos Pacificadores.

— Thread, o Chefe dos Pacificadores, nos mandou trazer uma mensagem para você – diz a mulher.

— Eles estão esperando você há horas – acrescenta minha mãe.

Eles esperavam que eu não aparecesse. Para confirmar que eu tinha sido eletrocutada na cerca ou ficado presa na floresta, de modo que eles pudessem levar os meus familiares para serem interrogados.

— Deve ser uma mensagem importante – digo.

— Nós poderíamos saber onde você esteve, senhorita Everdeen? – pergunta a mulher.

— É mais fácil perguntar onde eu *não estive* – digo, com um som exasperado. Entro na cozinha, forçando-me a usar o pé normalmente, embora cada passo proporcione uma dor excruciante. Caminho entre os Pacificadores e chego inteira à mesa. Jogo a minha bolsa e me viro para Prim, que está absolutamente imóvel ao lado da lareira. Haymitch e Peeta também estão lá, sentados em duas cadeiras de balanço idênticas, disputando uma partida de xadrez. Eles estavam lá por acaso ou tinham sido "convidados" pelos Pacificadores? De um jeito ou de outro, fico contente em vê-los.

— E aí, onde é que você esteve afinal? – diz Haymitch com uma voz entediada.

– Bom, eu não fui conversar com o Homem dos Bodes a respeito de cruzar a cabra de Prim porque alguém me forneceu informações completamente imprecisas sobre o local onde ele mora – digo a Prim enfaticamente.

– De jeito nenhum – diz Prim. – Eu disse o endereço direitinho.

– Você disse que ele morava ao lado da entrada oeste da mina.

– A entrada leste – corrige Prim.

– Você falou oeste com todas as letras porque depois eu disse "Perto da pilha de escória?", e aí você disse "Isso".

– A pilha de escória, perto da entrada *leste* – diz Prim, pacientemente.

– Não. Quando é que você disse isso?

– Ontem à noite – se intromete Haymitch.

– Com certeza ela falou leste – acrescentou Peeta. Ele olha para Haymitch e os dois riem. Faço uma cara feia para Peeta e ele tenta parecer contrito. – Desculpa, mas é o que eu sempre digo. Você não escuta quando as pessoas falam com você.

– Aposto que hoje as pessoas disseram que ele não morava lá e você continuou sem escutar ninguém – diz Haymitch.

– Cala a boca, Haymitch – digo, indicando claramente que ele está certo.

Haymitch e Peeta dão uma gargalhada e Prim se permite um sorriso.

– Beleza. Uma outra pessoa então pode cuidar de embuchar aquela cabra idiota – digo, o que só faz eles rirem ainda mais. E penso: *É por isso que eles chegaram tão longe, Haymitch e Peeta. Nada tira a calma deles.*

Olho para os Pacificadores. O homem está sorrindo, mas a mulher não parece convencida.

— O que há dentro da bolsa? – pergunta ela de modo incisivo.

Eu sei que ela espera encontrar caça e plantas silvestres. Algo que claramente me condenaria. Despejo o conteúdo em cima da mesa.

— Pode olhar.

— Ah, que bom – diz minha mãe, examinando o pano. – Nós estamos quase sem curativo.

Peeta vai até a mesa e abre o saco de balas.

— Eba, bala de menta – diz ele, enfiando uma na boca.

— Elas são minhas. – Tento pegar a bolsa. Ele a arremessa para Haymitch, que coloca um punhado de balas na boca antes de passar a bolsa para uma Prim que está morrendo de rir. – Nenhum de vocês merece essas balas!

— Por quê? Porque a gente estava com a razão? – Peeta me abraça. Emito um leve gemido de dor quando o meu cóccix reclama. Tento transformá-lo num som de indignação, mas dá para ver em seus olhos que ele sabe que estou ferida. – Tudo bem, Prim falou oeste. Eu ouvi oeste em alto e bom som. E todos nós somos uns idiotas. Que tal?

— Melhor assim – digo, e aceito o beijo dele. Então, olho para os Pacificadores como se estivesse subitamente me lembrando que eles estavam lá. – Vocês têm uma mensagem pra mim?

— De Thread, Chefe dos Pacificadores – diz a mulher. – Ele queria que você soubesse que a cerca em torno do Distrito 12 agora terá eletricidade vinte e quatro horas por dia.

— Não foi sempre assim? – pergunto, talvez de um modo exageradamente inocente.

— Ele pensou que talvez você pudesse se interessar em passar essa informação ao seu primo – diz a mulher.

— Obrigada. Vou dizer a ele. Tenho certeza de que todos nós vamos dormir bem mais tranquilos agora que a segurança resolveu esse lapso. — Estou indo longe demais, eu sei, mas o comentário me dá uma sensação de satisfação.

O queixo da mulher fica tenso. Nada está saindo como o planejado, mas ela não tem mais o que falar. Ela me cumprimenta com um leve movimento de cabeça e sai, o homem atrás dela. Quando minha mãe tranca a porta depois deles saírem, eu desabo na mesa.

— O que houve? — diz Peeta, me segurando com firmeza.

— Ah, dei uma pancada no pé esquerdo. No calcanhar. E o meu cóccix também não teve muita sorte hoje. — Ele me ajuda a chegar em uma das cadeiras de balanço e me sento na almofada.

Minha mãe tira as minhas botas.

— O que aconteceu?

— Eu escorreguei e caí — digo. Quatro pares de olhos me encaram em total descrença. — Na neve. — Mas todos nós sabemos que a casa deve estar grampeada e que não é seguro falar abertamente. Não aqui, não agora.

Depois de tirar a meia, os dedos de minha mãe tocam os ossos de meu calcanhar esquerdo e eu estremeço.

— Pode ser que esteja quebrado. — Ela verifica o outro pé. — Este aqui parece bom. — Ela avalia que meu cóccix está bastante contundido.

Prim foi encarregada de pegar meu pijama e meu robe. Depois que troco de roupa, minha mãe faz um bolinho de neve para o meu calcanhar e o coloca em cima de uma almofada. Como três tigelas de cozido e metade de um pão enquanto os outros jantam à mesa. Olho para o fogo, pensando em Bonnie e Twill, esperando que a neve intensa tenha apagado minhas pegadas.

Prim se aproxima e se senta no chão perto de mim, encostando a cabeça no meu joelho. Chupamos balas de menta enquanto penteio seus macios cabelos louros para trás das orelhas.

— Como foi na escola? — pergunto.

— Tudo bem. A gente aprendeu um monte de coisa sobre derivados de carvão. — Ficamos olhando o fogo por um tempo. — Você vai experimentar os seus vestidos de casamento?

— Hoje não. Talvez amanhã.

— Espera até eu chegar, hein? — pede ela.

— Com certeza. — *Se eles não me prenderem antes.*

Minha mãe me dá uma xícara de chá de camomila com uma dose de xarope sonífero, e as minhas pálpebras começam a ficar pesadas imediatamente. Ela enrola o meu pé machucado, e Peeta se oferece para me levar para a cama. Faço uma tentativa de me apoiar em seu ombro, mas estou tão sonolenta que ele me pega no colo e me leva para o quarto no segundo andar. Peeta me coloca na cama e me dá boa-noite, mas pego sua mão e não o deixo sair. Um efeito colateral do xarope sonífero é deixar as pessoas menos inibidas, como a aguardente branca, e sei que preciso controlar a língua. Mas não quero que ele vá embora. Na realidade, quero que ele se deite na cama comigo, que esteja ao meu lado quando os pesadelos chegarem. Por algum motivo que eu não tenho exatamente como precisar, sei que não tenho permissão para fazer esse pedido.

— Fica mais um pouco. Fica até eu dormir — digo.

Peeta se senta ao meu lado na cama, aquecendo a minha mão nas suas.

— Eu quase pensei que você tivesse mudado de ideia hoje. Quando se atrasou para o jantar.

Estou zonza, mas consigo adivinhar o que ele está querendo dizer. Com a cerca eletrificada e eu demorando a aparecer e os Pacificadores esperando, ele pensou que eu tivesse fugido, talvez com Gale.

– Não, eu já falei. – Levanto sua mão e encosto o rosto nela, absorvendo o leve aroma de canela e aneto dos pães que ele deve ter assado hoje. Quero contar para ele sobre Twill e Bonnie, e sobre o levante e a fantasia a respeito do Distrito 13, mas não é seguro e sinto que estou caindo no sono, de modo que só consigo pronunciar mais uma frase: – Fica comigo.

À medida que as espirais do xarope sonífero vão me levando para longe, eu o ouço sussurrar uma palavra, mas não consigo distinguir qual foi.

Minha mãe me deixa dormir até o meio-dia, e então me acorda para examinar o calcanhar. Ela me obriga a ficar uma semana de cama e não me oponho porque me sinto péssima. Não apenas o meu calcanhar e o cóccix. Todo o meu corpo dói de exaustão. Então deixo que minha mãe trate de mim e me dê o café da manhã na cama, e me envolva com outra coberta. Fico lá deitada, olhando o céu de inverno através da janela, imaginando como tudo isso vai acabar. Penso muito em Bonnie e Twill, e na pilha de vestidos de casamento que estão me esperando lá embaixo, e se Thread vai descobrir como eu voltei e virá me prender. É engraçado, porque ele poderia simplesmente me prender de qualquer maneira com base em crimes do passado, mas talvez ele precise de algum motivo realmente irrefutável para fazê-lo, já que agora sou uma vitoriosa. E imagino se o presidente Snow está em contato com Thread. Acho improvável que ele alguma vez tenha ouvido falar do velho Cray, mas agora que sou um problema nacional tão grande, será que ele está meticulosamente orientando Thread? Ou será que o Chefe dos Pacificadores está agindo por conta própria? De qualquer maneira, tenho certeza de que ambos concordam em me manter presa aqui dentro do distrito com aquela cerca. Mesmo que eu pudesse vislumbrar alguma forma de escapar – talvez levar uma corda até o galho daquele bordo e escalá-lo –, não teria como fugir com minha família e meus amigos agora. De qualquer modo, disse para Gale que ficaria e lutaria.

Durante alguns dias, dou um salto todas as vezes que ouço uma batida na porta. Todavia, nenhum Pacificador aparece para me prender, de modo que, em determinado momento, começo finalmente a relaxar. Minha certeza fica ainda mais forte quando Peeta me conta casualmente que a energia está desligada em algumas partes da cerca porque uma equipe de trabalhadores está fixando a base da grade no chão. Thread deve acreditar que, de alguma maneira, eu passei por baixo, mesmo com aquela mortífera corrente elétrica ao longo dela. Pacificadores ocupados com alguma coisa que não seja maltratar as pessoas é uma quebra da rotina do distrito.

Peeta vem me visitar todos os dias para me trazer pães de queijo e começa a me ajudar a trabalhar no livro da família. É uma coisa antiga, feita de pergaminho e couro. Algum herborista do lado da família de minha mãe começou a escrevê-lo séculos atrás. O livro é composto de páginas e mais páginas de desenhos a nanquim de plantas com descrições de seus usos medicinais. Meu pai acrescentou uma seção sobre plantas comestíveis que foi o manual que me ajudou a nos manter vivas depois de sua morte. Há um bom tempo desejo registrar meus próprios conhecimentos nele. Coisas que aprendi por experiência própria ou com Gale, e também as informações que obtive quando estava treinando para os Jogos. Só não fiz isso porque não tenho talento artístico e é absolutamente crucial que os desenhos sejam feitos nos mínimos detalhes. É aí que entra Peeta. Algumas das plantas ele já conhece, de outras nós possuímos amostras secas, e outras eu preciso descrever. Ele faz os esboços num caderno até eu ficar satisfeita com o resultado. Em seguida, deixo-o desenhar as plantas no livro. Depois disso, escrevo cuidadosamente tudo o que sei sobre o espécime.

É um trabalho silencioso e interessante que ajuda a desviar minha mente dos problemas. Gosto de observar suas mãos enquanto ele trabalha, fazendo uma página em branco florescer a partir do nanquim, adicionando toques de cor a nosso livro anteriormente preto e amarelado. Seu rosto adquire uma expressão especial quando ele se concentra. Seu semblante normalmente tranquilo é substituído por algo mais intenso e retraído que sugere a existência de todo um mundo trancado dentro dele. Eu havia observado essas características antes: na arena, ou quando ele se dirigia às multidões, ou naquela vez em que ele afastou de mim as armas dos Pacificadores no Distrito 11. Não sei muito bem o que apreender disso. Também fico um pouco fixada em seus cílios, que normalmente não são muito visíveis por serem louros demais. Mas de perto, à luz que entra pela fresta da janela, eles possuem uma coloração levemente dourada e são tão longos que não sei como não ficam emaranhados uns nos outros quando ele pisca.

Uma tarde, Peeta parou de desenhar uma floração e levantou os olhos tão subitamente que fiquei sobressaltada, como se tivesse sido pega espionando-o, o que talvez eu estivesse mesmo fazendo, de um jeito meio estranho. Mas ele disse apenas:

– Acho que essa é a primeira vez que a gente faz uma coisa normal juntos, sabia?

– É mesmo – concordo. Todo o nosso relacionamento foi maculado pelos Jogos. Normalidade jamais fez parte disso. – É legal mudar um pouco.

Todas as tardes, ele me leva para baixo a fim de que eu possa respirar outros ares, e deixo todo mundo nervoso ligando a televisão. Normalmente, apenas assistimos à TV quando é obrigatório, porque a mistura de propaganda oficial e exibições do poder da Capital – incluindo clipes dos setenta e cinco anos dos Jogos Vorazes – é absolutamente insuportável. Mas, agora, estou atrás de uma coisa especial. O tordo sobre o qual Bonnie e Twill estão baseando todas as suas esperanças. Sei que isso provavelmente não passa de uma tolice, mas, se for mesmo, preciso deixar logo essa possibilidade de lado. E apagar para sempre da minha cabeça a ideia de um Distrito 13 próspero.

A primeira imagem que observo está em uma reportagem falando sobre os Dias Escuros. Vejo os destroços fumegantes do Edifício da Justiça no Distrito 13 e consigo apenas um vislumbre em preto e branco da lateral inferior da asa de um tordo voando no canto direito da tela. Na verdade, isso não prova coisa alguma. Não passa de uma tomada antiga que cai bem com uma história antiga.

Entretanto, vários dias depois, uma outra coisa me chama a atenção. O locutor principal está lendo um texto sobre a escassez de grafite que afetava a manufatura de artigos no Distrito 3. Eles cortam para o que supostamente é uma tomada ao vivo de uma repórter encapsulada em um traje antirradiação de pé em frente às ruínas do Edifício da Justiça no Distrito 13. Através de sua máscara, ela relata que, infelizmente, um estudo acabou de determinar que as minas do Distrito 13 ainda contêm resíduos tóxicos demais para que seja possível uma aproximação. Fim da história. Mas, pouco antes de eles cortarem e entrarem novamente com o locutor principal, vejo o inconfundível lampejo da asa do mesmo tordo.

A repórter foi simplesmente incorporada ao filme antigo. Ela não está em hipótese alguma no Distrito 13. O que nos leva a perguntar: *O que há lá?*

12

Ficar quieta na cama torna-se mais difícil depois disso. Quero fazer alguma coisa, descobrir mais a respeito do Distrito 13 ou ajudar a destruir o regime da Capital. Em vez disso, fico sentada me empanturrando de pão de queijo e observando Peeta desenhar. Haymitch aparece vez ou outra para me trazer notícias da cidade, que são sempre ruins. Mais pessoas sendo punidas ou morrendo de fome.

O inverno já está no fim quando o meu pé é considerado curado. Minha mãe prescreve exercícios e me deixa andar um pouco por conta própria. Numa noite, vou dormir determinada a ir até a cidade no dia seguinte, mas acordo e encontro Venia, Octavia e Flavius dando risinhos para mim.

– Surpresa! – berram eles. – Chegamos cedo!

Depois que levei aquela chicotada na cara, Haymitch conseguiu adiar a visita deles por vários meses para que eu pudesse ficar curada. Só os esperava para dali a três semanas. Mas tento me comportar como se estivesse sentindo o maior prazer do mundo pelo fato de que a minha sessão de fotos para o casamento finalmente iria se realizar. Minha mãe pendurou todos os vestidos, o que significa que eles estão prontinhos mas, honestamente, não cheguei a experimentar um único sequer.

Depois do tradicional melodrama sobre como a minha beleza está deteriorada, eles vão direto ao trabalho. A maior preocupação é o meu rosto, embora imagine que minha mãe tenha feito um belo trabalho nele. Sobrou apenas uma tênue faixa rosada na minha bochecha. A chicotada não é de conhecimento público, portanto, digo para eles que escorreguei na neve e me cortei. Então, me dou conta de que essa é a mesma desculpa que encontro para ter machucado o pé, o que vai fazer com que tenha muitos problemas para andar de salto alto. Mas Flavius, Octavia e Venia não tendem a ser desconfiados, então, estou segura nesse quesito.

Como só preciso aparecer sem pelos visíveis por algumas horas e não por várias semanas, sou raspada em vez de depilada. Ainda sou obrigada a submergir numa banheira com alguma espécie de substância, mas até que não é ruim, e, antes que possa perceber, nós já estamos na parte dos meus cabelos e da maquiagem. A equipe, como de costume, está cheia de novidades, e normalmente me esforço ao máximo para ignorar. Mas então Octavia faz um comentário que me chama a atenção. É uma observação prosaica, na realidade, sobre como ela não conseguia comprar camarão para uma festa, mas me deixa curiosa.

– Por que você não conseguiu comprar camarão? Está fora da estação? – pergunto.

– Ah, Katniss, a gente não consegue nenhum fruto do mar há semanas! – diz Octavia. – É porque o clima anda muito ruim no Distrito 4.

Minha mente começa a chacoalhar. Frutos do mar em falta. Há semanas. Do Distrito 4. O tumulto nas ruas praticamente escancarado durante a Turnê da Vitória. E, de repente, tenho certeza absoluta de que o Distrito 4 se revoltou.

Começo a questioná-los casualmente sobre que outras dificuldades esse inverno tem lhes proporcionado. Eles não estão acostumados com a escassez, então, qualquer perturbação, por menor que seja, ocasiona um impacto em suas vidas. Quando estou pronta para ser vestida, as reclamações acerca das dificuldades de adquirir os mais diversos produtos – de caranguejo e chips musicais a fitas para os cabelos – já tenho uma noção de quais distritos podem estar efetivamente se rebelando. Frutos do mar do Distrito 4. Equipamentos eletrônicos do Distrito 3. E, é claro, tecidos do Distrito 8. Só de pensar numa rebelião em tantas frentes estremeço de medo e empolgação.

Quero perguntar muitas outras coisas, mas Cinna aparece para me dar um abraço e ver como está a maquiagem. Sua atenção recai diretamente na cicatriz em minha bochecha. Algo me diz que ele não acredita na história do escorregão no gelo, mas não me faz nenhuma pergunta a respeito. Simplesmente ajusta o pó de arroz em meu rosto e o pouco que restava da chicotada desaparece.

Lá embaixo, a sala está livre de móveis e iluminada para a sessão de fotos. Effie está num momento de grande prazer dando ordens para todo mundo, mantendo todos no rígido cronograma. Isso provavelmente é uma coisa boa porque há cinco vestidos e cada um deles requer seu próprio chapéu, penteado, maquiagem, cenário e iluminação, seus próprios sapatos, suas próprias joias. Lacinhos bege, rosas e cachinhos. Seda marfim, tatuagens douradas e plantas. Um feixe de diamantes e um véu de joias e luar. Seda branca bem pesada e mangas que caem de meus pulsos em direção ao chão, e pérolas. Assim que uma foto é aprovada, vamos diretamente preparar a seguinte. Sinto-me como uma massa de pão, sendo socada e remodelada inúmeras vezes. Minha mãe consegue me dar alguma coisa para comer e tomo alguns goles de chá enquanto eles trabalham em mim, mas quando a sessão se encerra, já estou faminta e exausta. Tenho a esperança de passar algum tempo com Cinna agora, mas Effie arranca todo mundo da sala e sou obrigada a me contentar com a promessa de um telefonema.

A noite cai e o meu pé dói por conta de tantos sapatos malucos, de modo que abandono quaisquer pensamentos de ir até a cidade. Em vez disso, subo e retiro as camadas de maquiagem e condicionadores e tinturas, então desço para deixar o cabelo secar perto da lareira. Prim, que chegou da escola a tempo de ver os dois últimos vestidos, fala sem parar sobre eles com minha mãe. As duas parecem extremamente felizes com a sessão de fotos. Quando caio na cama, percebo que é porque elas imaginam que isso significa que estou segura. Que a Capital fez vista grossa para minha interferência nas chicotadas já que, de qualquer maneira, ninguém vai ter tanto trabalho e tantas despesas com alguém que eles planejam matar. Certo.

Em meu pesadelo, estou usando o vestido de noiva de seda, mas ele está rasgado e cheio de lama. As mangas compridas são constantemente assoladas por espinhos e galhos enquanto corro pela floresta. O bando de tributos bestantes se aproxima cada vez mais até que me alcança com seu hálito quente e suas garras pingando sangue. Berro até acordar.

Está muito perto de amanhecer para que me preocupe em tentar voltar a dormir. Além do mais, hoje realmente preciso sair de casa e conversar com alguém. Gale estará indisponível nas minas. Mas preciso de Haymitch ou Peeta ou de qualquer outra pessoa com quem possa compartilhar o fardo de tudo o que aconteceu comigo desde que estive no lago. Foras da lei fugitivos, cercas eletrificadas, um Distrito 13 independente, escassez de produtos na Capital. Tudo.

Tomo o café da manhã com minha mãe e Prim, e saio atrás de um confidente. O ar está quente com a sensação de esperança trazida pela primavera. A primavera seria um bom momento para um levante, acho. Todos se sentem menos vulneráveis assim que termina o inverno. Peeta não está em casa. Acho que ele já foi para a cidade. Mas fico surpresa em ver Haymitch perambulando pela cozinha tão cedo. Entro em sua casa sem bater. Ouço Hazelle no andar de cima, varrendo o chão da casa agora impecável. Haymitch não está totalmente bêbado, mas tampouco parece muito firme. Acho que os boatos sobre Ripper ter voltado aos negócios devem ser verdadeiros. Estou pensando que talvez fosse melhor deixá-lo dormir quando ele sugere uma caminhada até a cidade.

Haymitch e eu agora podemos conversar numa espécie de método abreviado. Em poucos minutos, eu o coloco a par das novidades e ele também me conta sobre os boatos de levantes no Distrito 7 e no 11. Se meus cálculos estiverem corretos, isso significaria que quase metade dos distritos, pelo menos, tentou se rebelar.

– Você ainda acha que não vai funcionar aqui? – pergunto.

– Ainda não. Aqueles outros distritos são bem maiores. Mesmo que metade do povo se acovarde em suas casas, os rebeldes ainda assim têm uma grande chance. Aqui no 12, tem que ser todo mundo ou nada.

Eu não tinha pensado nisso. Em como nos falta uma quantidade suficiente de pessoas para garantir a força da ação.

– Mas quem sabe em algum momento? – insisto.

– Quem sabe. Mas somos poucos, somos fracos e não produzimos armas nucleares – diz Haymitch, com um toque de sarcasmo. Ele não se entusiasmou muito com a minha história do Distrito 13.

– O que você acha que eles vão fazer, Haymitch? Com os distritos que estão se rebelando?

– Bom, você ouviu o que eles fizeram no 8. Você viu o que eles fizeram aqui, e aquilo foi sem provocação – diz Haymitch. – Se as coisas realmente saírem de controle, acho que não vão se importar nem um pouco em aniquilar mais um distrito, da mesma forma que fizeram com o 13. Fazer do distrito um exemplo, entendeu?

– Quer dizer, então, que você acha que o 13 foi realmente destruído? No fim das contas, Bonnie e Twill estavam certas em relação ao filme do tordo – digo.

– Tudo bem, mas o que isso prova? Nada, na verdade. Existem diversos motivos que poderiam explicar o fato de terem utilizado um filme antigo. Talvez o visual seja mais impactante. E é bem mais fácil, não é? Basta apertar alguns botões na sala de edição em vez de pegar um avião até o local para fazer um outro filme, você não acha? – diz ele. – Essa ideia que o 13, de alguma maneira, teria ressurgido das cinzas e que a Capital estaria ignorando tudo isso me soa como o tipo de boato que as pessoas desesperadas adoram abraçar.

– Eu sei. Eu só estava na esperança.

– Exatamente. Porque você está desesperada – diz Haymitch.

Não discuto porque é óbvio que ele tem razão.

Prim volta da escola transbordando de entusiasmo. Os professores anunciaram que hoje à noite haveria uma programação obrigatória.

– Acho que vai ser a sua sessão de fotos!

– Não pode ser, Prim. As fotos foram feitas ontem – digo a ela.

– Bom, alguém ouviu isso.

Torço para que ela esteja errada. Não tive tempo de preparar Gale para nada disso. Desde que ele foi chicoteado, só o vejo quando ele vai lá em casa para minha mãe verificar como andam os ferimentos. Ele é frequentemente escalado para trabalhar sete dias por semana nas minas. Nos poucos minutos de privacidade que tivemos, quando o acompanhava até a cidade, percebi que os indícios de um levante no 12 foram sufocados pelas medidas ferrenhas impostas por Thread. Ele sabe que não vou fugir. Mas também deve saber que se nós não nos revoltarmos no 12, estou destinada a me tornar a esposa de Peeta. Quando ele me vir usando aqueles esplêndidos vestidos de noiva na tela de sua televisão... o que passará pela sua cabeça?

Quando nos reunimos diante da televisão às sete e meia, descubro que Prim estava certa. É isso, lá está Caesar Flickerman falando diante de uma plateia de pé em frente ao Centro de Treinamento, dirigindo-se a uma multidão receptiva, com informações acerca de minhas núpcias. Ele apresenta Cinna, que tornou-se uma estrela da noite para o dia com os trajes que criou para mim nos Jogos e, após um minuto de um bate-papo bem-humorado, somos levados a nos voltar para a tela gigantesca.

Agora vejo como eles conseguiram me fotografar ontem e apresentar o programa especial na noite de hoje. Inicialmente, Cinna elaborou duas dúzias de vestidos de noiva. Desde então, ele vem fazendo uma seleção mais aprimorada das amostras, criando os vestidos e escolhendo os acessórios. Aparentemente, na Capital, ocorreram oportunidades para se votar nos vestidos favoritos em cada estágio do processo. Tudo isso culmina com tomadas minhas usando os últimos seis vestidos, que, é claro, foram inseridos no programa sem maiores dificuldades. Cada tomada é recebida por uma avassaladora reação da plateia. Pessoas gritando e dando vivas a seus modelos favoritos, vaiando aqueles que não gostam. Após votar, e provavelmente apostar no vencedor, as pessoas estão muito interessadas em meu vestido de noiva. É bizarro assistir a tudo isso sabendo que não tive o trabalho de experimentar um único vestido sequer antes da chegada das câmeras. Caesar anuncia que as partes interessadas devem dar seus votos definitivos até o meio-dia do dia seguinte.

– Vamos fazer Katniss Everdeen vestir-se com estilo em sua cerimônia de casamento! – grita ele para a multidão. Estou a ponto de desligar a televisão, mas, então, Caesar começa a dizer que nós devemos ficar sintonizados para o próximo grande evento da noite. – É isso aí, esse ano será o aniversário de setenta e cinco anos dos Jogos Vorazes, e isso significa que é o ano de nosso terceiro Massacre Quaternário!

– O que eles vão fazer? – pergunta Prim. – Ainda faltam vários meses.

Nos voltamos para nossa mãe, cuja expressão está solene e distante, como se estivesse se lembrando de alguma coisa.

– Deve ser a leitura do cartão.

O hino é tocado e minha garganta fica apertada de nojo quando o presidente Snow sobe ao palco. Ele é seguido por um jovem vestido com um terno branco, segurando uma caixa de madeira comum. O hino acaba e o presidente Snow começa a falar, para lembrar a todos dos Dias Escuros, dos quais nasceram os Jogos Vorazes. Quando as leis relacionadas aos Jogos foram elaboradas, elas ditaram que a cada vinte e cinco anos o aniversário seria marcado por um Massacre Quaternário. Elas convocariam uma versão glorificada dos Jogos com o intuito de refrescar a memória daqueles que foram mortos pela rebelião dos distritos.

Essas palavras não poderiam ser mais diretas, já que desconfio que diversos distritos estejam se rebelando nesse exato momento.

O presidente Snow continua nos contando o que aconteceu nas últimas edições do Massacre Quaternário.

– No aniversário de vinte e cinco anos, para que os rebeldes se lembrassem de que seus filhos estavam morrendo por seus pais terem escolhido iniciar a violência, cada distrito fez uma votação para escolher os tributos que os representariam.

Imagino como eles devem ter se sentido. Selecionando as crianças que deveriam partir. Acho que é pior ser entregue por seu próprio vizinho do que ter seu nome tirado em uma bola.

– No aniversário de cinquenta anos – continua o presidente –, para que ninguém se esquecesse de que dois rebeldes haviam morrido para cada cidadão da Capital, cada distrito teve de enviar duas vezes o número de tributos.

Imagino ter de encarar um campo com quarenta e sete em vez de vinte e três. Chances piores, menos esperança e, no final, mais crianças mortas. Esse foi o ano em que Haymitch venceu...

– Eu tinha uma amiga que foi nesse ano – diz minha mãe, com tranquilidade. – Maysilee Donner. Seus pais eram donos da doceria. Depois eles me deram o passarinho dela. Um canário que cantava.

Prim e eu trocamos um olhar. É a primeira vez que ouvimos falar de Maysilee Donner. Talvez porque minha mãe soubesse que ficaríamos interessadas em saber como ela havia morrido.

– E agora nós temos a honra de realizar o terceiro Massacre Quaternário – diz o presidente. O garotinho de branco dá alguns passos à frente, estendendo a caixa enquanto a abre.

Vemos as fileiras muito bem-arrumadas de envelopes amarelados. Quem quer que tenha pensado o sistema do Massacre Quaternário tinha em vista séculos de Jogos Vorazes. O presidente retira um envelope visivelmente marcado com o número 75. Ele passa um dedo embaixo da aba e puxa um pedacinho de papel quadrado. Sem hesitar, ele lê: – No aniversário de setenta e cinco anos, para que os rebeldes não se esqueçam de que até mesmo o mais forte dentre eles não pode superar o poder da Capital, o tributo masculino e o tributo feminino serão coletados a partir do rol de vitoriosos vivos.

Minha mãe dá um gritinho fraco e Prim enterra o rosto nas mãos, mas eu me sinto como as pessoas que estou vendo na multidão pelo aparelho de TV. Ligeiramente perplexa. O que isso significa? O rol de vitoriosos vivos?

Então entendo o que isso significa. Pelo menos, para mim. O Distrito 12 tem apenas três vitoriosos vivos para serem escolhidos. Dois do sexo masculino. Uma do sexo feminino...

Vou voltar para a arena.

13

Meu corpo reage antes da mente e saio correndo porta afora pelo gramado da Aldeia dos Vitoriosos em direção à escuridão. A umidade do piso encharcado deixa as minhas meias molhadas e fico ciente do vento frio pinicando minha pele, mas não paro. Ir para onde? Para onde? Para a floresta, é claro. Já me encontro na cerca quando o zumbido me faz lembrar de como estou presa numa armadilha. Recuo, arquejando, giro nos calcanhares e volto a correr.

A próxima coisa que sei é que estou de joelhos e com as mãos no chão, no porão de uma das casas vazias na Aldeia dos Vitoriosos. Tênues veios de luar surgem através das janelas acima de minha cabeça. Estou molhada, com frio e sem fôlego, mas minha tentativa de fuga não fez nada para subjugar a histeria que está crescendo dentro de mim. Ela vai me nocautear, a menos que seja expelida. Enrolo a frente de minha camisa, enfio-a na boca e começo a gritar. O quanto isso dura eu não sei. Mas, quando paro, minha voz quase não existe mais.

Eu me encolho toda e observo os pedaços de luar no piso de cimento. De volta à arena. De volta ao local dos pesadelos. É para lá que vou. Tenho de admitir que não previ esse desfecho. Vi uma infinidade de outras coisas. Eu me vi sendo humilhada em público, torturada e executada. Fugindo para a vastidão selvagem, perseguida por Pacificadores e aerodeslizadores. Casando com Peeta e tendo nossos filhos obrigados a entrar na arena. Mas jamais passou pela minha cabeça que eu mesma teria de voltar a disputar os Jogos Vorazes. Por quê? Porque isso não tem precedentes. Os vitoriosos são dispensados das colheitas para sempre. Esse é o acordo se você vence. Até agora.

Encontro uma espécie de lençol, do tipo que os pintores usam quando estão trabalhando. Cubro-me com ele como se fosse um cobertor. Ao longe, alguém está me chamando. Mas, no momento, dou-me o direito de não pensar nem nas pessoas que mais amo. Penso apenas em mim. E no que me espera.

O lençol é duro, mas me mantém aquecida. Meus músculos relaxam, meus batimentos cardíacos diminuem seu ritmo. Vejo a caixa de madeira nas mãos do garotinho. O presidente Snow pegando o envelope amarelado. Será possível que aquilo seja mesmo o Massacre Quaternário elaborado setenta e cinco anos atrás? Parece improvável. É uma resposta perfeita demais para os problemas que a Capital está enfrentando hoje. Livrar-se de mim e subjugar os distritos. Tudo muito bem-arrumado num pequeno e único pacote.

Ouço a voz do presidente Snow em minha cabeça: *"No aniversário de setenta e cinco anos, para que os rebeldes não se esqueçam de que até mesmo o mais forte dentre eles não pode superar o poder da Capital, o tributo masculino e o tributo feminino serão coletados a partir do rol de vitoriosos vivos."*

Sim, os vitoriosos são os nossos mais fortes. São os que sobreviveram à arena e escaparam da pobreza cruel que estrangula o resto de nós. Eles, ou será que deveria dizer nós, somos a própria esperança encarnada onde não há nenhuma esperança.

E agora vinte e três de nós serão mortos para mostrar como até mesmo a esperança era uma ilusão.

Estou contente por só ter vencido no ano passado. Do contrário, teria conhecido todos os outros vitoriosos, não somente porque os vejo na televisão, mas também porque são convidados em todos os Jogos. Mesmo que não estejam trabalhando como mentores, como Haymitch sempre precisa fazer, a maioria volta à Capital a cada ano para o evento. Acho que muitos deles são amigos. Ao passo que no meu caso, o único amigo com o qual terei de me preocupar em matar será Peeta ou Haymitch. *Peeta ou Haymitch!*

Sento-me com o corpo reto, arrancando o lençol. O que foi que acabou de me passar pela cabeça? Não existe nenhuma situação onde eu me imagine efetivamente matando Peeta ou Haymitch. Mas um deles estará na arena comigo, e isso é um fato. Eles podem até ter decidido entre eles quem será. Quem quer que seja escolhido primeiro, o outro terá a opção de se apresentar como voluntário para tomar seu lugar. Já sei o que vai acontecer. Peeta pedirá que Haymitch o deixe ir para a arena comigo independentemente de qualquer coisa. Por minha causa. Para me proteger.

Ando pelo porão, atrás de uma saída. Como foi que entrei aqui? Vou tateando pela escada até a cozinha e vejo que a janela de vidro na porta foi despedaçada. Deve ter sido por isso que a minha mão parece estar sangrando. Corro de volta para o ar da noite e vou diretamente para a casa de Haymitch. Ele está sentado sozinho à mesa da cozinha, uma garrafa de aguardente branca pela metade em uma das mãos, sua faca na outra. Bêbado como um gambá.

— Ah, aí está ela. Totalmente acabada. Finalmente fez a conta, queridinha? Descobriu que não vai lá para dentro sozinha? E agora você veio aqui para me pedir... o quê? – diz ele.

Não respondo. A janela está escancarada e o vento sopra como se estivéssemos ao ar livre.

– Tenho que admitir que foi mais fácil dizer sim para o garoto. Ele estava aqui antes mesmo de eu arrancar o selo da garrafa. Implorando por mais uma oportunidade de entrar nos Jogos. Mas o que você pode dizer? – Ele faz uma imitação da minha voz: – "Toma o lugar dele, Haymitch, porque, se der na mesma, prefiro o Peeta vivo a você."

Mordo o lábio porque assim que ele diz isso, temo que seja exatamente o que quero. Que Peeta viva, mesmo que isso signifique que Haymitch seja obrigado a morrer. Não, eu não penso assim. Ele é um horror, é claro, mas Haymitch agora faz parte da minha família. *O que eu vim fazer aqui, afinal?*, penso. *O que eu poderia querer aqui?*

– Vim beber alguma coisa com você – digo.

Haymitch dá uma gargalhada e bate a garrafa na mesa bem na minha frente. Passo a manga da camisa no gargalo e dou uns goles antes de engasgar. Levo alguns minutos para me recompor e, mesmo assim, meus olhos e meu nariz ainda estão escorrendo. Mas dentro de mim, a bebida parece fogo e eu gosto da sensação.

– De repente, seria melhor você se voluntariar mesmo – digo sem rodeios, enquanto puxo uma cadeira. – De qualquer modo, você odeia a vida.

– É bem verdade – diz Haymitch. – E como na última vez eu tentei manter *você* viva... parece que dessa vez vou me sentir na obrigação de salvar o garoto.

– Esse é um outro ponto importante – digo, esfregando o nariz e virando mais uma vez a garrafa.

– O argumento de Peeta é que já que escolhi você, agora tenho uma dívida com ele. Qualquer coisa que ele queira. E o que ele quer é a chance de entrar de novo para proteger você.

Eu sabia. Seguindo essa linha, Peeta não é tão imprevisível. Enquanto eu estava zanzando pelo piso daquele porão, pensando somente em mim mesma, ele estava aqui, pensando somente em mim. Vergonha não é uma palavra forte o suficiente para descrever o que estou sentindo agora.

– Você podia viver cem vidas e ainda assim não merecer aquele cara, sabia? – diz Haymitch.

– Eu sei, eu sei – digo bruscamente. – Sem dúvida nenhuma, ele é o que tem o caráter mais elevado entre nós três. E aí, o que é que você vai fazer?

– Não sei – suspira Haymitch. – Talvez voltar para lá com você, se eu puder. Se o meu nome for pego na colheita, não vai mudar nada. Ele vai se apresentar como voluntário para tomar o meu lugar.

Ficamos em silêncio por alguns instantes.

– Seria ruim para você na arena, hein? Conhecendo todos os outros e coisa e tal – comento.

– Ah, acho que dá para apostar que vai ser insuportável para mim onde quer que eu esteja. – Ele faz um movimento com a cabeça indicando a garrafa. – Pode me devolver agora?

– Não – digo, abraçando-a. Haymitch pega outra garrafa embaixo da mesa e gira a tampa. Mas percebo que não estou aqui apenas para tomar um drinque. Há mais alguma coisa que quero pedir a Haymitch. – Tudo bem, já saquei o que eu vou pedir – digo. – Se for Peeta e eu nos Jogos, dessa vez a gente vai tentar manter *ele* vivo.

Alguma coisa brilha nos olhos cansados de Haymitch. Dor.

— Como você mesmo disse, a coisa vai ser ruim independentemente do que façamos. E seja lá o que Peeta quiser, é a vez dele de ser salvo. Nós dois devemos isso a ele. — Minha voz adquire um tom de súplica. — Além do mais, a Capital me odeia tanto que para eles é melhor que eu esteja morta. Talvez assim ele tenha uma chance. Por favor, Haymitch. Diz que você vai me ajudar.

Ele faz uma carranca para a garrafa, sopesando as minhas palavras, e por fim diz:

— Tudo bem.

— Obrigada — digo. Eu deveria me encontrar com Peeta agora, mas não quero. Minha cabeça está girando por causa da bebida, e estou tão acabada que não dá nem para garantir que coisas ele poderia me obrigar a aceitar. Não, agora preciso ir para casa encarar a minha mãe e Prim.

Enquanto cambaleio em direção à minha casa, a porta da frente se abre e Gale me pega nos braços.

— Eu estava errado. A gente deveria ter ido embora daqui quando você disse — sussurra ele.

— Não. — Estou com dificuldades para me concentrar, e a bebida vaza da minha garrafa e escorre pela jaqueta de Gale, mas ele parece não se importar.

— Ainda dá tempo.

Por cima do seu ombro, vejo minha mãe e Prim agarradas uma à outra na entrada. Nós fugimos. Elas morrem. E agora tenho Peeta para proteger. Fim da discussão.

— Não dá, não.

Meus joelhos cedem e ele me pega no colo. Quando o álcool domina minha mente, ouço o vidro se despedaçar no chão. Isso parece apropriado, já que obviamente não consigo segurar mais nada na vida com firmeza.

Quando acordo, quase não consigo chegar à privada antes da aguardente branca voltar a dar sinal. O líquido queima saindo tanto quanto queimava entrando, e o gosto agora é duas vezes pior. Estou tremendo e suando quando termino de vomitar, mas pelo menos grande parte do material saiu do meu organismo. Porém, o suficiente alcançou a minha corrente sanguínea, o que provoca um latejar em minha cabeça, deixa a boca ressecada e faz o estômago fervilhar.

Abro o chuveiro e fico debaixo da ducha morna por um minuto até perceber que ainda estou com a roupa de baixo. Minha mãe deve ter apenas tirado as minhas roupas imundas e me enfiado na cama. Jogo a calcinha e o sutiã molhados na pia e ponho xampu na cabeça. Minhas mãos ardem, e só então reparo os pontos, pequenos e equidistantes na palma de uma das mãos e na lateral da outra. Vagamente, lembro-me de ter quebrado o vidro da janela na noite passada. Eu me esfrego dos pés à cabeça, parando apenas para vomitar mais uma vez debaixo do chuveiro. É principalmente bile, e desce pelo ralo junto com as bolhas cheirosas do sabonete.

Finalmente limpa, pego o robe e me dirijo à cama, ignorando os cabelos pingando. Entro debaixo das cobertas, certa de que essa é a sensação que se tem quando se é envenenada. Os passos na escada renovam o pânico da noite passada. Não estou preparada para ver minha mãe e Prim. Preciso me controlar para ficar calma e demonstrar segurança, como fiz quando nos despedimos no dia da última colheita. Preciso ser forte. Luto para manter o corpo ereto, tiro os cabelos molhados de minhas têmporas latejantes e me preparo para esse encontro. Elas aparecem na entrada, trazendo chá e torradas, seus rostos cheios de preocupação. Abro a boca, planejando começar com algum tipo de piada, e acabo tendo uma crise de choro.

Até parece que eu conseguiria ser forte.

Minha mãe se senta ao meu lado e Prim escorrega para se deitar perto de mim, e ambas me abraçam, emitindo sons tranquilizadores até meu pranto praticamente cessar. Em seguida, Prim pega uma toalha e seca os meus cabelos, desfazendo os nós enquanto minha mãe me convence a comer uma torrada e a tomar um pouco de chá. Elas me vestem com um pijama confortável e colocam mais cobertores em cima de mim, e novamente caio no sono.

Dá para dizer, pela luz, que estamos no fim da tarde quando desperto novamente. Tem um copo de água na minha mesinha de cabeceira e bebo-a de uma vez. Meu estômago e minha cabeça ainda estão pesados, mas bem melhores do que estavam antes. Eu me levanto, me visto e faço uma trança nos cabelos. Antes de descer, paro no primeiro degrau da escada, sentindo-me ligeiramente constrangida em relação à maneira como lidei com a notícia do Massacre Quaternário. Minha fuga errática, minha bebedeira com Haymitch, o ataque de choro. Dadas as circunstâncias, imagino que mereça um dia de indulgência. Mas estou contente por não encontrar nenhuma câmera aqui.

Embaixo, minha mãe e Prim me abraçam novamente, mas não estão exageradamente emotivas. Sei que estão se contendo para tornar as coisas mais fáceis para mim. Olhando para o rosto de Prim, é difícil imaginar que ela seja a mesma menininha frágil que deixei em casa no dia da colheita nove meses atrás. A combinação dessa provação e tudo o que se seguiu – a crueldade no distrito, o desfile dos doentes e feridos que ela frequentemente trata sozinha, agora que as mãos de minha mãe estão ocupadas demais –, essas coisas fizeram com que ela ficasse anos mais velha. Ela também cresceu bastante;

temos praticamente a mesma altura agora, mas não é isso que a faz parecer tão mais velha.

Minha mãe serve uma caneca de caldo para mim, e peço uma segunda caneca para levar para Haymitch. Em seguida atravesso o gramado até a casa dele. Ele está apenas acordando e aceita a caneca sem fazer nenhum comentário. Ficamos lá sentados, quase em paz, bebericando nosso caldo e observando o sol se pôr através da janela da sala. Escuto alguém caminhando no andar de cima e imagino que seja Hazelle, mas alguns minutos depois Peeta desce e joga uma caixa de papelão cheia de garrafas vazias de bebida em cima da mesa, com um ar de quem está terminando uma tarefa.

— Pronto, acabou — diz ele.

Haymitch parece precisar usar toda a sua energia para meramente fixar os olhos sobre as garrafas, de modo que quem fala sou eu:

— Acabou o quê?

— Joguei toda a bebida no ralo — diz Peeta.

Isso parece tirar Haymitch de seu estupor, e ele remexe a caixa em total descrença.

— Você fez o quê?

— Despejei tudo no ralo — diz Peeta.

— Ele vai comprar mais — digo.

— Não, não vai — diz Peeta. — Eu fui atrás da Ripper hoje de manhã e falei que se a visse vendendo alguma coisa para qualquer um de vocês dois eu a deduraria na hora. Eu também paguei a ela, para garantir, mas acho que ela não está nem um pouco a fim de voltar para as mãos dos Pacificadores.

Haymitch dá um golpe com a faca, mas Peeta desvia com tanta facilidade que chega a ser patético. Sinto a raiva tomando conta de mim.

— Desde quando é da sua conta o que ele faz ou deixa de fazer?

— É totalmente da minha conta. Apesar das brigas, dois de nós estarão na arena novamente tendo o outro como mentor. Não podemos nos dar o luxo de ter algum bêbado na equipe. Principalmente você, Katniss – diz Peeta, olhando para mim.

— O quê? – rebato completamente indignada. Teria sido mais convincente se a minha ressaca já tivesse passado. – Ontem foi a única vez na vida que fiquei bêbada.

— É isso aí, e dá só uma olhada no seu estado – diz Peeta.

Não sei o que esperava do meu primeiro encontro com Peeta depois do anúncio. Alguns abraços e beijos. Um pouco de conforto, quem sabe. Não isso. Viro-me para Haymitch.

— Não se preocupa, não. Vou conseguir mais bebida para você.

— Então, vou dedurar vocês dois. Vou deixar os dois ficarem sóbrios no tronco – diz Peeta.

— Qual é o motivo de tudo isso? – pergunta Haymitch.

— O motivo é que dois de nós vão voltar da Capital. Um mentor e um vitorioso – diz Peeta. – Effie está me enviando gravações de todos os vitoriosos ainda vivos. Vamos assistir aos Jogos deles e aprender tudo que pudermos sobre como eles lutam. Vamos ganhar peso e ficar fortes. Vamos começar a nos comportar como Carreiristas. E um de nós vai sair vitorioso novamente, gostem vocês ou não! – Ele sai da sala, batendo com força a porta da frente.

Haymitch e eu estremecemos com o barulho.

— Não gosto de pessoas que se acham melhores do que as outras – digo.

— E o que há para se gostar? – diz Haymitch, começando a chupar as sobras das garrafas vazias.

— Você e eu. Somos nós que ele planeja que voltemos para casa.

— Bom, nesse caso, quem está sendo bobo é ele — diz Haymitch.

Mas depois de alguns dias concordamos em nos comportar como Carreiristas, porque essa também é a melhor maneira de deixar Peeta preparado. Todas as noites, assistimos a antigas reprises dos Jogos que os vitoriosos ainda vivos venceram. Percebo que jamais nos encontramos com nenhum deles na Turnê da Vitória, o que, olhando em retrospecto, parece estranho. Quando levanto a questão, Haymitch diz que a última coisa que o presidente Snow poderia querer era mostrar Peeta e eu — principalmente eu — criando laços de amizade com outros vitoriosos em distritos potencialmente rebeldes. Vitoriosos possuem um status especial e, se parecesse que eles estavam apoiando o meu desafio à Capital, isso poderia ser algo politicamente perigoso. Calculando as idades, percebo que alguns de nossos oponentes podem ser idosos, o que é ao mesmo tempo triste e reconfortante. Peeta faz montes de anotações, Haymitch disponibiliza informações sobre as personalidades dos vitoriosos e, lentamente, começamos a ficar a par de nossa competição.

Todas as manhãs, fazemos exercícios para fortalecer nossos corpos. Corremos, e levantamos peso, e alongamos nossos músculos. Todas as tardes, trabalhamos habilidades de combate, arremesso de facas, luta corpo a corpo; eu, inclusive, os ensino a subir em árvores. Oficialmente, os tributos não deveriam treinar, mas ninguém tenta nos impedir. Até mesmo nos anos regulares, os tributos dos Distritos 1, 2 e 4 se mostram aptos a manusear lanças e espadas. Isso aqui não é nada comparado ao que eles fazem.

Depois de todos os anos de maus-tratos, o corpo de Haymitch resiste a se aprimorar. Ele ainda é notavelmente forte, mas uma corridinha já o deixa sem fôlego. E qualquer pessoa imaginaria que um cara que dorme toda noite segurando uma faca pudesse ser efetivamente capaz de acertar a parede de uma casa com uma, mas suas mãos tremem tanto que são necessárias semanas para que ele consiga ao menos isso.

Peeta e eu, entretanto, estamos excepcionais sob o novo regime. Pelo menos, tenho algo a fazer. Pelo menos, todos nós temos algo a fazer além de aceitar a derrota. Minha mãe prepara uma dieta especial para ganharmos peso. Prim trata de nossos músculos doloridos. Madge nos traz escondido os jornais de seu pai, vindos da Capital. Predições a respeito de quem será o vitorioso dos vitoriosos nos colocam entre os favoritos. Até mesmo Gale se junta ao grupo aos domingos: embora não goste nem um pouco de Peeta ou de Haymitch, ensina-nos tudo o que sabe sobre armadilhas. É esquisito para mim participar de conversas com Peeta e Gale, mas parece que eles colocaram de lado quaisquer diferenças que porventura tivessem a meu respeito.

Uma noite, enquanto caminho para a cidade na companhia de Gale, ele admite:

– Seria melhor se ele fosse uma pessoa fácil de odiar.

– Nem precisa dizer isso logo pra mim – digo. – Se eu pudesse tê-lo odiado na arena, não estaríamos todos metidos nessa encrenca agora. Ele estaria morto e eu seria uma vitoriosa única e feliz da vida.

– E onde *nós* estaríamos, Katniss? – pergunta Gale.

Faço uma pausa, sem saber o que dizer. Onde eu estaria com meu falso primo que não seria meu primo se não fosse por Peeta? Será que ele ainda assim teria me beijado? E será que eu teria retribuído o beijo se tivesse tido liberdade para fazê-lo? Será que eu teria me aberto para ele, acalmada pela certeza do dinheiro e da comida farta? E a ilusão da segurança de ser uma vitoriosa poderia ter proporcionado circunstâncias diferentes? Mas ainda assim a colheita não deixaria de assomar sobre nós, sobre nossos filhos. Independentemente do que eu quisesse...

– Caçando. Como todos os domingos – respondo. Sei que ele não estava esperando uma resposta literal, mas isso é o máximo que posso dar com honestidade. Gale sabe que eu o escolhi em detrimento de Peeta quando não fugi. Para mim, não há sentido em falar sobre coisas que talvez pudessem ter sido diferentes. Mesmo que tivesse matado Peeta na arena, ainda assim não estaria disposta a me casar com ninguém. Só aceitei o noivado para salvar as vidas das pessoas, e o tiro saiu completamente pela culatra.

De um jeito ou de outro, temo que qualquer espécie de cena emocional com Gale possa induzi-lo a fazer alguma coisa drástica. Como iniciar aquele levante nas minas. E como diz Haymitch, o Distrito 12 não está preparado para isso. Aliás, eles estão menos preparados do que antes do anúncio do Massacre Quaternário, porque na manhã seguinte mais cem Pacificadores chegaram de trem.

Como não estou planejando reavivar tudo isso mais uma vez, quanto mais cedo Gale me deixar partir, melhor. Planejo, isto sim, dizer uma ou outra coisa a ele depois da colheita, quando tivermos a permissão para uma hora de despedidas. Contar para Gale o quanto ele tem sido essencial para mim durante todos esses anos. O quanto a minha vida tem sido melhor por conviver com ele. Por amá-lo, mesmo que seja apenas na maneira limitada que me é permitida.

Mas nunca tenho a chance.

O dia da colheita é quente e abafado. A população do Distrito 12 espera na praça, suando e em silêncio, sob a mira de metralhadoras. Estou sozinha numa pequena área cercada, com Peeta e Haymitch numa cerca similar, à minha direita. A colheita leva apenas um minuto. Effie, resplandecente numa peruca de ouro metálico, não está com sua verve habitual. Ela precisa remexer durante um bom tempo a bola com os nomes das garotas para poder agarrar o único pedaço de papel que todo mundo sabe que contém o meu nome. Em seguida ela pega o nome de Haymitch. Ele quase não tem tempo para me lançar um olhar triste antes de Peeta se apresentar como voluntário para substituí-lo.

Somos imediatamente levados para o interior do Edifício da Justiça para nos encontrarmos com Thread, o Chefe dos Pacificadores, que está nos esperando.

– Novo procedimento – diz ele com um sorriso. Somos levados a sair pela porta dos fundos, colocados num carro e conduzidos para a estação ferroviária. Não há câmeras na plataforma, nenhuma multidão para nos saudar no caminho. Haymitch e Effie aparecem, escoltados por guardas. Pacificadores nos apressam para o interior do trem e batem a porta. As rodas começam a girar.

E fico olhando pela janela, observando o Distrito 12 desaparecer, com todas as minhas despedidas ainda presas nos lábios.

14

Permaneço na janela até bem depois de a floresta engolir o último resquício da minha casa. Dessa vez, não tenho a mais remota esperança de voltar. Antes dos meus primeiros Jogos, prometi a Prim que faria tudo que pudesse para vencer, e agora jurei a mim mesma que farei tudo o que puder para manter Peeta vivo. Jamais farei essa viagem de volta.

Eu tinha, na verdade, decidido quais seriam as últimas palavras que diria aos entes queridos. Qual seria a melhor maneira de fechar as portas e deixá-los para trás, tristes porém seguros. E agora a Capital também me roubou isso.

– A gente escreve cartas, Katniss – diz Peeta, às minhas costas. – Vai ser melhor assim, de qualquer maneira. Dar um pedaço de nós que eles vão poder guardar. Haymitch pode entregar para a gente se... elas precisarem ser entregues.

Balanço a cabeça em concordância e vou direto para o meu compartimento. Sento-me na cama, ciente de que jamais escreverei as tais cartas. Elas vão ser como o discurso que tentei escrever em honra a Rue e Thresh no Distrito 11. As coisas pareciam claras em minha cabeça, e mesmo quando eu estava falando diante da multidão, mas as palavras nunca saíram direito da caneta. Além do mais, era para elas serem acompanhadas de abraços e beijos e uma carícia nos cabelos de Prim, um carinho no rosto de Gale, um aperto na mão de

Madge. E essas coisas não podem ser entregues com uma caixa de madeira contendo o meu corpo frio e rígido.

Magoada demais até para chorar, tudo o que eu quero é me enroscar na cama e dormir até chegarmos à Capital amanhã de manhã. Mas tenho uma missão. Não, é mais do que uma missão. É o meu último desejo. *Manter Peeta vivo*. E, por mais improvável que esse objetivo possa parecer diante da raiva da Capital, é importante que eu esteja na minha melhor forma. Isso não vai acontecer se eu ficar chorando por todas as pessoas amadas que deixei para trás. *Deixe-as*, digo a mim mesma. *Dê um tchau e esqueça-as*. Esforço-me ao máximo, pensando nelas uma a uma, soltando-as da gaiola protetora que se encontra dentro de mim, como se elas fossem pássaros, e depois trancando a porta para que não possam retornar.

Quando Effie bate à porta para me chamar para o jantar, já estou completamente esvaziada. Mas a leveza não é totalmente desagradável.

A refeição é contida. Tão contida, na verdade, que há longos períodos de silêncio, aliviados apenas pela retirada de pratos e a apresentação de outros. Uma sopa fria de creme de vegetais. Bolos de peixe com massa cremosa e molho de limão-doce. Pequenas aves recheadas com molho de laranja, acompanhadas de arroz selvagem e agrião. Torta de chocolate com morango.

Peeta e Effie fazem tentativas ocasionais de iniciar alguma conversa que rapidamente desaparece no ar.

– Adoro o seu novo penteado, Effie – diz Peeta.

– Obrigada. Eu o fiz especialmente para combinar com o broche de Katniss. Estava pensando que, de repente, a gente poderia conseguir uma fita de ouro para você usar no tornozelo e talvez uma pulseira de ouro para Haymitch ou algo assim que nos dê a cara de uma equipe – diz Effie.

Evidentemente, Effie não sabe que o meu broche com o tordo é agora um símbolo usado pelos rebeldes. Pelo menos no Distrito 8. Na Capital, o tordo ainda é uma lembrança divertida de uma edição particularmente excitante dos Jogos Vorazes. O que mais poderia ser? Rebeldes de verdade não colocam um símbolo secreto em algo tão durável quanto uma joia. Colocam num pãozinho que pode ser comido em um segundo se necessário for.

– Acho que isso é uma grande ideia – diz Peeta. – Que tal, Haymitch?

– Sei lá, tanto faz – diz Haymitch. Ele não está bebendo, mas dá para perceber que gostaria muito de estar. Effie mandou que recolhessem sua própria taça de vinho quando viu o esforço que ele estava fazendo para se manter sóbrio, mas o estado de Haymitch é francamente deplorável. Se ele fosse o tributo, não estaria devendo nada a Peeta e poderia ficar bêbado o quanto quisesse. Agora, ele vai precisar de toda a sua energia para manter Peeta vivo numa arena repleta de antigos amigos, e provavelmente fracassará.

– De repente, a gente podia conseguir uma peruca para você também – digo, numa tentativa de tornar o clima um pouco mais ameno. Ele apenas olha para mim como quem diz me deixa em paz, e todos nós comemos nossa torta de chocolate em silêncio.

– Não seria melhor a gente assistir à reprise das colheitas? – diz Effie, passando um guardanapo de linho branco nos cantos da boca.

Peeta vai pegar seu caderno de anotações sobre os vitoriosos que ainda permanecem vivos, e nos reunimos no compartimento com a televisão para ver com quem competiremos na arena. Estamos todos a postos quando o hino começa a ser tocado e a reprise anual das cerimônias de colheita nos doze distritos tem início.

Na história dos Jogos, houve setenta e cinco vitoriosos. Cinquenta e nove dos quais ainda estão vivos. Reconheço muitos dos rostos por tê-los visto em ação como tributos ou como mentores nos Jogos anteriores, ou por tê-los visto nas reprises a que temos assistido recentemente. Alguns estão tão velhos ou arrasados por doenças, drogas ou bebida que tenho dificuldade para me lembrar deles. Como se poderia esperar, os grupos de tributos Carreiristas dos Distritos 1, 2 e 4 são os maiores. Mas todos os distritos conseguiram enviar pelo menos um vitorioso do sexo masculino e outro do sexo feminino.

As colheitas passam rapidamente. Peeta, estudioso, coloca estrelas ao lado dos nomes dos tributos escolhidos em seu caderno. Haymitch observa, seu rosto desprovido de qualquer emoção enquanto amigos seus sobem ao palco. Effie sussurra comentários nervosos tais como: "Oh, Cecelia não" ou "Bom, Chaff nunca conseguiu ficar mesmo longe de uma luta", e suspira com frequência.

Quanto a mim, tento fazer algum registro mental dos outros tributos, mas, como no ano passado, apenas alguns ficam realmente na minha cabeça. Tem a dupla de irmã e irmão do Distrito 1, dotados de uma beleza clássica e que foram vitoriosos em anos consecutivos quando eu era pequena. Brutus, um voluntário do Distrito 2, que deve ter pelo menos quarenta anos e aparentemente mal pode esperar para voltar à arena. Finnick, o bonitão de cabelo cor de bronze do Distrito 4 que foi coroado dez anos atrás com catorze anos de idade. Uma jovem histérica com cabelos castanhos esvoaçantes também foi chamada do 4, mas rapidamente substituída por uma voluntária, uma mulher de oitenta anos que precisa de uma bengala para andar até o palco. Então aparece Johanna Mason, a única vitoriosa ainda viva do sexo feminino do Distrito 7, que venceu alguns anos atrás fingindo ser fraca. A mulher do 8 que Effie chama de Cecelia parece estar na casa dos trinta e precisa se soltar dos três filhos, que tentam pular em seu colo. Chaff, um homem do 11 que sei que é um dos amigos particulares de Haymitch, também foi chamado.

Eu sou chamada. Em seguida, Haymitch. E Peeta se apresenta como voluntário. Uma das anunciantes, na verdade, fica com lágrimas nos olhos porque parece que não teremos chance alguma – nós, os amantes desafortunados do Distrito 12. Então ela se apruma para dizer que aposta que "esses serão os melhores Jogos de todos os tempos!".

Haymitch sai do compartimento sem dizer uma palavra, e Effie, depois de fazer alguns comentários sobre um ou outro tributo, nos deseja boa-noite. Fico lá sentada observando Peeta arrancar as páginas dos vitoriosos que não foram selecionados.

– Por que você não vai dormir um pouco? – diz ele.

Porque eu não sei como lidar com os pesadelos. Não sem você, penso. Eles com certeza serão horrorosos nessa noite. Mas dificilmente terei coragem para pedir a Peeta que durma comigo. Nós mal nos tocamos desde a noite em que Gale foi chicoteado.

– O que você vai fazer? – pergunto.

– Só vou dar uma revisada nas anotações. Tentar entender com clareza o que a gente vai enfrentar. Mas converso sobre isso com você de manhã. Vai dormir, Katniss.

Então, vou para a cama e, como o previsto, algumas horas depois acordo com um pesadelo no qual aquela mulher idosa do Distrito 4 se transforma em um rato enorme e morde a minha cara. Sei que estava berrando, mas ninguém aparece. Peeta não aparece, nem mesmo um dos atendentes da Capital. Visto um robe para tentar acalmar o arrepio que toma conta do meu corpo. Permanecer no meu compartimento é impossível, de modo que decido encontrar alguém que possa me preparar um chá ou um chocolate quente ou qualquer coisa assim. Talvez Haymitch ainda esteja acordado. Ele certamente ainda não foi dormir.

Peço a um atendente um leite morno, a coisa mais tranquilizadora que me ocorre agora. Ouço vozes vindo da sala de televisão, entro e vejo Peeta. Ao lado dele no sofá está a caixa que Effie enviou com as gravações das antigas edições dos Jogos Vorazes. Reconheço o episódio no qual Brutus tornou-se vitorioso.

Peeta se levanta e tira a fita quando me vê.

– Não conseguiu dormir?

– Não por muito tempo – digo. Fecho o robe com mais firmeza quando me lembro da mulher idosa se transformando no rato.

– Quer falar sobre isso? – pergunta Peeta. Às vezes ajuda, mas apenas balanço a cabeça em negativa, sentindo-me fraca por saber que pessoas que ainda nem comecei a combater já estão me assustando.

Quando Peeta estende os braços, vou diretamente para ele. É a primeira vez desde que anunciaram o Massacre Quaternário que ele me oferece algum tipo de afeto. Ele tem sido mais um treinador bastante exigente, sempre cobrando, sempre insistindo para eu e Haymitch corrermos mais rápido, comermos mais, conhecermos nossos inimigos melhor. Amante? Pode esquecer. Ele abandonou qualquer pretensão de sequer ser meu amigo. Abraço-o com força antes que ele me mande fazer algumas flexões de braço ou coisa parecida. Ao contrário, ele me abraça mais ainda e enterra o rosto em meus cabelos. Calor irradia do ponto onde seus lábios tocam o meu pescoço, lentamente espalhando-se pelo resto do meu corpo. A sensação é tão boa, tão extraordinariamente boa, que sei que não serei eu a primeira a deixá-la escapar.

E por que eu deveria fazer isso? Eu disse adeus a Gale. Jamais o verei novamente, isso é certo. Nada que eu faça agora poderá magoá-lo. Ele não verá isso ou, se acabar vendo, pensará que estou atuando para as câmeras. Isso, pelo menos, remove um peso em cima dos meus ombros.

A chegada do atendente da Capital com o leite morno é o que nos separa. Ele coloca a bandeja com o bule de cerâmica fumegante e duas canecas em cima da mesa.

– Trouxe uma outra caneca – diz o rapaz.

– Obrigada.

– E acrescentei um pouquinho de mel no leite. Para ficar mais doce. E um leve toque de canela. – O rapaz olha para nós como se quisesse dizer mais alguma coisa, e então balança ligeiramente a cabeça e sai do compartimento.

– Qual é a dele? – pergunto.

– Acho que ele se sente mal por nossa causa – diz Peeta.

– Certo. – Sirvo o leite.

– Estou falando sério. Eu não acredito que todas as pessoas na Capital vão ficar felizes vendo a gente voltar para a arena – diz Peeta. – Ou os outros vitoriosos. Eles criam laços com seus campeões.

– O que eu acho é que eles vão esquecer tudo isso assim que o sangue começar a espirrar – digo, sem me conter. Honestamente, se tem uma coisa com a qual não estou minimamente preocupada é em imaginar como o Massacre Quaternário vai afetar o humor da Capital. – Então você está assistindo a todas as fitas novamente?

– Na verdade, não. Só estou meio que dando uma olhada para ver as diferentes técnicas de combate das pessoas.

– Quem é o próximo?

– Você escolhe – diz Peeta, estendendo a caixa.

As fitas estão marcadas com os anos dos Jogos e o nome do vitorioso. Remexo o conteúdo e, de repente, encontro uma a que nós não assistimos. A edição dos Jogos é a de número cinquenta. Isso coincide com o segundo Massacre Quaternário. E o nome do vitorioso é Haymitch Abernathy.

– A gente nunca assistiu a esse aqui – digo.

Peeta balança a cabeça.

– Não. Eu sabia que Haymitch não queria que a gente visse. Da mesma maneira que a gente não queria rever nossos próprios Jogos. E como nós todos fazemos parte da mesma equipe, não achei que valesse tanto a pena.

– A pessoa que venceu a edição vinte e cinco está aqui?

– Acho que não. Quem quer que tenha sido já deve estar morto agora, e Effie só me mandou vitoriosos que a gente talvez tivesse de enfrentar. – Peeta balança a fita de Haymitch no ar. – Por quê? Você acha que a gente devia assistir?

– É o único Massacre que temos para ver. Talvez a gente conseguisse pescar alguma coisa interessante sobre como eles funcionam – digo. Mas sinto-me estranha. Parece uma tremenda invasão à privacidade de Haymitch. Não sei por que deveria ser, já que a coisa toda foi de caráter público. Mas é. Tenho que admitir que também estou extremamente curiosa. – A gente não precisa contar para Haymitch.

– Tudo bem – concorda Peeta. Ele coloca a fita e me enrosco perto dele no sofá com a caneca de leite, que está realmente delicioso com o mel e a canela, e me entretenho com a quinquagésima edição dos Jogos Vorazes. Depois do hino, mostram o presidente Snow pegando o envelope do segundo Massacre Quaternário. Ele parece mais jovem, porém igualmente repulsivo. Ele lê o quadradinho de papel com a mesma voz onerosa que usou conosco, informando a Panem que em honra do Massacre Quaternário, haverá duas vezes o número de tributos. Os editores cortam para a colheita, onde anunciam nome após nome após nome.

Quando chegamos ao Distrito 12, já estou completamente chocada pela impressionante quantidade de crianças indo para a morte certa. Há uma mulher, que não é Effie, chamando os nomes no 12, mas ela ainda começa com "Primeiro as damas!". Ela chama o nome de uma garota que mora na Costura, dá para ver pela aparência dela, e então ouço o nome "Maysilee Donner".

– Ah! – digo. – Ela era amiga da minha mãe. – A câmera a encontra na multidão, grudada a duas outras garotas. Todas louras. Todas filhas de mercadores, com toda certeza.

– Acho que a sua mãe a está abraçando – diz Peeta, em voz baixa. E ele está certo. Enquanto Maysilee Donner corajosamente desgruda-se e se encaminha para o palco, vislumbro minha mãe com a minha idade. E ninguém exagerou sua beleza. Segurando sua mão e chorando está uma outra garota que se parece muito com Maysilee. Mas também se parece muito com uma outra pessoa que eu conheço.

– Madge – digo.

– Aquela é a mãe dela. Ela e Maysilee eram gêmeas ou qualquer coisa assim. Meu pai uma vez mencionou isso.

Penso na mãe de Madge. A mulher do prefeito Undersee. Que passa a metade da vida na cama, imobilizada com dores terríveis, distante do mundo. Penso em como nunca percebi que ela e minha mãe compartilhavam essa ligação. Em Madge aparecendo naquela tempestade de neve para trazer analgésicos para Gale. Em meu broche com o tordo e em como ele significa uma coisa completamente diferente agora que sei que sua antiga dona era a tia de Madge, Maysilee Donner, um tributo que foi assassinado na arena.

O nome de Haymitch é chamado por último. É mais chocante vê-lo do que ver minha mãe. Jovem. Forte. Difícil de admitir, mas até que ele era bonito. Seus cabelos escuros e ondulados, aqueles olhos cinzentos e brilhantes típicos da Costura, já naquela época perigosos.

– Ah, Peeta, você não acha que foi ele que matou Maysilee, acha? – explodo. Não sei por quê, mas não consigo suportar essa ideia.

– Com quarenta e oito jogadores? Eu diria que as chances são poucas.

A carruagem parte – nela, os garotos do Distrito 12 vão vestidos em horríveis trajes de mineiros – e as entrevistas surgem na tela. Há um tempinho para focalizar todos eles. Mas como Haymitch vai ser o vitorioso, conseguimos ver uma entrevista completa dele com Caesar Flickerman, cuja aparência é exatamente a mesma de sempre em seu terno de gala azul brilhante. Apenas seus cabelos, pálpebras e lábios na cor verde-escura estão diferentes.

– E então, Haymitch, o que você acha dos Jogos terem cem por cento a mais de competidores do que o usual? – pergunta Caesar.

Haymitch dá de ombros.

– Eu não vejo muita diferença nisso. Eles vão continuar sendo cem por cento tão estúpidos quanto sempre foram, de modo que imagino que as minhas chances serão mais ou menos as mesmas.

A audiência cai na gargalhada e Haymitch retribui com um meio-sorriso. Cortante. Arrogante. Indiferente.

– Ele não precisava ir tão longe assim, precisava? – pergunto.

Agora estamos na manhã em que os Jogos começam. Nós assistimos do ponto de vista de um dos tributos que está ascendendo através do tubo da Sala de Lançamento em direção à arena. Não consigo evitar um leve arquejo. A descrença está refletida nos rostos dos jogadores. Até as sobrancelhas de Haymitch se erguem de prazer, embora se juntem quase que imediatamente para formar uma carranca.

É o local mais impressionante que se pode imaginar. A Cornucópia dourada está fincada no meio de uma campina verde com lindas flores espalhadas aqui e ali. O céu está azul e com algumas nuvenzinhas brancas. Vistosos pássaros voam acima. Pela forma como os tributos estão cheirando o ar, o aroma deve ser fantástico. Uma tomada aérea mostra que a campina se estende por quilômetros. Bem ao longe, em uma direção, parece haver uma floresta, na outra, uma montanha coberta de neve.

A beleza desorienta muitos dos jogadores, pois, quando soa o gongo, a maioria parece estar tentando acordar de um sonho. Não Haymitch, entretanto. Ele está na Cornucópia, armado até os dentes e com uma mochila cheia de suprimentos escolhidos a dedo. Ele se encaminha para a floresta enquanto a maioria dos outros ainda está saindo de seus discos.

Dezoito tributos são mortos no banho de sangue do primeiro dia. Outros começam a morrer depois e fica claro que quase tudo naquele lugar bonitinho – as apetitosas frutas pendendo dos galhos, a água nas correntes cristalinas, até mesmo o aroma das flores quando inaladas diretamente – é mortalmente venenoso. Apenas a água da chuva e a comida na Cornucópia são seguras para o consumo. Há também um grupo grande de dez tributos Carreiristas vasculhando a área da montanha atrás de vítimas.

Haymitch tem seus próprios problemas na floresta, onde os fofos esquilos dourados são, na verdade, carnívoros e atacam em bandos, e as picadas das borboletas proporcionam agonia, se não morte. Mas ele persiste em seu avanço, sempre mantendo a distante montanha atrás de si.

Maysilee Donner também se demonstra bastante capaz, para uma garota que sai da Cornucópia apenas com uma pequena mochila. Dentro, ela encontra uma tigela, um pouco de carne desidratada e uma zarabatana com duas dúzias de dardos. Fazendo uso dos venenos prontamente disponíveis, ela logo transforma a zarabatana em uma arma mortífera, mergulhando os dardos em substâncias letais e direcionando-os para os corpos dos oponentes.

No decorrer de quatro dias, a pitoresca montanha torna-se um vulcão em erupção que varre mais uma dúzia de jogadores, incluindo cinco do bando de Carreiristas. Com a montanha cuspindo fogo líquido e a campina não oferecendo nenhuma possibilidade de esconderijo, os treze tributos restantes – Haymitch e Maysilee entre eles – não têm outra escolha a não ser confinar-se na floresta.

Haymitch parece inclinado a continuar na mesma direção, distante da agora vulcânica montanha, mas um emaranhado de cercas vivas densamente entrelaçadas o obriga a dar a volta e retornar para o centro da floresta, onde encontra três dos Carreiristas e saca sua faca. Eles podem ser bem maiores e mais fortes, mas Haymitch possui uma velocidade invejável e já matou dois quando o terceiro o desarma. Esse Carreirista está a ponto de cortar seu pescoço quando um dardo o derruba.

Maysilee Donner sai da floresta.

– Nós viveríamos mais se cooperássemos um com o outro.

– Acho que você acabou de provar essa tese – diz Haymitch, esfregando o pescoço. – Aliados? – Maysilee balança a cabeça em concordância. E lá estão eles, instantaneamente ligados por um desses pactos que qualquer pessoa seria pressionada a romper se quisesse voltar com vida para seu distrito.

Exatamente como Peeta e eu, eles têm mais chances juntos. Conseguem descansar mais, bolar um sistema para assegurar mais água da chuva, lutar como uma equipe e dividir a comida das mochilas dos tributos mortos. Mas Haymitch ainda está determinado a seguir caminho.

– Por quê? – continua perguntando Maysilee, e ele a ignora até que ela se recusa a dar mais um passo sequer sem uma resposta.

– Porque esse lugar precisa acabar em algum ponto, certo? – diz Haymitch. – A arena não pode ser interminável.

– O que você espera encontrar? – pergunta Maysilee.

– Eu não sei. Mas, de repente, tem alguma coisa que a gente possa usar.

Quando finalmente conseguem ultrapassar aquela cerca impossível usando um lança-chamas encontrado na mochila de um dos Carreiristas mortos, eles se encontram em terra firme e plana que vai dar num penhasco. Bem abaixo, é possível avistar pedras pontudas.

– Isso é tudo, Haymitch. Vamos voltar – diz Maysilee.

– Não, vou ficar aqui.

– Tudo bem. Só restam cinco de nós. Acho que vou me despedir de você agora. Não quero que sobremos só nós dois.

– Tudo bem – concorda ele. E é isso. Ele não lhe estende a mão e nem mesmo olha para ela. Maysilee vai embora.

Haymitch caminha ao longo da borda do penhasco como se estivesse tentando descobrir alguma coisa. Seu pé desloca uma pedrinha que cai no abismo, aparentemente para sempre. Mas um minuto mais tarde, enquanto ele está sentado para descansar, a pedrinha volta voando para o lado dele. Haymitch olha a pedra, confuso, e então seu rosto adquire uma estranha intensidade. Ele joga uma pedra do tamanho de seu punho no penhasco e espera. Quando ela voa de volta para sua mão, ele começa a rir.

Nesse instante ouvimos Maysilee começando a gritar. A aliança está desfeita, ela a rompeu, de modo que ninguém poderia culpá-lo por ignorá-la. Mas Haymitch corre atrás dela, assim mesmo. Ele chega a tempo apenas de assistir ao último membro de um bando de pássaros cor-de-rosa, dotados de bicos longos e finos, despedaçar seu pescoço. Ele segura a mão de Maysilee enquanto ela morre, e só consigo pensar em Rue e em como eu também cheguei atrasada para salvá-la.

Mais tarde naquele dia, mais um tributo é morto em combate e um terceiro é comido por um bando daqueles esquilos fofos, deixando Haymitch e uma garota do Distrito 1 disputando a coroa. Ela é maior do que ele e tão veloz quanto, e quando a luta inevitável ocorre, a coisa é sangrenta e horrenda, e ambos recebem o que poderiam muito bem ser considerados ferimentos mortais, quando Haymitch é finalmente desarmado. Ele cambaleia em meio às lindas árvores da floresta, pressionando seus ferimentos enquanto ela se arrasta atrás dele, carregando um machado que deveria ser o responsável pelo golpe mortal. Haymitch corre para seu penhasco e acaba de alcançar a borda quando ela arremessa o machado. Ele desaba no chão e o objeto voa em direção ao abismo. Agora também sem arma, a garota fica parada tentando estancar o sangramento do espaço oco onde antes se encontrava um de seus olhos. Ela está pensando que talvez consiga superar Haymitch, que está começando a ter convulsões no chão. Mas o que ela não sabe é que o machado vai retornar. E depois de voar por cima da saliência, a arma se crava em sua cabeça. Ouve-se o tiro do canhão, seu corpo é removido e os trompetes soam, anunciando a vitória de Haymitch.

Peeta para a fita e ficamos lá sentados em silêncio por um tempo.

Finalmente Peeta diz:

– Aquele campo de força na base do penhasco era como o da cobertura do Centro de Treinamento. O que traria a gente de volta se a gente tentasse se jogar para cometer suicídio. Haymitch descobriu um jeito de transformá-lo em uma arma.

– Não apenas contra os outros tributos, mas também contra a Capital – digo. – É óbvio que eles não esperavam que isso acontecesse. Isso não era para fazer parte da arena. Nunca foi ideia deles alguém usar isso como arma. Haymitch ter descoberto a coisa deixou todo mundo na Capital com cara de otário. Aposto que eles tiveram um trabalhão tentando amenizar essa história. Aposto que é por isso que não me lembro de ter visto esse programa na televisão. É quase tão ruim quanto a gente com as amoras!

Não consigo deixar de rir, rir mesmo, pela primeira vez em meses. Peeta só balança a cabeça como se eu tivesse ficado louca – e talvez eu tenha ficado, um pouco.

– Quase, mas não tanto – diz Haymitch atrás de nós. Giro o corpo, temendo que ele esteja com raiva por termos assistido à fita, mas ele só dá um risinho debochado e toma um gole de uma garrafa de vinho. Sobriedade, até parece. Imagino que deveria estar irritada por ele estar bebendo novamente, mas estou ocupada com uma outra sensação.

Passei todas essas semanas conhecendo os meus competidores, sem nem mesmo pensar em quem eram meus parceiros de equipe. Agora uma nova espécie de confiança está se iluminando dentro de mim, porque acho que finalmente sei quem é Haymitch. E estou começando a saber quem sou. E, certamente, duas pessoas que causaram tantos problemas à Capital vão conseguir pensar em uma maneira de fazer com que Peeta volte com vida para casa.

15

Tendo passado inúmeras vezes pela preparação com Flavius, Venia e Octavia, tenho em mente que o processo deveria ser apenas uma velha rotina para a sobrevivência. Mas não previ a provação emocional que está à minha espera. Durante a preparação, cada um deles cai no choro pelo menos duas vezes, e Octavia fica choramingando baixinho durante toda a manhã. Acontece que eles realmente se apegaram a mim, e a ideia do meu retorno à arena os devastou. Combine isso com o fato de que, ao me perder, eles perderão os bilhetes de entrada para todos os grandes eventos sociais, especialmente o meu casamento, e a coisa toda torna-se insuportável. A ideia de ser forte para qualquer outra pessoa jamais passou por suas cabeças, então encontro-me na posição de ser obrigada a consolá-los. Como sou eu a pessoa a caminho do matadouro, a coisa é um tanto quanto irritante.

Entretanto, é interessante quando penso no que Peeta disse sobre o atendente no trem demonstrar infelicidade em relação aos vitoriosos terem de lutar novamente. Sobre as pessoas na Capital não estarem gostando disso. Ainda acho que tudo isso vai ser esquecido assim que soar o gongo, mas até que é surpreendente saber que as pessoas na Capital sentem algo por nós. Elas certamente não se importam nem um pouco em assistir a crianças sendo assassinadas ano após ano. Mas talvez conheçam bem demais os vitoriosos, principalmente aqueles que são celebridades há anos, para se esquecerem que são seres humanos. Seria, talvez, como assistir a seus próprios amigos morrerem. Que é como os Jogos são para nós que residimos nos distritos.

Quando Cinna aparece, já estou irritadiça e exausta por ter de consolar a equipe de preparação, principalmente porque as constantes lágrimas me fazem lembrar das que estão sem dúvida sendo derramadas em casa. Em pé em meu robe fino, com minha pele pinicando e o coração a mil, sei que não consigo suportar mais nenhum olhar de lamentação. Então, assim que ele entra, eu solto:

– Juro que se você chorar, eu te mato aqui e agora.

Cinna apenas sorri.

– Você teve uma manhã encharcada?

– Dava até para me torcer – respondo.

Cinna me abraça e me conduz ao local onde vamos almoçar.

– Não se preocupe. Eu sempre canalizo minhas emoções para o trabalho. Assim não causo mal nenhum a ninguém além de mim mesmo.

– Não aguento passar por tudo isso de novo.

– Eu sei. Vou falar com eles.

O almoço faz com que eu me sinta um pouco melhor. Faisão com uma seleção de gelatinas multicoloridas, versões em miniatura de legumes verdadeiros nadando na manteiga, e purê de batatas com salsa. De sobremesa, mergulhamos pedaços de fruta num pote com chocolate derretido, e Cinna precisa pedir mais um pote porque eu começo a comer o chocolate com uma colher.

– E então, o que é que vamos usar na cerimônia de abertura? – finalmente pergunto, enquanto raspo o segundo pote. – Lanternas de cabeça ou fogo? – Sei que o passeio de carruagem vai requerer que Peeta e eu estejamos vestidos com algo relacionado a carvão.

– Alguma coisa nessa linha – diz ele.

Quando chega a hora de vestir o traje para a cerimônia de abertura, minha equipe de preparação aparece, mas Cinna os dispensa dizendo que eles haviam feito um trabalho tão espetacular durante a manhã que não restava mais nada a ser feito. Eles saem para se recuperar, deixando-me, graças a Deus, nas mãos de Cinna. Ele primeiro faz o meu cabelo no estilo trançado que a minha mãe lhe havia apresentado e em seguida passa para a maquiagem. No ano passado, ele usou pouco para que a audiência pudesse me reconhecer quando pousasse na arena. Mas agora o meu rosto está quase obscurecido pelos contornos dramáticos e pelas sombras escuras. Sobrancelhas bem arqueadas, ossos das faces proeminentes, olhos em chamas, lábios lilases. O traje parece enganadoramente simples a princípio, apenas um macacão preto e justo que me cobre do pescoço para baixo. Ele coloca uma coroa pela metade como a que eu recebi quando fui celebrada como vitoriosa, mas ela é feita de um material pesado e preto, não de ouro. Então, ajusta a luz no recinto para imitar o crepúsculo e aperta um botão dentro do tecido na altura do meu pulso. Olho para baixo, fascinada, enquanto o meu conjunto lentamente ganha vida, primeiro com uma suave luz dourada, mas gradualmente se transformando no laranja avermelhado do carvão no fogo. Parece que estou coberta de brasas brilhantes – não, que *sou* uma brasa brilhante saída diretamente de nossa lareira. As cores sobem e descem, transmutam-se e misturam-se, exatamente como o carvão.

– Como você fez isso? – pergunto, maravilhada.

– Portia e eu passamos várias horas observando fogueiras – diz Cinna. – Agora olha só pra você.

Ele gira o meu corpo na direção do espelho para que eu possa absorver todo o efeito. Não estou vendo uma garota, nem mesmo uma mulher, mas algum ser de outro mundo que poderia muito bem ter saído do vulcão que destruiu tantas vidas no Massacre de Haymitch. A coroa preta, que agora parece vermelha como ferro em brasa, lança estranhas sombras em meu rosto dramaticamente maquiado. Katniss, a garota em chamas, deixou para trás suas chamas bruxuleantes, os mantos cheios de joias e as suaves túnicas à luz de velas. Ela agora está tão mortífera quanto o próprio fogo.

– Eu acho que... era exatamente disso que eu precisava para enfrentar os outros – digo.

– Sim, acho que seus dias de batom cor-de-rosa e fitinhas ficaram para trás – diz Cinna. Ele toca novamente o botão em meu pulso, apagando a luz. – Não vamos acabar com a bateria do seu traje. Dessa vez, quando você estiver na carruagem, nada de acenos, nada de sorrisos. Eu só quero que você olhe direto para frente, como se a audiência não merecesse receber o seu olhar.

– Finalmente, uma coisa que vou fazer muito bem.

Cinna tem mais algumas coisas para cuidar, de modo que decido descer para o térreo do Centro de Regeneração, que abriga o imenso local de reunião dos tributos e suas carruagens antes da cerimônia de abertura. Estou na esperança de encontrar Peeta e Haymitch, mas eles ainda não chegaram. Ao contrário do ano anterior, em que todos os tributos se mantiveram praticamente colados a suas carruagens, a cena agora é bem social. Os vitoriosos, não só os tributos desse ano como também seus mentores, estão em meio a pequenos grupos, conversando. É claro que todos se conhecem e eu não conheço ninguém, e não sou de fato o tipo de pessoa que sai por aí se apresentando. Portanto, simplesmente acaricio o pescoço de um dos meus cavalos e tento não ser notada.

Não funciona.

O ruído de alguém mastigando alguma coisa atinge os meus ouvidos antes mesmo que eu o perceba ao meu lado, e, quando viro a cabeça, os famosos olhos verdes da cor do mar de Finnick Odair estão a centímetros dos meus. Ele coloca um torrão de açúcar na boca e se apoia em meu cavalo.

– Oi, Katniss – diz ele, como se nos conhecêssemos há anos, quando, na verdade, mal fomos apresentados um ao outro.

– Oi, Finnick – digo com o mesmo jeito casual, embora esteja me sentindo desconfortável com sua proximidade, principalmente pelo fato de ele estar com tantas partes do corpo expostas.

– Quer um torrão de açúcar? – diz ele, oferecendo a mão, que está cheia. – É para os cavalos, na realidade, mas quem se importa? Eles podem comer açúcar anos e anos ao passo que eu e você... bom, se a gente encontra alguma coisa doce pela frente é melhor agarrar com rapidez.

Finnick Odair é meio que uma lenda viva em Panem. Como venceu a sexagésima quinta edição dos Jogos Vorazes quando tinha apenas catorze anos, ele é até hoje um dos mais jovens vitoriosos. Sendo habitante do Distrito 4, ele era um Carreirista, de modo que as chances que tinha de vencer já eram em si bem altas, mas o que nenhum treinador podia se gabar de ter dado a ele era sua extraordinária beleza. Alto, atlético, pele dourada, cabelos cor de bronze e aqueles olhos incríveis. Enquanto outros tributos naquele ano se digladiavam para conseguir um punhado de grãos ou alguns fósforos como dádiva, a Finnick jamais faltou nada, nem comida, nem remédios, nem armas. Seus competidores levaram mais ou menos uma semana para perceber que ele deveria ser o alvo prioritário, mas então já era tarde demais. Ele já era um bom lutador com as lanças e facas que tinha descoberto na Cornucópia. Quando recebeu um paraquedas prateado contendo um tridente – que talvez seja a dádiva mais cara que já vi ser dada na arena –, tudo acabou. O ramo de atividades do Distrito 4 é a pesca. Ele viveu em barcos toda a vida. O tridente era uma extensão natural e mortífera de seu braço. Ele teceu uma rede a partir de uma espécie de trepadeira que encontrou, usou-a para prender seus oponentes para que pudesse espetá-los com o tridente, e em questão de dias a coroa era dele.

Os cidadãos da Capital babam por ele desde então.

Por causa de sua juventude, não puderam de fato tocar nele pelos dois primeiros anos. Mas, desde que completou dezesseis, passa o seu tempo nos Jogos sendo perseguido por pessoas desesperadamente apaixonadas. Ninguém retém seus favores por muito tempo. Em sua visita anual, é comum que se envolva com quatro ou cinco pessoas. Velhas ou novas, lindas ou comuns, ricas ou muito ricas, ele as acompanha e recebe seus presentes extravagantes, mas nunca fica, e uma vez que parte, nunca volta.

Não posso negar que Finnick é uma das pessoas mais impressionantes e sensuais do planeta. Mas posso honestamente dizer que nunca me senti atraída por ele. Talvez ele seja bonitinho demais, ou talvez seja fácil demais de se conseguir, ou talvez seja fácil demais de se perder.

– Não, obrigada – digo, referindo-me ao açúcar. – Mas eu adoraria pegar emprestada a sua roupa qualquer dia desses.

Ele está usando uma rede dourada com um nó estrategicamente disposto em sua virilha, o que faz com que, tecnicamente, não esteja nu, mas próximo demais disso. Tenho certeza de que o estilista dele pensa que quanto mais de Finnick estiver exposto para a audiência, melhor.

– Você está absolutamente aterrorizante nessa produção. O que foi que aconteceu com aqueles vestidos de menininha? – Ele umedece lentamente os lábios com a língua. Provavelmente isso leva a maioria das pessoas à loucura. Mas, por algum motivo, a única coisa que me vem à cabeça é o velho Cray salivando por alguma pobre jovem morta de fome.

– Eles ficaram pequenos em mim – digo.

Finnick pega o colarinho do meu traje e passa os dedos em cima.

– É uma coisa horrível essa história do Massacre. Você podia ter se dado muito bem na Capital. Joias, dinheiro, qualquer coisa que quisesses.

– Não gosto de joias, e tenho mais dinheiro do que preciso. Você gasta o seu em quê, Finnick? – digo.

– Ah, eu não lido com uma coisa trivial como dinheiro há anos.

– Então, como é que elas pagam pelo prazer da sua companhia?

– Com segredos – diz ele suavemente. Ele inclina a cabeça de modo que seus lábios ficam quase em contato com os meus. – E você, garota em chamas? Tem algum segredo que valha o meu tempo?

Por algum motivo estúpido, enrubesço, mas luto para permanecer firme.

– Não, sou um livro aberto – sussurro de volta. – Todo mundo parece saber meus segredos antes de eu mesma saber deles.

Ele sorri.

— Infelizmente, acho que isso é verdade. — Seus olhos brilham levemente. — Peeta está vindo aí. É uma pena você ter sido obrigada a cancelar seu casamento. Sei como isso deve estar sendo terrível para você. — Ele joga mais um torrão de açúcar na boca e vai embora gingando.

Peeta está ao meu lado, vestido com um traje idêntico ao meu.

— O que Finnick Odair queria? — pergunta.

Eu me viro, ponho os lábios próximos aos de Peeta e deixo cair as pálpebras imitando Finnick.

— Ele me ofereceu um torrão de açúcar e quis saber todos os meus segredos — digo, com a voz mais sedutora que consigo.

Peeta ri.

— Argh. Não brinca.

— É sério – digo. — Conto mais quando a minha pele parar de pinicar.

— Você acha que a gente teria terminado assim se apenas um de nós tivesse sobrevivido? — pergunta ele, olhando para os outros tributos ao redor. — Será que a gente seria apenas mais uma atração do show de horrores?

— Com certeza. Principalmente você.

— Ah, é? E por que principalmente eu? — diz ele, com um sorriso.

— Porque você tem um fraco por coisas bonitas e eu não — digo com um ar de superioridade. — Eles seduziriam você com os encantos da Capital e você ficaria completamente perdido.

— Se sentir atraído por beleza não é a mesma coisa que ser fraco — observa Peeta. — Exceto, talvez, no que diz respeito a você. — A música está começando e eu vejo as portas largas se abrindo para a primeira carruagem, ouço o rugir da multidão.

– Vamos? – Ele estende a mão para me ajudar a entrar na carruagem.

Eu subo e o puxo em seguida.

– Fique parado – digo, e endireito a coroa dele. – Você viu o seu terno ligado? Vamos ficar fabulosos mais uma vez.

– Sem dúvida. Mas Portia falou que a gente precisa ficar com um ar de superioridade. Não podemos acenar e coisa e tal – diz ele. – Onde eles estão, afinal de contas?

– Eu não sei. – Examino a procissão de carruagens. – Talvez seja melhor a gente seguir em frente e ligar essas roupas. – Fazemos isso e, assim que começamos a brilhar, vejo várias pessoas apontando para nós e comentando umas com as outras, e sei que, mais uma vez, seremos os principais destaques da cerimônia de abertura. Estamos quase na porta. Estico a cabeça e olho ao redor, mas nem Portia nem Cinna, que ficaram conosco até o último segundo no ano passado, estão visíveis em lugar nenhum. – A gente tem de ficar de mãos dadas esse ano? – pergunto.

– Eu imagino que eles tenham deixado para gente decidir – diz Peeta.

Olho para aqueles olhos azuis que nenhuma quantidade excessiva de maquiagem consegue deixar verdadeiramente mortíferos e me lembro como, não mais do que um ano atrás, estava preparada para matá-lo. Convencida de que ele estava tentando me matar. Agora tudo se inverteu. Estou determinada a mantê-lo vivo, ciente de que o preço será a minha própria vida, mas a parte de mim que não é tão corajosa quanto eu gostaria que fosse está contente por ser Peeta, e não Haymitch, quem está ao meu lado. Nossas mãos acham umas às outras sem maiores discussões. É claro que vamos entrar nisso como um único ser.

A voz da multidão se transforma num grito universal enquanto nos movemos em direção à tênue luz noturna, mas nenhum dos dois reage. Simplesmente fixo os olhos num ponto distante e finjo que não existe nenhuma audiência, nenhuma histeria. Não consigo evitar uma olhadinha em nós dois nas imensas telas ao longo do caminho, e não estamos apenas bonitos, estamos sombrios e poderosos. Não, mais do que isso. Nós, amantes desafortunados do Distrito 12, que sofremos tanto e desfrutamos tão pouco as recompensas de nossa vitória, não estamos procurando os favores dos fãs, não estamos agraciando-os com nossos sorrisos, ou recebendo seus beijos. Nós não oferecemos perdão.

E eu adoro isso. Poder finalmente ser eu mesma.

Ao contornarmos o Círculo da Cidade, vejo que alguns outros estilistas tentaram roubar a ideia que Cinna e Portia tiveram de iluminar seus tributos. Os trajes dotados de luz elétrica do Distrito 3, onde eles produzem artigos eletrônicos, pelo menos fazem sentido. Mas o que estão fazendo aqueles pastores do Distrito 10, que estão vestidos de vacas, com cintos flamejantes? Cozinhando a si mesmos? Patético.

Peeta e eu, por outro lado, estamos tão fascinantes com nossos trajes de carvão com formas mutantes, que a maioria dos outros tributos está olhando fixamente para nós. Nossa aparência é particularmente atraente para o par do Distrito 6, que todos sabem serem viciados em morfináceos. Ambos esqueléticos, com a pele caída e amarelada. Eles não conseguem desviar os olhos imensos, nem mesmo quando o presidente Snow começa a falar de seu balcão, dando-nos as boas-vindas ao Massacre. O hino é executado e, enquanto damos nossa última volta ao redor do círculo... espera um pouquinho. Estou enganada, ou estou mesmo vendo o presidente com os olhos fixos em mim?

Peeta e eu esperamos até que as portas do Centro de Treinamento tenham sido fechadas atrás de nós para relaxarmos. Cinna e Portia estão lá, satisfeitos com nossas performances, e Haymitch também fez uma aparição esse ano, só que não está na nossa carruagem, mas com os tributos do Distrito 11. Eu o vejo balançando a cabeça em nossa direção e, então, eles o seguem e nos saúdam.

Conheço Chaff de vista porque fiquei anos assistindo-o compartilhar garrafas de bebida com Haymitch na televisão. Ele tem a pele escura, mais ou menos 1,80m de altura e um de seus braços termina num cotoco, porque ele perdeu a mão nos Jogos que venceu, trinta anos atrás. Tenho certeza de que ofereceram a ele algum tipo de substituto artificial, como fizeram com Peeta quando tiveram de amputar sua perna, mas imagino que ele não aceitou.

A mulher, Seeder, tem quase a aparência de alguém da Costura, com sua pele morena e cabelos lisos com alguns fios grisalhos. Apenas seus olhos castanhos a identificam como proveniente de outro distrito. Ela deve ter por volta de sessenta anos, mas ainda parece forte, e não há nenhum sinal de que tenha ficado dependente de bebida ou morfináceos, ou qualquer outro tipo de substância química como forma de escape ao longo dos anos. Antes de qualquer um de nós dizer uma palavra, ela me abraça. Sei, de alguma maneira, que o motivo deve ser Rue e Thresh. Antes de pensar, sussurro:

— E as famílias?

— Estão todos vivos – diz ela suavemente antes de me soltar.

Chaff me abraça com seu braço bom e estala um beijão na minha boca. Recuo, sobressaltada, enquanto ele e Haymitch caem na gargalhada.

Esse é praticamente todo o tempo de que dispomos antes que os atendentes da Capital comecem a nos dirigir com firmeza para os elevadores. Tenho a nítida sensação de que eles não estão se sentindo confortáveis com o clima de camaradagem reinante entre os vitoriosos, que parecem não estar dando a mínima. Enquanto caminho em direção ao elevador, minha mão ainda grudada à de Peeta, alguém surge ao meu lado. A garota retira um adereço de cabeça com galhos e folhas e o joga atrás de si sem se preocupar em olhar onde a coisa está caindo.

Johanna Mason. Do Distrito 7. Madeira e papel, portanto, uma árvore. Ela venceu retratando a si mesma de modo bastante convincente como uma pessoa fraca e desamparada para que pudesse assim ser ignorada. Então demonstrou uma perversa habilidade para cometer assassinatos. Ela sacode os cabelos pontudos e revira os grandes olhos castanhos.

– Não é um horror esse traje que fizeram para mim? A minha estilista é a maior idiota da Capital. Nossos tributos são árvores há quarenta anos por culpa dela. Gostaria muito de ter tido o Cinna. Você está fantástica.

Papo de garota. O tipo de coisa em que sempre fui muito ruim. Opiniões sobre roupas, cabelo, maquiagem. Então eu minto:

– Pode crer, ele está me ajudando a desenhar a minha própria linha de roupas. Você devia ver o que ele consegue fazer com veludo. – Veludo. O único tecido que consegui encontrar na minha mente naquele instante.

– Eu vi. Na sua turnê. Aquele sem alça que você usou no Distrito 2? O azul com os diamantes? Tão lindo que senti vontade de entrar na tela e arrancar de você – diz Johanna.

Aposto que sentiu mesmo, penso. *Levando também alguns centímetros da minha carne.*

Enquanto esperamos os elevadores, Johanna se livra do restante de seu traje de árvore, deixando-o cair no chão, e depois o chuta para longe, revoltada. Com exceção da pantufa verde-floresta, ela não tem mais um fio de tecido sequer sobre o corpo.

– Assim é melhor.

Acabamos entrando no mesmo elevador que ela, e Johanna passa a viagem inteira, até o sétimo andar, de papo com Peeta sobre suas pinturas enquanto a luz do traje ainda brilhante dele se reflete nos seios nus dela. Quando ela sai, o ignoro, mas sei que ele está dando uma risadinha. Solto bruscamente a mão dele assim que as portas se fecham atrás de Chaff e Seeder, deixando-nos sozinhos, e ele tem um ataque de riso.

– O que é? – pergunto com raiva quando chegamos em nosso andar.

– É você, Katniss. Não entende?

– Eu o quê? – pergunto.

– O motivo de todo mundo estar agindo desse jeito. Finnick com seus torrões de açúcar e Chaff te beijando, e toda aquela coisa com a Johanna tirando a roupa. – Ele tenta assumir um tom um pouco mais sério, mas sem sucesso. – Eles estão de brincadeira com você porque você é tão... enfim, você sabe.

– Não, eu não sei. – E eu realmente não faço a menor ideia do que ele está falando.

– É como daquela vez que você cismava em não olhar pra mim pelado na arena, mesmo eu estando praticamente morto. Você é tão... pura – diz ele finalmente.

– Não sou, não! – rebato. – Desde o ano passado eu praticamente arranco a sua roupa sempre que tem alguma câmera por perto!

— Tudo bem, mas... o que eu quero dizer é que, para a Capital, você é pura — diz ele, tentando visivelmente reduzir a minha irritação. — Para mim, você é perfeita. Eles só estão implicando com você.

— Não, eles estão rindo de mim, e você também está!

— Não. — Peeta balança a cabeça, mas ainda está lutando contra um sorriso. Estou reavaliando seriamente a questão sobre quem deveria mesmo sair com vida desses Jogos quando o outro elevador se abre.

Haymitch e Effie juntam-se a nós, aparentemente satisfeitos com alguma coisa. Então, o rosto de Haymitch adquire uma feição dura.

O que foi que fiz agora?, quase digo, mas vejo que ele está olhando fixamente para a entrada da sala de jantar atrás de mim.

Effie pisca na mesma direção e então diz, esfuziante:

— Parece que esse ano a equipe de vocês veio em pares.

Viro-me e encontro a Avox ruiva que me serviu ano passado até o começo dos Jogos. Penso em como é legal ter uma amiga aqui. Reparo que o jovem ao lado dela, outro Avox, também é ruivo. Deve ser isso o que Effie quis dizer com "equipe em pares".

Então um calafrio percorre o meu corpo. Porque o conheço também. Não da Capital, mas de anos e anos de papo-furado no Prego, contando piadas com tigelas da sopa de Greasy Sae entre nós, e daquele último dia observando-o inconsciente na praça enquanto Gale sangrava até a morte.

Nosso novo Avox é Darius.

16

Haymitch agarra o meu punho como se estivesse prevendo o meu próximo movimento, mas fico tão muda quanto Darius, depois de ter sido torturado pela Capital. Haymitch uma vez me disse que eles faziam alguma coisa com as línguas dos Avox para que eles jamais voltassem a falar. Na minha cabeça ouço a voz de Darius, brincalhona e vivaz, soando em meio ao Prego para implicar comigo. Não como os meus colegas vitoriosos estão gozando com a minha cara, mas de uma maneira que indicava que nós gostávamos genuinamente um do outro. Se Gale pudesse vê-lo agora...

Sei que qualquer movimento na direção de Darius, qualquer gesto de reconhecimento, resultaria apenas em punição para ele. Então simplesmente olhamos um nos olhos do outro. Darius, agora um escravo mudo; eu, agora a caminho da morte. O que diríamos um para o outro, de qualquer modo? Que um está desolado com o destino do outro? Que um está sofrendo pela dor do outro? Que estamos felizes por ter tido a chance de nos conhecermos?

Não, Darius não deveria estar feliz por ter me conhecido. Se eu estivesse lá para deter Thread, ele não teria se apresentado para salvar Gale. Não teria virado um Avox. E, mais especificamente, não seria agora o meu Avox, porque o presidente Snow obviamente o colocou aqui por minha causa.

Solto-me do aperto de Haymitch e me encaminho para meu antigo quarto, trancando a porta atrás de mim. Sento na cama, cotovelos nos joelhos, testa nas mãos, e observo meu traje brilhante na escuridão, imaginando estar em minha antiga casa no Distrito 12, aninhada ao lado do fogo. A luz desaparece lentamente à medida que a energia acaba.

Quando Effie por fim bate na porta para me convocar para o jantar, eu me levanto e tiro o traje, dobro-o cuidadosamente e o coloco em cima da mesa com a minha coroa. No banheiro, lavo as listras escuras da maquiagem que ficaram em meu rosto. Visto uma camisa simples e calças compridas, e desço o corredor em direção à sala de jantar.

Não presto atenção a muita coisa no jantar, exceto no fato de que Darius e a Avox ruiva são nossos serviçais. Effie, Haymitch, Cinna, Portia e Peeta estão todos lá, falando sobre a cerimônia de abertura, suponho. Mas o único momento em que realmente me sinto presente é quando deixo cair no chão de propósito um prato com ervilhas e, antes que qualquer pessoa possa me ajudar, me agacho para limpar tudo. Darius está bem ao meu lado quando entrego o prato, e nós dois ficamos juntos por alguns segundos, fora da vista de todos, enquanto recolhemos as ervilhas. Por um instante, apenas nossas mãos se encontram. Consigo sentir sua pele áspera sob o molho amanteigado do prato. No aperto desesperado de nossos dedos estão todas as palavras que jamais seremos capazes de pronunciar um para o outro. Então, Effie cacareja atrás de mim:

— Isso não é coisa para você fazer, Katniss! — E ele solta a minha mão.

Quando nós vamos assistir à reprise da cerimônia de abertura, encaixo-me entre Cinna e Haymitch no sofá porque não quero ficar perto de Peeta. Essa coisa horrível com Darius pertence a mim e a Gale, e talvez até a Haymitch, mas não a Peeta. Talvez ele conhecesse Darius de vista, mas Peeta não frequentava o Prego como o resto de nós. Além do mais, ainda estou com raiva por ele ter rido de mim com os outros vitoriosos, e a última coisa que quero é a solidariedade e o consolo dele. Não mudei de ideia em relação a salvá-lo na arena, mas não devo nada a ele além disso.

Enquanto assisto à procissão em direção ao Círculo da Cidade, penso em como já é suficientemente desagradável nos obrigarem a usar esses trajes e a desfilar pelas ruas em carruagens nos anos regulares. Pôr crianças em trajes como esse já é uma bobagem, mas vitoriosos envelhecidos é de dar pena. Alguns dos que permanecem jovens, como Johanna e Finnick, ou cujos corpos não estão em péssimas condições, como Seeder e Brutus, ainda conseguem manter um pouco de dignidade. Mas a maioria, que está entregue ao álcool, aos morfináceos ou à doença, parece grotesca em seus trajes, retratando vacas, árvores e pães. No ano passado ficamos de papo sobre cada competidor, mas hoje à noite surge apenas um ou outro comentário. Não é surpresa nenhuma a multidão ficar enlouquecida quando eu e Peeta aparecemos, com a aparência tão jovem, forte e bela, em nossos trajes resplandecentes. A própria imagem do que os tributos deveriam ser.

Assim que a apresentação acaba, levanto e agradeço a Cinna e Portia pelo fantástico trabalho que fizeram e vou para a cama. Effie nos lembra que devemos nos encontrar cedo no café da manhã, para que possamos montar nossa estratégia de treinamento, mas até a voz dela parece vazia. Pobre Effie. Ela finalmente teve um ano decente nos Jogos com Peeta e comigo, e agora tudo se transformou numa tremenda bagunça, à qual nem mesmo ela consegue dar um tom positivo. Nos termos da Capital, imagino que isso represente uma verdadeira tragédia.

Logo depois de ir para a cama, ouço uma leve batida na porta, mas a ignoro. Não quero Peeta esta noite. Principalmente com Darius por perto. Para mim, a presença dele aqui é quase tão desagradável quanto seria a de Gale. Gale. Como serei capaz de tirá-lo da cabeça com Darius rondando os corredores?

Línguas aparecem intensamente em meus pesadelos. Primeiro eu assisto, paralisada e indefesa, a mãos enluvadas executarem a sangrenta dissecação na boca de Darius. Então, estou numa festa onde todos usam máscaras e alguém com uma língua molhada para fora, que suponho ser Finnick, me persegue, mas quando ele me agarra e tira a máscara, é o presidente Snow, e de seus lábios grossos escorre uma saliva sangrenta. Finalmente estou de volta à arena, minha própria língua seca como uma lixa, enquanto tento alcançar uma fonte de água que se afasta sempre que estou a ponto de tocá-la.

Quando acordo, vou cambaleando em direção ao banheiro e bebo água da torneira até não aguentar mais. Tiro as roupas encharcadas de suor e volto para a cama, nua, e consigo, de uma forma ou de outra, voltar a dormir.

Na manhã seguinte, demoro o máximo que posso a descer para o café da manhã porque realmente não quero discutir nossa estratégia de treinamento. O que há para se discutir? Cada vitorioso já sabe o que todos os outros podem fazer. Ou pelo menos do que eram capazes no passado, de qualquer modo. Então Peeta e eu continuaremos a agir como se estivéssemos apaixonados e é isso aí. De um jeito ou de outro, simplesmente não estou a fim de conversar sobre isso, principalmente com Darius, mudo, em pé ali por perto. Tomo uma longa chuveirada, visto lentamente o traje que Cinna deixou para o treinamento e peço, através de um microfone, para trazerem comida em meu quarto. Em um minuto, salsichas, ovos, batatas, pão, suco e chocolate quente aparecem na minha frente. Como um pouco, tentando arrastar ao máximo os minutos até as dez da manhã, quando seremos obrigados a descer para o Centro de Treinamento. Lá pelas nove e meia, Haymitch já está batendo em minha porta, obviamente de saco cheio comigo e me mandando descer para a sala de jantar AGORA! Ainda assim, escovo os dentes antes de sair do quarto, matando mais cinco minutos.

A sala de jantar está vazia, com exceção de Peeta e Haymitch, cujo rosto está vermelho devido à bebida e à raiva. No pulso, ele usa uma pulseira de ouro maciço com um desenho de chamas – deve ser a concessão feita ao plano de Effie de fazer com que nós todos usássemos um símbolo em comum –, que ele gira contrariado. É uma pulseira bem bonita, na realidade, mas o movimento faz ela parecer uma coisa restritiva, uma algema, muito mais do que uma joia.

– Você está atrasada – rosna.

– Desculpe, dormi demais depois que os pesadelos com línguas mutiladas me deixaram acordada quase a noite inteira. – Tenho a intenção de parecer hostil, mas minha voz engasga no fim da sentença.

Haymitch me olha com cara feia e em seguida suaviza.

– Tudo bem, pouco importa. Hoje, no treinamento, vocês têm duas tarefas. Primeira, continuar apaixonados um pelo outro.

– Obviamente – digo.

– E segunda, fazer algumas amizades.

— Não. Não confio em nenhum deles, não suporto a maioria deles e prefiro operar apenas com nós dois mesmo.

— Isso foi o que eu disse antes, mas... – começa Peeta.

— Mas isso não vai ser suficiente – insiste Haymitch. – Dessa vez vocês vão precisar de mais aliados.

— Por quê? – pergunto.

— Porque vocês estão com uma desvantagem específica. Os outros competidores se conhecem há anos. Então quem vocês acham que eles vão escolher como os primeiros alvos?

— Nós. E nada que a gente faça vai conseguir destruir nenhuma amizade antiga – digo. – Então por que se importar com isso?

— Porque vocês podem lutar. Vocês são populares com a multidão. Isso ainda pode fazer de vocês aliados desejáveis. Mas só se permitirem que os outros saibam que vocês estão dispostos a se aliar a eles – diz Haymitch.

— Você está querendo dizer que quer ver a gente no bando de Carreiristas este ano? – pergunto, incapaz de esconder meu desagrado. Tradicionalmente, os tributos dos Distritos 1, 2 e 4 se juntam, possivelmente selecionando também alguns outros combatentes excepcionais, e caçam os competidores mais fracos.

— Essa tem sido a nossa estratégia, certo? Treinar como Carreiristas – rebate Haymitch. – E quem faz parte ou não do bando de Carreiristas geralmente é escolhido antes de os Jogos começarem. Peeta quase não conseguiu entrar no bando no ano passado.

Penso no ódio que senti quando descobri que Peeta estava com os Carreiristas durante os últimos Jogos.

— Quer dizer, então, que é para a gente tentar se juntar a Finnick e Brutus, é isso o que você está dizendo?

— Não necessariamente. Todo mundo aqui é vitorioso. Façam o seu próprio bando, se preferirem. Escolham quem vocês quiserem. Eu sugeriria Chaff e Seeder. Embora Finnick não deva ser ignorado – diz Haymitch. – Tentem se aliar com alguém que possa ser de alguma utilidade para vocês. Lembrem-se, vocês não estão mais num ringue cheio de crianças tremendo de medo. Todos eles são assassinos altamente experientes, independentemente da forma física na qual pareçam se encontrar.

Talvez ele esteja certo. Só tem um problema: em quem poderíamos confiar? Seeder, quem sabe. Mas será que quero mesmo fazer um pacto com ela, tendo que possivelmente matá-la mais tarde? Não. Mesmo assim, fiz um pacto com Rue sob as mesmas circunstâncias. Digo a Haymitch que vou tentar, mesmo imaginando que me sentirei muito mal com tudo isso.

Effie aparece cedo demais para nos levar porque no ano passado, apesar de termos chegado na hora, fomos os últimos dois tributos a aparecer. Mas Haymitch diz que não quer que ela nos leve para o ginásio. Nenhum dos outros vitoriosos vai aparecer com a babá, e como somos os mais jovens, é ainda mais importante que pareçamos autoconfiantes. Então ela tem que se contentar em nos levar até o elevador, mexendo em nossos cabelos e apertando o botão para nós.

É uma viagem tão curta que realmente não há tempo nenhum para conversar, mas quando Peeta pega a minha mão, não a recuso. Posso tê-lo ignorado na noite anterior em caráter privado, mas no treinamento temos de nos comportar como uma equipe inseparável.

Effie não precisava ter se preocupado com a possibilidade de sermos os últimos a chegar. Apenas Brutus e a mulher do

Distrito 2, Enobaria, estão presentes. Enobaria parece ter uns trinta anos e tudo o que lembro dela é que, lutando corpo a corpo, ela matou um tributo rasgando seu pescoço com os dentes. Ela ficou tão famosa por esse ato que, depois de se tornar vitoriosa, teve os dentes cosmeticamente modificados, para que ficassem afiados como presas e fossem banhados em ouro. Enobaria possui inúmeros admiradores na Capital.

Às dez horas, apenas metade dos tributos está no local. Atala, a mulher que administra o treinamento, começa seu discurso bem na hora, sem se perturbar com a pequena audiência. Talvez ela já esperasse por isso. Estou meio que aliviada, porque isso significa que há uma dúzia de pessoas pelas quais não sou obrigada a fingir amizade. Atala percorre a lista de estações, que incluem não só combate, como também habilidades de sobrevivência, e nos libera para treinar.

Digo a Peeta que acho melhor nos dividirmos, cobrindo assim mais territórios. Quando ele se dirige para o arremesso de lanças na companhia de Brutus e Chaff, me encaminho para a estação de elaboração de nós. Quase ninguém se dá o trabalho de visitá-la. Gosto do treinador e ele se lembra de mim com carinho, talvez porque tenhamos passado um bom tempo juntos no ano passado. Ele fica contente quando mostro que ainda sei montar a armadilha que deixa um inimigo pendurado por uma perna em uma árvore. Com certeza ele observou minhas armadilhas na arena ano passado e agora me vê como uma aluna avançada, de modo que peço que ele recapitule todos os tipos de nó que podem vir a ser úteis e uns poucos que provavelmente jamais utilizarei. Ficaria contente de passar a manhã sozinha com ele, mas depois de mais ou menos uma hora e meia, alguém me abraça por trás, seus dedos facilmente terminando o complicado nó que eu estava suando para terminar. É claro que é Finnick, que parece ter passado toda a infância brandindo tridentes e manipulando cordas para produzir lindos nós para redes, imagino. Observo-o por um minuto enquanto pega uma corda comprida, faz um nó, e em seguida finge que está se enforcando por pura diversão.

    Desvio o olhar e me dirijo para uma outra estação desocupada onde os tributos podem aprender a fazer fogueiras. Já faço excelentes fogueiras, mas ainda sou bem dependente de fósforos para acendê-las. Então o treinador me faz trabalhar com uma pedrinha, aço e um pedaço de tecido chamuscado. A coisa é muito mais difícil do que parece e, mesmo trabalhando com o máximo de dedicação, levo mais ou menos uma hora para acender o fogo. Levanto os olhos com um sorriso triunfante apenas para descobrir que tenho companhia.

    Os dois tributos do Distrito 3 estão ao meu lado, lutando para iniciar um fogo decente com fósforos. Penso em ir embora, mas quero muito praticar com a pedrinha novamente e, como tenho mesmo que reportar a Haymitch que tentei fazer amigos, esses dois bem que poderiam ser uma escolha suportável. Ambos são pequenos de estatura, com a pele acinzentada e os cabelos pretos. A mulher, Wiress, tem provavelmente a idade de minha mãe e fala com uma voz tranquila e inteligente. Mas reparo instantaneamente que ela tem o hábito de deixar as palavras no ar no meio das frases, como se se esquecesse que há outra pessoa conversando com ela. Beetee, o homem, é mais velho e até certo ponto inquieto. Ele usa óculos, mas passa muito tempo olhando por baixo das lentes. São um pouco estranhos, mas tenho certeza absoluta de que nenhum dos dois vai tentar me deixar desconfortável tirando a própria roupa. E eles são do Distrito 3. Talvez possam até confirmar minhas suspeitas de que há um levante ocorrendo por lá.

Dou uma olhada geral no Centro de Treinamento. Peeta está numa área destinada a arremesso de facas. Os viciados em morfináceos do Distrito 6 estão numa estação de camuflagem, pintando os rostos uns dos outros com vívidas pinceladas em cor-de-rosa. O tributo do sexo masculino do Distrito 5 está vomitando vinho em cima do piso da luta de espadas. Finnick e a mulher idosa de seu distrito estão na estação de arco e flecha. Johanna Mason está novamente nua e passando óleo na pele para uma lição de luta livre. Decido permanecer onde estou.

Wiress e Beetee são uma boa companhia. Parecem suficientemente amigáveis, mas não metem o nariz onde não devem. Conversamos sobre nossos talentos; eles me contam que ambos inventam coisas, o que faz com que o meu suposto interesse por moda pareça pouco convincente. Wiress pega uma espécie de dispositivo para costura no qual vem trabalhando.

– Isso aqui sente a densidade do tecido e aplica a força necessária – diz ela, e então fica absorvida com um pouco de palha seca antes de continuar o discurso.

– A força do fio – Beetee termina de explicar. – Automaticamente. Ele elimina o erro humano. – Em seguida, ele fala sobre seu recente sucesso criando um chip de música pequeno o suficiente para ser escondido num grão de purpurina, mas que pode abrigar horas e horas de música. Lembro de Octavia falando sobre isso durante a sessão de fotos para o casamento, e vejo nisso uma possível chance de fazer uma alusão ao levante.

– Ah, sim. Todo mundo na minha equipe de preparação estava preocupado alguns meses atrás, acredito, porque não conseguiam comprar um desses – digo, casualmente. – Acho que vários pedidos do Distrito 3 tiveram problemas de atraso na entrega.

Beetee me examina por baixo dos óculos.

– Eu sei. Você ouviu falar de problemas similares na produção de carvão esse ano? – pergunta ele.

– Não. Bom, a gente perdeu algumas semanas quando eles substituíram o Chefe dos Pacificadores e sua equipe, mas nada muito relevante – digo. – Para a produção, quero dizer. Duas semanas sentados em casa sem fazer nada significam duas semanas de fome para a maioria dos trabalhadores e suas famílias.

Acho que eles compreendem o que estou tentando dizer. Que nós não tivemos nenhum levante.

– Ah, que pena – diz Wiress, com uma voz ligeiramente desapontada. – Achei o seu distrito muito... – Ela se perde um pouco, distraída por alguma outra coisa em sua cabeça.

– Interessante – completa Beetee. – Nós dois achamos.

Tenho uma sensação ruim, sabendo que o distrito deles deve ter sofrido muito mais do que o nosso. Sinto que tenho de defender o meu povo.

– Bom, a população não é tão grande no 12. É claro que ninguém diria isso hoje em dia pela quantidade de Pacificadores que andam por lá. Mas acho que temos lá o nosso interesse.

Quando mudamos para a estação de abrigo, Wiress para e olha para as arquibancadas onde os Idealizadores dos Jogos estão zanzando de um lado para o outro, comendo e bebendo, às vezes notando a nossa presença.

– Olha – diz ela, balançando ligeiramente a cabeça na direção deles. Levanto os olhos e vejo Plutarch Heavensbee em seu magnífico manto púrpura com o colarinho revestido com pele e que o designa como Chefe dos Idealizadores dos Jogos. Ele está comendo uma perna de peru.

Não sei por que isso merece algum comentário, mas digo:

– É isso aí, ele foi promovido a Chefe dos Idealizadores dos Jogos esse ano.

– Não, não. Lá no canto da mesa. Dá para ver... – diz Wiress.

Beetee aperta os olhos sob os óculos.

– Acabei de distinguir.

Olho naquela direção, perplexa. E, então, vejo. Um pedacinho de espaço com mais ou menos quinze centímetros quadrados no canto da mesa parece estar quase vibrando. É como se o ar estivesse se mexendo em diminutas ondas visíveis, distorcendo as bordas rígidas da madeira e uma taça de vinho que alguém deixou por lá.

– Um campo de força. Eles colocaram um campo de força entre os Idealizadores dos Jogos e nós. Fico imaginando o motivo – diz Beetee.

– Provavelmente eu – confesso. – No ano passado, dei uma flechada neles durante minha sessão de treinamento particular. – Beetee e Wiress olham para mim com curiosidade. – Eu fui provocada. Quer dizer então que todos os campos de força possuem um ponto como aquele ali?

– Uma brecha – diz Wiress, vagamente.

– Na armadura, diria eu – completa Beetee. – O ideal seria que fosse invisível, não acha?

Quero perguntar mais coisas a eles, mas o almoço é anunciado. Olho para Peeta, mas ele está com um grupo de mais ou menos dez vitoriosos, então decido comer com o pessoal do Distrito 3 mesmo. Talvez consiga convencer Seeder a se juntar a nós.

Quando nos dirigimos ao refeitório, vejo que alguns membros do grupo de Peeta têm outras ideias. Eles estão arrastando todas as mesas menores para formar uma mesa grande de modo que somos todos obrigados a comer juntos. Agora não sei o que fazer. Mesmo na escola, costumava evitar uma mesa cheia de gente. Para ser franca, provavelmente teria me sentado sempre sozinha se Madge não tivesse adquirido o costume de se juntar a mim. Acho que teria comido com Gale, só que, como temos uma diferença de dois anos, nosso almoço nunca era servido na mesma hora.

Pego uma bandeja e começo a percorrer os carrinhos de comida que estão dispostos na sala. Peeta me alcança no cozido.

– Como andam as coisas?

– Tudo bem. Tudo ótimo. Gosto dos vitoriosos do Distrito 3 – digo. – Wiress e Beetee.

– É mesmo? Todo mundo os acha uma piada.

– Por que será que isso não me surpreende? – Penso em Peeta, sempre cercado por uma multidão de amigos na escola. Na verdade, é impressionante que ele alguma vez tenha reparado em mim, exceto, talvez, para pensar que eu era esquisita.

– Johanna colocou os apelidos de Pancada e Faísca neles – diz ele. – Acho que ela é Pancada e ele é Faísca.

– Então sou uma idiota por pensar que talvez eles pudessem ser de alguma utilidade? Por causa de uma coisa que Johanna Mason disse enquanto passava óleo nos peitos para lutar – rebato.

– Na realidade, acho que o apelido existe há anos. Não estava querendo ofender ninguém. Só estou compartilhando informações.

– Bom, Wiress e Beetee são inteligentes. Eles inventam coisas. Só de olhar eles conseguiram perceber que um campo de força tinha sido colocado entre nós e os Idealizadores dos

Jogos. E se a gente precisa de aliados, quero que sejam eles. – Jogo a colher de volta na panela do cozido, espirrando molho em nós dois.

– Por que você está tão irritada? – pergunta Peeta, limpando o molho da camisa. – É porque fiquei implicando com você no elevador? Desculpe. Pensei que fosse achar engraçado.

– Esquece isso – digo balançando a cabeça. – São muitas coisas.

– Darius.

– Darius. Os Jogos. Haymitch obrigando a gente a se enturmar com os outros – digo.

– Pode ser apenas eu e você, sabia?

– Eu sei. Mas de repente Haymitch tem razão. Não fala para ele que eu disse isso, mas normalmente ele tem razão. No que diz respeito aos Jogos.

– Bom, você pode ter a palavra final sobre nossos aliados. Mas, nesse exato momento, estou inclinado a pegar Chaff e Seeder – diz Peeta.

– Para mim Seeder está beleza, mas não Chaff. – Pelo menos ainda não.

– Vem comer comigo. Prometo que não vou deixar que ele te beije de novo – diz Peeta.

Chaff não parece tão chato no almoço. Ele está sóbrio e, apesar de falar alto demais e contar piadas grosseiras em excesso, a maioria é sobre ele mesmo. Consigo ver porque ele se encaixaria tão bem com Haymitch, cujos pensamentos são sempre tão soturnos. Mas ainda não tenho certeza se estou preparada para participar da mesma equipe que ele.

Esforço-me ao máximo para ser mais sociável, não apenas com Chaff, mas também com o grupo em geral. Depois do almoço, participo da estação dos insetos comestíveis com os tributos do Distrito 8 – Cecelia, que deixou três filhos em casa, e Woof, um cara realmente velho que é difícil de escutar e que não parece ter a menor ideia do que está acontecendo, já que passa o tempo todo tentando enfiar besouros venenosos na boca. Gostaria muito de poder mencionar que conheci Twill e Bonnie na floresta, mas não consigo encontrar uma abertura para isso. Cashmere e Gloss, a dupla de irmãos do Distrito 1, me convidam a me juntar a eles e passamos um tempo fazendo redes de dormir. Eles são educados, porém reservados, e eu passo o tempo todo pensando em como matei os dois tributos do distrito deles, Glimmer e Marvel, ano passado, e que eles provavelmente os conheciam e talvez tenham até sido seus mentores. Tanto a minha rede, quanto a tentativa de me conectar com eles são medíocres, na melhor das hipóteses. Junto-me a Enobaria no treinamento de espada e trocamos algumas palavras, mas é visível que nenhuma das duas partes está interessada em montar uma equipe. Finnick aparece novamente quando estou pegando dicas de pescaria, mas praticamente apenas para me apresentar a Mags, a senhora idosa que também é do Distrito 4. Entre seu sotaque característico e seu modo de falar confuso – ela possivelmente teve um derrame –, não consigo distinguir mais do que uma palavra a cada quatro pronunciadas por ela. Mas juro que ela consegue fazer um anzol decente a partir de qualquer coisa – um espinho, um ossinho da sorte, um brinco. Depois de um tempo, deixo de me concentrar no treinador e apenas tento copiar o que quer que Mags esteja fazendo. Quando faço um gancho bastante razoável a partir de um prego torto e o prendo com alguns fios de meu cabelo, ela me olha com um sorriso desdentado e faz um comentário ininteligível que imagino ser um elogio. Subitamente, lembro de como ela se apresentou como voluntária para substituir uma mulher jovem e histérica de seu distrito. Não pode ter sido porque ela imaginava ter alguma chance de vencer. Ela fez aquilo para salvar a garota, exatamente como eu me apresentei no ano passado para salvar Prim. E decido que a quero em minha equipe.

Ótimo. Agora preciso voltar e contar a Haymitch que quero uma mulher de oitenta anos além de Pancada e Faísca como aliados. Ele vai adorar.

Então desisto de tentar fazer amizades e vou direto para o treinamento de arco e flecha em busca de alguma sanidade. É uma maravilha estar lá, experimentar todos aqueles arcos e flechas diferentes. O treinador, Tax, vendo que os alvos parados não ofereciam desafio para mim, começa a lançar ao ar uns ridículos pássaros falsos para que eu os atinja. Inicialmente parece uma coisa imbecil, mas depois até que fica divertido. Muito mais parecido com caçar uma criatura que está se movendo. Como estou acertando tudo, ele começa a aumentar o número de pássaros que joga para o ar. Esqueço o resto do ginásio, os vitoriosos, toda a minha tristeza e me perco nas flechadas. Quando consigo abater cinco pássaros em uma rodada, percebo que está tudo tão quieto que dá até para ouvir cada um deles caindo no chão. Viro-me e vejo que a maioria dos vitoriosos parou para assistir à minha performance. Os rostos deles exprimem tudo, de inveja a ódio e admiração.

Depois do treinamento, Peeta e eu nos juntamos e ficamos esperando que Haymitch e Effie apareçam para o jantar. Quando somos chamados para a refeição, Haymitch parte logo para cima de mim.

– Quer dizer então que metade dos vitoriosos instruiu seus mentores a solicitar você como aliada? Sei que isso não pode ser em virtude da sua personalidade solar.

— Eles a viram atirar com o arco e flecha – diz Peeta, com um sorriso. – Para falar a verdade, foi a primeira vez que eu a vi atirando com o arco pra valer também. Eu mesmo estou quase fazendo uma solicitação formal.

— Você é tão boa assim? – pergunta Haymitch. – Tão boa que até Brutus quer você?

Dou de ombros.

— Mas eu não quero Brutus. Quero Mags e o Distrito 3.

— É claro que quer. – Haymitch suspira e pede uma garrafa de vinho. – Vou dizer para todo mundo que você ainda está se decidindo.

Depois da minha exibição com o arco e flecha, ainda sou vítima de algumas implicâncias, mas não tenho mais a sensação de que estão gozando com a minha cara. Na verdade, a sensação que tenho é de ter sido, de alguma maneira, iniciada no círculo dos vitoriosos. Durante os dois dias seguintes, passo um tempo com quase todo mundo que estará na arena. Inclusive os morfináceos que, com a ajuda de Peeta, me pintam com um campo de flores amarelas como pano de fundo. Até com Finnick, que me dá uma hora de aula de tridente em troca de uma hora de instruções de arco e flecha. E quanto mais conheço essas pessoas, pior. Porque, no geral, não as odeio. E de algumas até gosto. E várias delas estão tão arrasadas que meu instinto natural seria protegê-las. Mas todas elas devem morrer para que eu consiga manter Peeta vivo.

O último dia de treinamento se encerra com nossas sessões particulares. Cada um de nós fica quinze minutos diante dos Idealizadores dos Jogos, com o intuito de maravilhá-los com nossas habilidades, mas não sei o que teríamos de mostrar a eles. Há muita brincadeira sobre isso na hora do almoço. O que teríamos de fazer? Cantar, dançar, tirar a roupa, contar piadas? Mags, que agora consigo entender um pouco melhor, decide que vai tirar uma soneca e pronto. Não sei o que vou fazer. Dar algumas flechadas, quem sabe. Haymitch disse para surpreendê-los, se pudesse, mas não me ocorre nenhuma ideia.

Na condição de representante feminina do 12, sou escalada para ser a última. A sala de jantar vai ficando cada vez mais quieta à medida que os tributos começam a sair para realizar suas apresentações. É mais fácil manter o jeito irreverente e invencível que adotamos quando estamos num grupo maior. À medida que as pessoas vão desaparecendo porta afora, tudo em que consigo pensar é que todos ali possuem no máximo mais alguns dias de vida.

Peeta e eu ficamos finalmente sozinhos. Ele segura a minha mão por cima da mesa.

– Já decidiu o que vai fazer para entreter os Idealizadores dos Jogos?

Balanço a cabeça em negativa.

– Esse ano não vai dar mesmo para usá-los como alvo, com aquele campo de força e coisa e tal. De repente vou fazer alguns anzóis. E você?

– Não faço a menor ideia. Sempre fico pensando em fazer um pão ou qualquer coisa assim – diz ele.

– Faz mais algumas camuflagens – sugiro.

– Se os morfináceos tiverem deixado alguma coisa para mim – diz ele, debochado. – Os caras ficaram grudados nessa estação desde que o treinamento começou.

Permanecemos sentados em silêncio durante um tempo e, então, liberto o fardo que está preso não só na minha mente como também na dele.

– Como é que a gente vai matar esse pessoal, Peeta?

– Não sei. – Ele curva a testa em direção às nossas mãos entrelaçadas.

— Não os quero como aliados. Por que será que o Haymitch quis que a gente os conhecesse melhor? — pergunto. — Vai ser bem mais difícil do que da primeira vez. Com exceção de Rue, talvez. Mas imagino que nunca conseguiria matá-la mesmo. Ela era parecida demais com Prim.

Peeta levanta os olhos para mim, a testa vincada em pensamento.

— A morte dela foi a pior de todas, não foi?

— Nenhuma delas foi bonita — digo, pensando no fim que tiveram Glimmer e Cato.

Peeta é chamado, e fico sozinha esperando. Quinze minutos se passam. Em seguida meia hora. Quase quarenta minutos depois, sou chamada.

Quando entro, sinto o cheiro forte de detergente e reparo que uma das esteiras foi arrastada para o centro da sala. O clima é bem diferente do ano passado, quando os Idealizadores dos Jogos estavam meio bêbados e beliscando distraidamente os petiscos do banquete à disposição deles. Eles sussurram entre eles, aparentemente chateados. O que será que Peeta fez? Será que foi algo que os deixou irritados?

Sinto uma pontinha de preocupação. Isso não é nada bom. Não quero que Peeta seja escolhido como alvo da raiva dos Idealizadores dos Jogos. Esta é uma das minhas funções: afastar Peeta dos problemas. Mas como foi que ele os deixou irritados? Porque eu adoraria fazer exatamente isso e muito mais. Destruir a arrogância daqueles que usam seus cérebros para encontrar maneiras divertidas de nos matar. Fazer com que eles percebam que, apesar de sermos vulneráveis às crueldades da Capital, eles também são.

Vocês fazem ideia do quanto eu os odeio?, penso. *Vocês, que deram seus talentos para os Jogos, vocês fazem ideia?*

Tento olhar para Plutarch Heavensbee, mas parece que ele está me ignorando deliberadamente, como fez durante todo o período de treinamento. Lembro de como ele me procurou para dançar, de como estava satisfeito em me mostrar o tordo em seu relógio. Seu jeito amigável não tem lugar aqui. E como poderia ter, já que sou um mero tributo e ele é o Chefe dos Idealizadores dos Jogos? Tão poderoso, tão distante, tão seguro...

De repente, sei exatamente o que vou fazer. Algo que vai sobrepujar qualquer coisa que Peeta tenha feito. Dirijo-me à estação de elaboração de nós e pego uma corda comprida. Começo a manipulá-la, mas é difícil porque nunca fiz realmente esses nós sem ajuda de ninguém. Eu só observei os dedos habilidosos de Finnick, e eles se moviam com muita rapidez. Depois de mais ou menos dez minutos, estou com um nó bastante respeitável. Arrasto um dos bonecos-alvo para o meio da sala e, usando algumas barras de ferro, penduro-o pelo pescoço. Amarrar suas mãos atrás das costas seria perfeito, mas acho que eu perderia tempo demais. Corro para a estação de camuflagem, onde alguns dos outros tributos, sem dúvida nenhuma os morfináceos, fizeram uma bagunça colossal. Mas acho uma garrafinha de suco de amoras cor de sangue cheia até a metade que vai me servir muito bem. O tecido cor de carne do boneco funciona como uma ótima tela absorvente. Usando os dedos, escrevo cuidadosamente duas palavras com o suco vermelho no corpo do boneco, escondendo-as de todos. Em seguida, me afasto rapidamente para observar a reação nos rostos dos Idealizadores dos Jogos assim que eles começam a ler o nome que está escrito no corpo do boneco.

SENECA CRANE.

17

O efeito nos Idealizadores dos Jogos é imediato e satisfatório. Vários deixam escapar uns gritinhos. Outros soltam as taças de vinho, que se despedaçam musicalmente no chão. Dois parecem estar considerando seriamente a possibilidade de desmaiar. O choque é unânime.

Agora, tenho a atenção de Plutarch Heavensbee. Ele olha fixamente para mim enquanto o suco do pêssego esmagado por sua mão escorre pelos dedos. Por fim, ele limpa a garganta e diz:

– Pode ir agora, senhorita Everdeen.

Curvo a cabeça respeitosamente e me viro para sair, mas no último instante não consigo resistir e acabo jogando a garrafinha de suco atrás de mim. Ouço o conteúdo da embalagem espirrando no boneco-alvo, enquanto mais algumas taças de vinho se quebram. Quando o elevador se fecha na minha frente, vejo que ninguém se mexeu.

Aquilo os surpreendeu, penso. Foi uma ação imprudente e perigosa, e sem dúvida nenhuma, pagarei dez vezes por ela. Mas, por enquanto, sinto algo similar a euforia e me permito saborear a sensação.

Quero encontrar Haymitch imediatamente e lhe contar sobre a sessão, mas não há ninguém por perto. Imagino que estejam se preparando para o jantar e decido tomar um banho, já que minhas mãos estão impregnadas de suco. Debaixo do chuveiro, começo a ponderar acerca da sensatez de meu último truque. A questão que agora deveria ser o meu guia é: "Isso vai ajudar a manter Peeta vivo?" Indiretamente, aquilo provavelmente não vai ajudar. O que acontece no treinamento é altamente secreto, portanto, não faz sentido tomar alguma medida contra mim, já que ninguém vai saber qual foi a minha transgressão. Na realidade, no ano passado, fui recompensada pela minha petulância. Mas esse aqui foi um tipo diferente de crime. Se os Idealizadores dos Jogos ficarem zangados comigo e decidirem me punir na arena, Peeta também poderia sofrer as represálias por tabela. Talvez eu tenha sido impulsiva demais. Mesmo assim... não posso dizer que esteja arrependida.

Quando estamos todos reunidos para o jantar, noto que as mãos de Peeta estão ligeiramente manchadas com uma variedade de cores, apesar de seus cabelos ainda estarem molhados do banho. Ele deve ter feito alguma coisa relacionada a camuflagem, afinal de contas. Assim que a sopa é servida, Haymitch vai direto ao ponto que está na cabeça de todos.

— E então, como é que foi a sessão particular de vocês?

Troco olhares com Peeta. De alguma maneira, não estou tão ansiosa para descrever o que eu fiz. Na calma da sala de jantar, parece algo muito radical.

— Você primeiro — digo a ele. — Deve ter sido uma coisa bem especial mesmo. Precisei esperar quarenta minutos para entrar.

Peeta parece estar acometido pela mesma relutância que estou experimentando.

— Bom, eu... eu fiz uma camuflagem, como você sugeriu, Katniss. — Ele hesita. — Não exatamente uma camuflagem. Enfim, usei tintura.

— Para fazer o quê? — pergunta Portia.

Penso em como os Idealizadores dos Jogos estavam agitados quando entrei no ginásio para a minha sessão. O cheiro de detergente. A esteira disposta naquele ponto no centro do ginásio. Será que isso foi feito para esconder alguma coisa que eles não foram capazes de limpar?

— Você pintou alguma coisa, não foi? Um quadro.

— Você viu? – pergunta Peeta.

— Não. Eles fizeram questão de esconder tudo.

— Bom, isso deve ser um procedimento padrão. Eles não podem deixar um tributo saber o que o outro fez – diz Effie, sem demonstrar preocupação. – O que você pintou, Peeta? – Ela parece um pouco triste. – Foi um retrato de Katniss?

— Por que ele pintaria um retrato meu, Effie? – pergunto, um pouco incomodada.

— Para mostrar que ele vai fazer tudo que puder para defender você. Pelo menos, isso é o que todo mundo na Capital está esperando. Ele não se apresentou como voluntário para ir com você? – diz Effie, como se isso fosse a coisa mais óbvia do mundo.

— Na verdade, fiz um retrato de Rue – diz Peeta. – Da aparência dela depois que Katniss cobriu seu corpo com flores.

Faz-se uma longa pausa na mesa enquanto todos absorvem a notícia.

— E o que exatamente você estava tentando conseguir com isso? – pergunta Haymitch com um tom de voz moderado.

— Não tenho certeza. Só queria fazer com que eles se sentissem responsáveis, pelo menos por um instante – diz Peeta –, por terem matado aquela garotinha.

— Mas isso é uma coisa horrível. – Effie parece estar a ponto de chorar. – Esse tipo de pensamento, Peeta... isso é proibido.

Absolutamente proibido. Você só vai trazer mais problemas para você e para Katniss.

– Tenho que concordar com Effie nesse ponto – diz Haymitch. Portia e Cinna permanecem em silêncio, mas seus rostos estão muito sérios. É claro que eles têm razão. Mas mesmo estando preocupada, acho fantástico o que ele fez.

– Imagino que esse seja um momento ruim para dizer que enforquei um boneco-alvo com o nome Seneca Crane pintado nele – digo. Minhas palavras têm o efeito desejado. Depois de um instante de descrença, todo o clima de desaprovação reinante na sala me atinge como uma tonelada de tijolos.

– Você... enforcou... Seneca Crane? – diz Cinna.

– Enforquei sim. Estava exibindo minhas novas habilidades com nós e a cabeça dele foi parar, nem sei bem como, no meio do nó.

– Oh, Katniss – diz Effie com a voz abafada. – Como é que você sabia disso, para começo de conversa?

– Isso é segredo? O presidente Snow não deu a entender que era. Na verdade, ele parecia bem ansioso para que eu soubesse – digo. Effie sai da mesa com o guardanapo cobrindo o rosto. – Agora consegui perturbar Effie. Devia ter mentido e dito que tinha dado umas flechadas.

– Imagina se a gente tivesse planejado tudo isso – diz Peeta, dando um sorrisinho discreto na minha direção.

– E não planejaram? – pergunta Portia. Seus dedos fecham suas pálpebras com firmeza, como se estivesse querendo se livrar de uma luz muito intensa.

– Não – digo, olhando para Peeta com um novo tipo de apreensão. – Nenhum dos dois tinha a menor ideia do que o outro ia fazer.

– E... Haymitch? – diz Peeta. – Decidimos que não queremos nenhum outro aliado na arena.

— Que bom. Assim não vou me responsabilizar por terem matado algum amigo meu com toda essa estupidez de vocês — diz Haymitch.

— Era exatamente o que a gente estava pensando — digo a ele.

Terminamos a refeição em silêncio, mas quando nos levantamos para ir até a sala de estar, Cinna me dá um abraço apertado e diz:

— Vamos lá ver como é que foram essas notas do treinamento.

Ficamos reunidos ao redor da televisão e uma Effie de olhos vermelhos se junta a nós. Os rostos dos tributos aparecem, distrito por distrito, e suas notas piscam sob suas fotos. De um a doze. Previsivelmente, as notas mais altas vão para Cashmere, Gloss, Brutus, Enobaria e Finnick. De baixas a médias para os outros.

— Alguma vez já deram zero para alguém? — pergunto.

— Não, mas há uma primeira vez para tudo — responde Cinna.

E acontece que ele está certo. Porque quando Peeta e eu tiramos ambos doze, nós entramos para a história dos Jogos Vorazes. Mas ninguém está com muito humor para comemorações.

— Por que eles fizeram isso? — pergunto.

— Para que os outros não tenham nenhuma escolha a não ser colocar vocês como alvos preferenciais — diz Haymitch friamente. — Vão dormir. Não suporto mais olhar para cara de vocês.

Peeta me leva até meu quarto em silêncio, mas antes que possa me dar boa-noite eu o abraço e apoio a cabeça em seu peito. Suas mãos deslizam pelas minhas costas e seu rosto encosta em meus cabelos.

— Desculpe se piorei tudo — digo.

— Você não piorou mais do que eu. Mas venha cá, por que você fez isso afinal?

— Não sei. Para mostrar que sou mais do que uma simples peça dos Jogos deles, talvez?

Ele ri um pouco, sem dúvida lembrando a noite antes dos Jogos do ano passado. Estávamos no terraço, nenhum dos dois conseguia dormir. Peeta dissera algo parecido com isso na ocasião, mas eu não entendi o que ele queria dizer. Agora eu entendo.

— Eu também — diz ele. — E não estou dizendo que não vou tentar. Levar você de volta para casa, quero dizer. Mas para ser totalmente honesto em relação a isso...

— Se você quer mesmo ser totalmente honesto em relação a isso, então, você não acha que o presidente Snow, provavelmente, deu ordens diretas para eles não deixarem a gente sair com vida daquela arena?

— Isso passou pela minha cabeça — diz Peeta.

Passou pela minha também. Repetidamente. Mas, apesar de saber que jamais sairei com vida daquela arena, ainda estou me fiando à esperança de que Peeta sairá. Afinal, não foi ele quem estendeu aquelas amoras. Fui eu. Ninguém jamais duvidou que a desobediência de Peeta era motivada pelo amor. Então talvez o presidente Snow prefira mantê-lo vivo, arrasado e magoado, como um alerta em carne e osso para os outros.

— Mas mesmo que isso aconteça, todo mundo vai saber que caímos lutando, certo? — pergunta Peeta.

— Todo mundo — respondo. E pela primeira vez me distancio da tragédia pessoal que tem me consumido desde o anúncio do Massacre. Lembro do velho que eles mataram no

Distrito 11, de Bonnie e Twill, e dos boatos dos levantes. Sim, todos nos distritos vão me assistir para ver como vou lidar com essa sentença de morte, esse ato final do domínio do presidente Snow. Eles vão procurar algum sinal de que suas batalhas não foram em vão. Se eu conseguir deixar claro que ainda estou desafiando a Capital até o fim, a Capital terá me matado... mas não ao meu espírito. Existe por acaso melhor maneira de dar esperança aos rebeldes?

A beleza dessa ideia é que a minha decisão de manter Peeta vivo às custas de minha própria vida é em si um ato de desobediência. Uma recusa em disputar os Jogos Vorazes de acordo com as regras da Capital. Minha agenda pessoal se alinha com minha agenda pública. E se eu realmente puder salvar Peeta... em termos de uma revolução, isso seria o ideal. Porque terei mais valor morta. Eles podem me transformar em alguma espécie de mártir para a causa e colocar o meu retrato em cartazes, e isso vai servir mais para conquistar seguidores do que qualquer coisa que eu pudesse fazer se estivesse viva. Mas Peeta teria mais valor vivo, o que é algo trágico, porque ele será capaz de transformar sua dor em palavras que, por sua vez, transformarão o povo.

Peeta ficaria louco se soubesse que eu estava pensando esse tipo de coisa, de modo que digo apenas:

— Então o que a gente devia fazer nos nossos últimos dias?

— Só quero passar todos os minutos possíveis do resto da minha vida com você — responde Peeta.

— Vem cá, então — digo, puxando-o para o meu quarto.

Parece um grande luxo dormir novamente com Peeta. Não havia percebido até agora o quanto estava sedenta de contato humano. Da sensação de tê-lo ao meu lado no escuro. Gostaria muito de não ter desperdiçado as últimas noites evitando-o. Mergulho no sono, envolvida em seu calor, e quando abro novamente os olhos, a luz do sol está entrando pelas janelas.

– Sem pesadelos – diz ele.

– Sem pesadelos – confirmo. – E você?

– Nada. Já tinha esquecido de como era uma verdadeira noite de sono.

Ficamos deitados por um tempo, sem nenhuma pressa para começar o dia. Amanhã à noite será a entrevista na televisão, então hoje Effie e Haymitch vão passar o dia nos orientando. *Mais salto alto e comentários sarcásticos*, penso. Mas então a Avox ruiva entra com um bilhete de Effie dizendo que, devido à nossa recente turnê, tanto ela quanto Haymitch concordaram que sabemos nos comportar em público adequadamente. As sessões de treinamento foram canceladas.

– É mesmo? – diz Peeta, pegando o bilhete na minha mão e examinando-o. – Você sabe o que isso significa? Teremos o dia inteiro para nós dois.

– Mas é muito ruim a gente não poder ir a lugar algum – digo, em tom de lamentação.

– Quem disse que não?

O terraço. Pedimos um monte de comida, pegamos alguns cobertores e vamos direto para o terraço fazer um piquenique. Um piquenique de um dia inteiro no jardim repleto de sininhos de vento. Nós comemos. Ficamos deitados ao sol. Arranco algumas trepadeiras e uso o meu recém-adquirido conhecimento para dar nós e tecer redes. Peeta me desenha. Inventamos um jogo com o campo de força que cerca o terraço – um de nós joga uma maçã em cima do outro e a outra pessoa tem que pegá-la.

Ninguém nos perturba. No fim da tarde, deito-me com a cabeça no colo de Peeta e faço uma coroa de flores enquanto ele mexe nos meus cabelos, afirmando que está treinando fazer nós. Depois de um tempo, suas mãos ficam paradas.

– O que é?

– Gostaria muito de poder congelar esse momento, bem aqui, nesse instante, e viver assim para sempre – diz ele.

Normalmente essa espécie de comentário, o tipo que indica seu eterno amor por mim, faz com que eu me sinta mal e culpada. Mas estou me sentindo tão aconchegada e relaxada, e além de qualquer preocupação com um futuro que jamais terei, que simplesmente deixo as palavras escaparem dos meus lábios:

– Tudo bem.

Posso ouvir o sorriso na voz dele.

– Então você permite?

– Permito.

Os dedos dele voltam para os meus cabelos e adormeço, mas ele me desperta para que eu veja o pôr do sol. É uma espetacular tonalidade alaranjada por trás dos arranha-céus da Capital.

– Imaginei que você não fosse querer perder isso.

– Obrigada – digo. Porque consigo contar nos dedos o número de vezes em que vi o sol se pondo e não quero perder mais nenhum.

Não nos juntamos aos outros para o jantar e ninguém nos convoca.

– Estou contente. Cansei de deixar todo mundo triste ao meu redor – diz Peeta. – Todo mundo chorando. Ou Haymitch...

– Ele não precisa continuar.

Ficamos no terraço até a hora de dormir e então voltamos em silêncio para o meu quarto sem encontrar ninguém.

Na manhã seguinte, somos despertados pela equipe de preparação. A visão de Peeta e eu dormindo juntos é demais para Octavia, porque ela irrompe em lágrimas imediatamente.

– Você lembra o que o Cinna disse para a gente – diz Venia rigidamente. Octavia balança a cabeça em concordância e continua soluçando.

Peeta precisa voltar para seu quarto para a preparação, e sou deixada sozinha com Venia e Flavius. O costumeiro blá--blá-blá foi suspenso. Na realidade, há pouquíssima conversa além de pedidos para eu levantar o queixo ou o ocasional comentário sobre técnicas de maquiagem. Quase na hora do almoço, sinto alguma coisa pingando em meu ombro e me viro para encontrar Flavius, que está cortando os meus cabelos com lágrimas silenciosas escorrendo pelo rosto. Venia o encara com seriedade, então ele coloca delicadamente a tesoura em cima da mesa e sai.

Então resta somente Venia, cuja pele é tão pálida que suas tatuagens parecem estar saltando para fora dela. Quase rígida de determinação, ela faz meu cabelo, unhas e maquiagem; os dedos voando velozmente para compensar a ausência dos outros membros da equipe. O tempo todo, ela evita o meu olhar. Só quando Cinna aparece para aprovar o meu visual e dispensá-la é que ela pega as minhas mãos, olha-me bem nos olhos e diz:

– Nós todos gostaríamos que você soubesse o... privilégio que tem sido para nós cuidar para que você fique cada vez mais linda. – Em seguida, sai às pressas da sala.

Minha equipe de preparação. Meus tolos, superficiais e afetuosos bichinhos de estimação, com suas obsessões por penas e festas, quase despedaçam o meu coração com sua despedida. Está mais do que claro pelas últimas palavras de Venia que todos nós sabemos que não voltarei. *Será que o mundo todo sabe disso?*, imagino. Olho para Cinna. Ele sabe, com certeza. Mas, como prometeu, não há perigo de escorrerem lágrimas de seus olhos.

– E então, o que vou vestir hoje à noite? – pergunto, examinando a bolsa que guarda o meu vestido.

– O presidente Snow escolheu ele mesmo o vestido – diz Cinna. Ele puxa o zíper da bolsa, exibindo um dos vestidos de noiva que usei na sessão de fotos. Seda branca e pesada com um decote baixo, e a cintura justa e mangas que caem dos punhos em direção ao chão. E pérolas. Pérolas por toda parte. Costuradas no vestido e em cordões em meu pescoço e formando a coroa para o véu. – Embora eles tenham anunciado o Massacre Quaternário na noite da sessão de fotos, as pessoas ainda assim votaram em seus vestidos favoritos, e este aqui foi o vencedor. O presidente disse que é para você usá-lo hoje à noite. Nossas objeções foram ignoradas.

Passo os dedos num pedacinho de seda, tentando entender os motivos do presidente Snow. Acho que como eu era a grande agressora, minha dor, minha perda e minha humilhação deveriam ser bem destacadas. Esse vestido, ele pensa, vai deixar isso claro. Transformar meu véu de noiva em uma mortalha é algo tão bárbaro que o golpe me atinge em cheio, me deixando com uma desagradável dor interior.

– Bom, seria uma pena desperdiçar um vestido tão bonito. – É tudo o que digo.

Cinna me ajuda a colocar o vestido com cuidado. Assim que ele se ajusta em meus ombros, me encolho com o fardo.

– Ele sempre foi assim tão pesado? – pergunto. Lembro de vários vestidos serem densos, mas esse aqui parece pesar uma tonelada.

– Tive que fazer algumas ligeiras alterações por causa da iluminação – diz Cinna. Balanço a cabeça, mas não consigo ver o que uma coisa tem a ver com a outra. Ele calça os meus sapatos, coloca as joias e o véu. Retoca a maquiagem. Faz com que eu ande.

— Você está estonteante — diz ele. — Agora, Katniss, como esse corpete é bem justo, não quero que você levante os braços acima da cabeça. Bom, pelo menos até o rodopio.

— Vou rodopiar novamente? — pergunto, pensando em meu vestido do ano passado.

— Tenho certeza de que Caesar vai pedir para você dar um giro. E se ele não pedir, você mesma sugere. Só que não de imediato. Guarde a coisa para o final triunfal — instrui-me Cinna.

— Você me faz um sinal para que eu saiba quando — digo.

— Tudo bem. Algum plano para a entrevista? Sei que Haymitch deixou vocês dois por conta própria.

— Não, este ano vou improvisar. O mais engraçado é que não estou nem um pouco nervosa. — E não estou mesmo. Por mais que o presidente Snow me odeie, a audiência da Capital é minha.

Encontramos com Effie, Haymitch, Portia e Peeta no elevador. Peeta está usando um elegante fraque e luvas brancas. O tipo de coisa que os noivos costumam usar quando se casam aqui na Capital.

No meu distrito, tudo é bem mais simples. Uma mulher normalmente aluga um vestido branco que foi usado centenas de vezes. O homem usa alguma coisa limpa que não seja roupa de trabalhar nas minas. Eles preenchem alguns formulários no Edifício da Justiça e recebem uma casa. Família e amigos se reúnem para uma refeição ou um pedaço de bolo, se puderem bancar. Mesmo que não possam, sempre tem uma canção tradicional que cantamos quando o novo casal cruza a soleira da casa. E temos nossa pequena cerimônia particular, onde eles acendem sua primeira fogueira, torram alguns pães e os compartilham. Talvez seja uma coisa antiquada, mas ninguém se sente realmente casado no Distrito 12 até que o pão seja torrado.

Os outros tributos já se reuniram fora do palco e estão conversando baixinho, mas quando Peeta e eu chegamos, todos ficam em silêncio. Percebo que estão olhando torto para meu vestido de noiva. Será que estão com inveja de sua beleza? Do poder que ele talvez tenha de manipular a multidão?

Finalmente Finnick diz:

– Não consigo acreditar que Cinna tenha mandado você vestir essa coisa.

– Ele não tinha outra escolha. Foi uma ordem do presidente Snow – digo, até certo ponto na defensiva. Não vou permitir que ninguém critique Cinna.

Cashmere joga seus abundantes cabelos louros para trás e dispara:

– Bom, você está ridícula. – Ela agarra a mão de seu irmão e o coloca no lugar para liderar nossa procissão em direção ao palco. Os outros tributos começam a se alinhar também. Estou confusa porque, apesar de estarem todos com raiva, alguns deles estão nos dando tapinhas de solidariedade nos ombros, e Johanna Mason, inclusive, para e endireita o meu colar de pérolas.

– Faz ele pagar por isso, certo? – diz ela.

Concordo balançando a cabeça, mas não sei o que ela está querendo dizer. Não até todos estarmos sentados no palco e depois de Caesar Flickerman, cabelos e rosto tingidos de lavanda esse ano, ter feito seu discurso de abertura e os tributos começado suas entrevistas. Essa é a primeira vez que percebo a profundidade da traição sentida entre os vitoriosos e a raiva que a acompanha. Mas eles são muito espertos, fantasticamente espertos em relação a como devem jogar esse jogo, porque tudo se reflete no governo e no presidente Snow em particular. Não todos. Há também os participantes voluntariosos, como Brutus e Enobaria, que só estão aqui para mais uma edição dos Jogos, e aqueles perplexos demais ou drogados demais ou perdidos demais para se juntar aos outros no ataque. Mas há vitoriosos suficientes com a inteligência e a coragem para sair lutando.

Cashmere dá o pontapé inicial com um discurso sobre como ela simplesmente não consegue parar de chorar quando pensa em como as pessoas na Capital devem estar sofrendo porque nos perderão. Gloss recorda a gentileza que o povo daqui demonstrou a ele e sua irmã. Beetee questiona a legalidade do Massacre em seu modo nervoso e ansioso, perguntando-se se o evento foi examinado escrupulosamente por especialistas contemporâneos. Finnick recita um poema que escreveu para seu único amor verdadeiro na Capital, e mais ou menos uma centena de pessoas parecem a ponto de desmaiar porque têm certeza de que ele está se referindo a elas. Quando Johanna Mason se levanta, já começa perguntando se alguma coisa não pode ser feita em relação a essa situação. Certamente os criadores do Massacre Quaternário jamais previram tamanha paixão se formando entre os vitoriosos e o povo da Capital. Ninguém poderia ser cruel a ponto de cortar laços tão profundos. Seeder rumina em voz baixa a respeito de como, no Distrito 11, todos imaginam que o presidente Snow seja todo-poderoso. Então, se é mesmo todo-poderoso, por que ele não muda o Massacre? E Chaff, que vem logo depois dela, insiste que o presidente poderia mudar o Massacre se assim quisesse, mas que Snow provavelmente não percebe a importância que isso teria para muita gente.

Quando sou apresentada, a audiência já está arrasada. As pessoas choram, se jogam no chão e até mesmo clamam por mudanças. A visão que eles têm de mim naquele vestido de casamento branco de seda praticamente causa um tumulto. Não há mais eu, não há mais amantes desafortunados vivendo felizes para sempre, não há mais casamento. Posso até ver o profissionalismo de Caesar exibindo algumas falhas enquanto ele tenta acalmar todos para que eu possa falar, mas meus três minutos estão se esgotando rapidamente.

Finalmente ocorre uma calmaria e ele começa:

– Então, Katniss, obviamente essa é uma noite muito emotiva para todos. Você gostaria de falar alguma coisa?

Minha voz treme enquanto falo:

– Só que sinto muitíssimo por vocês não poderem comparecer ao meu casamento... mas estou contente por vocês pelo menos poderem me ver no meu vestido. Ele não é a coisa mais... a coisa mais linda do mundo? – Não preciso olhar para Cinna para localizar o sinal. Sei que esse é o momento certo. Começo a rodopiar lentamente, levantando as mangas do pesado vestido acima da cabeça.

Quando ouço os gritos da multidão, acho que é porque devo estar maravilhosa. Então reparo que uma coisa está se erguendo ao meu redor. Fumaça. De fogo. Não daquele material luminoso que usei no ano passado na carruagem, mas uma coisa muito mais real que devora o meu vestido. Começo a entrar em pânico quando a fumaça fica mais densa. Pedaços queimados de seda preta voam pelo ar, e pérolas caem no palco. De alguma maneira, estou com medo de parar porque o meu corpo não parece estar queimando e sei que Cinna deve estar por trás do que quer que esteja acontecendo. Então, continuo girando e girando. Por uma fração de segundo, arquejo, completamente engolfada por estranhas chamas. Então, de imediato, o fogo desaparece. Começo a parar lentamente, imaginando se estou nua e por que Cinna resolveu queimar o meu vestido de noiva.

Mas não estou nua. Estou num vestido com o exato desenho de meu vestido de casamento, só que da cor de carvão e feito de pequenas penas. Surpresa, levanto minhas longas e fluidas mangas no ar, e é aí que vejo a mim mesma na tela da televisão. Vestida toda de preto, exceto pelos pedacinhos brancos em minhas mangas. Ou será que deveria dizer asas?

Porque Cinna me transformou num tordo.

18

Ainda estou um pouco fumegante, portanto, é com uma mão hesitante que Caesar se aproxima para tocar o aparato em minha cabeça. A parte branca desapareceu com o fogo, deixando um véu liso e preto ajustado ao decote do vestido na parte de trás.

— Penas – diz Caesar. – Você está igual a um pássaro.

— Um tordo, eu acho – digo, batendo levemente as asas. – É o pássaro no broche que uso como símbolo.

Uma sombra de reconhecimento pisca no rosto de Caesar, e posso dizer que ele sabe que o tordo não é apenas um símbolo. Que ele passou a significar tantas coisas mais. Que o que será visto como uma troca de roupa vistosa na Capital repercutirá de uma maneira totalmente diferente nos distritos. Mas ele tenta lidar da melhor forma possível com a situação.

— Bom, vamos tirar o chapéu para o seu estilista. Acho que ninguém discordará de que isso é a coisa mais espetacular que jamais foi vista em uma entrevista. Cinna, você merece os nossos aplausos! – Caesar faz um gesto para que Cinna se levante. Ele o faz e se curva ligeiramente para a audiência. Subitamente sinto um medo enorme por ele. O que ele foi fazer? Algo terrivelmente perigoso. Um ato de rebelião em si. E ele o fez por mim. Eu me lembro de suas palavras...

"Não se preocupe. Eu sempre canalizo as minhas emoções para o trabalho. Assim, não causo mal nenhum a ninguém além de mim mesmo."

... e temo que ele tenha causado mal a si mesmo de um modo irreversível. O impacto de minha transformação flamejante não passará despercebida ao presidente Snow.

A audiência, que até então estivera num silêncio proporcionado pela mais pura perplexidade, irrompe num aplauso selvagem. Mal consigo ouvir o sinal que indica que meus três minutos estão encerrados. Caesar me agradece e retorno ao meu assento, meu vestido agora mais leve do que o ar.

Quando passo por Peeta, que está se encaminhando para sua entrevista, seus olhos não se encontram com os meus. Sento-me cuidadosamente, mas fora as fumacinhas aqui e ali, parece que, no geral, nada de grave aconteceu comigo, de modo que volto minha atenção para ele.

Caesar e Peeta são bastante entrosados desde a primeira vez que apareceram juntos no ano passado. O diálogo fácil entre os dois, com perguntas e respostas rápidas pautadas pelo bom humor e a habilidade de transitar para momentos de cortar o coração, como aquele em que Peeta confessou estar apaixonado por mim, tornaram os dois um enorme sucesso de audiência. Eles abrem a entrevista sem nenhum esforço com algumas piadas a respeito de incêndios, e penas, e frangos cozidos em excesso. Mas qualquer pessoa consegue ver que Peeta está preocupado, de modo que Caesar conduz a conversa para o assunto que está nas mentes de todos.

– E então, Peeta, como foi que você se sentiu quando, depois de tudo que passou, você descobriu que haveria o Massacre? – pergunta Caesar.

— Fiquei chocado. Enfim, num momento estou vendo Katniss linda naqueles vestidos de noiva e no outro... — Peeta hesita.

— Você se deu conta de que jamais haveria um casamento? — pergunta Caesar delicadamente.

Peeta faz uma longa pausa, como se estivesse decidindo alguma coisa. Ele olha para a audiência fascinada, em seguida para o chão e então finalmente para Caesar.

— Caesar, você acha que todos esses nossos amigos aqui conseguem guardar um segredo?

Um riso desconfortável emana da audiência. O que será que ele está querendo dizer com isso? Guardar um segredo de quem? O nosso mundo inteiro está assistindo.

— Tenho certeza absoluta disso — diz Caesar.

— Nós já estamos casados — diz Peeta, tranquilamente. A multidão reage com um pasmo generalizado, e sou obrigada a enterrar o rosto nas dobras de minha saia para que ninguém veja o meu pânico. Onde será que ele pretende chegar com isso, afinal de contas?

— Mas... como isso é possível? — pergunta Caesar.

— Ah, não foi um casamento oficial. Nós não fomos até o Edifício da Justiça ou qualquer coisa assim. Mas temos o nosso ritual de casamento no Distrito 12. Não sei como funciona nos outros distritos. Mas lá nós fazemos assim — diz Peeta, e descreve brevemente a história dos pães torrados.

— Os familiares de vocês estavam lá? — pergunta Caesar.

— Não, não contamos para ninguém. Nem para Haymitch. E a mãe de Katniss jamais teria aprovado uma coisa como essa. Mas veja bem, sabíamos que se nos casássemos na Capital, o ritual dos pães torrados não aconteceria. E nenhum dos dois queria, na verdade, esperar mais. Aí, num belo dia, resolvemos fazer a coisa – diz Peeta. – E, na nossa visão, estamos mais casados do que se tivéssemos assinado qualquer papel ou participado de qualquer festa de arromba.

– Quer dizer então que isso se deu antes do anúncio do Massacre? – diz Caesar.

– Claro que foi antes. Tenho certeza de que nunca faríamos isso depois de saber – diz Peeta, começando a parecer chateado. – Mas quem poderia adivinhar que uma coisa como essa iria ocorrer? Ninguém. Nós passamos pelos Jogos, nós fomos os vitoriosos, todo mundo parecia tão entusiasmado por nos ver juntos e aí, do nada... enfim, como é que poderíamos prever que uma coisa assim aconteceria?

– Vocês não poderiam, Peeta. – Caesar o abraça. – Como você mesmo disse, ninguém poderia. Mas tenho que confessar que estou contente por vocês dois terem tido pelo menos alguns meses de felicidade juntos.

Aplausos frenéticos. Como se tivesse sido encorajada, paro de observar as minhas penas e permito que a audiência veja o meu trágico sorriso de agradecimento. O resíduo de fumaça das penas deixou meus olhos lacrimejantes, o que acrescenta um toque perfeito à encenação.

– Eu não estou contente – diz Peeta. – Gostaria que pudéssemos ter esperado até que a coisa toda fosse feita de maneira oficial.

Isso deixa até Caesar surpreso.

– Certamente, um curto tempo é melhor do que tempo nenhum, você não acha?

– Talvez eu pudesse pensar assim também, Caesar – diz Peeta, amargurado –, não fosse pelo bebê.

Pronto. Ele fez novamente. Soltou uma bomba que aniquila os esforços de qualquer tributo que veio antes de mim. Bom, talvez não. Talvez esse ano ele tenha apenas acendido o fusível da bomba que os próprios vitoriosos estavam construindo. Na esperança de que alguém fosse capaz de detoná-la. Talvez pensando que ela estivesse no meu vestido de noiva. Desconhecendo o quanto confio nos talentos de Cinna, ao passo que Peeta não precisa de nada além de sua sagacidade.

Assim que explode, a bomba lança para todos os lados acusações de injustiça, barbarismo e crueldade. Até mesmo os mais ferrenhos adoradores da Capital, os mais sedentos pelos Jogos Vorazes, as pessoas que mais aprovam o banho de sangue não têm como ignorar, pelo menos por um instante, o quanto a coisa toda é hedionda.

Estou grávida.

A audiência não consegue absorver a notícia de imediato. Ela precisa atingir a todos, ser deglutida e confirmada por outras vozes antes que a multidão comece a soar como uma manada de animais feridos, gemendo, berrando, gritando por socorro. E eu? Sei que meu rosto está sendo projetado num close extremo em todas as telas, mas não faço o menor esforço para escondê-lo. Porque, por um momento, inclusive, estou ponderando acerca do que Peeta acabou de dizer. Isso não é por acaso a coisa que eu mais abominava em relação ao casamento, em relação ao futuro? A perda de meus filhos para os Jogos? E agora isso poderia ser verdade, não poderia? Se eu não tivesse passado a minha vida construindo camadas e mais camadas de defesa até me encolher toda diante de uma mera sugestão de um casamento ou de uma família.

Caesar não consegue mais controlar a multidão, nem mesmo quando o sinal toca. Peeta balança a cabeça para se despedir e volta para seu assento sem falar mais nada. Posso ver os lábios de Caesar se mexendo, mas o lugar está um caos total e não consigo escutar uma palavra sequer. Só a explosão do hino, num volume tão alto que eu o sinto vibrando em meus ossos, nos deixa saber em que parte estamos no programa. Automaticamente me levanto e, ao fazê-lo, sinto a aproximação de Peeta. Lágrimas escorrem por seu rosto enquanto seguro sua mão. O quanto essas lágrimas podem ser reais? Será que isso é um reconhecimento de que ele foi acometido pelos mesmos temores que eu? Os mesmos que todos os vitoriosos têm? Que cada pai e mãe em todos os distritos de Panem?

Volto os olhos para a multidão, mas os rostos da mãe e do pai de Rue dançam na frente de meus olhos. A dor deles. A perda deles. Volto-me espontaneamente para Chaff e ofereço-lhe minha mão. Sinto meus dedos envolvendo o cotoco que agora completa seu braço e o seguro com firmeza.

E então acontece. Ao longo de toda a fileira, os vitoriosos começam a se dar as mãos. Alguns de imediato, como os morfináceos, ou Wiress e Beetee. Outros ainda sem muita certeza, porém capturados pelas demandas daqueles que estão ao lado, como Brutus e Enobaria. Quando as últimas notas do hino são ouvidas, todos nós, os vinte e quatro tributos, estamos em pé formando uma linha contínua no que deve ser a primeira demonstração pública de unidade entre os distritos desde os Dias Escuros. É visível quando os Idealizadores percebem a importância do momento, pois as telas começam a ser desligadas. Mas já é tarde demais. Em meio à confusão, eles não nos cortaram a tempo. Todo mundo viu.

Agora há um tumulto no palco à medida que as luzes começam a se apagar e somos obrigados a voltar para o Centro de Treinamento aos tropeções. Eu me soltei de Chaff, mas Peeta me guia até o elevador. Finnick e Johanna tentam se juntar a nós, mas um Pacificador aflito os bloqueia e subimos sozinhos.

No momento em que saímos do elevador, Peeta agarra os meus ombros e diz:

– A gente não tem muito tempo. Quero que você me diga agora se preciso pedir desculpas por alguma coisa.

– Não precisa. – Foi um grande salto que ele deu sem o meu consentimento, mas estou muito feliz por não ter sabido de nada de antemão, por não ter tido tempo de criticar a iniciativa dele, por não ter permitido que qualquer culpa em relação a Gale desviasse a minha atenção do que eu realmente sinto pelo que Peeta fez. E eu me sinto forte.

Bem distante daqui existe um lugar chamado Distrito 12, onde minha mãe, minha irmã e meus amigos terão de lidar com as consequências dessa noite. A poucos minutos de viagem em um aerodeslizador, encontra-se uma arena onde, amanhã, Peeta e eu, e os outros tributos, enfrentaremos nossa própria punição. Mas mesmo que todos nós tenhamos um fim terrível, alguma coisa aconteceu naquele palco na noite de hoje que não poderá mais ser desfeita. Nós, vitoriosos, encenamos nosso próprio levante e, talvez, apenas talvez, a Capital não seja capaz de contê-lo.

Esperamos os outros voltarem, mas quando os elevadores se abrem, apenas Haymitch aparece.

– Está uma loucura lá. Todo mundo foi mandado para casa e eles cancelaram a reprise das entrevistas na televisão.

Peeta e eu saímos correndo em direção à janela e tentamos entender a agitação nas ruas.

– O que estão dizendo? – pergunta Peeta. – Eles estão pedindo que o presidente pare os Jogos?

– Acho que nem eles mesmos sabem o que pedir. A situação toda é inédita. Até a ideia de se opor à agenda política da

Capital é uma fonte de confusão para as pessoas aqui – diz Haymitch. – Mas não há chance de o presidente Snow cancelar os Jogos. Vocês sabem disso, não sabem?

Eu sei. É claro que ele jamais poderia recuar agora. A única opção que lhe resta é reagir, e reagir com dureza.

– Os outros foram para casa? – pergunto.

– Mandaram que fossem. Mas vão precisar de muita sorte para atravessar aquela multidão – diz Haymitch.

– Então a gente nunca mais vai ver a Effie – diz Peeta. Nós não a vimos na manhã em que os Jogos começaram no ano passado. – Transmita a ela, por favor, os nossos agradecimentos.

– Mais do que isso. Faz uma coisa bem especial. Afinal de contas, é a Effie – digo. – Diz para ela o quanto estamos agradecidos e como ela foi a melhor acompanhante do mundo, e diz para ela também... diz para ela que nós a adoramos.

Por um tempo, ficamos apenas lá parados em silêncio, atrasando o inevitável. Então Haymitch diz:

– Acho que esse é o momento em que também me despeço de vocês.

– Algum último conselho? – pergunta Peeta.

– Mantenham-se vivos – diz Haymitch, de modo taciturno. Agora isso soa quase como uma piada antiga para nós. Ele nos abraça rapidamente e sou capaz de dizer que isso é o máximo que ele consegue suportar. – Vão dormir. Vocês precisam descansar.

Sei que deveria dizer um monte de coisas a Haymitch, mas não consigo pensar em nada que ele já não saiba, na verdade, e minha garganta está tão apertada que duvido muito que algo pudesse sair da minha boca de qualquer maneira. Então, mais uma vez, deixo Peeta falar por nós dois.

— Se cuida, Haymitch — diz ele.

Nós nos dirigimos ao quarto, mas, na porta, a voz de Haymitch nos faz parar.

— Katniss, quando você estiver na arena... — começa ele, e em seguida para. Sua expressão está tão dura que sinto que já o estou decepcionando.

— O quê? — pergunto, na defensiva.

— Basta se lembrar de quem é o inimigo — diz Haymitch. — Isso é tudo. Agora vai. Saiam daqui.

Descemos o corredor. Peeta quer passar no seu quarto para tomar um banho e retirar a maquiagem, e se encontrar comigo depois, mas não o deixo fazer isso. Tenho certeza de que, assim que a porta se fechar entre nós ela vai ser trancada e terei de passar a noite sem ele. Além do mais, tenho chuveiro no quarto. Eu me recuso a soltar a mão dele.

Nós dormimos? Não sei. Passamos a noite abraçados numa espécie de limbo entre sonhos e vigílias. Sem conversar. Ambos com medo de perturbar um ao outro, na esperança de sermos capazes de guardar alguns minutos preciosos de descanso que possam ser usados em alguma outra oportunidade.

Cinna e Portia chegam com a manhã, e sei que Peeta terá que ir embora. Os tributos entram na arena sozinhos. Ele me dá um beijinho discreto.

— A gente se vê — diz ele.

— A gente se vê.

Cinna, que me ajudará a vestir o traje para os Jogos, me acompanha ao terraço. Estou a ponto de pisar nos degraus da escada do aerodeslizador quando me lembro:

— Não me despedi de Portia.

— Eu falo com ela — diz Cinna.

A corrente elétrica me deixa paralisada na escada até que o médico injeta o rastreador no meu antebraço esquerdo.

Agora eles sempre serão capazes de me localizar na arena. O aerodeslizador decola, e olho pela janela até baixarem as persianas. Cinna continua insistindo para que eu coma algo e, diante das minhas negativas, insiste para que eu beba alguma coisa. Consigo bebericar um pouco de água pensando nos dias de desidratação que quase me mataram no ano passado. Pensando em como vou precisar ter forças para manter Peeta vivo.

Quando alcançamos a Sala de Lançamento na arena, tomo um banho. Cinna trança os meus cabelos nas costas e me ajuda a vestir o traje por cima de uma roupa de baixo bem simples. Este ano, o traje dos tributos é um macacão azul justinho no corpo, feito de um material diáfano, com um zíper na frente. Um cinto de dez centímetros de largura revestido de plástico púrpura brilhante. Um par de sapatos de nylon com solas de borracha.

– O que você acha? – pergunto, estendendo o tecido para Cinna examinar.

Ele franze a testa enquanto esfrega o material fino entre os dedos.

– Não sei. Isso aqui não vai garantir muita proteção contra o frio ou a água.

– E contra o sol? – pergunto, imaginando um sol implacável em um deserto estéril.

– Possivelmente. Se recebeu algum tipo de tratamento – diz ele. – Ah, já ia esquecendo. – Ele tira do bolso o meu broche com o tordo e o prende no macacão.

– Meu vestido estava fantástico ontem à noite. – Fantástico e imprudente. Mas Cinna já deve estar sabendo.

– Imaginei que talvez você gostasse – diz ele com um sorriso contido.

Nós nos sentamos, exatamente como fizemos no ano passado, de mãos dadas até que a voz diz que devo me preparar para o lançamento. Ele me acompanha até o disco de metal e fecha o zíper do meu macacão até o pescoço.

– Lembre-se, garota em chamas – diz ele –, ainda estou apostando em você. – Ele me beija na testa e dá um passo para trás quando o cilindro de vidro desliza para baixo ao meu redor.

– Obrigada – digo, embora ele provavelmente não possa me ouvir. Levanto o queixo, mantendo a cabeça bem no alto, da maneira como ele sempre diz para eu fazer, e espero o disco subir. Mas ele não sobe. E continua sem subir.

Olho para Cinna, erguendo as sobrancelhas em busca de alguma explicação. Ele apenas balança ligeiramente a cabeça, tão perplexo quanto eu. Por que será que estão demorando tanto?

De repente, a porta atrás dele se abre com um estrondo e três Pacificadores entram no recinto. Dois deles prendem os braços de Cinna em suas costas e o algemam enquanto o terceiro o atinge na têmpora com tanta força que ele cai de joelhos no chão. Mas eles continuam batendo nele com luvas revestidas de metal, abrindo feridas em seu rosto e corpo. Estou quase arrebentando a cabeça de tanto berrar, dando socos no vidro rígido, tentando me aproximar dele. Os Pacificadores me ignoram completamente enquanto arrastam o corpo inerte de Cinna para fora do recinto. Tudo o que resta são manchas de sangue no chão.

Enojada e aterrorizada, sinto o disco começar a se erguer. Ainda estou encostada no vidro quando a brisa atinge meus cabelos e me forço a ficar na posição ereta. Bem na hora, porque o vidro está recuando e estou em pé na arena. Alguma coisa parece estar errada com a minha visão. O solo está brilhante demais e continua ondulando. Estreito os olhos em direção aos meus pés e vejo que meu disco de metal está cercado por ondas azuis que deslizam por cima de minhas botas. Lentamente, levanto os olhos e consigo distinguir a água se espalhando por todas as direções.

Só consigo formar um único pensamento claro.

Este não é um lugar para uma garota em chamas.

PARTE III

"O INIMIGO"

19

– Senhoras e senhores, está aberta a septuagésima quinta edição dos Jogos Vorazes! – A voz de Claudius Templesmith, o locutor oficial dos Jogos Vorazes, martela meus ouvidos. Tenho menos de um minuto para me situar. Então, o gongo vai soar e os tributos ficarão livres para sair de seus discos de metal. Mas sair e ir para onde?

Não consigo ordenar os pensamentos. A imagem de Cinna, agredido e ensanguentado, me consome. Onde estará ele agora? O que estarão fazendo com ele? Torturando-o? Matando-o? Transformando-o em um Avox? Obviamente, o ataque a ele foi orquestrado para me desorientar, assim como a presença de Darius em meus aposentos. E eles tiveram sucesso. Tudo o que quero fazer é desabar em meu disco de metal. Mas não posso fazer isso depois do que acabei de testemunhar. Tenho que ser forte. Devo isso a Cinna, que arriscou tudo ao sabotar o presidente Snow, transformando a seda de meu vestido de noiva em plumagem de tordo. E devo aos rebeldes que, encorajados pelo exemplo de Cinna, talvez estejam lutando nesse exato momento para derrubar a Capital. Minha recusa em disputar os Jogos nos termos da Capital será o meu último ato de rebelião. Então, cerro os dentes e me convenço de que devo participar da disputa.

Onde você está? Ainda não consigo entender onde me encontro. *Onde você está?*, exijo de mim mesma uma resposta e lentamente o mundo começa a entrar em foco. Água azul. Céu róseo. Sol quente batendo de modo inclemente. Tudo bem, logo vejo a Cornucópia, o brilhante chifre metálico de ouro a mais ou menos quarenta metros de onde estou. A princípio, ela parece estar em cima de uma ilha circular. Mas, após um exame mais escrupuloso, vejo as finas faixas de terra partindo do círculo como os raios de uma roda. Acho que são dez ou doze, e parecem equidistantes uma da outra. Entre os raios, apenas água. Água e um par de tributos.

Então é isso. Há doze raios, cada qual com dois tributos equilibrados em discos de metal entre eles. O outro tributo na minha fatia aquosa é o velho Woof do Distrito 8. A distância que me separa dele à minha direita é a mesma que me separa da faixa de terra à minha esquerda. Além da água, para onde quer que se olhe, há uma praia estreita e depois uma densa área verde. Vasculho o círculo de tributos atrás de Peeta, mas ele deve estar fora de meu campo de visão atrás da Cornucópia.

Pego um punhado de água e cheiro. Em seguida, encosto a ponta de meu dedo molhado na língua. Como suspeitava, a água é salgada. Exatamente como as ondas que Peeta e eu encontramos em nossa breve turnê na praia do Distrito 4. Mas pelo menos parece limpa.

Não há barcos nem cordas, nem mesmo algum pedaço de madeira à deriva em que se agarrar. Não, há apenas uma maneira de se alcançar a Cornucópia. Quando o gongo soa, nem hesito antes de mergulhar à minha esquerda. É uma distância maior do que a que estou acostumada, e cortar as ondas requer um pouco mais de habilidade do que nadar em meu tranquilo lago em casa, mas meu corpo parece estranhamente leve, e avanço na água sem muito esforço. Talvez seja o sal. Saio da água, pingando, subo na faixa de terra e corro pela areia em direção à Cornucópia. Não vejo mais ninguém convergindo para o meu lado, embora o chifre dourado esteja bloqueando uma boa parcela da minha visão. Mas não permito que a lembrança dos adversários diminua meu ritmo. Agora estou pensando como uma Carreirista, e a primeira coisa que quero é pôr as mãos em alguma arma.

Ano passado, os suprimentos foram bem espalhados ao redor da Cornucópia, sendo que os itens mais valiosos ficavam próximos ao chifre. Mas esse ano os objetos parecem estar empilhados na boca, que fica a sete metros do chão. Meus olhos instantaneamente percebem um arco dourado à distância de meu braço e o agarro.

Tem alguém atrás de mim. Não sei bem, mas acho que fui alertada por um suave movimento na areia ou talvez apenas por uma mudança nas correntes de ar. Puxo uma flecha da aljava que ainda está engatada na pilha e preparo o arco enquanto me viro.

Finnick, lindo e com o corpo brilhando, está a alguns metros de distância com um tridente em posição de ataque. Uma rede está pendendo de sua outra mão. Ele está sorrindo um pouco, mas os músculos na parte superior de seu corpo estão enrijecidos e preparados para o ataque.

– Você também sabe nadar – diz ele. – Onde foi que aprendeu isso no Distrito 12?

– A gente tem uma banheira bem grande lá em casa – respondo.

– Deve ter mesmo. Gostou da arena?

– Não particularmente. Mas você tem cara de quem curtiu. Eles devem ter construído isso aqui especialmente para você – digo, com uma pontinha de amargura. De qualquer modo é o que parece, com tanta água. Aposto que apenas alguns vitoriosos sabem nadar. E não havia nenhuma piscina no Centro de Treinamento, nenhuma chance de aprender. Ou você chegava aqui sabendo nadar ou seria obrigado a aprender numa velocidade assustadora. Até a participação no banho de sangue inicial depende da capacidade de ultrapassar vinte metros de água. Isso dá ao Distrito 4 uma enorme vantagem.

Por um momento, ficamos petrificados, avaliando um ao outro, nossas armas, nossas habilidades. Então Finnick de repente dá um sorrisinho e diz:

– Que sorte sermos aliados, não é mesmo?

Prevendo uma armadilha, estou a ponto de lançar uma flecha, na esperança de que ela atinja o coração dele antes que o tridente me empale, quando ele mexe a mão e algo em seu pulso reflete a luz do sol. Uma pulseira de ouro maciço com adornos em forma de chamas. A mesma que lembro de ter visto no pulso de Haymitch na manhã em que comecei o treinamento. Rapidamente, me passa pela cabeça que Finnick pode ter roubado o objeto para me enganar, mas algo me diz que esse não é o caso. Haymitch deu a pulseira a ele. Como um sinal para mim. Uma ordem, na realidade. Para que eu confie em Finnick.

Ouço outros passos se aproximando. Preciso decidir de imediato.

– Tudo bem! – digo com raiva, porque, embora Haymitch seja meu mentor e esteja tentando me manter viva, isso me deixa irritada. Por que ele não me disse antes que tinha feito esse acordo? Provavelmente porque Peeta e eu havíamos dito que não queríamos aliados. Agora Haymitch escolheu um por conta própria.

– Abaixe-se! – ordena Finnick com uma voz tão poderosa, tão diferente de seu costumeiro ronronar sedutor, que obedeço na hora. Seu tridente sai voando por cima da minha cabeça e ouve-se um nauseante som de impacto quando a arma atinge seu alvo. O homem do Distrito 5, o bêbado que vomitou durante a luta de espada, cai de joelhos no chão enquanto Finnick retira o tridente de seu peito.

– Nunca confie em ninguém do 1 ou do 2 – diz Finnick.

Não há tempo para questionar a afirmação. Libero a aljava de flechas.

– Cada um pega um lado? – digo. Ele balança a cabeça em concordância e disparo em volta da pilha. A mais ou menos quatro raios de distância, Enobaria e Gloss estão alcançando a terra. Ou eles são nadadores lentos ou pensaram que talvez a água pudesse conter outros perigos, o que poderia muito bem ser verdade. Às vezes não é bom imaginar muitos cenários possíveis. Mas agora que estão na areia, eles vão chegar aqui em questão de segundos.

– Alguma coisa útil? – ouço Finnick gritar.

Rapidamente vasculho a pilha ao meu lado e encontro maçãs, arcos, flechas, tridentes, facas, lanças, machados, objetos metálicos que nem sei dizer o nome... e nada mais.

– Armas! – grito de volta. – Só armas!

– A mesma coisa aqui – confirma ele. – Pegue o que quiser e vamos embora!

Atiro uma flecha em Enobaria, que se aproximou perigosamente, mas ela estava esperando o tiro e mergulha de volta na água antes de ser atingida pelo projétil. Gloss não é tão rápido, e eu meto uma flecha em sua panturrilha enquanto ele mergulha nas ondas. Ponho a tiracolo um arco sobressalente e uma segunda aljava de flechas, prendo duas facas compridas e um furador no cinto, e me encontro com Finnick em frente à pilha.

– Faça alguma coisa em relação àquilo, certo? – diz ele. Vejo Brutus correndo em nossa direção. Seu cinto está desatado e esticado entre suas mãos como uma espécie de escudo. Atiro nele e ele consegue bloquear a flecha com o cinto antes que ela possa dilacerar seu fígado. Do local onde ela atingiu o cinto espirra um líquido de cor purpúrea, cobrindo seu rosto. Enquanto engato outra flecha, Brutus cai no chão, rola os poucos metros que faltam até a água e submerge. Ouve-se um clangor de metal atrás de mim.

– Vamos dar o fora daqui – digo a Finnick.

Essa última altercação deu a Enobaria e a Gloss tempo para alcançar a Cornucópia. Brutus está numa área de alcance de tiro e, com certeza, Cashmere também deve estar em algum lugar nas proximidades. Esses quatro Carreiristas clássicos, sem dúvida nenhuma, possuem uma aliança previamente determinada. Se a minha única preocupação fosse minha própria segurança, talvez eu pudesse estar disposta a enfrentá-los com Finnick ao meu lado. Mas é em Peeta que estou pensando. Eu o avisto agora, ainda preso em seu disco de metal. Vou embora e Finnick me segue sem questionar, como se soubesse que esse seria o meu próximo passo. Quando estou tão perto quanto possível, começo a retirar as facas de meu cinto, preparando-me para nadar até ele e arranjar uma maneira de resgatá-lo.

Finnick toca o meu ombro.

– Eu o pego.

Uma sensação de desconfiança toma conta de mim. Será que tudo isso não passaria de um estratagema? De Finnick, para ganhar a minha confiança, então nadar e afogar Peeta?

– Eu consigo – insisto.

Mas Finnick já largou todas as suas armas.

– É melhor não se exceder nos exercícios na condição em que você se encontra – diz ele, e se abaixa para acariciar o meu abdome.

Ah, certo. Era para eu estar grávida, penso. Enquanto estou tentando pensar no que isso significa e em como eu deveria reagir – quem sabe vomitar ou algo assim –, Finnick se posiciona na margem da água.

– Me dê cobertura – diz ele. E desaparece com um mergulho perfeito.

Levanto o arco para manter afastados quaisquer agressores na Cornucópia, mas ninguém parece interessado em nos perseguir. Como era previsível, Gloss, Cashmere, Enobaria e Brutus se juntaram, o bando já formado e recolhendo as armas. Um rápido exame do resto da arena mostra que a maioria dos tributos ainda está presa em seus discos. Espere aí, não! Tem alguém em pé no raio à minha esquerda, o que está em posição oposta a Peeta. É Mags. Mas ela nem se encaminha para a Cornucópia nem tenta fugir. Ao contrário, se joga na água e começa a nadar na minha direção, sua cabeça grisalha acima das ondas. Bom, ela é velha, mas imagino que, depois de oitenta anos vivendo no Distrito 4, ela consiga não se afogar.

Finnick alcançou Peeta e agora o está rebocando, um braço atravessado no peito dele enquanto o outro se encarrega de levá-los adiante na água num ritmo tranquilo. Peeta deixa-se guiar sem nenhuma resistência. Não sei o que Finnick disse ou fez que o convenceu a confiar sua vida a ele – mostrou-lhe a pulseira, quem sabe. Ou então o fato de ele ter me visto talvez tenha sido suficiente. Quando eles alcançam a areia, eu ajudo a içar Peeta até a terra firme.

– Oi de novo – diz ele, e me dá um beijo. – Temos aliados.
– Temos, sim. Exatamente como Haymitch queria – respondo.
– Diga-me, a gente fez acordo com mais alguém?
– Só com Mags, eu acho. Eu indico com a cabeça a mulher idosa vindo teimosamente em nossa direção.
– Bom, não posso deixar Mags para trás – diz Finnick. – Ela é uma das poucas pessoas que realmente gostam de mim.
– Não tenho nenhum problema com a Mags – digo. – Principalmente agora que estou vendo a arena. Os anzóis dela são provavelmente a nossa única chance de conseguir comida.
– Katniss a queria desde o primeiro dia – diz Peeta.
– Katniss possui uma notável capacidade para fazer bons julgamentos – diz Finnick. Ele vai até a água e, com uma das mãos, resgata Mags como se ela não pesasse mais do que um filhote de cachorro. Ela faz alguma observação que inclui a palavra "boia", e então dá um tapinha no cinto.
– Olha, ela tem razão. Alguém descobriu. – Finnick aponta para Beetee. Ele está se debatendo nas ondas, mas consegue manter a cabeça acima da superfície.
– O quê? – digo.
– Os cintos. Eles são dispositivos que flutuam – diz Finnick. – Você precisa dar um impulso para frente, mas eles não vão deixar você se afogar.
Quase peço a Finnick para esperar, para pegar Beetee e Wiress e levá-los conosco, mas Beetee está a três raios de distância e nem consigo ver onde está Wiress. Até onde sei, Finnick os mataria com a mesma rapidez que matou o tributo do Distrito 5, de modo que, em vez disso, sugiro que sigamos em frente. Dou um arco para Peeta, uma aljava de flechas e uma faca, deixando o resto comigo. Mas Mags cutuca o meu

braço e reclama até eu dar o furador para ela. Satisfeita, ela encaixa o cabo entre as gengivas e estende os braços para Finnick. Ele joga a rede por cima do ombro, coloca Mags em cima dela, agarra seu tridente com a mão livre e saímos correndo da Cornucópia.

Uma floresta com árvores altas surge onde termina a areia. Não, não exatamente uma floresta. Pelo menos, não o tipo de floresta que conheço. *Selva*. A palavra estrangeira, quase obsoleta, me vem à mente. Alguma coisa que eu ouvi de alguma outra edição dos Jogos Vorazes ou que aprendi com meu pai. A maioria das árvores é desconhecida para mim, com troncos lisos e poucos galhos. A terra é muito preta e esponjosa, obscurecida por emaranhados de trepadeiras com florações coloridas. Apesar do sol forte e brilhante, o ar é morno e pesado de tanta umidade, e tenho a sensação de que jamais me sentirei realmente seca aqui. O fino tecido azul de meu macacão faz com que a água do mar evapore facilmente, mas ele já começou a grudar no corpo em função do suor.

Peeta vai na frente, cortando a densa vegetação com sua faca longa. Deixo Finnick em segundo lugar porque, embora ele seja bem mais poderoso, suas mãos estão ocupadas com Mags. Além disso, apesar de ele ser um ás com o tridente, essa é uma arma menos adequada à selva do que as minhas flechas. Não demora muito até que, com a íngreme inclinação e o calor, todos comecem a ficar sem fôlego. Entretanto, Peeta e eu treinamos intensamente, e Finnick é um espécime cuja capacidade física é tão impressionante que até mesmo com Mags nos ombros nós conseguimos subir rapidamente por mais ou menos um quilômetro até ele solicitar uma parada para descansar. E acho que foi muito mais por causa de Mags do que por ele próprio.

A folhagem nos tira a vista da roda, de modo que escalo uma árvore com galhos emborrachados para ter uma visão melhor. Então, me dou conta de que preferia não ter visto.

Ao redor da Cornucópia, o solo parece estar sangrando e a água ganhou estrias purpúreas. Corpos estão jogados no chão e flutuando no mar, mas a essa distância, com todos vestidos exatamente da mesma maneira, não consigo dizer quem está vivo e quem está morto. Tudo o que eu posso dizer é que algumas das diminutas figuras azuladas ainda estão lutando. Bom, o que eu imaginava que ia acontecer? Que a cadeia de tributos de mãos dadas na noite de ontem resultaria em alguma espécie de trégua universal na arena? Não, jamais acreditei em tal coisa. Mas acho que tive a esperança de que as pessoas demonstrariam um pouco de... de quê? Comedimento? Relutância, pelo menos. Antes de saltar diretamente para o modo massacre. *E vocês todos se conheciam*, penso. *Vocês se comportavam como se fossem amigos*.

Tenho somente um amigo verdadeiro aqui. E ele não é do Distrito 4.

Deixo a brisa leve e úmida refrescar as minhas bochechas enquanto decido. Apesar da pulseira, eu deveria simplesmente acabar com essa história e dar uma flechada em Finnick. Não há, de fato, nenhum futuro nessa aliança. E ele é perigoso demais para ser deixado à solta. Essa confiança hesitante que temos agora parece ser a minha única chance de matá-lo. Poderia facilmente acertá-lo nas costas enquanto conversamos. É algo deplorável, é claro, mas por acaso seria mais deplorável se eu esperasse? Se eu o conhecesse melhor? Se eu passasse a dever ainda mais a ele? Não, a hora é essa. Dou uma última olhada nas figuras que estão se digladiando no solo sangrento, para fortalecer a minha resolução, e então desço da árvore.

Mas quando aterrisso descubro que Finnick acompanhou meus pensamentos. Como se ele soubesse o que acabei de ver e como isso teria me afetado. Ele está com um dos tridentes erguido numa posição casualmente defensiva.

– O que está acontecendo lá embaixo, Katniss? Estão todos de mãos dadas? Fizeram votos de não violência? Jogaram as armas no mar em desafio à Capital? – pergunta Finnick.

– Não – digo.

– Não – repete Finnick. – Porque seja lá o que tenha acontecido no passado, agora é mais do que o passado. E ninguém nessa arena foi vitorioso por acaso. – Ele olha para Peeta por um instante. – Talvez com exceção de Peeta.

Então, Finnick sabe o que Haymitch e eu sabemos. A respeito de Peeta. A respeito de ele ser muito mais bondoso do que qualquer um de nós. Finnick tirou a vida daquele tributo do 5 sem piscar um olho. E quanto tempo eu levei para me tornar mortífera? Atirei para matar quando mirei Enobaria, Gloss e Brutus. Peeta teria pelo menos tentado fazer alguma negociação antes. Teria tentado descobrir se alguma aliança mais ampla seria possível. As pessoas nesta arena não foram coroadas por conta da compaixão.

Olho fixamente para ele, avaliando sua velocidade contra a minha. O tempo que será necessário para que uma flecha atravesse seu cérebro contra o tempo que o tridente dele levará para atingir o meu corpo. Dá para ver que ele está esperando que eu faça o primeiro movimento. Calculando se deveria primeiro me bloquear ou ir diretamente para o ataque. Dá para sentir que ambos acabamos de encontrar uma solução para o impasse quando Peeta se coloca deliberadamente entre nós.

– Quantos estão mortos mesmo? – pergunta ele.

Sai daí, seu idiota, penso. Mas ele permanece firmemente plantado entre nós dois.

– É difícil dizer – respondo. – Pelo menos seis, eu acho. E eles ainda estão lutando.

– Vamos seguir em frente. A gente precisa achar água – diz ele.

Até agora não apareceu nenhum sinal de córrego ou fonte de água, e água salgada não pode ser consumida. Mais uma vez, penso nos últimos Jogos, quando quase morri desidratada.

– É melhor a gente achar isso logo – diz Finnick. – A gente precisa estar escondido quando os outros vierem nos caçar à noite.

A gente. Nós. Caçar. Tudo bem, de repente matar Finnick se revelasse uma atitude um pouco prematura. Ele tem sido prestativo até agora. Ele possui efetivamente o selo de aprovação de Haymitch. E quem sabe o que a noite pode nos trazer? Se o que está ruim piorar ainda mais, sempre vou poder matá-lo enquanto ele estiver dormindo. Portanto, resolvo deixar o momento passar. E Finnick procede da mesma maneira.

A ausência de água intensifica a minha sede. Fico atenta enquanto continuamos nossa jornada morro acima, mas sem nenhuma sorte. Depois de mais ou menos um quilômetro, vejo o fim da linha de árvores e presumo que estamos alcançando o cume da montanha.

– De repente teremos mais sorte do outro lado. Talvez a gente ache uma fonte ou algo assim.

Mas não há outro lado. Sei disso antes de qualquer outra pessoa, embora esteja na posição mais distante do topo. Meus olhos captam um pequeno quadrado engraçado cheio de ondulações pendurado no ar como se fosse uma placa de vidro retorcido. A princípio, penso que se trata do reflexo brilhante do sol no chão. Mas o objeto está fixo no espaço, não muda de posição à medida que me movo. E só então eu faço a ligação entre o quadrado, Wiress e Beetee no Centro de Treinamento, e percebo o que se encontra diante de nós. Meu grito de alerta está apenas se formando em meus lábios quando a faca de Peeta corta o ar para retalhar algumas trepadeiras.

Ouve-se um zunido agudo. Por um instante, as árvores somem de vista e eu vejo um espaço aberto por sobre uma curta faixa de terra deserta. Então Peeta é lançado para trás, rechaçado pelo campo de força, fazendo com que Finnick e Mags caiam no chão.

Corro para o local onde ele está deitado, imóvel numa rede de trepadeiras.

– Peeta?

Há um leve odor de cabelo queimado. Chamo novamente, sacudindo-o ligeiramente, mas ele não reage. Meus dedos tocam seus lábios, onde não há respiração, muito embora momentos atrás ele estivesse ofegante. Grudo o ouvido em seu peito, no ponto onde sempre descanso a cabeça, onde sei que ouvirei a batida forte e constante de seu coração.

Ao contrário, só há silêncio.

20

— Peeta! – grito. Eu o sacudo com mais força, chego até a bater na cara dele, mas é inútil. Seu coração parou. Estou batendo no vazio. – Peeta!

Finnick encosta Mags numa árvore e me empurra para o lado.

— Deixe-me tentar. – Seus dedos tocam pontos do pescoço de Peeta, percorrem os ossos em suas costelas e coluna. Em seguida, ele fecha as narinas de Peeta.

— Não! – berro, jogando-me em cima de Finnick, pois certamente a intenção dele é se certificar de que Peeta esteja morto, afastar qualquer esperança de que ele recobre a vida. A mão de Finnick se ergue e me bate com tanta força no peito que me choco contra o tronco da árvore mais próxima. Fico tonta por um instante, pela dor e por tentar readquirir o fôlego enquanto vejo Finnick tapar novamente o nariz de Peeta. De onde me encontro, puxo uma flecha, posiciono-a no arco e estou a ponto de lançá-la quando sou detida pela visão de Finnick beijando Peeta. E a coisa é tão bizarra, mesmo para alguém como Finnick, que me contenho. Não, ele não está beijando Peeta. Ele manteve o nariz de Peeta fechado mas a boca bem aberta, e está soprando ar em seus pulmões. Posso ver, posso realmente ver o peito de Peeta subindo e descendo. Então Finnick puxa o zíper da parte de cima do macacão de

Peeta e começa a pressionar com as mãos o ponto sobre seu coração. Agora que me recuperei do choque, compreendo o que ele está tentando fazer.

É raríssimo, mas já vi minha mãe tentar algo similar. De uma forma ou de outra, se o seu coração para de bater no Distrito 12, é muito pouco provável que a sua família consiga levar você até minha mãe em tempo hábil. Portanto, os pacientes mais comuns dela são vítimas de queimaduras, ferimentos ou enfermidades. Ou de inanição, evidentemente.

Mas o mundo de Finnick é diferente. Seja lá o que ele esteja fazendo, não é a primeira vez. Dá para ver um ritmo e um método em sua ação. Quando me dou conta, já estou abaixando o arco e inclinando-me na direção dos dois para torcer para que haja algum indício de sucesso. Minutos agonizantes se arrastam à medida que minhas esperanças diminuem. No momento em que estou admitindo que já é tarde demais, que Peeta está morto, perdido, para sempre inatingível, ele tosse um pouco e Finnick finalmente se senta no chão.

Deixo as minhas armas na terra enquanto me grudo a ele.

– Peeta? – digo suavemente. Afasto os fios louros e molhados de sua testa e percebo a pulsação retumbando em contato com os meus dedos, encostados em seu pescoço.

Os cílios se abrem e seus olhos encontram os meus.

– Cuidado – diz ele fracamente. – Tem um campo de força lá na frente.

Eu rio, mas há lágrimas escorrendo pelo meu rosto.

– Deve ser bem mais forte do que aquele do terraço do Centro de Treinamento – diz ele. – Mas estou bem. Só um pouco abalado.

– Você estava morto! Seu coração parou! – disparo, antes de avaliar se isso era realmente uma boa ideia. Ponho a mão na boca porque estou começando a emitir aqueles horrorosos ruídos de quem está engasgado. O que ocorre sempre que estou soluçando.

— Bom, parece que agora está tudo bem — diz ele. — Está tudo bem, Katniss. — Balanço a cabeça em concordância, mas os sons que escapam de minha boca não param. — Katniss? — Agora Peeta está preocupado comigo, o que aumenta ainda mais a insanidade de tudo isso.

— Está tudo bem, são só os hormônios dela — diz Finnick. — Por causa do bebê. — Olho para ele, sentado em cima dos joelhos, mas ainda arquejando um pouco por conta da escalada, do calor e do esforço de trazer Peeta de volta da morte.

— Não. É que... — Eu me afasto, mas sou interrompida por uma rodada de soluços ainda mais histérica que parece apenas confirmar o que Finnick dissera a respeito do bebê. Ele olha para mim e eu o encaro com fúria em meio às lágrimas. É uma idiotice, eu sei, o fato de os esforços dele me deixarem tão irritada. Tudo o que eu queria era manter Peeta vivo, e não fui capaz, mas Finnick sim, e eu devia estar apenas agradecida. E estou. Mas também me sinto furiosa porque isso significa que jamais deixarei de ter uma dívida com Finnick Odair. Jamais. Então como é que vou conseguir matá-lo enquanto dorme?

Espero ver uma expressão sarcástica e convencida em seu rosto, mas o olhar dele parece estranhamente enigmático. Finnick olha para mim e em seguida para Peeta, como se estivesse tentando entender alguma coisa, e então sacode ligeiramente a cabeça, livrando-se da ideia.

— Como é que você está? — pergunta ele a Peeta. — Acha que consegue seguir caminho?

— Não, ele precisa descansar — digo. Meu nariz está escorrendo loucamente e não disponho nem de um pedaço de pano rasgado para usar como lenço. Mags arranca um pouco de musgo de uma árvore e me dá. Estou tão péssima que nem questiono a iniciativa. Assoo o nariz fazendo barulho e enxugo as lágrimas de meu rosto. O musgo funciona bem. Absorvente e surpreendentemente suave.

Noto um brilho dourado no peito de Peeta. Eu me aproximo e retiro o disco que está pendurado numa corrente em volta de seu pescoço. Meu tordo foi gravado nele.

– Esse é o seu símbolo? – pergunto.

– É sim. Você se importa de eu usar o seu tordo? Queria que a gente combinasse – diz ele.

– É claro que não me importo. – Forço um sorriso. Peeta aparecendo na arena usando um tordo é não só uma bênção como também uma maldição. Por um lado, isso deveria servir como estímulo para os rebeldes no distrito. Por outro, é difícil imaginar que possa passar despercebido ao presidente Snow, o que torna a tarefa de manter Peeta vivo ainda mais difícil.

– Quer dizer então que você quer montar acampamento aqui? – pergunta Finnick.

– Não acho que isso seja uma opção – responde Peeta. – Ficar aqui. Sem água. Sem proteção. Estou me sentindo bem, juro. Se a gente pudesse ir um pouquinho mais devagar, acho que não haveria problema.

– Mais devagar é melhor do que parado. – Finnick ajuda Peeta a se levantar enquanto me recomponho. Desde que acordei hoje de manhã, assisti a Cinna ser brutalmente agredido, aterrissei em uma outra arena e vi Peeta morrer. No entanto, estou contente por Finnick continuar com o joguinho da gravidez comigo, porque, pelo ponto de vista de um patrocinador, não estou lidando tão bem assim com as coisas.

Verifico as minhas armas, que sei que estão em perfeitas condições, porque isso faz com que eu pareça mais no controle da situação.

— Vou na frente — anuncio.

Peeta começa a fazer uma objeção, mas Finnick o corta de imediato.

— Não, deixe-a ir. — Ele franze a testa para mim. — Você sabia que aquele campo de força estava lá, não sabia? Bem no último segundo você percebeu, não foi? Você começou a dar o alarme. — Eu balanço a cabeça em concordância. — Como é que você sabia?

Hesito. Revelar que sei o truque de Beetee e Wiress para identificar um campo de força poderia ser perigoso. Não sei se os Idealizadores dos Jogos repararam ou não o momento em que eles dois fizeram a observação durante o treinamento. De uma forma ou de outra, possuo uma informação valiosa. E se eles souberem que eu sei, talvez façam algo para alterar o campo de força para que eu fique impossibilitada de ver a aberração daqui para a frente. Então eu minto.

— Não sei. É como se eu tivesse ouvido algo. Escutem. — Todos nós ficamos imóveis. Há o som de insetos, pássaros, a brisa na folhagem.

— Não estou escutando nada — diz Peeta.

— Mas tem um som, sim — insisto. — É parecido com o som da cerca no Distrito 12 quando a eletricidade está acionada, só que bem menos intenso. — Todos escutam, agora com muita atenção. Eu também, embora não haja coisa alguma para se escutar. — Agora! — digo. — Vocês não conseguem ouvir? Vem do local à direita de onde Peeta recebeu o choque.

— Também não estou ouvindo nada — diz Finnick. — Mas se você está, por favor vá na frente.

Decido continuar com o jogo, por mais que ele não tenha nenhum valor.

– Que estranho – digo. Balanço a cabeça de um lado para o outro, como se estivesse confusa. – Só consigo escutar pelo meu ouvido esquerdo.

– O que foi reconstruído pelos médicos? – pergunta Peeta.

– Isso – digo, e em seguida dou de ombros. – Talvez eles tenham feito um trabalho melhor do que haviam imaginado. Vocês sabem como são essas coisas, às vezes escuto sons engraçados nesse lado. Coisas que a gente normalmente não acha que fazem barulho. Tipo asas de inseto. Ou neve batendo no chão. – Perfeito. Agora toda a atenção vai se voltar para os cirurgiões que consertaram o meu ouvido surdo depois dos Jogos do ano passado, e eles vão ter de explicar por que eu escuto como um morcego.

– Você – diz Mags, cutucando-me para andar, e então sigo em frente. Como devemos nos mover lentamente, Mags prefere caminhar com a ajuda de um galho que Finnick rapidamente transformou em uma bengala para ela. Ele também faz um cajado para Peeta, o que é bom porque, apesar de seus protestos, acho que tudo o que Peeta realmente deseja é se deitar. Finnick se mantém atrás, de modo que pelo menos uma pessoa fica em alerta cuidando da retaguarda.

Caminho com o campo de força à minha esquerda porque esse é supostamente o lado do meu ouvido sobre-humano. Mas como tudo isso não passa de invenção, corto um cacho de nozes que estão penduradas como se fossem uvas numa árvore próxima e as jogo na frente à medida que vou andando. Essa também é uma boa ideia, já que estou com a sensação de estar com mais frequência perdendo do que avistando os pontos que indicam a presença do campo de força. Sempre que uma noz atinge o campo de força, sobe uma fumacinha antes de ela aterrissar no chão aos meus pés, preta e com a casca quebrada.

Depois de alguns minutos, ouço um barulho atrás de mim e me viro para ver Mags descascando uma das nozes e enfiando-a em sua boca já aberta.

– Mags! Cospe isso. Ela pode estar envenenada.

Ela resmunga qualquer coisa e me ignora, lambendo os beiços com visível prazer. Olho na direção de Finnick em busca de apoio, mas ele apenas ri.

– Acho que vamos descobrir – diz ele.

Sigo em frente, pensando em Finnick, que salvou a velha Mags, mas permite que ela coma nozes estranhas. Que recebeu o selo de aprovação de Haymitch. Que trouxe Peeta dos mortos. Por que ele não o deixou morrer e pronto? Ele não teria culpa nenhuma. Eu nunca imaginaria que ele fosse ter a capacidade de revivê-lo. Por que ele teria vontade de salvar Peeta? E por que ele estava tão determinado a se aliar a mim? Disposto a me matar também, se fosse o caso. Mas deixando a escolha de lutarmos ou não um contra o outro inteiramente para mim.

Continuo andando e jogando nozes, às vezes vislumbrando um pedacinho do campo de força, tentando enveredar pela esquerda para achar um ponto por onde possa passar, escapar da Cornucópia e encontrar água, se tiver sorte. Mas, depois de mais ou menos uma hora nesse ritmo, eu me dou conta de que só estamos perdendo tempo. Nós não estamos fazendo nenhum progresso seguindo pela esquerda. Na realidade, o campo de força parece estar nos conduzindo através de uma trilha curva. Paro e olho para Mags mancando atrás de mim e para o rosto suado de Peeta.

– Vamos dar uma parada – digo. – Preciso dar uma outra olhada de cima.

A árvore que escolho parece ser ainda mais alta do que as outras. Escalo os galhos retorcidos, mantendo-me o mais próxima possível do tronco. Não dá para dizer o quão facilmente esses galhos emborrachados podem ceder. Mesmo assim, subo a uma altura além do limite do bom senso porque há algo que preciso ver. Quando agarro um pedaço do tronco não muito mais largo do que um cepo, balançando o corpo para frente e para trás na brisa úmida para me manter equilibrada, minhas suspeitas se confirmam. Há uma razão para não podermos virar à esquerda, uma razão para jamais conseguirmos. Do precário ponto de observação em que me encontro, consigo ver o formato de toda a arena pela primeira vez. Um círculo perfeito. Com uma roda perfeita no meio. O céu acima da circunferência da selva está tingido com uma tonalidade rósea e uniforme. E acho que consigo distinguir um ou dois daqueles quadrados ondulados, brechas na armadura, como Wiress e Beetee os chamaram, porque eles revelam o que deveria estar oculto e são, portanto, um ponto frágil. Só para ter certeza absoluta, atiro uma flecha no espaço vazio acima das copas das árvores. Há uma explosão de luz, um súbito vislumbre de céu azul real, então a flecha é jogada de volta à selva. Desço para dar aos outros a má notícia.

– O campo de força deixou a gente preso num círculo. Um domo, para falar a verdade. Não sei até que altura ele vai. Tem a Cornucópia, o mar e depois a selva cercando tudo. Muito certinho. Muito simétrico. E não muito grande – digo.

– Você viu água? – pergunta Finnick.

– Só a água salgada do local onde os Jogos começaram.

– Deve haver alguma outra fonte – diz Peeta, franzindo a testa. – Ou então estaremos todos mortos em questão de dias.

– Bom, a vegetação é densa. Pode ser que haja fontes ou córregos em algum lugar – digo, cheia de dúvidas. Sinto instintivamente que a Capital talvez esteja querendo que esses

Jogos impopulares terminem o mais rápido possível. Talvez Plutarch Heavensbee já tenha recebido ordens para acabar conosco. – De qualquer modo, não faz sentido tentar descobrir o que existe do outro lado da montanha, porque a resposta é nada.

– Deve haver água potável entre o campo de força e a roda – insiste Peeta. Todos nós sabemos o que isso significa. Voltar. Voltar para os Carreiristas e para o banho de sangue. Com Mags mal conseguindo andar e Peeta fraco demais para lutar.

Decidimos descer a encosta algumas centenas de metros e continuar contornando o círculo. Para ver se há alguma água naquele nível. Permaneço na dianteira, ocasionalmente jogando uma noz à minha esquerda, mas agora estamos bem fora do alcance do campo de força. O sol bate inclemente sobre nossas cabeças, transformando o ar em vapor, pregando peças nos nossos olhos. Lá pelo meio da tarde, está claro que Peeta e Mags não têm como continuar.

Finnick escolhe um local mais ou menos dez metros abaixo do campo de força para montarmos acampamento, dizendo que poderemos usá-lo como uma arma contra nossos inimigos caso nos ataquem. Então ele e Mags puxam lâminas da grama que cresce em tufos que chegam a um metro e meio de altura e começam a tecê-las para fazer esteiras. Como Mags parece não ter tido nenhum efeito colateral por ingerir as nozes, Peeta colhe uma grande quantidade delas e as frita atirando-as contra o campo de força. Ele remove metodicamente a casca e empilha o conteúdo comestível em cima de uma folha. Monto guarda, inquieta e calorenta, e com os nervos à flor da pele em virtude das emoções do dia.

Com sede. Estou com muita sede. Finalmente, não consigo mais suportar.

— Finnick, por que você não monta guarda enquanto vou atrás de água? – digo. Ninguém se entusiasma muito com a ideia de eu sair sozinha, mas a ameaça da desidratação paira sobre nós.

— Não se preocupe, não vou me distanciar muito – prometo a Peeta.

— Eu também vou – diz ele.

— Não, vou ver se consigo caçar alguma coisa. – Eu não acrescento "E você não pode vir comigo porque faz muito barulho", mas está implícito. Ele iria não só espantar as presas, como também me colocar em perigo com seus passos pesados. – Não demoro.

Movimento-me sorrateiramente em meio às árvores, feliz por ver que o solo é bem propício a um caminhar sem ruído. Sigo por uma diagonal, mas não encontro nada além de mais vegetação densa.

O som do canhão faz com que eu pare. O banho de sangue na Cornucópia deve ter acabado. O número de tributos mortos está agora disponível. Conto os tiros, cada qual representando um vitorioso morto. Oito. Não tanto quanto no ano passado. Mas parece mais, já que eu conheço a maioria dos nomes.

Subitamente fraca, encosto numa árvore para descansar, sentindo o calor drenar a umidade do meu corpo como uma esponja. Fica difícil engolir e a fadiga está tomando conta de mim. Passo a mão pela barriga, na esperança de que alguma mulher solidária se torne minha patrocinadora e Haymitch possa assim enviar um pouco de água. Sem sorte. Desabo no chão.

Em minha imobilidade, começo a notar os animais: estranhos pássaros com uma plumagem brilhante, lagartixas de árvore com línguas azuis e alguma coisa que parece um cruzamento de ratazana com gambá, grudada aos galhos próximos ao tronco. Atiro em um desses últimos – que cai da árvore – para olhar mais detidamente.

É uma criatura feia de doer, um grande roedor com uma pelagem cinza e cheia de pontinhos pretos, além de dois caninos cruéis projetando-se do lábio inferior. Enquanto tiro sua pele e suas entranhas, reparo em outra coisa. Seu focinho está molhado. Como o de um animal que acabou de beber água de um riacho. Empolgada, começo pela árvore onde ele estava e sigo lentamente numa espiral. A fonte de água da criatura não pode estar muito distante.

Nada. Não encontro nada. Nem uma única gota d'água. Por fim, sabendo que Peeta ficaria preocupado, volto para o acampamento, ainda com mais calor e mais frustrada do que nunca.

Assim que chego, vejo que os outros fizeram uma transformação no local. Mags e Finnick criaram uma espécie de tenda a partir das esteiras feitas de grama, aberta de um lado, mas com três paredes, piso e telhado. Mags também fez diversas tigelas, que Peeta encheu de nozes torradas. Seus rostos se voltam para mim, esperançosos, mas balanço a cabeça.

– Não. Nada de água. Mas deve ter em algum lugar por lá. Ele sabia onde – digo, estendendo o roedor para que todos pudessem ver. – Ele tinha acabado de beber água quando foi flechado por mim, mas não consegui achar a fonte. Eu juro, percorri todo o terreno num raio de trinta metros.

– A gente pode comê-lo? – pergunta Peeta.

– Não tenho certeza. Mas a carne não parece muito diferente da carne de esquilo. Ele tem que ser cozido... – Hesito enquanto penso em tentar acender uma fogueira ali sem nenhum auxílio. Mesmo que conseguisse, tem a questão da fumaça. Estamos tão juntos nessa arena que não há chance de escondê-la.

Peeta tem uma outra ideia. Ele pega um pedaço da carne do roedor, espeta-a num galho pontudo e a deixa cair no campo de força. Há um crepitar rápido e o galho voa de volta. O pedaço de carne está preto do lado de fora, mas bem cozido do lado de dentro. Damos a ele uma salva de palmas, mas paramos rapidamente ao lembrar onde estávamos.

O sol branco se põe no céu róseo enquanto nos reunimos na tenda. Ainda estou cautelosa em relação às nozes, mas Finnick diz que Mags as reconheceu de outros Jogos. Não me preocupei em perder tempo na estação de plantas comestíveis no treinamento porque isso não me deu trabalho algum no ano passado. Estou arrependida. Pois certamente encontraria por lá algumas das plantas desconhecidas que agora me cercam. E assim poderia aprender mais sobre o local para onde estava sendo enviada. Mags parece bem, entretanto, e ela está comendo as nozes há horas. Então pego uma e dou uma breve mordida. Tem um sabor suave e levemente adocicado que me lembra castanha. Acho que está tudo bem. O roedor tem um sabor forte de carne de caça, mas é surpreendentemente suculento. Para falar a verdade, não é uma refeição ruim para a nossa primeira noite na arena. Se ao menos tivéssemos alguma coisa líquida para ajudar a comida a descer.

Finnick faz várias perguntas sobre o roedor, que decidimos chamar de rato de árvore. Em que altura ele estava, quanto tempo eu o observei antes de atirar, e o que ele estava fazendo. Não me lembro de o bicho estar fazendo alguma coisa em especial. Farejando atrás de insetos ou algo assim.

Temo a chegada da noite. Pelo menos a grama bem--tecida oferece alguma proteção contra quaisquer intrusos que possam vir rastejando furtivamente pelo solo da selva com o passar do tempo. Mas, pouco antes de o sol deslizar abaixo do horizonte, uma pálida lua aparece no céu, tornando as coisas ao redor razoavelmente visíveis. Nossa conversa sofre uma interrupção porque sabemos o que virá. Ficamos enfileirados na entrada da tenda e Peeta segura a minha mão.

O céu fica bem claro quando a insígnia da Capital aparece como se estivesse flutuando em pleno espaço. Enquanto escuto os acordes do hino, penso: *Vai ser mais difícil para Finnick e Mags.* Mas acontece que para mim também é bastante difícil. Ver os rostos dos oito tributos mortos projetados no céu.

O homem do Distrito 5, o que Finnick matou com seu tridente, é o primeiro a aparecer. Isso significa que todos os tributos de 1 a 4 estão vivos – os quatro Carreiristas, Beetee e Wiress e, é claro, Mags e Finnick. O homem do Distrito 5 é seguido pelo morfináceo do 6, Cecelia e Woof do 8, os dois do 9, a mulher do 10 e Seeder, do 11. A insígnia da Capital retorna com uma última melodia e em seguida o céu fica escuro, com exceção da lua.

Ninguém fala. Não posso fingir que conhecia bem qualquer um deles. Mas estou pensando naquelas três crianças agarradas a Cecelia quando ela foi levada. A delicadeza de Seeder comigo em nossa reunião. Até mesmo a imagem do morfináceo de olhos vítreos pintando flores amarelas em meu rosto me dá uma dor no coração. Todos mortos. Todos já no passado.

Não sei quanto tempo teríamos ficado sentados aqui se não fosse pela chegada do paraquedas prateado que desce em meio à vegetação para aterrissar diante de nós. Ninguém vai pegá-lo.

– De quem vocês acham que é? – finalmente digo.

– Não dá para dizer – diz Finnick. – Por que não deixamos que Peeta fique com ele, já que ele morreu hoje?

Peeta desata a corda e aplaina o círculo de seda. No paraquedas encontra-se um pequeno objeto de metal que não sei o que é.

– O que é isso? – pergunto. Ninguém sabe. Nós o passamos de mão em mão, cada um examinando o objeto. É um tubo oco de metal, ligeiramente afunilado em uma das extremidades. Na outra extremidade um pequeno bocal curva-se para baixo. É vagamente familiar. A parte de uma bicicleta que poderia ter se soltado, uma haste de cortina, na verdade poderia ser qualquer coisa.

Peeta sopra em uma das extremidades para ver se faz algum barulho. Não faz. Finnick enfia seu dedo mindinho, tentando ver se é alguma arma. Inútil.

– Você consegue pescar com isso, Mags? – pergunto. Mags, que consegue pescar com praticamente tudo, balança a cabeça em negativa e resmunga.

Pego o objeto e o deslizo para frente e para trás na palma da mão. Como somos aliados, Haymitch deve estar trabalhando com os mentores do Distrito 4. A escolha dessa dádiva tem a mão dele. Isso significa que é algo valioso. Pode inclusive salvar vidas. Relembro o ano passado, quando eu queria tanto água, mas ele não mandava porque sabia que eu poderia encontrar se tentasse. As dádivas de Haymitch, ou a falta delas, carregam consigo mensagens de peso. Quase consigo ouvir a voz dele me dando uma bronca: *Use o seu cérebro, se é que possui um. O que é isso?*

Enxugo o suor dos olhos e estendo a dádiva ao luar. Movo-a para um lado e para o outro, vendo-a a partir dos mais diferentes ângulos, cobrindo partes dela e então revelando-as. Tentando fazer com que ela divulgue seus propósitos para mim. Finalmente, frustrada, enfio uma das extremidades na terra.

– Desisto. De repente se a gente se juntar a Beetee e a Wiress eles vão descobrir do que se trata essa coisa.

Eu me estico, pressionando meu rosto quente na esteira de grama, olhando a coisa com irritação. Peeta aperta um ponto tenso entre os meus ombros e me permito um momento de relaxamento. Imagino por que esse lugar não refrescou nem um pouco agora que o sol já foi embora. Imagino o que estará acontecendo no meu distrito.

Prim. Minha mãe. Gale. Madge. Penso neles me assistindo de suas casas. Pelo menos espero que estejam em casa. Que não tenham sido presos por Thread. Que não tenham sido castigados como Cinna está sendo. Como Darius está sendo. Castigados por minha causa. Todos eles.

Começo a sentir saudades deles, do meu distrito, da minha floresta. Uma floresta decente com árvores robustas, cheia de comida e de presas que não são bizarras. Córregos e riachos. Brisas refrescantes. Não, ventos frios para soprar para longe esse calor sufocante. Invoco um vento assim em minha mente, permitindo que ele congele minhas bochechas e deixe meus dedos dormentes e, de imediato, o pedaço de metal parcialmente enterrado na terra preta adquire um nome.

– Uma cavilha! – exclamo, sentando-me com um salto.

– O quê? – pergunta Finnick.

Arranco o objeto do solo e o limpo. Tampo com a mão a extremidade afunilada e olho para o bocal. Sim, já vi uma coisa dessas antes. Num dia frio e ventoso muito tempo atrás quando estava na floresta com meu pai. Inserida profundamente num buraco feito na lateral de um bordo. Uma trilha para a seiva fluir em direção ao nosso balde. Xarope de bordo podia deixar até o nosso pão duro saboroso. Depois que meu pai morreu, não sei o que aconteceu com as várias cavilhas que ele tinha. Provavelmente estão escondidas em algum lugar da floresta, onde jamais serão encontradas.

— Isso aqui é uma cavilha. Funciona como uma torneira. Você coloca numa árvore e a seiva sai por ela. — Olho para os sinuosos troncos verdes ao meu redor. — Bom, tem que ser o tipo certo de árvore.

— Seiva? — pergunta Finnick. Eles também não têm o tipo certo de árvore no litoral.

— Para fazer xarope — diz Peeta. — Mas deve haver algo mais dentro dessas árvores.

Ficamos imediatamente de pé. Nossa sede. A falta de fontes de água. Os dentes afiados e o focinho molhado do rato de árvore. Só pode haver uma coisa que valha a pena dentro desses troncos. Finnick se prepara para martelar a cavilha na casca verde da maciça árvore com uma pedra, mas eu o detenho.

— Espera aí. Você pode estragar a coisa. Primeiro a gente precisa fazer um buraco — digo.

Não há nada que possamos usar para fazer um buraco, de modo que Mags oferece seu furador e Peeta o insere profundamente no tronco, enterrando a broca uns cinco centímetros na árvore. Ele e Finnick se revezam abrindo o buraco com o furador e as facas até que ele possa acomodar a cavilha. Eu a encaixo cuidadosamente e todos nós ficamos parados à espera. A princípio, nada acontece. Então uma gota d'água escorre pelo bocal e aterrissa na mão de Mags. Ela lambe a mão e a estica em busca de mais.

Girando e ajustando a cavilha conseguimos uma fina corrente de água. Revezamos nossas bocas debaixo da torneira, molhando nossas línguas ressecadas. Mags traz uma cesta, e a grama está tão bem-tecida que retém a água. Enchemos a cesta e a passamos de mão em mão, dando profundos goles e, mais tarde, luxuriosamente, espirramos o líquido em nossos rostos sujos. Como tudo aqui, a água é quente, mas esse não é o momento de ser exigente.

Sem a sede para nos distrair, nos damos conta do quanto estamos exaustos e fazemos preparativos para a noite. No ano passado, eu sempre tentava deixar meu equipamento pronto caso precisasse fazer uma fuga rápida no meio da noite. Esse ano, não há mochila para ser preparada. Somente as minhas armas que, de qualquer maneira, não vão ficar longe de mim. Então, penso na cavilha e a retiro do tronco. Arranco uma trepadeira bem dura das folhas da árvore, enfio-a no centro oco do objeto e amarro a cavilha em meu cinto.

Finnick se oferece para ser o primeiro a montar guarda e eu concordo, ciente de que terá de ser um de nós dois até que Peeta tenha descansado o suficiente. Deito-me no chão da tenda ao lado de Peeta e peço a Finnick para me acordar quando estiver cansado. Em vez disso, sou arrancada de meu sono horas mais tarde pelo que parece ser o badalar de um sino. *Blém! Blém!* Não é exatamente como os que tocam no Edifício da Justiça no Ano-Novo, mas é razoavelmente semelhante para que eu o identifique. Peeta e Mags não são acordados por ele, mas Finnick está com o mesmo semblante atento que eu. As badaladas param.

– Contei doze – diz ele.

Concordo, balançando a cabeça. Doze. O que isso significa? Uma badalada para cada distrito? Talvez. Mas por quê?

– Deve significar alguma coisa. Você faz alguma ideia do quê?

– Nenhuma – diz ele.

Esperamos novas instruções, quem sabe uma mensagem de Claudius Templesmith. Um convite para um banquete.

A única coisa digna de nota aparece ao longe. Uma rajada de eletricidade extremamente brilhante atinge uma árvore imensa e em seguida uma tempestade de raios surge no céu. Imagino que seja indicação de chuva, de uma fonte de água para aqueles que não possuem mentores tão espertos quanto Haymitch.

– Vá dormir, Finnick. Já está mesmo na minha vez de ficar de vigia – digo.

Finnick hesita, mas ninguém pode ficar acordado para sempre. Ele se coloca na entrada da tenda, uma das mãos agarrada ao tridente, e aos poucos cai num sono irrequieto.

Sento-me com a flecha engatada no arco, observando a selva, que está fantasmagoricamente pálida e verde ao luar. Depois de mais ou menos uma hora, os raios param. Mas ouço a chuva chegando, batendo nas folhas a algumas centenas de metros além. Fico esperando que ela nos alcance, mas isso nunca acontece.

O som de um canhão me deixa sobressaltada, embora não chame muito a atenção de meus companheiros adormecidos. Não há sentido em acordá-los por isso. Um outro vitorioso morto. Nem me dou o direito de imaginar quem deve ser.

A chuva imprecisa para subitamente, como ocorreu com a tempestade na arena do ano passado.

Momentos depois de parar, vejo a névoa deslizando suavemente do ponto onde o temporal acabara de ocorrer. *Apenas uma reação. Chuva fresca sobre o solo quente*, penso. Ela continua a se aproximar num ritmo constante. Os pequenos anéis espiralados avançando e em seguida se recurvando como dedos, dando a impressão de que estão puxando tudo atrás deles. À medida que observo, sinto os pelos do meu pescoço se eriçando. Há algo errado com essa névoa. A progressão da linha de frente é uniforme demais para ser natural. E se não for natural...

Um odor doce e enjoativo começa a invadir minhas narinas e vou até os outros, gritando para que acordem.

Nos poucos segundos necessários para despertá-los, começo a sentir as queimaduras.

21

Diminutas pontadas que ardem bastante. Onde quer que as gotículas de neblina toquem a minha pele.

– Corram! – grito para os outros. – Corram!

Finnick acorda instantaneamente, levantando-se para enfrentar um inimigo. Mas quando vê a parede de névoa, joga uma ainda adormecida Mags nas costas e sai correndo. Peeta fica de pé, mas não tão alerta. Agarro o braço dele e começo a arrastá-lo na direção da selva atrás de Finnick.

– O que é isso? O que é isso? – diz ele, atônito.

– Algum tipo de névoa. Gás venenoso. Corra, Peeta! – insisto. Dá para dizer que, por mais que ele tenha negado durante o dia, os efeitos colaterais de ter sido atingido pelo campo de força foram significativos. Ele está lento, muito mais lento do que o habitual. E o emaranhado de trepadeiras e vegetação rasteira, que me desequilibra ocasionalmente, faz com que ele tropece a cada passo.

Volto os olhos para a parede de névoa que se estende numa linha reta até onde consigo enxergar e em todas as direções. Um terrível impulso de fugir, de abandonar Peeta e me salvar, toma conta de mim. Seria tão simples apenas sair correndo, talvez até subir numa árvore que esteja acima da linha da névoa, que parece atingir uns doze metros. Lembro de como fiz exatamente isso quando os bestantes apareceram nos últimos Jogos. Saí em disparada e só pensei em Peeta depois de ter alcançado a Cornucópia. Mas desta vez eu aprisiono o meu terror, empurro-o para baixo e permaneço ao lado de Peeta. Desta vez, a minha sobrevivência não é a meta. A de Peeta, sim. Penso nos olhos grudados nas telas de TV nos distritos, vendo se vou fugir, como deseja a Capital, ou se vou manter a minha posição.

Seguro com firmeza a mão dele e digo:

– Preste atenção nos meus passos. Tente pisar apenas onde eu piso. – Isso ajuda. Parece que estamos nos movendo com mais rapidez, mas nunca o suficiente para uma parada para descanso, e a neblina continua em nossos calcanhares. Gotículas soltam-se do paredão vaporoso. Elas queimam, mas não como fogo. É menos uma sensação de calor e mais uma sensação de dor intensa à medida que o produto químico encosta em nossa pele, gruda-se a ela e penetra através de suas camadas. Nossos macacões não ajudam em nada. Poderíamos muito bem estar vestindo lenços de papel.

Finnick, que inicialmente saíra correndo a toda velocidade, para quando percebe que estamos com problemas. Mas isso não é algo contra o qual nós possamos lutar. A única coisa que podemos fazer é escapar. Ele grita palavras de estímulo, tentando nos incentivar a correr, e o som de sua voz nos serve de guia.

A perna artificial de Peeta agarra em um nó de plantas rasteiras e ele tomba antes que eu consiga segurá-lo. Enquanto o ajudo a se levantar, me dou conta de algo ainda mais assustador do que as bolhas e mais debilitante do que as queimaduras. O lado esquerdo do rosto dele está caído, como se todos os músculos ali estivessem mortos. A pálpebra está caída, quase escondendo seu olho. Sua boca se contorce num ângulo estranho em direção ao chão.

– Peeta... – começo. E é então que sinto os espasmos percorrendo o meu braço.

Seja lá que espécie de produto químico esteja contido na névoa, causa mais danos do que queimaduras – ele atinge nossos nervos. Uma espécie totalmente nova de medo toma conta de mim e empurro Peeta para frente, o que só faz com que ele caia novamente. Quando consigo colocá-lo de pé, meus dois braços já estão formigando descontroladamente. A névoa se aproximou de nós, sua densidade a menos de um metro de distância. Há algo errado com as pernas de Peeta; ele está tentando andar, mas elas se movem de um jeito espasmódico, semelhante ao de uma marionete.

Sinto-o avançando e percebo que Finnick voltou para nos ajudar e está içando Peeta. Encaixo o meu ombro, que ainda parece estar sob meu controle, embaixo do braço de Peeta e me esforço ao máximo para acompanhar as passadas rápidas de Finnick. Estamos a mais ou menos dez metros de distância da névoa quando Finnick para.

– Não está funcionando. Vou ter de carregá-lo. Você consegue levar a Mags? – ele me pergunta.

– Consigo – digo, resoluta, embora meu coração esteja quase na boca. É verdade que Mags não pode pesar mais do que trinta quilos, mas eu também não sou grande. Mesmo assim, tenho certeza de que já carreguei pesos maiores. Se ao menos meus braços parassem de tremer tanto. Agacho e ela se posiciona em cima de meu ombro, da mesma maneira que faz com Finnick. Lentamente, estico as pernas e, com os joelhos firmes, consigo levá-la. Finnick agora está com Peeta enganchado em suas costas e seguimos em frente, Finnick na dianteira, eu seguindo a trilha que ele está abrindo em meio às trepadeiras.

A névoa vem vindo, silenciosa, constante e firme, exceto pelos anéis que mais parecem garras. Embora meu instinto seja correr diretamente para longe dela, percebo que Finnick está se movendo numa diagonal montanha abaixo. Ele está tentando manter distância do gás enquanto nos faz contornar em direção à água que cerca a Cornucópia. Sim, água, penso, à medida que as gotículas ácidas penetram mais profundamente em minha pele. Agora estou muito grata a mim mesma por não ter matado Finnick, porque, do contrário, como teria tirado Peeta de lá com vida? Muito grata por ter mais alguém do meu lado, mesmo que seja apenas temporariamente.

Quando caio, não é por culpa de Mags. Ela está fazendo tudo o que pode para ser uma passageira fácil, mas a questão é que o peso está excessivo para mim. Principalmente agora que minha perna direita parece estar ficando rígida. Nas duas primeiras vezes que caio no chão, consigo voltar a me levantar, mas na terceira não consigo convencer minha perna a cooperar. Enquanto luto para me erguer, ela cede, e Mags rola para o chão antes de mim. Oscilo para um lado e para o outro, tentando usar trepadeiras e troncos para me equilibrar.

Finnick está novamente ao meu lado com Peeta nas costas.

– Não dá – digo. – Você consegue levar os dois? Vá na frente, já os alcanço. – Uma proposta um tanto quanto duvidosa, mas pronuncio as palavras com o máximo de certeza que consigo reunir.

Posso ver os olhos verdes de Finnick ao luar. Posso vê-los muito bem. Como se fossem olhos de gato, com uma estranha qualidade reflexiva. Talvez porque estejam brilhando devido às lágrimas.

– Não – diz ele. – Não consigo carregar os dois. Meus braços não estão funcionando. – É verdade. Os braços dele estão tremendo descontroladamente ao lado de seu corpo. Suas mãos estão vazias. Dos três tridentes, resta apenas um, e está nas mãos de Peeta. – Sinto muito, Mags, não vai dar.

O que acontece em seguida é tão rápido e sem sentido que não consigo nem mesmo me mexer para impedir. Mags se levanta, beija os lábios de Finnick e então cambaleia diretamente para a névoa. Imediatamente, seu corpo é tomado por contorções selvagens e ela cai no chão numa dança horrível.

Quero gritar, mas minha garganta está em fogo. Dou um inútil passo na direção dela quando escuto o estouro do canhão, e sei que o coração dela parou, sei que ela está morta.

– Finnick? – chamo, com a voz rouca, mas ele já está de costas para a cena, já está se afastando novamente da névoa. Arrastando minha perna inútil atrás dele, sigo-o aos tropeços, sem a menor ideia de que outra coisa poderia fazer.

O tempo e o espaço perdem o sentido à medida que a névoa parece invadir o meu cérebro, confundindo meus pensamentos, tornando tudo irreal. Algum desejo animal de sobrevivência muito bem-entranhado faz com que eu continue andando tropegamente atrás de Finnick e Peeta, que continue a me mover, embora provavelmente já esteja morta. Partes de mim estão mortas, ou visivelmente morrendo. E Mags está morta. Isso é algo que sei, ou talvez apenas ache que sei, porque não faz o menor sentido.

O luar resplandecendo nos cabelos cor de bronze de Finnick, dores agudas me atormentando, uma perna dura como madeira. Sigo Finnick até ele desabar no chão, Peeta ainda em cima dele. A inércia me impulsiona contra minha vontade para a frente e simplesmente arremesso a mim mesma até tropeçar nos corpos prostrados dos dois, apenas mais uma para a pilha. *Vamos todos morrer assim, aqui e agora,* penso. Mas o pensamento é abstrato e bem menos alarmante do que as atuais agonias de meu corpo. Ouço Finnick gemer e se arrastar com dificuldade para longe de nós. Agora consigo ver a parede de névoa, que adquiriu uma tonalidade pérola. Talvez sejam meus olhos pregando peças em mim, ou o luar, mas parece que a névoa está se transformando. Sim, ela está se tornando mais espessa, como se tivesse sido pressionada contra uma janela de vidro e estivesse sendo forçada a se condensar. Estreito os olhos ainda mais e percebo que os dedos não estão mais proeminentes na superfície da névoa. Na realidade, ela parou completamente de avançar. Tal como outros horrores que testemunhei nesta arena, esse atingiu o fim de seu território. Ou isso, ou os Idealizadores dos Jogos decidiram não nos matar ainda.

– Parou – tento dizer, mas a única coisa que me escapa da boca inchada é um horrível som rouco. – Parou – digo novamente, e dessa vez devo ter sido mais clara porque não só Peeta como também Finnick se voltam para a névoa. Ela começa a subir, como se estivesse sendo lentamente aspirada em direção ao céu. Observamos até ela ser totalmente sugada e não sobrar mais nenhum resquício.

Peeta se afasta de Finnick, que se deita de costas. Ficamos lá jogados no chão, arquejando, nos contorcendo, nossas mentes e corpos invadidos pelo veneno. Depois de alguns minutos, Peeta faz um gesto vago para o alto.

– Ma-acos. – Olho para cima e avisto um par do que imagino serem macacos. Nunca vi um macaco vivo; não há nada parecido com isso em nossa floresta. Mas devo ter visto alguma foto, ou visto algum em um dos Jogos, porque assim que vejo as criaturas, a mesma palavra me vem à mente. Acho que esses possuem pelo laranja, embora seja difícil precisar, e têm mais ou menos a metade do tamanho de um ser humano adulto. Imagino que os macacos sejam um bom sinal. Certamente eles não ficariam zanzando por aí se o ar estivesse envenenado. Por um tempo, ficamos em silêncio, observando uns aos outros, humanos e macacos. Então Peeta faz um esforço para se colocar de joelhos e rasteja encosta abaixo. Todos nós rastejamos, já que caminhar agora parece uma atividade tão fantástica quanto voar; rastejamos até as trepadeiras darem lugar a uma estreita faixa de areia formando uma praia onde a água morna que cerca a Cornucópia bate em nossos rostos. Afasto-me como se tivesse sido tocada por uma chama.

Esfregar sal na ferida. Pela primeira vez compreendo a expressão de verdade, porque o sal na água torna a dor em meus ferimentos tão insuportável que quase desmaio. Mas há uma outra sensação, de algo sendo drenado. Experimento, colocando cautelosamente apenas a minha mão na água. Torturante, sim, mas cada vez menos. E através da camada azul da água vejo uma substância leitosa sendo expelida dos ferimentos de minha pele. À medida que a brancura diminui, também a dor diminui. Tiro o cinto e o macacão, que não passa de um trapo cheio de furos. Meus sapatos e minha roupa de baixo estão inexplicavelmente intactos. Pouco a pouco, uma pequena parte de cada membro por vez, molho os ferimentos e removo o veneno. Peeta parece estar fazendo a mesma coisa. Mas Finnick se afastou da água ao primeiro contato e permanece deitado de bruços na areia, sem vontade ou sem capacidade de purgar suas próprias feridas.

Finalmente, após sobreviver ao pior, abrindo os olhos debaixo d'água, esfregando-a nas narinas e permitindo que lave o interior do nariz, e inclusive gargarejando repetidamente para limpar a garganta, estou suficientemente apta a ajudar Finnick. Alguma sensação voltou à minha perna, mas meus braços ainda estão acometidos por espasmos. Não consigo arrastar Finnick para a água, e possivelmente a dor o mataria, de qualquer modo. Então encho de água as minhas mãos trêmulas e despejo em cima dos punhos dele. Como ele não está submerso, o veneno sai de seus ferimentos da mesma maneira que entrou: em filetes de névoa que tomo grande cuidado para não tocar. Peeta está suficientemente recuperado para me ajudar. Ele corta o macacão de Finnick. Em algum lugar encontra duas conchas que funcionam muito melhor do que nossas mãos. Escolhemos molhar primeiro os braços de Finnick, já que estão em estado tão lastimável, e embora uma grande quantidade de substância branca saia deles, ele não nota. Finnick permanece deitado, olhos fechados, vez por outra deixando escapar um gemido.

Dou uma olhada ao redor com uma certeza cada vez maior do quanto a nossa posição aqui é perigosa. É noite, verdade, mas essa lua ilumina demais para garantir algum esconderijo. Temos sorte por ninguém haver nos atacado até agora. Podíamos vê-los vindo da Cornucópia, mas se todos os quatro Carreiristas atacassem, seríamos sobrepujados por eles. Se eles não nos avistassem de início, os gemidos de Finnick entregariam nossa posição em pouco tempo.

– A gente precisa botá-lo mais em contato com a água – sussurro. Mas não podemos mergulhá-lo logo de cabeça, não enquanto ele estiver nessas condições. Peeta indica com a cabeça os pés de Finnick. Pego um e ele pega o outro, puxamos seu corpo num giro de cento e oitenta graus e começamos a arrastá-lo para a água salgada. Só alguns centímetros de cada vez. Seus tornozelos. Esperamos alguns minutos. Até o meio da panturrilha. Esperamos. Seus joelhos. Nuvenzinhas brancas rodopiam de seu corpo e ele dá um grunhido. Continuamos a desintoxicá-lo pouco a pouco. Descubro que quanto mais tempo fico sentada na água, melhor me sinto. Não apenas a minha pele, mas meu cérebro e meu controle muscular continuam melhorando. Vejo o rosto de Peeta começando a voltar ao normal, sua pálpebra se abrindo, a careta abandonando sua boca.

Finnick vai se reanimando aos poucos. Seus olhos se abrem, fixam-se em nós e demonstram que ele está ciente de estar sendo ajudado. Descanso a cabeça dele em meu colo e imergimos todo o seu corpo, do pescoço para baixo, por mais ou menos dez minutos. Peeta e eu trocamos um sorriso quando Finnick levanta os braços acima da água salgada.

– Só falta a sua cabeça, Finnick. Essa é a pior parte, mas depois você vai se sentir bem melhor se conseguir aguentar – diz Peeta. Nós o ajudamos a se sentar e oferecemos nossas mãos para ele apertar enquanto molha os olhos, o nariz e a boca. Sua garganta ainda está irritada demais para que ele possa falar.

– Vou tentar tirar água de uma árvore – digo. Meus dedos remexem o cinto e encontram a cavilha ainda pendurada pelas trepadeiras.

– Deixa primeiro eu fazer o buraco – diz Peeta. – Você fica com ele. Você é a que cura.

Isso é uma piada, penso. Mas não digo em voz alta, tendo em vista que Finnick já tem muito com que se preocupar. Ele foi o mais afetado pela névoa, embora eu não saiba ao certo o porquê. Talvez porque ele seja o maior ou talvez por ter feito mais esforço. E também, é claro, tem Mags. Ainda não entendo o que foi que aconteceu lá. Por que será que ele simplesmente a abandonou para carregar Peeta? Por que será que ela não apenas não questionou a atitude, como inclusive correu diretamente para a morte sem um segundo sequer de hesitação? Será que foi porque ela era velha demais e seus dias estavam contados, de qualquer maneira? Será que eles achavam que Finnick tinha mais chances de vencer se tivesse Peeta e eu como aliados? O olhar devastado de Finnick me diz que agora não é o momento de perguntar.

Em vez disso, tento me recompor. Resgato meu broche com o tordo do macacão arruinado e prendo-o na alça da camiseta. O cinto de flutuação deve ser resistente a ácido, já que parece novinho em folha. Sei nadar, portanto o cinto de flutuação não é de fato necessário, mas Brutus bloqueou a minha flecha com ele, de modo que eu o recoloco pensando que talvez possa vir a me oferecer alguma proteção. Desfaço a trança de meus cabelos e os penteio com os dedos, perdendo vários fios, já que as gotículas de névoa fizeram um estrago e tanto. Em seguida, refaço a trança com o que restou.

Peeta encontrou uma boa árvore a mais ou menos dez metros de distância da estreita faixa de areia. Nós mal conseguimos vê-lo, mas o som de faca contra o tronco de madeira é evidente. Imagino o que terá acontecido com o furador. Ou Mags o deixou cair ou foi com ele em direção à névoa. De uma forma ou de outra, o objeto não existe mais.

Entrei um pouco mais no banco de areia, flutuando ora de costas, ora de bruços. Se a água salgada curou Peeta e eu, parece que ela está operando uma completa transformação em Finnick. Ele começa a se mexer lentamente, testando primeiro os membros, e gradativamente começa a nadar. Mas não da maneira como estou nadando, com braçadas ritmadas e constantes. É como assistir a algum estranho animal voltando à vida. Ele mergulha e volta à tona, espirrando água pela boca, rola seguidamente no que parece um bizarro movimento de chave de fenda que me deixa tonta só de olhar. E então, quando fica submerso por tanto tempo que tenho certeza de que se afogou, sua cabeça surge bem ao meu lado e me assusto.

– Não faz isso – digo.

– O quê? Voltar à tona ou submergir?

– As duas coisas. Nenhuma das duas. Pouco importa. Fique aí direitinho debaixo d'água e comporte-se. Ou então, se você está se sentindo assim tão bem, vamos lá ajudar o Peeta.

No breve instante necessário para atravessar a borda da selva percebo a mudança. Pode-se creditar isso aos anos que passei caçando, ou então talvez o meu ouvido reconstruído funcione um pouco melhor do que era de se esperar. O que importa é que estou sentindo a massa de corpos vivos suspensos acima de nós. Eles não precisam falar ou gritar. A mera respiração de tantos seres já é o suficiente.

Toco o braço de Finnick e ele segue o meu olhar em direção ao alto. Não sei como eles chegaram tão silenciosamente. Talvez não tenham chegado. Estávamos absortos demais cuidando de nossos corpos. Durante esse tempo, eles se reuniram. Não cinco ou dez, mas dezenas de macacos estão pendurados nos galhos das árvores da selva. O par que avistamos assim que nos livramos da névoa podia muito bem ser um comitê de boas-vindas. Este grupo aqui parece ameaçador.

Armo o meu arco com duas flechas e Finnick ajusta o tridente na mão.

– Peeta – digo com o máximo de calma possível. – Vou precisar que você me ajude com uma coisa aqui.

– Tudo bem, só um minutinho. Acho que acabei de conseguir – diz ele, ainda ocupado com a árvore. – Prontinho. Você pegou a cavilha?

– Peguei. Mas a gente achou uma coisa que é melhor você dar uma olhada – continuo, dosando a voz. – Só que você vai ter de se mover silenciosamente para não assustá-los. – Por algum motivo, não quero que ele note os macacos, ou mesmo olhe na direção deles. Há criaturas que interpretam uma mera troca de olhares como agressão.

Peeta se volta para nós, arfando devido ao trabalho na árvore. O tom da minha solicitação é tão esquisito que o alerta para alguma eventual irregularidade.

– Tudo bem – diz ele, casualmente. Ele começa a se mover em meio à selva e, embora eu saiba que está tentando ao máximo não fazer barulho, esse nunca foi o seu ponto forte, mesmo quando tinha duas pernas. Mas não tem problema, ele está se movendo, os macacos estão mantendo suas posições. Quando chega a apenas cinco metros da praia, Peeta percebe a presença deles. Ele olha para cima por um segundo apenas, mas é como se tivesse detonado uma bomba. Os macacos explodem numa massa histérica de pelos laranja convergindo sobre ele.

Nunca vi um animal se mover com tanta rapidez. Eles deslizam pelas trepadeiras como se estivessem besuntadas. Dão saltos impossíveis entre uma árvore e outra. Dentes à mostra, pelos eriçados, garras proeminentes, afiadas como lâminas. Posso até não ter muita familiaridade com macacos, mas animais não se comportam assim no mundo natural.

– *Bestantes!* – grito assim que Finnick e eu nos jogamos na folhagem.

Sei que cada flechada precisa valer a pena. E vale. Na luminosidade fantasmagórica, vou derrubando um macaco atrás do outro, mirando olhos, corações e pescoços de modo que cada flecha signifique uma morte. Mas ainda assim, isso não seria suficiente sem que Finnick espetasse os animais como se fossem peixes, jogando-os para o lado e Peeta destroçando-os com sua faca. Sinto garras em minha perna, em minhas costas, antes que qualquer um deles tenha tempo de acertar o agressor. O ar fica pesado com as plantas pisoteadas, o odor de sangue e o fedor rançoso dos macacos. Peeta, Finnick e eu nos posicionamos em um triângulo separados por alguns metros e de costas uns para os outros. Meu coração acelera quando meus dedos pegam a última flecha. Então, lembro que Peeta também está com uma aljava. E não está atirando, está usando apenas a faca. Tiro a minha própria faca, mas os macacos são mais rápidos, conseguem se desviar para um lado e para o outro em tal velocidade que é praticamente impossível reagir.

– Peeta! – grito. – As suas flechas.

Peeta se vira para testemunhar o meu aperto e está pegando a aljava quando a coisa acontece. Um macaco salta de uma árvore para acertar o peito dele. Estou sem flecha, não tenho como atirar. Escuto o barulho do tridente de Finnick encontrando um outro alvo e sei que sua arma está ocupada. O braço de Peeta fica inoperante no momento em que tenta retirar a aljava com as flechas. Jogo a minha faca no bestante que se aproxima mas a criatura dá um salto mortal, desviando-se da lâmina e mantendo sua trajetória.

Sem arma, indefesa, faço a única coisa que me passa pela cabeça naquele instante. Correr até Peeta e derrubá-lo no chão para proteger o corpo dele com o meu, embora saiba que não conseguirei fazer isso a tempo.

Ela entretanto, consegue. Materializando-se, ao que parece, do nada. Num determinado momento em lugar nenhum, no outro, girando na frente de Peeta. Já ensanguentada, a boca aberta num grito agudo, as pupilas tão dilatadas que seus olhos mais parecem buracos negros.

A insana morfinácea do Distrito 6 abre seus braços esqueléticos como se fosse abraçar o macaco, e o bicho enterra os dentes em seu peito.

22

Peeta solta a aljava e enterra a faca nas costas do macaco, apunhalando-o seguidamente até a fera parar de mordê-la. Ele chuta o bestante para longe, preparando-se para mais um embate. Agora estou com as flechas dele, o arco preparado e Finnick atrás de mim respirando com força, mas não engajado ativamente na luta.

– Podem vir! Podem vir! – grita Peeta, arfando de tanta raiva. Mas alguma coisa aconteceu com os macacos. Eles estão se retirando, voltando para a árvore, desaparecendo na selva, como se alguma voz oculta os estivesse convocando. A voz de um Idealizador dos Jogos dizendo a eles que já é o suficiente.

– Pega ela – digo a Peeta. – Vamos dar cobertura.

Peeta ergue cuidadosamente a morfinácea e a carrega para a praia enquanto Finnick e eu mantemos nossas armas prontas. Mas, com exceção das carcaças laranja no chão, não há mais nenhum macaco por perto. Peeta deita a morfinácea na areia. Corto o material que cobre o peito dela, deixando à mostra os quatro ferimentos profundos. O sangue escorre lentamente, fazendo com que pareçam muito menos mortíferos do que são. O verdadeiro estrago é interno. Pela posição dos cortes, tenho certeza de que a fera rompeu algum órgão vital, um pulmão, quem sabe até o coração.

Ela fica deitada na areia, arquejando como um peixe fora d'água. Pele frouxa, doentiamente esverdeada, costelas tão proeminentes quanto as de uma criança morta por inanição. Certamente ela tinha condições financeiras para se alimentar adequadamente, mas viciou-se em morfináceos da mesma maneira que Haymitch viciou-se em álcool, imagino. Tudo nela indica desperdício – seu corpo, sua vida, o olhar vago. Seguro uma de suas mãos trêmulas sem saber ao certo se elas se mexem devido ao veneno que afetou nosso sistema nervoso, ao choque do ataque ou à abstinência das drogas que a sustentavam. Não há nada que possamos fazer. Nada a não ser ficar ao seu lado enquanto ela morre.

– Vou vigiar as árvores – diz Finnick antes de se afastar. Eu também gostaria de me afastar, mas ela aperta a minha mão com tanta força que seria obrigada a usar de uma certa brutalidade para abrir seus dedos, e não tenho coragem para esse tipo de crueldade. Penso em Rue, em como talvez eu pudesse cantar uma música ou algo assim. Mas nem sei o nome da morfinácea, muito menos se ela gosta de música. Só sei que ela está morrendo.

Peeta se agacha do outro lado e acaricia seus cabelos. Quando ele começa a falar numa voz suave suas palavras me soam estranhas, mas não são para mim:

– Com as minhas tintas lá em casa eu consigo fazer qualquer cor imaginável. Rosa. Claro como a pele de um bebê. Ou forte como um ruibarbo. Verde como a grama da primavera. Azul brilhante como gelo na água.

A morfinácea olha fixamente para Peeta, atenta a suas palavras.

– Uma vez passei três dias misturando tintas até encontrar o tom certo para a luz do sol batendo numa pelagem branca. Na verdade, eu não parava de pensar que se tratava de amarelo, mas era muito mais do que isso. Camadas de todos os tipos de cor. Uma após a outra – diz Peeta.

A respiração da morfinácea está perdendo ritmo e se transformando em arquejos superficiais. Sua mão livre toca o sangue em seu peito, fazendo os pequenos movimentos giratórios com os quais ela tanto amava pintar.

– Ainda não sei como fazer um arco-íris. Eles aparecem muito subitamente e somem logo. Nunca tenho tempo suficiente para capturar as suas cores. Só um pouquinho de azul aqui um pouquinho de púrpura ali. E aí tudo desaparece novamente. De volta ao ar – diz Peeta.

A morfinácea parece hipnotizada pelas palavras de Peeta. Em transe. Ela levanta uma mão trêmula e pinta no rosto de Peeta o que penso ser talvez uma flor.

– Obrigado – sussurra ele. – É lindo.

Por um momento, o rosto da morfinácea se ilumina num sorriso e ela emite um som agudo. Então ela respira pela última vez e o canhão dispara. O aperto em minha mão se desfaz.

Peeta a leva para a água. Ele volta e se senta ao meu lado. A morfinácea flutua na direção da Cornucópia por um tempo e então um aerodeslizador aparece e uma garra com quatro dentes desce, a envolve e a carrega pela noite escura. Ela se vai.

Finnick se junta a nós, as mãos cheias de flechas ainda molhadas com sangue dos macacos. Ele as solta ao meu lado na areia.

– Pensei que talvez você pudesse querer isso aqui.

– Obrigada – digo. Entro na água e lavo os resquícios nojentos dos animais, não só das armas como também de meus ferimentos. Quando volto para a selva para pegar um pouco de musgo para secá-las, todos os corpos dos macacos já desapareceram.

– Para onde eles foram? – pergunto.

– A gente não sabe exatamente. As trepadeiras se mexeram e eles sumiram – diz Finnick.

Olhamos para a selva, entorpecidos e exaustos. Em meio ao silêncio, reparo que os pontos onde as gotículas de névoa tocaram em minha pele secaram. Eles pararam de doer e começaram a coçar. Intensamente. Tento pensar nisso como um bom sinal. Que estão sarando. Olho de relance para Peeta, para Finnick e vejo que ambos estão coçando seus rostos machucados. Sim, até mesmo a beleza de Finnick foi maculada pelo que aconteceu na noite de hoje.

— Não cocem — digo, louca para coçar também. Mas sei que esse é o conselho que minha mãe daria. — Vocês só vão causar uma infecção. Acham que é seguro fazer uma nova tentativa de conseguir água?

Voltamos à árvore que Peeta estava martelando. Finnick e eu ficamos com nossas armas a postos enquanto ele enfia a cavilha, mas nenhuma ameaça aparece. Peeta descobriu um bom veio, e a água começa a jorrar pela cavilha. Matamos nossa sede e deixamos a água cair sobre nossos corpos irritados pela coceira. Enchemos um punhado de conchas com água potável e voltamos para a praia.

Ainda é noite, embora a manhã já não esteja muito distante. A menos que os Idealizadores dos Jogos queiram que esteja.

— Por que vocês dois não descansam um pouco? — digo. — Eu vigio por um tempo.

— Não, Katniss, prefiro que eu mesmo faça isso — diz Finnick. Olho bem nos olhos dele, em seu rosto, e percebo que ele mal consegue conter as lágrimas. Mags. O mínimo que posso fazer é dar a privacidade necessária para que ele chore a ausência da amiga.

— Tudo bem, Finnick, obrigada — digo. Eu me deito na areia com Peeta, que adormece de imediato. Olho a noite, pensando na diferença que faz um dia. Como ontem de manhã

Finnick estava na minha lista de morte e agora estou disposta a dormir tendo-o como meu guardião. Ele salvou Peeta e deixou Mags morrer não sei por quê. Só sei que jamais conseguirei pagar a dívida que tenho com ele. Tudo o que posso fazer no momento é dormir e deixar que ele sofra sua perda em paz. E é o que faço.

Estamos no meio da manhã quando abro os olhos novamente. Peeta ainda está ao meu lado. Acima de nós, uma esteira de grama suspensa sobre galhos protege nossos rostos do sol. Sento-me e vejo que as mãos de Finnick não ficaram paradas. Duas tigelas tecidas a partir de grama estão cheias de água fresca. Uma terceira contém diversos crustáceos.

Finnick está sentado na areia, abrindo-os com uma pedra.

– Eles são mais gostosos frescos – diz ele, arrancando um naco de carne de uma concha e enfiando-o na boca. Seus olhos ainda estão inchados, mas finjo não notar.

Meu estômago começa a se manifestar com o cheiro da comida e me aproximo para pegar um pouco. A visão das minhas unhas empapadas de sangue me detém. Fiquei coçando a pele até sair sangue, enquanto dormia.

– Sabe que se você ficar coçando pode dar uma infecção? – diz Finnick.

– Foi o que ouvi falar – respondo. Vou até a água salgada e lavo o sangue, tentando decidir o que eu odeio mais, a dor ou a coceira. De saco cheio, volto correndo para a praia, viro o rosto para cima e exclamo: – Ei, Haymitch, se você não estiver bêbado demais, uma coisinha qualquer para nossa pele até que não seria ruim.

A rapidez com a qual o paraquedas aparece acima de mim chega a ser até engraçada. Eu me aproximo e o tubo aterrissa bem em cima da minha mão aberta.

– Já era tempo – digo, mas não consigo manter a carranca. Haymitch. O que eu não daria para ter cinco minutos de conversa com ele.

Desabo na areia perto de Finnick e tiro a tampa do tubo. Lá dentro tem um unguento escuro e viscoso com um cheiro forte, uma combinação de alcatrão e agulhas de pinheiro. Torço o nariz, passo uma gota do medicamento na palma da mão e começo a massagear a perna. Um som de prazer escapa da minha boca à medida que a mistura acaba com a coceira. Ele também faz com que minha pele cheia de feridas adquira uma tenebrosa coloração esverdeada. Enquanto começo a passar o creme na outra perna, jogo o tubo para Finnick, que olha para mim cheio de desconfiança.

– É como se você estivesse entrando em decomposição – diz Finnick. Mas acho que a coceira fala mais alto, porque depois de um minuto Finnick também começa a tratar de sua pele. Ele estava certo, a combinação das feridas com o unguento é visualmente horrível. Não consigo deixar de me divertir com a inquietação dele.

– Pobre Finnick. Por acaso, essa é a primeira vez na vida que você não está com a aparência bonitinha? – digo.

– Deve ser. A sensação é completamente nova. Como foi que você conseguiu lidar com isso ao longo de todos esses anos? – pergunta ele.

– Simplesmente evitando espelhos. Com o tempo você acaba esquecendo.

Nós nos esfregamos de cima a baixo, às vezes até nos revezando em passar o unguento nas costas um do outro nas partes onde a camiseta não protege a pele.

– Vou acordar o Peeta – digo.

– Não, espere – diz Finnick. – Vamos fazer isso juntos. Vamos botar as nossas cabeças juntas na frente dele.

Bom, há tão poucas oportunidades para brincadeiras na minha vida que concordo. Nós nos posicionamos um de cada lado de Peeta, nos curvamos até que nossos rostos estejam a centímetros do nariz dele, e o sacudimos.

– Peeta. Peeta, acorda – digo numa voz suave e cantada.

As pálpebras dele se mexem e então ele dá um salto como se tivesse acabado de ser esfaqueado.

– Ah!

Finnick e eu caímos para trás na areia, rindo até não poder mais. Todas as vezes que tentamos parar, vemos a tentativa que Peeta faz para manter uma expressão desdenhosa e a vontade de rir reaparece. Quando conseguimos nos recompor, começo a pensar que talvez Finnick Odair seja uma pessoa legal, afinal de contas. Pelo menos não tão frívolo ou metido como havia imaginado. Nem um pouco desagradável, para ser sincera. E no momento exato em que estou tirando essa conclusão, um paraquedas aterrissa perto de nós com um pão recém-saído do forno. Lembrando como no ano passado as dádivas de Haymitch eram normalmente programadas para mandar uma mensagem, dou um recado a mim mesma. *Faça amizade com Finnick. Você vai conseguir comida.*

Finnick gira o pão em suas mãos, examinando a casca. Um pouco possessivo demais. Não há necessidade disso. Ele possui aquela tonalidade esverdeada das algas marinhas que os pães do Distrito 4 sempre possuem. Todos nós sabemos que o pão pertence a ele. Talvez ele tenha acabado de perceber o quanto é precioso, e que talvez jamais tenha outra oportunidade de ver um pão como aquele em sua vida. Talvez alguma lembrança de Mags esteja associada à casca. Mas ele só diz o seguinte:

– Isso aqui vai cair muito bem com os crustáceos.

Enquanto ajudo Peeta a cobrir a pele com o unguento, Finnick limpa habilidosamente a carne dos crustáceos. Nos reunimos e comemos a deliciosa carne com o pão salgado do Distrito 4.

Estamos parecendo monstros – o unguento faz com que algumas feridas descasquem –, mas fico contente pelo medicamento. Não apenas porque ele fornece alívio contra a coceira, mas também porque age como proteção contra o fortíssimo sol branco no céu cor-de-rosa. Pela posição, estimo que devam ser mais ou menos dez da manhã, que estamos na arena há mais ou menos um dia. Onze de nós estão mortos. Treze vivos. Em algum lugar da selva, dez estão escondidos. Três ou quatro deles são Carreiristas. Eu, para falar a verdade, não sinto muita vontade de tentar lembrar quem são os outros.

Para mim, a selva evoluiu rapidamente de um local de proteção para uma sinistra armadilha. Sei que em algum ponto seremos forçados a entrar novamente em seus domínios, ou para caçar ou para sermos caçados, mas no presente momento estou planejando ficar bem aqui em nossa pequena praia. E não ouço Peeta ou Finnick sugerindo que façamos o contrário. Por um tempo, a selva parece quase estática, zunindo, fervilhando, mas não exibindo seus perigos. Então, ao longe, ouve-se o grito. Na margem oposta à nossa, uma parte da selva começa a vibrar. Uma enorme onda surge bem no alto da montanha, acima das árvores, rugindo encosta abaixo. Ela atinge a água do mar com tamanha força que, embora estejamos bem distantes dela, a onda chega até nossos joelhos fazendo com que tudo ao nosso redor flutue na água. Nós três conseguimos recolher as coisas, sem deixar que nada seja levado pela onda, com exceção de nossos macacões saturados de produtos químicos, tão estragados que ninguém se importa de perdê-los.

Um canhão soa. Vemos o aerodeslizador aparecer sobre a área onde a onda começou e pegar um corpo do meio das árvores. *Doze*, penso.

O círculo de água lentamente se acalma, após absorver a gigantesca onda. Arrumamos novamente as nossas coisas na areia molhada e estamos a ponto de nos sentar quando eu os vejo. Três figuras, a mais ou menos dois raios de distância, adentrando a praia tropegamente.

— Olhem lá — digo baixinho, indicando com a cabeça a direção de onde vêm os recém-chegados. Peeta e Finnick seguem o meu olhar. Como se tivéssemos combinado antes, nós três nos escondemos nas sombras da selva.

O trio está em péssimo estado — dá para ver de imediato. Um está praticamente sendo arrastado por um segundo, e o terceiro vaga em círculos, como se estivesse fora de si. Estão com uma cor de tijolo bem intensa, como se houvessem sido mergulhados em tinta e depois deixados para secar.

— Quem são? — pergunta Peeta. — Ou o que são? Bestantes?

Pego uma flecha, preparando-me para o ataque. Mas a única coisa que acontece é que aquele que estava sendo arrastado desaba na praia. O que estava arrastando bate os pés, frustrado, e, num aparente ataque de fúria, se vira e dá um empurrão no que vagava.

O rosto de Finnick se ilumina.

— Johanna! — chama ele, e corre atrás dos seres avermelhados.

— Finnick! — ouço a voz de Johanna responder.

Troco olhares com Peeta.

— E agora? — pergunto.

— A gente não pode abandonar o Finnick — diz ele.

— Imagino que não. Vamos lá, então — digo, irritada, porque mesmo que tivesse elaborado uma lista de aliados, Johanna Mason definitivamente não figuraria nela. Seguimos pela praia até o local onde Finnick e Johanna acabaram de se encontrar. À medida que nos aproximamos, vejo quem são os companheiros dela e sou tomada pela confusão. É Beetee, de costas no chão, e Wiress, que se levanta e volta a vagar em círculos.

— Ela está com Wiress e Beetee.

— Pancada e Faísca? — diz Peeta, igualmente confuso. — Preciso descobrir como isso aconteceu.

Quando os alcançamos, Johanna está fazendo um gesto na direção da selva e falando apressadamente com Finnick:

— A gente pensou que se tratava de chuva, por causa do relâmpago, e estava todo mundo morrendo de sede. Mas quando ela começou a cair, a gente viu que na verdade era sangue. Sangue espesso e quente. Não dava para enxergar nada, não dava nem para abrir a boca sem correr o risco de acabar engolindo um pouco. A gente simplesmente veio cambaleando de um lado pro outro, tentando sair de lá. Foi quando Blight atingiu o campo de força.

— Sinto muito, Johanna — diz Finnick. Demoro um instante para me recordar de Blight. Acho que ele era o companheiro masculino de Johanna, os dois do Distrito 7, mas quase não me lembro de tê-lo visto. Por falar nisso, acho que ele nem apareceu para treinar.

— Tudo bem. Bom, ele não era grande coisa, mas era do meu distrito — diz ela. — E me deixou sozinha com esses dois. — Com o sapato ela cutuca Beetee, que está praticamente inconsciente. – Ele estava com uma faca nas costas na Cornucópia. E ela...

Olhamos na direção de Wiress, que gira sem parar, coberta de sangue seco, e murmura:

– Tique-taque, tique-taque.

– É isso aí, a gente sabe. Tique-taque. Pancada está em estado de choque.

Isso parece atrair Wiress para Johanna. Ela se volta na direção de Johanna, que a empurra duramente para a praia.

– Fique aí quietinha, certo?

– Deixe-a em paz – rebato.

Johanna estreita seus olhos castanhos para mim com ódio.

– Deixá-la em paz? – sibila. Ela avança um passo antes que eu possa reagir e me dá um tapa com tanta força que vejo estrelas. – Quem você pensa que os tirou daquela selva de sangue para você? Sua... – Finnick pega Johanna, que não para de se debater, coloca-a no ombro e a carrega até a água. Ele a molha repetidamente enquanto ela berra um monte de coisas realmente ofensivas para mim. Mas eu não reajo. Porque ela está com Finnick e porque ela disse que os tirou de lá para mim.

– Como assim? Ela os tirou de lá para mim? – pergunto a Peeta.

– Não sei. No começo, você queria ficar com eles – lembra ele.

– É verdade, eu quis. No começo. – Mas isso não responde nada. Olho para o corpo inerte de Beetee. – Mas eles não vão ficar muito tempo comigo se a gente não fizer alguma coisa.

Peeta carrega Beetee, eu pego Wiress pela mão e voltamos para nosso pequeno acampamento na praia. Sento Wiress no banco de areia para que ela se lave um pouco, mas ela apenas esfrega as mãos uma na outra e vez por outra murmura:

– Tique-taque.

Tiro o cinto de Beetee e encontro um pesado cilindro de metal preso ao lado por uma corda feita com trepadeiras. Não sei dizer do que se trata, mas se ele achava que valia a pena guardar, não sou eu quem vai jogar fora. Atiro o objeto na areia. As roupas de Beetee estão empapadas de sangue e coladas no corpo dele, de modo que Peeta o segura na água enquanto eu as tiro. Leva algum tempo para remover o macacão, e então descobrimos que a roupa de baixo dele também está encharcada de sangue. Não há alternativa a não ser despi-lo para que possamos limpá-lo, mas sou obrigada a dizer que isso não me impressiona mais. Esse ano a mesa de nossa cozinha tem estado cheia de homens nus. Você meio que se acostuma depois de um certo tempo.

Abrimos a esteira de Finnick e deitamos Beetee de bruços para podermos examinar suas costas. Tem um corte com mais ou menos doze centímetros de comprimento que vai do ombro às costelas. Felizmente, não é muito profundo. Mas além de ele ter perdido muito sangue – dá para ver pela palidez da pele –, os ferimentos continuam sangrando.

Sento nos calcanhares, tentando pensar. O que tenho para usar? Água do mar? Sinto-me como a minha mãe, tendo apenas a neve como recurso para qualquer tratamento. Olho na direção da selva. Aposto que existe uma farmácia completa ali. Se ao menos soubesse como usá-la. Mas essas não são as minhas plantas. Então, penso no musgo que Mags me deu para assoar o nariz.

– Já volto – digo a Peeta.

Felizmente, a coisa parece ser bastante comum na selva. Arranco um punhado das árvores próximas e volto para a praia. Faço um chumaço espesso com o musgo, coloco-o em cima do corte de Beetee e o prendo, atando trepadeiras ao redor do corpo dele. Despejamos um pouco d'água em cima dele, e em seguida o puxamos para a sombra no limite da selva.

– Acho que isso é o máximo que a gente pode fazer – digo.

– Está bom. Você é muito boa nesse negócio de curar – diz ele. – Está no seu sangue.

– Não – digo, sacudindo a cabeça. – Tenho o sangue do meu pai. – O tipo que acelera durante uma caçada, não durante uma epidemia. – Vou ver como está a Wiress.

Pego um punhado de musgo para utilizar como atadura e me junto a Wiress no banco de areia. Ela não resiste quando lhe tiro a roupa e esfrego sua pele para remover o sangue. Mas seus olhos estão dilatados de medo e, quando falo, ela não responde, exceto para dizer com uma urgência cada vez maior:

– Tique-taque.

Ela parece estar tentando me dizer alguma coisa, mas sem Beetee para explicar seus pensamentos, fico perdida.

– É isso aí. Tique-taque – digo. Isso parece acalmá-la um pouco. Lavo o macacão dela até que praticamente não haja mais nenhum traço de sangue e a ajudo a vesti-lo novamente. Ele não está estragado como os nossos. O cinto dela está bom, de modo que também o recoloco. Em seguida lavo a roupa de baixo dela e de Beetee.

Quando estou enxaguando o macacão de Beetee, uma Johanna brilhando de tão limpa e um descascado Finnick já estão ao nosso lado. Durante um certo tempo, Johanna apenas bebe grandes goles de água e se empanturra de crustáceos enquanto tento convencer Wiress a engolir alguma coisa. Finnick conta sobre a névoa e os macacos com uma voz fria e quase clínica, evitando o detalhe mais importante da história.

Todos se oferecem para montar guarda enquanto os outros descansam, mas no fim Johanna e eu assumimos o posto. Eu porque estou realmente descansada, ela porque simplesmente se recusa a se deitar. Nós duas ficamos sentadas em silêncio na praia até os outros adormecerem.

Johanna olha de relance para Finnick, para se certificar de que está dormindo, e então se volta para mim e diz:

– Como foi que vocês perderam Mags?

– Na névoa. Finnick estava com Peeta. Eu fiquei carregando Mags durante um tempo. Depois não aguentei mais. Finnick disse que não conseguia carregar os dois. Ela deu um beijo nele e foi andando direto para a névoa venenosa.

– Você sabia que ela foi a mentora de Finnick? – diz Johanna, em tom acusatório.

– Não, não sabia.

– Ela era quase da família dele – fala ela alguns instantes depois, mas agora com menos veneno nas palavras.

Observamos a água bater nas roupas de baixo.

– E aí, o que é que você estava fazendo com Pancada e Faísca? – pergunto.

– Eu já falei. Peguei-os para você. Haymitch disse que pra gente ser aliada eu tinha que levá-los para você – responde Johanna. – Foi isso o que você disse para ele, não foi?

Não, penso. Mas balanço a cabeça em concordância.

– Obrigada. Eu agradeço.

– Espero que sim. – Ela me lança um olhar cheio de desprezo, como se eu fosse o maior dos empecilhos em sua vida. Imagino se isso não é exatamente como ter uma irmã mais velha que realmente odeia você.

– Tique-taque – ouço atrás de mim. Viro-me e vejo que Wiress veio se arrastando até onde estamos. Seus olhos estão fixos na selva.

– Ah, meu Deus, não é que ela voltou? Tudo bem, vou dormir. Você e a Pancada podem montar guarda sozinhas – diz Johanna. Ela se afasta e se deita ao lado de Finnick.

– Tique-taque – sussurra Wiress. Coloco-a na minha frente e faço com que se deite, acariciando seu braço para tranquilizá-la. Ela aos poucos cai no sono, agitando-se incessantemente, ocasionalmente suspirando sua frase: – Tique-taque.

– Tique-taque – concordo suavemente. – Hora de dormir. Tique-taque. Durma.

O sol se ergue no céu até ficar exatamente em cima de nossas cabeças. *Deve ser meio-dia*, penso, distraída. Não que isso tenha alguma importância. Do outro lado da água, à direita, vejo o brilho intenso quando o raio atinge a árvore e a tempestade elétrica recomeça. Bem na mesma área em que ocorreu na noite de ontem. Alguém deve ter se movido em direção àquela região e desencadeado o ataque. Fico sentada por um tempo, observando os raios, mantendo Wiress calma, sossegada numa paz interior pelo bater das águas. Penso na noite anterior, em como o relâmpago começou logo depois que o sino soou. Doze badaladas.

– Tique-taque – diz Wiress, sua consciência voltando à superfície por um momento e logo depois de volta para as profundezas.

Doze badaladas ontem à noite. Como se fosse meia-noite. Em seguida o relâmpago. O sol acima de nós agora. Como se fosse meio-dia. E o raio.

Lentamente, levanto-me e dou uma olhada na arena. O raio ali. Na fatia seguinte da circunferência veio a chuva de sangue, onde Johanna, Wiress e Beetee foram pegos. Estávamos na terceira seção, bem ao lado daquela, quando a névoa apareceu. E, assim que ela foi sugada para longe, os macacos começaram a se reunir na quarta. Tique-taque. Minha cabeça gira para o outro lado. Algumas horas atrás, por volta das dez, aquela onda veio da segunda seção à esquerda de onde o relâmpago está agora surgindo. Meio-dia. Meia-noite. Meio-dia.

– Tique-taque – diz Wiress em seu sono. À medida que o raio cessa e a chuva de sangue começa bem à direita dele, suas palavras subitamente fazem sentido.

– Meu Deus – digo entre os dentes. – Tique-taque. – Meus olhos vasculham toda a extensão circular da arena e sei que ela está certa. – Tique-taque. Isto aqui é um relógio.

23

Um relógio. Quase consigo ver os ponteiros batendo no mostrador de doze seções da arena. Cada hora inaugura um novo horror, uma nova arma imaginada por um Idealizador dos Jogos, e encerra a anterior. Raios, chuva de sangue, névoa, macacos – essas foram as primeiras quatro horas no relógio. E às dez, a onda. Não sei o que acontece nas outras sete, mas sei que Wiress está certa.

No momento, a chuva de sangue está caindo e estamos na praia abaixo do segmento dos macacos, próximos demais da névoa para o meu gosto. Será que os vários ataques ocorrem apenas no limite da selva? Não necessariamente. Com a chuva não foi assim. Se aquela névoa vazar da selva, ou se os macacos voltarem...

– Acordem – ordeno, sacudindo Peeta, Finnick e Johanna. – Acordem, a gente precisar ir embora daqui. – Há tempo suficiente, entretanto, para explicar a teoria do relógio para eles. Para explicar o tique-taque de Wiress e como os movimentos dos ponteiros invisíveis desencadeiam uma força mortífera em cada seção.

Acho que convenci todos que estão conscientes, com exceção de Johanna, que tem uma propensão natural a se opor a qualquer coisa que sugiro. Mas até ela concorda que é melhor estar segura do que se arrepender depois.

Enquanto os outros recolhem os poucos itens que carregamos e vestem novamente o macacão em Beetee, eu acordo Wiress. Ela desperta em pânico:

— Tique-taque!

— É isso aí, tique-taque, a arena é um relógio. É um relógio, Wiress, você tem razão — digo. — Você tem razão.

Alívio se estampa no rosto dela — imagino que seja porque alguém finalmente compreendeu o que ela deve saber desde o primeiro badalar dos sinos.

— Meia-noite.

— Começa à meia-noite — confirmo.

Uma lembrança luta para aflorar em meu cérebro. Vejo um relógio. Um relógio de bolso, na palma da mão de Plutarch Heavensbee. *Começa à meia-noite*, disse Plutarch. E, então, meu tordo se iluminou brevemente e desapareceu. Olhando em retrospecto, é como se ele tivesse me dado uma pista a respeito da arena. Mas por que ele teria feito isso? Naquele momento, eu era um tributo desses Jogos tanto quanto ele. Talvez ele tenha pensado que a informação me ajudasse se eu me tornasse mentora. Ou talvez esse tivesse sido o plano desde sempre.

Wiress balança a cabeça indicando a chuva de sangue.

— Uma e meia — diz ela.

— Exatamente. Uma e meia. E às duas, uma terrível névoa venenosa vai começar ali — digo, apontando para a selva ao nosso lado. — Então vamos ter que seguir agora para um lugar seguro. — Ela sorri e se levanta, obedientemente. — Está com sede? — Estendo para ela a tigela de grama e ela bebe um quarto do conteúdo. Tendo superado a inabilidade para se comunicar, ela volta a funcionar normalmente.

Verifico as minhas armas. Amarro a cavilha e o tubo de medicamento no paraquedas e prendo tudo no meu cinto usando algumas trepadeiras.

Beetee ainda parece estar em outro planeta, mas quando Peeta tenta levantá-lo, ele se opõe.

Ele murmura alguma coisa.

– Ela está bem aqui – diz Peeta a ele. – Wiress está bem. Ela também vai com a gente.

Mas ainda assim, Beetee reluta.

– O fio – ele volta a murmurar.

– Ah, já sei o que quer – diz Johanna, impacientemente. Ela atravessa a praia e pega o cilindro que tiramos do cinto dele para dar banho. O objeto está revestido por uma camada de sangue coagulado. – Essa coisa não tem valor nenhum. É uma espécie de fio ou sei lá o quê. Foi assim que ele recebeu a facada. Correndo até o alto da Cornucópia para pegar esse negócio. Não sei que tipo de arma é isso. Imagino que dê para puxar uma parte e usar como um garrote ou alguma coisa assim. Mas, na boa, vocês conseguem imaginar Beetee ou Wiress estrangulando alguém até a morte?

– Ele venceu os Jogos com um fio desses. Montando aquela armadilha elétrica – diz Peeta. – É a melhor arma que ele poderia obter.

Há algo de estranho no fato de Johanna não ter percebido isso por conta própria. Alguma coisa que não soa verdadeira. Alguma coisa suspeita.

– Não achei que seria tão difícil você sacar isso – digo –, já que foi você mesma quem botou nele o apelido de Faísca.

Os olhos de Johanna estreitam-se perigosamente para mim.

— É isso aí, foi mancada minha, não foi? – diz. – Acho que devo ter me distraído demais, mantendo seus amiguinhos vivos. Enquanto você estava... fazendo o que mesmo? Matando Mags?

Meus dedos apertam o cabo da faca presa em meu cinto.

— Vai em frente. Experimenta. Não estou nem aí se você está prenha. Vou cortar o seu pescoço de um jeito ou de outro – diz Johanna.

Sei que não tenho como matá-la nesse momento. Mas é apenas uma questão de tempo, Johanna e eu. Até que uma acabe com a outra.

— De repente, é melhor todos olharmos bem onde estamos pisando – diz Finnick, lançando um olhar dardejante na minha direção. Ele pega o fio e o coloca no peito de Beetee. – Aí está o seu fio, Faísca. Preste bem atenção em onde você vai plugá-lo, certo?

Peeta carrega Beetee, agora tranquilizado.

— Para onde a gente vai?

— Gostaria de ir para a Cornucópia para observar. Só para ter certeza de que estamos certos em relação ao relógio – diz Finnick. O plano parece tão bom quanto qualquer outro. Além do mais, não me importaria de ter mais uma chance de botar as mãos nas armas. E agora somos seis. Mesmo sem considerar Beetee e Wiress, contamos com quatro bons combatentes. É bem diferente da situação em que me encontrava à mesma altura no ano passado, quando era obrigada a fazer tudo por conta própria. Sim, é maravilhoso ter aliados, contanto que você consiga ignorar o pensamento de que terá de matá-los em algum momento.

Beetee e Wiress provavelmente encontrarão alguma maneira de morrer por conta própria. Se tivermos de fugir de alguma coisa, até onde eles conseguirão chegar? Johanna, francamente, eu mataria com facilidade se fosse para proteger Peeta. Ou talvez simplesmente para calar a boca dela. O que realmente preciso é que alguém acabe com Finnick por mim, já que receio não ter condições de fazer isso pessoalmente. Não depois de tudo o que ele fez por Peeta. Penso em dar um jeito de garantir que ele se encontre com os Carreiristas. É muita frieza da minha parte, eu sei. Mas quais são as minhas opções? Agora que sabemos a respeito do relógio, ele provavelmente não vai morrer na selva, de modo que alguém terá de matá-lo em combate.

Como esses são pensamentos odiosos, minha mente tenta freneticamente mudar de assunto. Mas a única coisa que me distrai de minha atual situação é fantasiar maneiras de matar o presidente Snow. Sonhos não muito adequados a uma adolescente de dezessete anos, imagino, mas bastante prazerosos.

Percorremos a faixa de areia mais próxima, nos aproximando com cuidado da Cornucópia, caso algum Carreirista esteja escondido lá. Duvido que haja algum, porque estamos na praia há horas e não há o menor sinal de vida no local. A área está abandonada, como esperávamos. Restam apenas o grande chifre dourado e a pilha de armas.

Quando Peeta deita Beetee no pedacinho de sombra proporcionado pela Cornucópia, ele chama Wiress. Ela se agacha ao lado dele e ele coloca o carretel nas mãos dela.

— Limpa isso aqui, por favor — ele pede.

Wiress balança a cabeça em concordância e dá uma corridinha até a margem da água, onde molha o carretel. Ela começa a cantar bem baixinho uma canção engraçada sobre um camundongo correndo para cima de um relógio. Deve ser para crianças, mas parece deixá-la feliz.

— Ah, não. Essa musiquinha de novo, não — diz Johanna, girando os olhos. — Ela cantou isso aí horas e horas antes de começar com o tique-taque.

De repente Wiress se levanta, endireita a postura e aponta para a selva.

— Duas — diz ela.

Sigo o dedo dela até o local onde a parede de névoa está começando a se projetar em direção à praia.

— É isso mesmo, olhem lá, Wiress tem razão. São duas horas e a névoa começou.

— Como um relógio de ponteiros — diz Peeta. — Você foi muito esperta sacando isso, Wiress.

Wiress sorri e volta a cantar, e a molhar o carretel.

— Ah, ela é mais do que esperta — diz Beetee. — Ela é intuitiva. — Nós todos nos viramos para olhar para Beetee, que parece estar voltando à vida. — Ela consegue sentir as coisas antes de qualquer outra pessoa. Como um canário em alguma mina de carvão no seu distrito.

— Como assim? — pergunta Finnick, olhando para mim.

— É um passarinho que nós levamos para as minas para nos avisar se o ar está ruim.

— E ele faz o quê? Morre? — pergunta Johanna.

— Primeiro, ele para de cantar. É aí que você tem que cair fora. Mas se o ar estiver ruim demais, ele morre, sim. E você também. — Não estou a fim de falar sobre passarinhos que morrem. Eles me trazem lembranças da morte de meu pai, da morte de Rue, da morte de Maysilee Donner e de minha mãe herdando o passarinho dela. Ah, que maravilha, e agora estou pensando em Gale bem nas profundezas daquela mina horrível com a ameaça do presidente Snow pairando sobre a sua cabeça. Como é fácil fazer parecer que ocorreu um acidente lá embaixo. Um canário silencioso, uma fagulha e nada mais.

Volto a pensar em matar o presidente.

Apesar de sua irritação com Wiress, Johanna está contente como eu jamais a vi nessa arena. Enquanto aumento meu estoque de flechas, ela cisca aqui e ali até encontrar um par de machados de aparência letal. Parece uma escolha esquisita até que a vejo arremessar um deles com tanta força que o objeto fica grudado na superfície dourada da Cornucópia. É claro. Johanna Mason. Distrito 7. Lenhadores. Aposto que ela arremessa machados desde que engatinhava. É como Finnick e seu tridente. Ou Beetee e seu fio. Rue e seu conhecimento sobre plantas. Percebo que isso é mais uma desvantagem que os tributos do Distrito 12 vêm sendo obrigados a encarar ao longo de todos esses anos. Só entramos nas minas após completar dezoito anos. Parece que a maioria dos outros tributos aprende algo sobre as atividades de seus distritos bem cedo. Há coisas que se faz em uma mina que poderiam ser bastante úteis nos Jogos. Usar uma picareta. Lidar com explosivos. É uma vantagem que você acaba tendo. Como ocorreu com o fato de eu saber caçar. Mas nós aprendemos essas coisas tarde demais.

Enquanto remexíamos as armas, Peeta permanecia agachado no chão desenhando alguma coisa com a ponta de sua faca numa folha grande e lisa que ele tinha trazido da selva. Olho por cima do seu ombro e vejo que ele está criando um mapa da arena. No centro está a Cornucópia em seu círculo de areia com as doze faixas irradiando para o exterior. Parece uma torta cortada em doze fatias iguais. Há um outro círculo representando a linha da água e um ligeiramente maior indicando o limite da selva.

— Olha só como a Cornucópia está posicionada — diz ele para mim.

Examino a Cornucópia e vejo o que ele quer dizer.

— A cauda aponta para a hora doze — respondo.

— Certo, então isso aqui é o topo do nosso relógio — explica ele, e rapidamente rabisca os números de um a doze ao redor do mostrador do relógio. — De doze a um é a zona dos raios. — Ele escreve *raio* com uma letrinha miúda na fatia correspondente, e então vai no sentido horário acrescentando *sangue*, *névoa* e *macacos* nas seções seguintes.

— E de dez a onze é a onda — digo. Ele a adiciona. Finnick e Johanna juntam-se a nós nesse momento, carregando montes de tridentes, machados e facas.

— Vocês repararam alguma coisa diferente nas outras seções? — pergunto a Johanna e a Beetee, já que talvez eles possam ter visto algo que nós não vimos. Mas tudo o que eles viram foi sangue em abundância. — Acho que podia haver qualquer coisa por lá.

— Eu vou marcar os lugares onde a gente sabe que a arma dos Idealizadores dos Jogos nos segue pela selva, assim a gente vai poder ficar afastado deles — diz Peeta, desenhando linhas diagonais na névoa e praias com ondas. Em seguida, ele se senta. — Bom, de qualquer modo, é muito mais do que o que a gente sabia hoje de manhã.

Balançamos nossas cabeças em concordância, e é nesse instante que eu reparo. O silêncio. Nosso canário parou de cantar.

Não espero. Engato uma flecha no arco enquanto me viro e avisto Gloss com o corpo pingando, e Wiress deslizando em direção ao chão, o pescoço cortado num sorriso de um vermelho vívido. A ponta da minha flecha desaparece na têmpora direita dele e, no tempo que eu levo para colocar outra flecha no arco, Johanna enterrou a lâmina de um de seus machados no peito de Cashmere. Finnick rechaça uma lança que Brutus lança em Peeta e leva uma facada de Enobaria na coxa. Se não houvesse uma Cornucópia atrás da qual pudessem se agachar, eles estariam mortos, ambos os tributos do Distrito 2. Avanço em perseguição a eles. *Bum! Bum! Bum!* O canhão confirma que não há jeito de ajudar Wiress e nenhuma necessidade de concluir o serviço em Gloss ou em Cashmere. Meus aliados e eu estamos contornando o chifre, no encalço de Brutus e Enobaria, que correm a toda velocidade por uma faixa de areia em direção à selva.

Subitamente, o chão treme abaixo de meus pés e sou jogada para o lado na areia. O círculo de terra que sustenta a Cornucópia começa a girar com rapidez, com muita rapidez mesmo, e vejo a selva virando um borrão. Sinto a força centrífuga puxando-me para a água e enterro as mãos e os pés na areia, tentando negociar meu equilíbrio no solo instável. Entre a areia voando por todos os lados e a tonteira, sou obrigada a manter os olhos bem fechados. Não há literalmente nada que possa fazer a não ser me manter onde estou até que, sem qualquer desaceleração gradual, paramos bruscamente.

Tossindo e enjoada, vou aos poucos me recuperando até encontrar meus companheiros na mesma condição. Finnick, Johanna e Peeta se seguraram. Os três cadáveres foram lançados em direção à água salgada.

A coisa toda, desde o momento em que senti a falta da canção de Wiress até agora, não pode ter levado mais do que um ou dois minutos. Ficamos lá sentados, arfando e tirando areia de nossas bocas.

– Onde está Faísca? – diz Johanna. Estamos de pé. Uma volta trôpega ao redor da Cornucópia confirma que ele não está mais aqui. Finnick o avista a mais ou menos vinte metros na água, o corpo quase afundando, e nada para içá-lo.

É então que me lembro do fio e de como o objeto era importante para ele. Olho freneticamente ao redor. Onde está? Onde está? E então eu o vejo, ainda grudado nas mãos de Wiress na água. Meu estômago se contrai só de pensar no que terei de fazer em seguida.

– Preciso de cobertura – digo para os outros.

Solto as armas e corro pela faixa de terra. Sem diminuir a velocidade, mergulho na água e vou em busca do corpo dela. Com o canto do olho, vejo o aerodeslizador aparecendo acima de nossas cabeças, a garra começando a descer para levá-la. Mas não paro. Continuo nadando com toda a força que consigo reunir e me choco contra o corpo. Subo à tona arfando, tentando evitar engolir a água cheia de sangue que se espalha do ferimento aberto em seu pescoço. Ela está flutuando de costas, sustentada por seu cinto e pela morte, mirando o sol inclemente. Preciso arrancar o fio dos seus dedos, porque ela o apertava com muita força ao morrer. Não há nada que possa fazer a não ser baixar suas pálpebras, sussurrar um adeus e nadar para longe. No momento em que volto para a areia e deixo a água com o carretel em mãos, seu corpo já não está mais lá. Mas ainda consigo sentir o gosto do seu sangue, misturado à água salgada.

Caminho de volta à Cornucópia. Finnick trouxe Beetee de volta com vida, ainda que um pouco encharcado e tossindo água. Ele teve o bom senso de manter os óculos no rosto, de modo que pelo menos está conseguindo enxergar. Coloco o carretel no colo dele. Chega a brilhar de tão limpo, nenhum sinal de sangue. Ele desenrola um pouco do fio e o passa nos dedos. Pela primeira vez eu vejo a coisa, e não é parecido com nenhum fio que tenha visto até hoje. Tem uma cor levemente dourada e é tão fino quanto um fio de cabelo. Imagino seu comprimento total. Deve haver quilômetros e quilômetros do material preenchendo aquele cilindro grande. Mas não pergunto, porque sei que ele está pensando em Wiress.

Olho para os rostos sérios dos outros. Agora tanto Finnick quanto Johanna e Beetee perderam os seus parceiros de distrito. Vou até Peeta e o abraço e, por um tempo, ficamos todos em silêncio.

– Vamos dar o fora desta ilha fedorenta – diz Johanna por fim. Agora só existe a questão de nossas armas, que mantivemos em grande quantidade. Felizmente as trepadeiras aqui são fortes, e a cavilha e o tubo com o medicamento enrolados no paraquedas ainda estão presos no meu cinto. Finnick tira a camiseta e a amarra em volta do ferimento que a faca de Enobaria fez em sua coxa; não é profundo. Beetee acha que agora consegue andar, se formos devagar, de modo que eu o ajudo a se levantar. Decidimos nos encaminhar para a praia na posição das doze horas. Isso deve nos fornecer horas de calma e nos manter limpos de quaisquer resíduos envenenados. E então Peeta, Johanna e Finnick dirigem-se cada um para uma direção diferente.

– Doze horas, certo? – diz Peeta. – A cauda da Cornucópia aponta para as doze horas.

– Isso foi antes de eles girarem a gente – diz Finnick. – Estava me orientando pelo sol.

– O sol só indica que você está em quatro horas, Finnick – respondo.

– Acho que Katniss está dizendo que saber a hora não significa que você saiba necessariamente onde a posição das quatro horas está localizada no relógio. Você talvez tenha uma ideia geral da direção. A menos que esteja imaginando que eles também possam ter mudado o anel externo da selva – diz Beetee.

Não, Katniss está dizendo algo muito mais básico do que isso. Beetee articulou uma teoria que vai muito além do comentário que fiz sobre o sol. Mas eu simplesmente balanço a cabeça como se estivesse esse tempo todo na mesma página que ele.

— Sim, então qualquer uma dessas trilhas poderia conduzir para doze horas — digo.

Contornamos a Cornucópia, vasculhando a selva. Ela possui uma inexplicável uniformidade. Lembro da árvore alta que levou o primeiro raio às doze horas, mas cada setor possui uma árvore similar àquela. Johanna acha que devemos seguir as pegadas de Enobaria e Brutus, mas elas foram pelos ares ou apagadas pela água. Não há como dizer qual é a localização das coisas.

— Jamais deveria ter mencionado o relógio — digo com amargura. — Agora eles também tiraram da gente essa vantagem.

— Apenas temporariamente — diz Beetee. — Às dez vamos ver a onda novamente e estaremos de volta à trilha.

— Exato, eles não podem redesenhar a arena inteira — diz Peeta.

— Pouco importa — diz Johanna, impaciente. — Você tinha que contar para a gente ou então a gente nunca teria movido o nosso acampamento para começo de conversa, sua desmiolada. — Ironicamente, a resposta lógica porém ofensiva dela é a única que me reconforta. Sim, eu tinha que contar para que eles pudessem se mover. — Vamos embora, preciso de água. Alguém aqui tem uma boa intuição?

Escolhemos uma trilha ao acaso, sem fazer a menor ideia da hora para a qual estamos nos dirigindo. Quando alcançamos a selva, espiamos seu interior na tentativa de decifrar o que poderia haver lá dentro.

— Bom, deve estar na hora dos macacos. E não estou vendo nenhum por aqui – diz Peeta. – Vou tentar tirar água de alguma árvore.

— Não, é a minha vez – diz Finnick.

— Pelo menos posso dar cobertura – diz Peeta.

— Katniss pode fazer isso – diz Johanna. – Você precisa desenhar um novo mapa para nós. O outro foi levado pelas águas. – Ela arranca uma enorme folha de uma árvore e entrega a ele.

Por um instante, desconfio de que eles estejam tentando nos dividir para nos matar. Mas isso não faz sentido. Terei vantagem sobre Finnick se ele estiver cuidando da árvore e Peeta é bem maior do que Johanna. Então sigo Finnick por mais ou menos quinze metros no interior da selva até ele encontrar uma árvore boa e começar a golpeá-la para fazer um buraco com sua faca.

Enquanto estou lá parada, armas de prontidão, não consigo abandonar a sensação desconfortável de que algo está acontecendo e de que isso só pode ter relação com Peeta. Refaço nossos passos, começando do momento em que o gongo soou, atrás da origem do meu desconforto. Finnick retirando Peeta de seu disco metálico. Finnick ressuscitando Peeta depois que o campo de força fez com que seu coração parasse. Mags correndo em direção à névoa para que Finnick pudesse carregar Peeta. A morfinácea se jogando na frente dele para bloquear o ataque do macaco. A luta com os Carreiristas foi rápida demais, mas não é que Finnick impediu que a lança de Brutus atingisse Peeta mesmo que isso tenha significado levar a facada de Enobaria na coxa? E inclusive agora, Johanna mandou-o desenhar o mapa numa folha em vez de deixá-lo se arriscar na selva...

Não há dúvidas em relação a isso. Por motivos que me são inteiramente insondáveis, alguns dos outros vitoriosos estão tentando mantê-lo vivo, mesmo que isso signifique sacrificar a si mesmos.

Fico embasbacada. Por um lado porque esse é o meu trabalho. Por outro, porque não faz sentido. Somente um de nós pode sair daqui com vida. Então por que será que eles escolheram proteger Peeta? O que Haymitch poderia ter dito a eles? O que será que deu em troca para fazer com que eles colocassem a vida de Peeta acima de suas próprias vidas?

Conheço meus próprios motivos para manter Peeta vivo. Ele é meu amigo, e essa é a minha maneira de desafiar a Capital, de subverter os terríveis Jogos que eles organizam. Mas se não tivesse laços verdadeiros com ele, o que poderia me convencer a salvá-lo, a escolhê-lo em detrimento de mim mesma? Certamente ele é corajoso, mas nós todos temos sido suficientemente corajosos para sobreviver aos Jogos. Há essa questão da bondade que é difícil ignorar, mas ainda assim... e quando penso no assunto, o que será que Peeta consegue fazer tão melhor do que o resto de nós? Ele consegue usar as palavras. Ele ofuscou todos os outros tributos em ambas as entrevistas. E talvez seja por causa dessa bondade subjacente que ele consiga colocar uma multidão – não, um país inteiro – a seu lado, proferindo uma simples frase.

Lembro de haver pensado que essa era a dádiva que o líder de nossa revolução deveria possuir. Será que Haymitch convenceu os outros disso? De que a lábia de Peeta teria muito mais poder contra a Capital do que qualquer força física que o resto de nós poderia sustentar? Não sei. Isso ainda parece um chute muito grande para alguns dos tributos. Afinal, é de

Johanna Mason que estamos falando aqui. Mas que outra explicação poderia haver para o esforço em conjunto que eles realizaram no sentido de mantê-lo vivo?

– Katniss, está com aquela cavilha aí? – pergunta Finnick, trazendo-me de volta à realidade. Corto a trepadeira que amarra a cavilha em meu cinto e estendo o tubo de metal para ele.

É nesse momento que ouço o berro. Tão cheio de medo e dor que congela o meu sangue. E tão familiar. Deixo cair a cavilha, esqueço onde estou ou do que está na minha frente, só sei que tenho de alcançá-la, de protegê-la. Corro feito uma louca na direção da voz, sem a menor preocupação com o perigo, arrebentando trepadeiras e galhos, atropelando qualquer coisa que me impeça de alcançá-la.

De alcançar minha irmãzinha.

24

Onde ela está? O que eles estão fazendo com ela?

– Prim? – grito. – Prim! – Ouço apenas um outro grito agonizante como resposta. *Como ela veio parar aqui? Por que ela está fazendo parte dos Jogos?* – Prim!

Trepadeiras arranham meu rosto e meus braços, plantas rasteiras agarram meus pés. Mas estou me aproximando dela. Chegando perto. Cada vez mais perto. Suor escorre pelo meu rosto, fazendo os ferimentos do ácido que estão sarando arderem. Arquejo, tentando aspirar um pouco do ar quente e úmido que parece desprovido de oxigênio. Prim emite um som tão perdido e irremediável que nem consigo imaginar o que eles poderiam ter feito para motivá-lo.

– Prim! – Avanço de encontro à parede de plantas, adentro uma pequena clareira e o som se repete diretamente acima de mim. Acima de mim? Minha cabeça gira para trás. Será que eles estão com ela em cima das árvores? Procuro desesperadamente nos galhos, mas não vejo nada. – Prim? – digo, em tom de súplica. Eu a ouço, mas não consigo vê-la. O choro seguinte dela repercute, claro como um sino, e não há dúvida quanto à origem. Ele vem da boca de um pequeno pássaro de crista preta, empoleirado num galho a mais ou menos três metros acima da minha cabeça. E então eu entendo.

É um gaio tagarela.

Eu nunca vira um antes – pensava que eles já estivessem extintos – e, por um instante, enquanto encosto no tronco da árvore com a mão em cima da pontada que sinto no lado do corpo, eu o examino. O bestante, o precursor, o pai. Produzo uma imagem mental de um tordo, misturo-a com o gaio tagarela e, é claro, consigo ver como eles se reproduziram para gerar o meu tordo. Não há nada no pássaro que indique que ele seja um bestante. Nada, exceto os sons horrivelmente semelhantes à voz de Prim que escapam de sua boca. Eu o silencio com uma flecha no pescoço. O pássaro cai no chão. Retiro a flecha e torço o pescoço do bicho só para garantir. Em seguida arremesso a coisinha desprezível na selva. Nem a fome mais intensa do mundo me convenceria a comer aquele troço.

Aquilo não foi real, digo a mim mesma. *Da mesma maneira que os lobos bestantes no ano passado não eram de fato os tributos mortos. Isso não passa de um truque sádico dos Idealizadores dos Jogos.*

Finnick chega correndo na clareira e me encontra limpando a flecha com um pouco de musgo.

– Katniss?

– Está tudo bem, está tudo bem – digo, embora não esteja me sentindo nem um pouco bem. – Pensei ter ouvido a minha irmã, mas... – O berro penetrante me interrompe bruscamente. Uma outra voz, não a de Prim, talvez a de uma mulher jovem. Não a reconheço. Mas o efeito em Finnick é instantâneo. A cor desaparece de seu rosto e eu percebo que suas pupilas estão se dilatando de medo. – Finnick, espera! – digo, me aproximando para convencê-lo, mas ele saiu em disparada. Saiu correndo atrás da vítima, da mesma maneira insana como eu saí correndo atrás de Prim. – Finnick! – grito, mas sei que ele não vai se virar e esperar que lhe dê uma explicação racional. Então tudo o que eu posso fazer é segui-lo.

Não preciso de esforço para rastreá-lo, muito embora ele esteja se movendo velozmente, já que as marcas que seus pés deixam no caminho são bem visíveis. Mas o pássaro está a pelo menos quatrocentos metros de distância, grande parte do percurso morro acima e, quando eu o alcanço, já estou sem fôlego. Ele está contornando uma árvore gigante. O tronco deve ter mais de um metro de diâmetro e os galhos só começam a surgir a partir dos cinco metros de altura. Os berros da mulher emanam de algum ponto na folhagem, mas o gaio tagarela permanece escondido. Finnick também grita sem parar:

– Annie! Annie!

Ele está em estado de pânico e completamente inabordável, de modo que faço o que faria de um jeito ou de outro. Escalo a árvore adjacente, localizo o gaio tagarela e o abato com uma flecha. O bicho cai de imediato e aterrissa bem aos pés de Finnick. Ele o pega, lentamente estabelecendo a conexão, mas quando desço para me juntar a ele, o estado em que se encontra é ainda mais desesperado do que antes.

– Está tudo bem, Finnick. É apenas um gaio tagarela. Eles estão pregando peças na gente – digo. – A coisa não é real. Não é a sua... Annie.

– Não, não é a Annie. Mas a voz era dela. Os gaios tagarelas imitam o que ouvem. Onde foi que eles pegaram esses berros, Katniss? – diz ele.

Sinto as minhas bochechas empalidecerem à medida que as palavras dele começam a fazer sentido em minha mente.

– Ah, não, Finnick, você não acha que eles...

– Acho, sim. É exatamente isso o que acho – diz ele.

Visualizo Prim numa sala branca, atada a uma mesa, enquanto figuras usando jalecos e máscaras extraem esses sons dela. Em algum lugar, eles a estão torturando, ou a torturaram, para conseguir esses sons. Meus joelhos ficam moles e desabo no chão. Finnick está tentando me dizer algo, mas não consigo ouvi-lo. O que finalmente consigo ouvir é um outro pássaro começando a cantar em algum ponto à minha esquerda. E dessa vez a voz é de Gale.

Finnick pega o meu braço antes que eu corra.

– Não. Não é ele. – Ele começa a me puxar morro abaixo, na direção da praia. – Vamos sair daqui agora! – Mas a voz de Gale é tão cheia de dor que não consigo deixar de lutar para alcançá-la. – Não é ele, Katniss! É um bestante! – Finnick grita para mim. – Vamos embora! – Ele me empurra, quase me arrasta, praticamente me carrega, até que eu consigo processar as suas palavras. Ele está certo, não passa de outro gaio tagarela. Não vou ajudar Gale abatendo o bicho. Mas isso não muda o fato de que a voz pertence a Gale e que, em algum lugar, em algum momento, alguém o forçou a emitir esses sons.

Paro, porém, de lutar com Finnick e, tal como na noite da névoa, fujo do que não consigo combater. Do que só pode me trazer danos. Só que dessa vez é o meu coração, e não o meu corpo, que está se desintegrando. Isso deve ser uma outra arma do relógio. Quatro horas, eu acho. Quando os ponteiros batem quatro horas, os macacos vão para casa e os gaios tagarelas aparecem para brincar. Finnick está certo – sair daqui é a única coisa a fazer. Embora não haja nada que Haymitch porventura pudesse mandar num paraquedas para ajudar, ou a Finnick ou a mim, a nos recuperarmos das feridas que os pássaros infligiram.

Avisto Peeta e Johanna em pé ao lado das fileiras de árvores e sou tomada de um misto de alívio e raiva. Por que será que Peeta não foi me ajudar? Por que será que ninguém foi atrás de nós? Ele continua lá parado, as mãos erguidas com as palmas voltadas para nós, os lábios movendo-se, mas sem que as palavras nos alcancem. Por quê?

A parede é tão transparente que Finnick e eu nos chocamos contra ela e somos lançados para trás no solo da selva. Tive sorte. Meu ombro recebeu a pior parte do impacto ao passo que Finnick foi de cara e agora seu nariz está esguichando sangue. É por isso que Peeta e Johanna, e inclusive Beetee, que vejo sacudir tristemente a cabeça atrás deles, não vieram em nosso auxílio. Uma barreira invisível bloqueia a área à nossa frente. Não é um campo de força. Dá para tocar à vontade a superfície dura e lisa. Mas a faca de Peeta e o machado de Johanna não conseguem perfurá-la. Eu sei, sem precisar verificar mais do que alguns metros para um lado, que ela compreende toda a fatia das quatro horas. Que nós ficaremos presos como ratos nessa armadilha até que a hora passe.

Peeta pressiona a mão na superfície e coloco a minha na frente da dele, como se eu pudesse senti-lo através da parede. Vejo seus lábios se mexendo, mas não é possível ouvi-lo, não é possível ouvir nada do lado de fora da fatia. Tento entender o que ele está dizendo, mas não consigo me concentrar, de modo que apenas olho fixamente para ele, fazendo o que posso para manter minha sanidade.

Então os pássaros começam a chegar. Um atrás do outro. Empoleirando-se nos galhos circundantes. E um coro de horror cuidadosamente orquestrado começa a vazar de suas bocas. Finnick desiste de imediato, agachando-se no chão, apertando as mãos nos ouvidos como se estivesse tentando esmagar seu crânio. Tento lutar um pouco. Esvaziando a minha aljava de flechas nos pássaros hediondos. Mas cada vez que um deles cai morto, um outro rapidamente toma o seu lugar. E finalmente desisto e me enrosco ao lado de Finnick, tentando bloquear os excruciantes sons de Prim, Gale, minha mãe, Madge, Rory, Vick, até Posy, a pequena e indefesa Posy...

Sei que tudo acabou quando sinto as mãos de Peeta em mim, sinto que estou sendo erguida do chão e retirada da selva. Mas meus olhos continuam cerrados, as mãos nos ouvidos, os músculos rígidos demais para relaxar. Peeta me segura no colo, falando palavras tranquilizadoras, embalando-me delicadamente. É necessário um longo tempo até que eu comece a relaxar o aperto férreo que impus a meu corpo. E quando o faço, o tremor começa.

— Está tudo bem, Katniss — sussurra ele.

— Você não ouviu as vozes — respondo.

— Eu ouvi Prim. Bem no início. Mas não era ela — diz ele. — Era um gaio tagarela.

— Era ela. Em algum lugar. O gaio tagarela apenas gravou a voz dela — digo.

— Não, isso é o que eles querem que a gente pense. Da mesma maneira que fiquei imaginando se os olhos de Glimmer estavam naquele bestante no ano passado. Mas os olhos não eram de Glimmer. E aquela não era a voz de Prim. Ou então, se era mesmo, eles pegaram de alguma entrevista ou qualquer coisa assim e distorceram o som. Fizeram com que dissesse as coisas que ela estava dizendo — diz ele.

— Não, eles a estavam torturando — respondo. — Ela provavelmente está morta.

— Katniss, Prim não está morta. Como é que poderiam ter matado Prim? Estamos quase entre os oito finalistas. E aí o que acontece depois? — diz Peeta.

– Mais sete de nós morrem – digo, sem nenhuma esperança.

– Não, nós voltamos para casa. O que acontece quando eles atingem os oito últimos tributos nos Jogos? – Ele levanta o meu queixo para que eu possa olhar para ele, forçando um contato visual. – O que acontece? Nos oito finalistas?

Sei que ele está tentando me ajudar, então me obrigo a pensar.

– Nos últimos oito? – repito. – Eles entrevistam nossas famílias e amigos em nossos distritos.

– Exatamente – diz Peeta. – Eles entrevistam nossos familiares e amigos. E como é que eles vão poder fazer isso se mataram todos eles?

– Não mataram? – pergunto, ainda na dúvida.

– Não. É assim que a gente sabe que a Prim está viva. Ela vai ser a primeira a ser entrevistada, não é? – pergunta ele.

Quero acreditar nele. Muito. Só que... aquelas vozes...

– Primeiro Prim. Depois a sua mãe. Seu primo Gale. Madge – continua ele. – Aquilo foi um truque, Katniss. Um truque horrível. Mas somos as únicas pessoas que podem sofrer com ele. Somos nós que estamos disputando os Jogos. Não eles.

– Você realmente acredita nisso?

– Acredito, sim – diz Peeta. Eu tremo, pensando em como Peeta consegue fazer qualquer pessoa acreditar em qualquer coisa. Olho na direção de Finnick em busca de confirmação e vejo que ele está com os olhos fixos em Peeta, nas palavras dele.

– Você acredita nisso, Finnick? – pergunto.

– Pode ser verdade. Sei lá – diz ele. – Beetee, você acha que poderiam ter feito isso? Poderiam ter pego a voz normal de alguém e fazê-la parecer...

— Ah, sim. Não é nem assim tão difícil, Finnick. Nossos filhos aprendem uma técnica similar na escola – diz Beetee.

— É claro que Peeta está certo. O país inteiro adora a irmãzinha de Katniss. Se eles tivessem realmente a matado, uma rebelião estaria ocorrendo nesse exato momento – diz Johanna, friamente. – E eles não têm nenhum interesse em que isso aconteça, têm? – Ela joga a cabeça para trás e grita: – O país inteiro se rebelando? Ninguém na Capital ia querer que uma coisa dessas acontecesse!

Fico boquiaberta de choque. Ninguém jamais fala esse tipo de coisa nos Jogos. Com toda a certeza eles fizeram um corte em Johanna, e estão neste momento tirando-a de cena na mesa de edição. Mas eu a ouvi, e nunca mais poderei pensar nela nos mesmos termos de antes. Ela jamais ganhará nenhum prêmio por sua delicadeza, mas certamente é uma mulher corajosa. Ou louca. Ela pega algumas conchas e se encaminha para a selva.

— Vou buscar água – diz ela.

Não posso deixar de segurar a mão dela quando ela passa por mim.

— Não vai lá, não. Os pássaros... – Lembro que os pássaros já não devem estar mais lá, mas ainda assim não gostaria que ninguém fosse para lá. Nem mesmo ela.

— Eles não podem me fazer nenhum mal. Não sou como vocês. Não há mais ninguém no mundo que eu ame – diz Johanna, e solta a mão com uma sacudida impaciente. Quando ela me traz de volta uma concha com água, eu a pego com um silencioso balançar de cabeça em agradecimento, ciente do quanto ela desprezaria a pena contida em minha voz.

Enquanto Johanna pega água e recolhe as minhas flechas, Beetee remexe o fio e Finnick vai até o mar. Eu também preciso me lavar, mas permaneço nos braços de Peeta, ainda abalada demais para me mover.

– Quem foi que eles usaram contra Finnick? – pergunta ele.

– Uma pessoa chamada Annie – digo.

– Deve ser Annie Cresta.

– Quem?

– Annie Cresta. Ela é a garota que Mags salvou ao se apresentar como voluntária. Ela venceu mais ou menos cinco anos atrás – diz Peeta.

Isso deve corresponder ao verão seguinte à morte de meu pai, quando eu estava começando a alimentar a minha família, quando eu me ocupava de corpo e alma a lutar contra a inanição.

– Não me lembro muito bem dos Jogos desse ano – digo. – Esse foi o ano do terremoto?

– Foi, sim. Annie foi a que enlouqueceu quando seu companheiro de distrito foi decapitado. Saiu correndo a esmo e se escondeu. Mas um terremoto destruiu uma barragem e grande parte da arena foi inundada. Ela venceu porque era a melhor nadadora – diz Peeta.

– Ela melhorou depois disso? – pergunto. – Enfim, o estado mental dela melhorou?

– Não sei. Não me lembro de ela ter participado novamente de alguma edição dos Jogos. Mas ela não parecia muito estável durante a colheita deste ano – diz Peeta.

Então ela é a pessoa que Finnick ama, penso. *Ninguém daquela fileira de amantes elegantes que ele tem na Capital, mas uma pobre coitada louca de seu distrito.*

Um canhão soa e nos reúne na praia. Um aerodeslizador aparece no que nós estimamos ser a zona de transição entre seis e sete horas. Observamos a garra mergulhar cinco vezes para retirar os pedaços de um corpo totalmente destroçado. É impossível saber de quem. Seja lá o que acontece às seis horas nesse relógio, prefiro nem saber.

Peeta desenha um novo mapa na folha, acrescentando um GT para os gaios tagarelas na seção de transição entre quatro e cinco horas, e escrevendo simplesmente "bestante" naquela em que vimos o tributo despedaçado. Agora temos uma boa ideia do que sete das doze horas proporcionarão. E se há algo de positivo no ataque dos gaios tagarelas, é que ele nos permitiu saber novamente onde estamos no mostrador do relógio.

Finnick tece mais uma cesta de água e uma rede para pescar. Dou uma nadada rápida e passo mais um pouco de unguento na pele. Em seguida, sento na margem da água para limpar o peixe que Finnick pescou e para assistir ao sol descer pela linha do horizonte. A lua brilhante já está no céu, preenchendo a arena com aquele estranho crepúsculo. Estamos a ponto de parar para o jantar de peixe cru quando o hino começa a tocar. E depois os rostos...

Cashmere. Gloss. Wiress. Mags. A mulher do Distrito 5. A morfinácea que deu a vida por Peeta. Blight. O homem do Distrito 10.

Oito mortos. Mais oito da primeira noite. Dois terços de nós riscados do mapa em um dia e meio. Isso deve ser alguma espécie de recorde.

– Eles estão realmente acabando com a gente – diz Johanna.

– Quem falta? Além de nós cinco e do Distrito 2? – pergunta Finnick.

– Chaff – diz Peeta, sem precisar pensar a respeito. Talvez Peeta estivesse de olho nele por causa de Haymitch.

Um paraquedas aterrissa com uma pilha de pãezinhos quadrados que cabem na boca.

– Isso aqui é do seu distrito, não é, Beetee? – pergunta Peeta.

– É, sim. Do Distrito 3 – diz ele. – São quantos?

Finnick conta os pãezinhos, girando cada um deles nas mãos antes de colocá-los em ordem. Não sei o que rola entre Finnick e pães em geral, mas parece que ele adora manuseá-los.

– Vinte e quatro – diz ele.

– Duas dúzias certinho, então – diz Beetee.

– Exatamente vinte e quatro – diz Finnick. – Como é que a gente vai fazer a divisão?

– Cada um come três, e quem quer que ainda esteja vivo no café da manhã pode ficar com o resto – diz Johanna.

Não sei porque isso me faz rir um pouco. Acho que é porque é a mais pura verdade. Assim que começo a rir, Johanna olha para mim de um jeito quase aprovador. Não, aprovador não. Mas, quem sabe, satisfeito.

Esperamos a onda gigantesca inundar a seção entre dez e onze horas, esperamos a água baixar, e então vamos para a praia montar o acampamento. Teoricamente, deveríamos estar a salvo da selva pelas próximas doze horas. Há um coro desagradável de cliques, provavelmente produzido por algum tipo de inseto do mal, vindo da fatia das onze às doze horas. Mas seja lá o que está produzindo o som, permanece nos limites da selva e nos mantemos afastados dessa parte da praia, caso eles estejam apenas esperando pelo barulho descuidado de um passo para nos atacar com seu enxame.

Não sei como Johanna ainda está de pé. Ela só teve uma hora de sono desde que os Jogos começaram. Peeta e eu nos apresentamos como voluntários para o primeiro turno de vigilância porque estamos mais descansados e porque queremos ter um pouco de tempo a sós. Os outros saem imediatamente, embora o sono de Finnick seja inquieto. De vez em quando, ouço-o murmurar o nome de Annie.

Peeta e eu ficamos sentados na areia úmida, cada um olhando em uma direção, meu ombro e meu quadril direitos encostados nos dele. Vigio a água enquanto ele vigia a selva, o que é melhor para mim. Ainda estou assombrada pelas vozes dos gaios tagarelas, sons que os insetos não conseguem apagar, infelizmente. Depois de um tempo, descanso a cabeça no ombro dele. Sinto sua mão acariciar os meus cabelos.

– Katniss – diz ele, suavemente. – Não adianta nada fingir que a gente não sabe o que o outro está tentando fazer. – Não, acho que não adianta mesmo, mas também não é nem um pouco divertido conversar sobre isso. Bom, pelo menos para nós não é. Os telespectadores da Capital vão ficar colados em suas poltronas para não perderem uma maldita palavra sequer.

– Não sei que tipo de acordo você imagina que fez com Haymitch, mas você precisa saber que ele também me fez promessas. – É claro que também sei disso. Haymitch disse que eles poderiam me deixar viva para que Peeta não ficasse desconfiado. – Então acho que a gente pode imaginar que ele estava mentindo para um de nós.

Isso atrai a minha atenção. Um acordo duplo. Uma promessa dupla. E somente Haymitch sabe qual é real. Levanto a cabeça e encontro os olhos de Peeta.

– Por que você está dizendo isso agora?

– Porque não quero que você se esqueça de como as nossas circunstâncias são diferentes. Se você morrer, e eu continuar vivo, acaba a vida para mim no Distrito 12. Você é toda a minha vida – diz ele. – Eu nunca mais seria feliz. – Começo a me opor, mas ele coloca um dedo nos meus lábios. – Para você a coisa é diferente. Não estou dizendo que não seria difícil. Mas existem outras pessoas que fazem com que a sua vida valha a pena ser vivida.

Peeta tira do pescoço a correntinha com o disco de ouro. Ele a segura à luz do luar para que eu possa ver claramente o tordo. Em seguida, o polegar dele desliza por uma lingueta que eu não havia percebido antes e o disco se abre. Ele não é sólido, como tinha imaginado, mas sim um relicário em forma de medalhão. E dentro dele estão fotos. No lado direito, minha mãe e Prim, rindo. E no esquerdo, Gale, sorrindo de verdade.

Não há nada no mundo que pudesse me quebrar com mais rapidez nesse momento do que esses três rostos. Depois do que ouvi hoje de tarde... isso é a arma perfeita.

– Sua família precisa de você, Katniss – diz Peeta.

Minha família. Minha mãe. Minha irmã. E meu falso primo Gale. Mas o que Peeta está dizendo é claro. Que Gale faz realmente parte da minha família, ou fará algum dia, se eu continuar viva. Que me casarei com ele. Então Peeta está me dando sua vida e Gale ao mesmo tempo. Para que eu saiba que jamais deveria ter dúvidas quanto a isso. Tudo. Isso é o que Peeta quer que eu leve dele.

Espero que ele mencione o bebê, que faça seu joguinho para as câmeras, mas ele não faz. E é assim que sei que nada disso faz parte dos Jogos. Que ele está me dizendo a verdade acerca de seus sentimentos.

– Ninguém precisa realmente de mim – diz, e não há nenhuma autocomiseração em sua voz. É verdade que a família de Peeta não precisa dele. Eles sentirão a sua morte, assim como um punhado de amigos. Mas continuarão com suas vidas. Até mesmo Haymitch, com a ajuda de uma grande quantidade de aguardente branca, seguirá em frente. Percebo que apenas uma pessoa ficará irreversivelmente devastada pela morte de Peeta. Eu.

– Eu preciso – digo. – Eu preciso de você. – Ele parece chateado. Respira fundo como se estivesse a ponto de iniciar uma longa discussão, e isso não é bom, não é nada bom, porque ele vai começar a falar sobre Prim, minha mãe e tudo o mais, e vou acabar ficando confusa. Então, antes que ele possa falar, paro os lábios dele com um beijo.

Estou sentindo novamente aquela coisa. Aquela coisa que só senti uma única vez antes. Ano passado na caverna, quando estava tentando fazer com que Haymitch nos enviasse comida. Beijei Peeta umas mil vezes durante aqueles Jogos e depois. Mas houve apenas um beijo que fez com que eu sentisse algo se agitando bem dentro de mim. Um único beijo que fez com que eu quisesse mais. Mas o ferimento na minha cabeça começou a sangrar e ele me convenceu a deitar.

Dessa vez, não há nada além de nós para nos interromper. E, depois de algumas tentativas, Peeta desiste de falar. A sensação dentro de mim fica mais quente e se espalha pelo meu peito, percorre todo o meu corpo, braços e pernas, e vai até as extremidades do meu ser. Em vez de me satisfazer, os beijos têm o efeito oposto. Fazem com que minha necessidade seja ainda maior. Pensava ser uma espécie de especialista em fome, mas essa fome aqui é de um tipo totalmente diverso.

É a primeira manifestação da tempestade – o raio atingindo a árvore à meia-noite – que nos traz de volta à realidade.

Ela também desperta Finnick. Ele se senta no chão com um grito agudo. Vejo os dedos dele escavando a areia enquanto se assegura de que quaisquer pesadelos que porventura ele tenha tido não eram reais.

– Não consigo mais dormir – diz ele. – Um de vocês devia descansar. – Só então ele parece notar nossas expressões, a maneira como estamos abraçados um ao outro. – Ou os dois. Posso vigiar sozinho.

Mas Peeta não permite.

– É perigoso demais – diz ele. – Eu não estou cansado. Você dorme, Katniss. – Não me oponho porque preciso realmente dormir se pretendo estar em boas condições físicas para mantê-lo vivo. Deixo-o me conduzir até o local onde estão os outros. Ele põe o medalhão em meu pescoço e então pousa a mão em cima do ponto onde nosso bebê estaria. – Você vai ser uma excelente mãe, sabia? – Então me beija uma última vez e volta para Finnick.

A referência que ele faz ao bebê sinaliza que nosso tempo de folga dos Jogos se encerrou. Que ele sabe que a audiência vai estar imaginando por que ele não usou o argumento mais persuasivo em seu arsenal. Que os patrocinadores devem ser manipulados.

Mas enquanto estico o corpo na areia começo a imaginar: será que haveria outros significados? Será que aquelas palavras poderiam funcionar como lembretes endereçados a mim, significando que eu ainda poderia algum dia ter filhos com Gale? Bom, se foi esse o caso, ele cometeu um erro. Porque, por um lado, isso jamais fez parte do meu plano. E por outro, se apenas um de nós pode efetivamente ter filhos, qualquer um pode ver que essa pessoa deveria ser Peeta.

Enquanto adormeço, tento imaginar aquele mundo, em algum lugar do futuro, sem Jogos, sem Capital. Um lugar como a campina na canção que cantei para Rue quando ela estava morrendo. Onde o filho de Peeta poderia crescer seguro.

25

Quando acordo, tenho uma breve, porém deliciosa, sensação de felicidade que está de uma forma ou de outra conectada com Peeta. Felicidade, é claro, é um completo absurdo a essa altura, já que, pelo andar da carruagem, estarei morta em um dia. E esse é o cenário mais otimista, se eu for capaz de eliminar o restante do grupo, incluindo a mim mesma, e fazer com que Peeta seja coroado como vencedor do Massacre Quaternário. Ainda assim, a sensação é tão inesperada e gostosa que me grudo a ela, ao menos por alguns momentos. Antes que a areia dura, o sol quente e a coceira na minha pele exijam um retorno à realidade.

Todos já estão de pé e observando a descida de um paraquedas na praia. Junto-me a eles para uma outra entrega de pão. É idêntica àquela que recebemos na noite anterior. Vinte e quatro pãezinhos do Distrito 3. Isso nos dá trinta e três ao todo. Cada um de nós pega cinco, deixando outro de reserva. Ninguém diz, mas oito será o valor exato da divisão depois da próxima morte. De alguma maneira, à luz do dia, fazer piada sobre quem vai estar ali para comer os pãezinhos perdeu toda a graça.

Quanto tempo ainda vai durar essa aliança? Acho que ninguém esperava que o número de tributos baixasse tão rapidamente. E se eu estiver errada a respeito dos outros estarem protegendo Peeta? E se tudo foi puramente acidental? E se não passou de uma estratégia a fim de ganhar a nossa confiança para que nos tornássemos vítimas fáceis? E se eu não estiver entendendo o que realmente está acontecendo? Espere aí, não há nenhum *se* em relação a isso. Eu *não* entendo o que está acontecendo. E se não entendo, é hora de Peeta e eu darmos o fora daqui.

Sento-me ao lado de Peeta na areia para comer meus pãezinhos. Por algum motivo, é difícil olhar para ele. Talvez tenha sido por causa de todos aqueles beijos ontem à noite, embora nós dois nos beijarmos não seja mais nenhuma novidade. Talvez nem tenha representado nenhuma diferença para ele. Pode ser que seja por eu saber que nos resta tão pouco tempo. E por estarmos envolvidos em tantas propostas cruzadas no que concerne a quem deve sobreviver nesses Jogos.

Depois de comermos, pego a mão dele e o levo até a água.

– Vamos. Vou te ensinar a nadar.

Preciso levá-lo para longe dos outros, para um local onde possamos discutir a separação. A coisa vai ser espinhosa, porque assim que eles perceberem que estamos rompendo a aliança, nos tornaremos alvos instantâneos.

Se estivesse realmente ensinando-o a nadar, eu o mandaria tirar o cinto, já que o objeto o mantém à tona, mas o que isso importa agora? Então, apenas mostro a ele as braçadas básicas e o deixo praticar na água rasa. No início, reparo em Johanna nos vigiando, mas com o tempo ela perde o interesse e vai tirar um cochilo. Finnick está tecendo uma nova rede a partir de trepadeiras e Beetee brinca com o fio. Sei que o momento chegou.

Enquanto Peeta nada, descubro uma coisa. As feridas que restam em mim estão começando a descascar. Esfregando delicadamente um punhado de areia para cima e para baixo em meu braço, limpo o que sobrou dos ferimentos, revelando uma pele nova por baixo. Interrompo o treinamento de Peeta sob o pretexto de mostrar a ele como se livrar das feridas que coçam e, enquanto nós dois nos esfregamos, menciono a nossa fuga.

– Escuta, agora só restam oito. Acho que está na hora de a gente se mandar – digo baixinho, embora duvide que algum tributo possa me ouvir.

Peeta balança a cabeça em concordância, e vejo que ele está avaliando a minha proposta. Calculando se nossas chances serão grandes.

– Quer saber? – diz ele. – Vamos ficar por aqui até que Brutus e Enobaria estejam mortos. Acho que Beetee está tentando montar alguma armadilha para eles agora. Depois disso, prometo que a gente vai embora.

Eu não estou totalmente convencida. Mas se sairmos agora, teremos dois grupos de adversários em nosso encalço. Talvez três, porque quem é que pode saber o que se passa pela cabeça de Chaff? Além do mais, tem o relógio para enfrentarmos. E também temos que pensar em Beetee. Johanna só o trouxe por minha causa, e se sairmos, ela certamente o matará. Então eu lembro. Não posso proteger Beetee também. Só pode haver um único vitorioso e tem de ser Peeta. Preciso aceitar isso. Tenho que tomar decisões baseadas apenas na sobrevivência dele.

– Tudo bem – digo. – Vamos ficar até que os Carreiristas estejam mortos. Mas depois vamos embora. – Eu me viro e aceno para Finnick. – Ei, Finnick, venha cá! A gente descobriu como deixar você bonitinho de novo!

Nós três raspamos as feridas de nossos corpos, ajudando uns aos outros a tirá-las de nossas costas, e saímos com a mesma coloração rosada do céu. Aplicamos uma outra rodada de remédio porque a pele parece delicada demais para a luz do sol, mas a aparência não é nem um pouco ruim e vai ser uma boa camuflagem na selva.

Beetee nos chama, e parece que durante todas essas horas remexendo o fio, ele efetivamente bolou um plano.

– Acho que todos nós concordamos que nossa próxima tarefa é matar Brutus e Enobaria – diz ele, suavemente. – Duvido que nos ataquem novamente de maneira direta agora que estão em número menor. Poderíamos caçá-los, imagino, mas é um trabalho perigoso e exaustivo.

– Você acha que eles descobriram a coisa do relógio? – pergunto.

– Se não descobriram, vão descobrir logo, logo. Talvez não de maneira tão específica quanto nós. Mas eles devem estar sabendo que pelo menos algumas das zonas estão protegidas por campos de força e que o mecanismo segue um modelo circular. E também o fato de que o nosso último combate foi interrompido pela intervenção de um Idealizador dos Jogos não vai passar despercebido a eles. Sabemos que isso foi uma tentativa de nos desorientar, mas eles devem estar se perguntando por que isso foi feito, o que também pode fazer com que percebam que a arena é um relógio – diz Beetee. – Então acho que nossa melhor opção vai ser montar nossa própria armadilha.

– Espere aí que vou acordar a Johanna – diz Finnick. – Ela vai ficar uma fera se achar que perdeu alguma coisa assim tão importante.

– Ou não – murmuro, já que ela está sempre uma fera, mas não o impeço, porque eu mesma ficaria com raiva se fosse excluída de um plano a essa altura do campeonato.

Quando ela se junta a nós, Beetee pede que nos afastemos um pouquinho para que ele tenha espaço para trabalhar na areia. Rapidamente desenha um círculo e o divide em doze fatias. É a arena, não representada com os traços precisos de Peeta, mas com as linhas toscas de um homem cuja mente está ocupada por coisas bem mais complexas.

– Se vocês fossem Brutus e Enobaria, sabendo o que sabem agora sobre a selva, onde vocês se sentiriam mais seguros? – pergunta Beetee. Não há nenhum traço de superioridade ou condescendência em sua voz, e ainda assim não consigo deixar de pensar que ele me faz lembrar um professor tentando dar uma aula para algumas crianças. Talvez seja a diferença de idade, ou simplesmente o fato de Beetee ser provavelmente um milhão de vezes mais inteligente do que nós.

– Onde estamos agora. Na praia – diz Peeta. – É o local mais seguro.

– Então por que eles não estão na praia? – diz Beetee.

– Porque nós estamos aqui – responde Johanna, impaciente.

– Exato. Nós estamos aqui, nós tomamos posse da praia. Agora, para onde vocês iriam? – diz Beetee.

Penso na selva mortífera, na praia ocupada.

– Eu me esconderia no limite da selva. Assim poderia fugir se alguém me atacasse. E também poderia espionar a posição dos outros.

– E também para comer – diz Finnick. – A selva é cheia de criaturas e plantas estranhas. Mas, observando a gente, eu saberia que a comida do mar é segura.

Beetee sorri para nós como se as respostas que demos tivessem superado todas as suas expectativas.

– É isso, muito bom. Agora o que eu proponho é isso aqui: um ataque às doze horas. O que acontece exatamente ao meio-dia e à meia-noite?

– O raio atinge a árvore – digo.

– Sim. Então o que estou sugerindo é que, depois do raio do meio-dia, mas antes do raio da meia-noite, passemos o meu fio daquela árvore até a água salgada que é, evidentemente, altamente condutora de energia. Quando o raio surgir, a eletricidade vai viajar pelo fio em direção não só à água, mas também à praia circundante, que ainda vai estar molhada por causa da onda das dez horas. Qualquer um em contato com aquelas superfícies naquele momento específico será eletrocutado – diz Beetee.

Há uma longa pausa enquanto nós todos digerimos o plano de Beetee. Parece um pouco fantástico demais para mim, até mesmo impossível. Mas por quê? Já montei milhares de armadilhas. Por acaso, isso não é apenas uma armadilha de maiores proporções e dotada de componentes mais científicos? Será que funcionaria? Como é que podemos ao menos questioná-la, nós, tributos treinados para pescar, cortar lenha e retirar carvão? O que podemos saber sobre utilizar os recursos energéticos do céu?

Peeta questiona:

– Esse fio vai mesmo ser capaz de conduzir tanta energia assim, Beetee? Ele tem uma aparência tão frágil, parece que vai pegar fogo num instante.

– Ah, vai queimar sim. Mas só depois que a corrente tiver passado por ele. Ele vai funcionar mais ou menos como um fusível, na verdade. Só que a eletricidade vai viajar por ele – diz Beetee.

– Como é que você sabe? – pergunta Johanna, demonstrando claramente ainda não estar convencida.

– Sei porque fui eu que inventei isso – diz Beetee, como se estivesse ligeiramente surpreso. – Na verdade ele não é um fio comum. Assim como o raio não é um raio natural e nem a árvore é uma árvore verdadeira. Você conhece árvores melhor do que qualquer um de nós aqui, Johanna. Elas já estariam destruídas depois dos raios, não estariam?

— Estariam, sim — responde ela, de modo taciturno.

— Não se preocupem com o fio. Ele vai fazer exatamente o que estou falando — assegura-nos Beetee.

— E onde é que nós vamos estar quando isso acontecer? — pergunta Finnick.

— Na selva, a uma distância segura — responde Beetee.

— Então os Carreiristas também estarão seguros, a menos que estejam próximos da água — observo.

— Exato — diz Beetee.

— Mas toda a comida do mar ficará cozida — diz Peeta.

— Provavelmente muito mais do que cozida — rebate Beetee. — É bastante possível que eliminemos definitivamente a capacidade do mar de nos fornecer alimento. Mas vocês encontraram outros itens comestíveis na selva, não é, Katniss?

— Encontramos, sim. Nozes e ratos — digo. — E temos patrocinadores.

— Bom, nesse caso, acho que comida não será problema — diz Beetee. — Mas como somos aliados e o empreendimento necessitará de todos os nossos esforços, a decisão de tentar ou não isso cabe a vocês quatro.

Nós *somos* alunos mesmo. Completamente incapazes de contrapor a teoria dele com qualquer coisa que não sejam as preocupações mais elementares. A maioria das quais nem tem qualquer relação com o plano em si. Olho para os rostos desconcertados dos outros.

— Por que não? — digo. — Se isso falhar, nenhum mal foi feito. Se funcionar, há uma chance bem razoável de matar todos eles. E mesmo que não morram e a gente só consiga acabar com a comida do mar, Brutus e Enobaria também perdem uma fonte de alimento.

– Na minha opinião, a gente deve tentar – diz Peeta. – Katniss tem razão.

Finnick olha para Johanna e ergue as sobrancelhas. Ele não vai participar disso sem ela.

– Tudo bem – diz ela, por fim. – De qualquer maneira, é melhor do que ir atrás deles na selva. Duvido que eles entendam o nosso plano, já que nem a gente consegue entender a coisa muito bem.

Beetee quer inspecionar a árvore do raio antes de atar o fio. A se julgar pelo sol, são mais ou menos nove da manhã. De qualquer modo, temos de deixar a nossa praia logo, logo. Então desmontamos o acampamento, caminhamos até a praia que faz limite com a seção do raio e nos encaminhamos para a selva. Beetee ainda está fraco demais para subir a encosta por conta própria, de modo que Finnick e Peeta se revezam carregando-o. Deixo Johanna seguir à frente porque o caminho até a árvore é uma linha reta e imagino que seja quase impossível a gente se perder. Além disso, posso causar muito mais estragos com uma aljava cheia de flechas do que ela com dois machados, de modo que sou a mais apta a cuidar da retaguarda.

O ar denso e abafado pesa sobre mim. O calor não deu nenhuma trégua desde o começo dos Jogos. Gostaria muito que Haymitch parasse de nos mandar aqueles pãezinhos do Distrito 3 e nos conseguisse um pouco mais daquelas coisas do Distrito 4, porque já suei litros nos últimos dois dias e, embora tenha comido peixe, estou ansiando por um pouco de sal no organismo. Um pedaço de gelo seria uma outra boa ideia. Ou água gelada. Estou grata pelo fluido das árvores, mas ele tem a mesma temperatura que a água salgada, e o ar, e os outros tributos, e eu. É como se todos não passássemos dos ingredientes de uma grande e quente panela de ensopado.

Quando estamos nos aproximando da árvore, Finnick sugere que eu assuma a dianteira.

— Katniss consegue ouvir o campo de força — explica ele para Beetee e Johanna.

— Ouvir o campo de força? — pergunta Beetee.

— Só por causa do ouvido reconstruído pela Capital — digo. Adivinha quem eu não estou enganando com essa história? Beetee. Porque certamente ele se lembra de ter me mostrado como avistar um campo de força, e talvez seja impossível alguém ouvir campos de força, de um modo ou de outro. Mas, seja lá por quais razões, ele não questiona a minha afirmação.

— Então, que Katniss vá na frente e não se fala mais nisso — diz ele, fazendo uma pausa para enxugar o vapor de seus óculos. — Não podemos brincar com campos de força.

A árvore do raio é inconfundível, sua imensa altura destacando-a das outras. Pego um punhado de nozes e faço todo mundo parar enquanto me movo lentamente encosta acima, jogando as nozes na minha frente. Mas vejo o campo de força quase que imediatamente, inclusive antes de ele ser atingido por uma das nozes, porque ele se encontra a apenas quinze metros de distância. Meus olhos, que estão varrendo a vegetação à frente, avistam o quadrado ondulado bem no alto e à minha direita. Jogo uma noz bem na minha frente e a escuto crepitar em confirmação.

— Fiquem embaixo da árvore do raio — digo aos outros.

Dividimos as tarefas. Finnick protege Beetee enquanto ele examina a árvore, Johanna a fura em busca de água, Peeta colhe nozes e eu caço nas redondezas. Os ratos de árvore parecem não ter nenhum medo de humanos, de modo que abato três deles com facilidade. O som da onda das dez horas me lembra que devo voltar; retorno aos outros e limpo a caça. Em seguida, desenho uma linha na terra a alguns centímetros do campo de força para funcionar como um lembrete de que devemos nos manter afastados, e Peeta e eu começamos a assar nozes e pedaços de carne de rato.

Beetee ainda está às voltas com a árvore, fazendo não sei o quê, medindo isso e aquilo. Em determinado momento, ele arranca uma casca do tronco da árvore, junta-se a nós e a joga contra o campo de força. Ela é repelida e aterrissa no chão, incandescente. Em poucos instantes a casca volta à sua cor original.

– Bom, isso explica muita coisa – diz Beetee. Olho para Peeta e sou obrigada a morder o lábio para não rir, já que isso não explica absolutamente nada a ninguém, exceto a Beetee.

Mais ou menos nessa hora, ouvimos cliques vindos do setor adjacente ao nosso. Isso significa que são onze horas. Faz muito mais barulho na selva do que fazia na praia na noite anterior. Ouvimos atentamente.

– Não é uma coisa mecânica – diz Beetee, decidido.
– Eu diria que são insetos – comento. – Talvez besouros.
– Alguma coisa com antenas – acrescenta Finnick.

O som fica mais intenso, como se alertado para a proximidade de carne fresca por nossas palavras abafadas. Seja lá o que estiver produzindo esses cliques, aposto que pode nos roer até os ossos em questão de segundos.

– De qualquer maneira, é melhor a gente sair daqui – diz Johanna. – Falta menos de uma hora para o raio aparecer.

Entretanto, não vamos tão longe assim. Seguimos para a árvore idêntica na seção da chuva de sangue. Fazemos uma espécie de piquenique, agachados no chão, comendo nossa carne de caça e nossas nozes, esperando o raio que logo se faz presente. Por solicitação de Beetee, subo na copa da árvore quando os cliques começam a desaparecer. Quando o raio estoura, seu brilho é ofuscante, mesmo a distância, mesmo com a forte luz do sol. Ele envolve completamente a árvore distante, fazendo-a brilhar azulada e deixando o ar ao redor carregado de eletricidade. Desço e relato minhas descobertas a Beetee, que parece satisfeito, mesmo que minhas palavras não sejam lá muito científicas.

Fazemos uma rota circundante para voltar à praia das dez horas. A areia está macia e úmida, limpa pela onda recente. Beetee nos dá a tarde de folga enquanto trabalha em seu fio. Como o objeto é sua arma e nós precisamos nos submeter tão inteiramente aos conhecimentos dele, há uma sensação esquisita de estarmos saindo mais cedo da escola. De início, nos revezamos tirando cochilos no limite sombreado da selva, mas no final da tarde todos estão acordados e inquietos. Decidimos fazer uma espécie de banquete com os frutos do mar, já que talvez essa seja a nossa última chance de aproveitá--los. Sob a orientação de Finnick cravamos lanças em peixes e catamos crustáceos, até mergulhamos para pegar ostras. Gosto mais dessa última parte, não por ter um grande apetite por ostras. Só comi ostra uma vez na vida, na Capital, e não consegui me virar muito bem com aquelas coisas escorregadias. Mas é maravilhoso mergulhar e ficar embaixo d'água, é como estar num mundo totalmente diferente. A água é muito clara, e cardumes de peixes das matizes mais brilhantes e estranhas flores aquáticas decoram o leito arenoso.

Johanna monta guarda enquanto Finnick, Peeta e eu limpamos e preparamos os frutos do mar. Peeta acaba de abrir uma ostra quando eu o ouço dar uma gargalhada.

— Olha só isso aqui! — Ele está segurando uma pérola resplandecente, perfeita, mais ou menos do tamanho de uma ervilha. — Você sabia que se você pressionar bastante o carvão ele se transforma em pérolas? — diz ele seriamente para Finnick.

— Não, não se transforma — diz Finnick, dando a conversa por encerrada. Mas eu acabo rindo, lembrando que foi assim que uma inábil Effie Trinket nos apresentou ao povo da Capital ano passado, quando ainda ninguém nos conhecia. Como carvão pressionado por pesadas dificuldades, prestes a se transformar em pérolas. Beleza surgida da dor.

Peeta limpa a pérola na água e a estende para mim.

— Para você.

Seguro a pérola na palma da minha mão e examino sua superfície iridescente à luz do sol. Sim, vou ficar com ela. Pelas poucas horas que me restam de vida, vou mantê-la junto a mim. Este último presente de Peeta. O único que realmente posso aceitar. Talvez ela me dê força nos momentos finais.

— Obrigada — digo, fechando os dedos em torno dela. Olho friamente nos olhos azuis da pessoa que é agora o meu grande oponente, a pessoa que me manteria viva às custas de sua própria vida. E prometo a mim mesma que derrotarei o plano dessa pessoa.

Vejo o humor se dissipando de seus olhos, que agora fixam-se tanto nos meus que é como se pudessem ler os meus pensamentos.

— O medalhão não funcionou, não é mesmo? — diz Peeta, embora Finnick esteja bem ali. Embora todos possam ouvi-lo. — Katniss?

— Funcionou, sim.

— Mas não da maneira como eu queria que funcionasse — diz ele, evitando olhar para mim. Depois disso ele não olha para mais nada além das ostras.

Justamente quando estamos a ponto de começar a comer, um paraquedas aparece com dois suplementos para nossa refeição. Um potinho com molho vermelho picante e mais uma porção de pãezinhos do Distrito 3. Finnick, é claro, começa a contá-los imediatamente.

– Vinte e quatro novamente – diz ele.

Trinta e dois pãezinhos, nesse caso. Então cada um de nós pega cinco, deixando sete, que jamais poderão ser divididos igualmente. É pão para uma única pessoa.

A carne do peixe de água salgada, os crustáceos suculentos. Até mesmo as ostras parecem apetitosas, muito melhoradas pelo molho. Nós nos empanturramos até que ninguém consegue mais dar uma dentada, e ainda assim sobra bastante comida. Não vai demorar a estragar, porém, de modo que jogamos tudo de volta no mar para que os Carreiristas não se aproveitem dela quando sairmos. Ninguém se importa com as conchas. A onda deverá se encarregar de levá-las.

Não há nada a fazer a não ser esperar. Peeta e eu nos sentamos na beira da água, de mãos dadas, mudos. Ele fez seu discurso ontem à noite, mas não foi capaz de me fazer mudar de ideia, e nada que eu diga poderá alterar a decisão dele. O tempo dos presentes persuasivos acabou.

Mas tenho a pérola, presa num paraquedas com a cavilha, e o remédio na minha cintura. Espero que ela consiga voltar para o Distrito 12.

Certamente minha mãe e Prim garantirão que ela retorne a Peeta antes de enterrarem o meu corpo.

26

O hino começa, mas não há rostos no céu na noite de hoje. O público vai ficar agitado, sedento por sangue. A armadilha de Beetee é tão promissora que os Idealizadores dos Jogos decidiram não empreender novos ataques. Talvez estejam simplesmente curiosos para ver se ela vai funcionar.

Quando Finnick e eu julgamos ser mais ou menos nove horas, saímos de nosso acampamento repleto de conchas, nos dirigimos para a praia das doze horas e rapidamente começamos a avançar encosta acima para a árvore do raio à luz do luar. Nossos estômagos cheios nos deixam mais desconfortáveis e sem fôlego do que estávamos durante a escalada matinal. Começo a lamentar aquelas últimas ostras.

Beetee pede para Finnick o auxiliar e o resto do grupo monta guarda. Antes mesmo de atar qualquer fio à árvore, Beetee desenrola metros e metros do material. Ele pede para Finnick amarrá-lo com firmeza ao redor de um galho quebrado e depositá-lo no chão. Em seguida os dois ficam em pé, cada um de um lado da árvore, passando o cilindro um para o outro enquanto enrolam o fio em volta do tronco. De início parece arbitrário, mas então vejo um padrão, como um intrincado labirinto, se revelando à luz do luar ao lado de Beetee. Imagino se faz alguma diferença a maneira de o fio ser colocado, ou se isso é feito apenas para aumentar a especulação da audiência. Aposto que a maioria das pessoas que estão assistindo entende tanto de eletricidade quanto eu.

O trabalho no tronco fica completo no exato instante em que ouvimos a onda bater. Nunca compreendi em que ponto das dez horas ela irrompe. Deve haver algum tipo de preparação, depois a onda propriamente dita e em seguida as consequências da inundação. Mas o céu está me dizendo que são dez e meia.

É nesse momento que Beetee revela o resto do plano. Como nos movemos rapidamente através das árvores, ele quer que Johanna e eu levemos o fio pela selva, desenrolando-o à medida que seguimos. Devemos depositá-lo ao longo da praia das doze horas e jogar o cilindro de metal, com o que quer que tenha sobrado, bem no fundo do mar, e nos certificar de que ele afundou mesmo. Em seguida, devemos correr para a selva. Se formos agora, neste instante, poderemos fazer tudo com uma boa margem de segurança.

– Quero ir com elas para montar guarda – diz Peeta, imediatamente. Depois daquele momento com a pérola, sei que ele está menos disposto do que nunca a permitir que eu escape de seu controle.

– Você é lento demais. E além do mais, vou precisar de você nessa extremidade. Katniss vai montar guarda – diz Beetee. – Não há tempo para discutir isso. Sinto muito. Para as garotas escaparem de lá com vida, é preciso que elas partam agora mesmo. – Ele entrega o fio a Johanna.

Gosto do plano tanto quanto Peeta. Como é que vou conseguir protegê-lo a distância? Mas Beetee tem razão. Com aquela perna, Peeta é lento demais para descer a encosta a tempo. Johanna e eu somos mais rápidas e mais habituadas a pisar no tipo de solo da selva. Não consigo imaginar nenhuma alternativa. E se confio em alguém aqui além de Peeta, esse alguém é Beetee.

– Está tudo bem – digo a Peeta. – A gente solta o fio e volta direto pra cá.

– Mas não para a zona do raio – lembra Beetee. – Vocês precisam ir para a árvore no setor de transição entre duas horas e uma hora. Se vocês acharem que o tempo está se esgotando, sigam para a fatia seguinte. Mas nem pensem em voltar para a praia até que eu tenha condições de avaliar o estrago.

Coloco as mãos no rosto de Peeta.

– Não se preocupe. A gente se vê à meia-noite. – Dou um beijo nele e, antes que possa se opor ainda mais, solto-me e me viro para Johanna. – Está pronta?

– Fazer o quê, né? – diz Johanna, dando de ombros. Está claro que ela acha essa parceria tão desagradável quanto eu. Mas estamos todos presos na armadilha de Beetee. – Você monta guarda, eu desenrolo o fio. Depois podemos trocar.

Sem falar mais, descemos a encosta. Na realidade, há pouquíssimas discussões entre nós. Avançamos num ritmo bastante razoável, uma desenrolando o fio, a outra montando guarda. Mais ou menos na metade do percurso, ouvimos os cliques ficando mais intensos, indicando que passa das onze.

– É melhor a gente correr com isso – diz Johanna. – Quero estar bem longe da água quando o raio chegar. Vai que o Faísca fez algum cálculo errado.

– Me deixa com o fio um pouco – digo. É um trabalho mais pesado dispor o fio do que montar guarda, e o turno dela foi bem longo.

– Aqui – diz Johanna, passando o fio para mim.

Nossas mãos ainda estão no cilindro de metal quando ocorre uma ligeira vibração. Subitamente, o fino fio dourado cai em cima de nós, emaranhando-se em rolinhos ao redor de nossos punhos. Então a extremidade cortada desliza até nossos pés.

Levamos apenas um segundo para registrar a rápida mudança. Johanna e eu nos entreolhamos, mas nenhuma das duas tem algo a dizer. Alguém não muito acima de nós cortou o fio. E vai nos atacar a qualquer momento.

Minha mão se livra do fio e está tocando as penas de uma flecha quando o cilindro de metal se choca contra a lateral da minha cabeça. A próxima coisa que sei é que estou deitada de costas nas trepadeiras, uma terrível dor na têmpora esquerda. Há algo de errado com meus olhos. Minha visão está embaçada, sem foco, enquanto luto para fazer com que as duas luas flutuando no céu voltem a ser uma só. Está difícil respirar, e percebo que Johanna está sentada em meu peito, me prendendo pelos ombros com os joelhos.

Sinto uma pontada no antebraço esquerdo. Tento movê-lo, mas ainda estou muito incapacitada. Johanna enterra alguma coisa, acho que a ponta de sua faca, em mim, girando-a. Tenho a sensação excruciante de estar sendo cortada, e uma coisa quente e viscosa escorre pelo meu pulso, enchendo a minha mão. Ela baixa o meu braço com firmeza e cobre metade do meu rosto com sangue.

– Fique aí quietinha! – sibila. O peso dela abandona o meu corpo e me vejo sozinha.

Ficar quietinha?, penso. *O quê? O que está acontecendo?* Meus olhos se fecham, bloqueando o mundo inconsistente, enquanto tento dar algum sentido a minha situação.

Só consigo pensar em Johanna empurrando Wiress para a praia. *"Fique aí quietinha, certo?"* Mas ela não atacou Wiress.

Não dessa maneira. Mas, de qualquer forma, eu não sou Wiress. Eu não sou Pancada. *"Fique aí quietinha, certo?"* ecoa em meu cérebro.

Passos se aproximando. Dois pares. Pesados, sem a preocupação de esconder seu paradeiro.

A voz de Brutus:

– Ela está mortinha! Vamos embora, Enobaria! – Pés se movendo na noite.

Estou? Minha consciência vai e volta em busca de uma resposta. Estou mesmo mortinha? Não me sinto em posição de argumentar em contrário. Na realidade, pensar racionalmente já é uma luta em si. Disso eu sei muito bem. Johanna me atacou. Bateu com toda força aquele cilindro na minha cabeça. Cortou meu braço, provavelmente causando danos irreparáveis em veias e artérias, e em seguida Brutus e Enobaria apareceram antes que ela tivesse tempo para acabar comigo.

A aliança está rompida. Finnick e Johanna devem ter entrado num acordo a respeito de nós ontem à noite. Eu sabia que devíamos ter saído naquela manhã. Não sei qual é a posição de Beetee. Mas sou uma presa fácil, assim como Peeta.

Peeta! Meus olhos se arregalam de pânico. Peeta está esperando na árvore, sem desconfiar de nada e despreparado. Talvez Finnick já até o tenha matado a uma hora dessas.

– Não – sussurro.

Aquele fio foi cortado de uma distância curta pelos Carreiristas. Finnick, Beetee e Peeta – eles não têm como saber o que está acontecendo por aqui. Eles só podem estar imaginando o que aconteceu, por que o fio ficou frouxo ou voltou de repente para a árvore. Isso, em si, não pode ser um sinal para matar, pode? Certamente isso foi apenas Johanna decidindo que chegara a hora de romper conosco. De me matar. De fugir dos Carreiristas. Para em seguida levar Finnick para a luta o mais rápido possível.

Eu não sei. Eu não sei. Só sei que preciso voltar para onde está Peeta e mantê-lo vivo. Toda a minha força de vontade é necessária para que me sente, comece a me arrastar para o lado de uma árvore e depois me ponha de pé. É sorte eu ter algo em que me segurar, porque a selva está balançando para a frente e para trás. De um momento para o outro, eu me curvo e vomito o banquete de frutos do mar até que não haja mais uma única ostra em meu organismo. Trêmula e ensopada de suor, avalio minhas condições físicas.

Quando levanto o braço machucado, sangue espirra em meu rosto e o mundo dá mais uma sacudida alarmante. Fecho bem os olhos e me grudo na árvore até que as coisas fiquem um pouco mais firmes. Então dou alguns passos cuidadosos em direção a uma árvore vizinha, arranco um pouco de musgo e, sem examinar mais detidamente o ferimento, faço uma atadura no braço. Melhor. Com certeza é melhor nem olhar. Em seguida permito que minha mão toque hesitantemente o ferimento em minha cabeça. Tem um galo enorme, mas não há muito sangue. Obviamente, devo estar com algumas contusões internas, mas não pareço em risco de sangrar até morrer. Pelo menos não pela cabeça.

Seco as mãos no musgo e seguro o arco com meu braço ferido e trêmulo. Preparo uma flecha na corda. E começo a subir a encosta.

Peeta. Meu desejo de morrer. Minha promessa. De mantê-lo vivo. Meu coração se enche um pouco de esperança quando me dou conta de que ele deve estar vivo porque não houve nenhum tiro de canhão. Talvez Johanna estivesse agindo sozinha, ciente de que Finnick ficaria do lado dela assim que ela explicasse suas intenções. Embora seja difícil adivinhar o que acontece entre aqueles dois, penso em como ele olhou para ela atrás de confirmação antes de concordar em ajudar na montagem da armadilha de Beetee. Existe uma aliança muito mais profunda baseada em anos de amizade e quem sabe no que mais. Portanto, se Johanna se voltou contra mim, não devo mais confiar em Finnick.

Chego a essa conclusão somente alguns segundos antes de ouvir alguém descendo às pressas a encosta e vindo na minha direção. Nem Peeta nem Beetee teriam condições de se mover nessa velocidade. Agacho-me atrás de uma cortina de trepadeiras, escondendo-me bem a tempo. Finnick passa voando por mim, sua pele acinzentada devido ao remédio, saltando pela vegetação rasteira como um cervo. Logo ele alcança o local onde fui atacada. Deve estar vendo o sangue.

– Johanna! Katniss! – grita ele. Fico parada até ele seguir na direção em que foram Johanna e os Carreiristas.

Movimento-me o mais rápido que posso sem gerar um turbilhão ao meu redor. Minha cabeça lateja com o ritmo acelerado do meu coração. Os insetos, possivelmente excitados pelo cheiro de sangue, aumentaram a intensidade dos cliques até que o barulho se transforma num rugido contínuo em meus ouvidos. Não, espera aí. Talvez meus ouvidos estejam na verdade sentindo o efeito da agressão que sofri. Só vou poder saber com certeza quando os insetos se calarem. Mas quando os insetos ficarem em silêncio o raio vai surgir. Preciso ir mais rápido. Preciso pegar Peeta.

O ribombar de um canhão faz com que eu pare de súbito. Alguém morreu. Sei que com todo mundo agora correndo para cima e para baixo, armado e assustado, qualquer um pode ter sido a vítima. Mas seja lá quem for, acho que essa morte vai desencadear uma espécie de salve-se quem puder essa noite. As pessoas vão matar antes e questionar os motivos depois. Forço minhas pernas a correrem.

Alguma coisa agarra meus pés e caio esparramada no chão. Sinto a coisa me envolvendo, prendendo meu corpo em fibras resistentes. Uma rede! Isso deve ser uma das redes extravagantes de Finnick, posicionada para me capturar, e ele deve estar nas proximidades, tridente na mão. Debato-me por alguns instantes, conseguindo apenas fazer com que a rede me prenda ainda mais, e então, à luz da lua, vislumbro um pouco de sua composição. Confusa, levanto o braço e vejo que ela está presa num emaranhado de fios dourados brilhantes. Isso aqui não é em hipótese alguma uma das redes de Finnick, mas sim o fio de Beetee. Cuidadosamente, me levanto e descubro que estou em cima de uma parte do material que ficou presa num tronco no caminho de volta à árvore do raio. Lentamente, começo a me soltar do fio, piso fora de seu alcance e continuo subindo a encosta.

Pelo lado bom, estou na trilha certa e não fico tão desorientada pela contusão na cabeça a ponto de perder meu senso de direção. Pelo lado ruim, o fio me fez lembrar da tempestade e do raio que estão a caminho. Ainda consigo ouvir os insetos, mas será que eles estão começando a se dispersar?

Mantenho os rolinhos de fio alguns metros à minha esquerda para funcionar de guia enquanto corro, mas tomo muito cuidado para não tocar neles. Se aqueles insetos estão sumindo e o primeiro raio estiver a ponto de surgir, então toda a energia contida nele vai passar por este fio e qualquer pessoa em contato com ele morrerá.

A árvore aparece à minha frente, seu tronco com ornamentos dourados. Diminuo a velocidade, tento me mover sem despertar atenção, mas o que tenho mesmo é sorte por conseguir me manter na posição ereta. Procuro algum sinal dos outros. Ninguém. Ninguém está lá.

– Peeta? – chamo suavemente. – Peeta?

Recebo um gemido suave como resposta e giro o corpo para encontrar uma figura deitada numa parte mais alta do chão.

– Beetee! – exclamo. Saio em disparada e me ajoelho ao seu lado. O gemido deve ter sido involuntário. Ele não está consciente, embora eu não veja nenhum ferimento, exceto um corte abaixo do cotovelo. Pego um punhado de musgo e envolvo desajeitadamente o local enquanto tento despertá-lo. – Beetee! Beetee! O que está acontecendo? Quem foi que deu essa facada em você? Beetee! – Eu o sacudo de um jeito que jamais se deve sacudir uma pessoa ferida, mas não sei mais o que fazer. Ele geme novamente e ergue ligeiramente a mão para impedir minha ação.

Nesse momento reparo que ele está segurando uma faca, uma faca que Peeta estava carregando antes, acho, e que está mais ou menos envolvida no fio. Perplexa, levanto-me e ergo o fio, confirmando que ele está atado à árvore. Levo um instante para me lembrar do segundo fio, mais curto, com o qual Beetee envolveu um galho e deixou no chão antes mesmo de começar seu trabalho na árvore. Pensava que ele tinha alguma significância elétrica, que tinha sido deixado de lado para ser usado mais tarde. Mas nunca foi o caso, porque provavelmente não possui mais de vinte e cinco metros.

Aperto os olhos com força na direção do alto da encosta e percebo que estamos a apenas alguns passos do campo de força. Lá está o quadrado revelador, bem no alto e à minha direita, exatamente como estava hoje de manhã. O que foi que Beetee fez? Será que ele tentou de fato enfiar a faca no campo de força da maneira como Peeta fez por acidente? E qual é o papel do fio? Será que esse era o seu plano B? Se a eletrificação da água falhou, será que ele quis mandar a energia do raio para o campo de força? O que isso proporcionaria, de qualquer maneira? Nada? Algo fabuloso? Nos fritaria? O campo de força também deve ser, em sua maior parte, energia, penso. O do Centro de Treinamento era invisível. Esse aqui parece, de certa forma, espelhar a selva. Mas vi que ele fraquejou ao ser atingido pela faca de Peeta e pela minha flecha. O mundo real repousa bem atrás dele.

Meus ouvidos não estão vibrando. Foram os insetos, afinal de contas. Estou ciente disso agora porque eles estão se dispersando rapidamente e não ouço nada além dos sons da selva. Beetee está imprestável. Não consigo despertá-lo. Não consigo salvá-lo. Não sei o que ele estava tentando fazer com a faca e o fio, e ele é incapaz de explicar. A atadura de musgo em meu braço está encharcada, e ficar aqui enganando a mim mesma não vai adiantar nada. Minha cabeça está tão leve que sinto que vou perder os sentidos em questão de minutos. Preciso me afastar dessa árvore e...

– Katniss! – ouço a voz dele, embora esteja a uma longa distância. Mas o que ele está fazendo? Peeta já deve ter percebido que todos estão em nosso encalço a uma hora dessas. – Katniss!

Não posso protegê-lo. Não consigo me mover com rapidez e minhas habilidades com o arco e flecha estão, na melhor das hipóteses, questionáveis. Faço a única coisa que posso para afastar os agressores dele e atraí-los para mim.

— Peeta! — berro. — Peeta! Eu estou aqui! Peeta! — Sim, vou atraí-los, qualquer um que esteja na minha vizinhança, vou afastá-los de Peeta e atraí-los para mim e para a árvore do raio que logo, logo vai virar uma arma em si. — Estou aqui! Estou aqui! — Ele não vai conseguir. Não com aquela perna e de noite. Ele nunca vai chegar a tempo. — Peeta!

Está funcionando. Ouço-os se aproximando. Dois deles. Avançando em meio à selva. Meus joelhos começam a fraquejar e me abaixo perto de Beetee, depositando o peso do corpo em meus calcanhares. Meu arco e as flechas preparados. Se eu conseguir acabar com esses, será que Peeta sobreviverá aos outros?

Enobaria e Finnick alcançam a árvore do raio. Eles não conseguem me ver, sentada acima deles na encosta, minha pele camuflada com o unguento. Miro o pescoço de Enobaria. Com sorte, quando eu a matar, Finnick se agachará atrás da árvore para se proteger no exato momento em que o raio surgir. E vai ser a qualquer momento. Ouço apenas um leve clique de inseto aqui e ali. Posso matá-los agora. Posso matar ambos agora.

Um outro som de canhão.

— Katniss! — A voz de Peeta uiva para mim. Mas dessa vez não respondo. Beetee ainda está respirando debilmente ao meu lado. Ele e eu logo morreremos. Finnick e Enobaria morrerão. Peeta está vivo. Dois canhonaços são ouvidos. Brutus, Johanna, Chaff. Dois deles já estão mortos. Isso deixará Peeta com apenas um tributo para matar. E isso é o melhor que consigo fazer. Um inimigo.

Inimigo. Inimigo. A palavra está puxando uma lembrança recente. Puxando-a para o presente. O olhar de Haymitch. "*Katniss, quando você estiver na arena...*" O mau humor, a apreensão. "*O quê?*" Ouço minha própria voz ficar embargada enquanto reajo a alguma acusação que não foi feita. "*Basta se lembrar de quem é o inimigo*", disse Haymitch. "*Isso é tudo.*"

As últimas palavras de conselho de Haymitch para mim. Por que precisaria me lembrar? Eu sempre soube quem era o inimigo. Quem nos deixa morrer de fome, nos tortura e nos mata na arena. Quem logo vai matar todas as pessoas que amo.

Abaixo o arco à medida que começo a me dar conta do que ele quis dizer. Sim, sei quem é o inimigo. E não é Enobaria.

Finalmente, vejo claramente a faca de Beetee. Minhas mãos trêmulas deslizam o fio do cabo, o enrolam na flecha logo acima das penas e o prendem com um nó aprendido no treinamento.

Eu me levanto, virando-me para o campo de força, revelando-me inteiramente, mas sem me importar mais com isso. Só me importando com o local para onde devo dirigir a ponta da flecha, para onde Beetee teria jogado a faca se tivesse tido condições de escolher. Meu arco aponta para o quadrado ondulante, a falha, a... como foi que ele se referiu a isso naquele dia? A brecha na armadura. Deixo a flecha voar, vejo-a atingir sua marca e desaparecer, puxando o fio de ouro.

Meus cabelos ficam arrepiados e o raio atinge a árvore.

Uma intensa luz branca percorre o fio e, apenas por um momento, o domo explode numa ofuscante luz azul. Sou jogada para trás e caio no chão, o corpo imprestável, paralisada, olhos arregalados à medida que pedacinhos de matéria chovem sobre mim. Não consigo alcançar Peeta. Não consigo nem alcançar minha pérola. Meus olhos se esforçam para capturar uma última imagem de beleza que eu possa levar comigo.

Pouco antes de as explosões começarem, acho uma estrela.

27

Tudo parece irromper de uma vez só. A terra explode numa chuva de sujeira e matéria vegetal. Árvores ficam em chamas. Até mesmo o céu se enche de uma luminosidade colorida e fulgurante. Não consigo imaginar por que o céu está sendo bombardeado até perceber que os Idealizadores dos Jogos estão soltando fogos de artifício lá em cima, enquanto a destruição real ocorre no solo. Caso não seja uma diversão suficiente assistir à obliteração da arena e dos tributos restantes. Ou talvez para iluminar nossos fins escabrosos.

Será que eles vão permitir que alguém sobreviva? Será que haverá um vitorioso da septuagésima quinta edição dos Jogos Vorazes? Talvez não. Afinal, o que é esse Massacre Quaternário senão... o que foi mesmo que o presidente Snow leu naquele cartão?

"... *para que os rebeldes não se esqueçam de que até mesmo o mais forte dentre eles não pode superar o poder da Capital...*"

Nem mesmo o mais forte dos fortes triunfará. Talvez eles jamais tenham tido a intenção de ter um vitorioso nestes Jogos. Ou talvez meu ato final de rebelião os tenha forçado a isso.

Sinto muito, Peeta, penso. *Sinto muito por não ter tido condições de te salvar.* Salvá-lo? É muito mais provável que tenha roubado a última chance que ele tinha de viver ao destruir aquele campo de força. Talvez, se todos tivéssemos jogado de acordo com as regras, eles tivessem permitido que ele continuasse vivo.

O aerodeslizador se materializa acima de mim sem aviso. Se houvesse silêncio, e um tordo pousasse perto de mim, eu teria ouvido a selva ficar quieta e então o chamado do pássaro que precede o surgimento da aeronave da Capital. Mas meus ouvidos jamais poderiam distinguir uma coisa tão delicada no meio desse bombardeio.

A garra desce da parte inferior até ficar diretamente sobre a minha cabeça. As garras de metal deslizam sob o meu corpo. Quero gritar, correr, revidar, mas estou paralisada, indefesa, incapaz de fazer qualquer coisa além de fervorosamente esperar que a morte me atinja antes que seja obrigada a dar de cara com as figuras sombrias que estão à minha espera lá em cima. Eles não pouparam a minha vida para me dar a coroa de vitoriosa, mas para fazer da minha morte uma cerimônia tão lenta e pública quanto possível.

Meus piores temores são confirmados assim que percebo que o rosto que me recebe no interior do aerodeslizador pertence a Plutarch Heavensbee, Chefe dos Idealizadores dos Jogos. Que bagunça eu fiz nestes lindos Jogos com o astuto tique-taque do relógio e o campo de vitoriosos. Ele sofrerá por seu fracasso, provavelmente perderá a vida, mas não antes de me ver punida. Sua mão vem na minha direção, acho que para me bater, mas ele faz algo pior. Com o polegar e o indicador, ele fecha as minhas pálpebras, sentenciando-me à vulnerabilidade da escuridão. Eles podem fazer qualquer coisa comigo agora, eu nem terei condições de ver o que vai acontecer.

Meu coração bate com tanta força que o sangue começa a sair por baixo da minha atadura de musgo encharcada. Meus pensamentos se tornam nebulosos. É possível que eu sangre até morrer antes que eles consigam me ressuscitar. Na minha mente, sussurro um muito obrigada a Johanna Mason pelo excelente ferimento que infligiu em mim enquanto perco os sentidos.

Quando volto a um estado de semiconsciência, sinto que estou deitada numa mesa coberta por um revestimento. Há uma sensação de tubos furando o meu braço esquerdo. Estão tentando me manter viva porque, se eu morrer tranquila e silenciosamente, será uma vitória pessoal. Ainda estou totalmente incapaz de me mover, de abrir as pálpebras, de levantar a cabeça. Mas meu braço direito voltou a ter condições de se mexer um pouco. Ele cai ao lado do meu corpo como uma nadadeira, não, como alguma coisa com menos vida, como um porrete. Na verdade, não tenho nenhuma coordenação motora, nenhuma prova de que ainda tenho dedos. No entanto, consigo balançar meu braço até arrancar os tubos. Um bipe é acionado, mas não consigo permanecer acordada para descobrir quem ele está convocando.

Na próxima vez que volto à tona, minhas mãos estão amarradas à mesa, os tubos de volta ao meu braço. Entretanto, consigo abrir os olhos e erguer a cabeça ligeiramente. Estou numa sala grande com teto rebaixado e luz prateada. Há duas fileiras de camas, uma de frente para a outra. Posso ouvir a respiração do que suponho serem meus companheiros vitoriosos. Bem na minha frente, vejo Beetee com mais ou menos dez máquinas diferentes ligadas a ele por fios. *Deixem a gente morrer!*, berro em minha mente. Bato a cabeça com força na mesa e desmaio novamente.

Quando finalmente, verdadeiramente, acordo, as restrições já não estão mais lá. Levanto a mão e descubro que tenho dedos que se movem novamente ao meu comando. Sento-me e me seguro na mesa revestida até que a sala entre em foco. Meu braço esquerdo está com um curativo, mas os tubos estão soltos ao lado da cama.

Estou sozinha, com exceção de Beetee, que ainda está deitado na minha frente, sustentado por seu exército de máquinas. Onde estão os outros, então? Peeta, Finnick, Enobaria e... e... mais um, certo? Ou Johanna ou Chaff ou Brutus ainda estava vivo quando o bombardeio começou. Tenho certeza de que eles vão querer fazer de nós todos um exemplo. Mas para onde foram levados? Será que foram levados do hospital para a prisão?

– Peeta – sussurro. Quero tanto protegê-lo. Ainda estou decidida a isso. Como fracassei em mantê-lo seguro em vida, preciso encontrá-lo, matá-lo agora antes que a Capital escolha os meios agonizantes de sua morte. Deslizo as pernas para fora da mesa e dou uma olhada ao redor em busca de alguma arma. Há algumas seringas esterilizadas num saco plástico em cima de uma mesa, ao lado da cama de Beetee. Perfeito. Tudo o que preciso é de ar e uma mira perfeita em uma de suas veias.

Faço uma pausa por um momento e avalio a possibilidade de matar Beetee. Mas se eu fizer isso, os monitores vão começar a soar e eu serei pega antes de chegar em Peeta. Faço uma promessa silenciosa de voltar e acabar com ele, se puder.

Estou nua, exceto por uma camisola, de modo que deslizo a seringa para baixo do curativo que cobre o ferimento em meu braço. Não há guardas na porta. Sem dúvida nenhuma, estou a quilômetros abaixo do Centro de Treinamento ou em alguma casamata da Capital, e a possibilidade de fuga é praticamente inexistente. Pouco importa. Não vou fugir, só vou terminar o meu serviço.

Percorro sorrateiramente um corredor estreito em direção a uma porta de metal que está ligeiramente aberta. Alguém está atrás dela. Tiro a seringa e a seguro com força. Espremendo o corpo contra a parede, escuto as vozes lá dentro:

— As comunicações foram cortadas no 7, 10 e 12. Mas o 11 agora está com o controle dos transportes, portanto há pelo menos uma esperança de que consigam tirar alguma comida de lá.

Plutarch Heavensbee. Eu acho. Embora tenha apenas falado com ele uma vez. Uma voz áspera faz uma pergunta.

— Não, sinto muito. Não há como levá-lo ao 4. Mas recebi ordens especiais para que ela seja retirada, se possível. É o máximo que posso fazer, Finnick.

Finnick. Minha cabeça luta para entender a conversa, para entender o fato de que ela está acontecendo entre Plutarch Heavensbee e Finnick. Será que ele está assim tão íntimo da Capital a ponto de ter tido seus crimes perdoados? Ou será que ele realmente não fazia a menor ideia das intenções de Beetee? Ele resmunga mais alguma coisa. Uma coisa com o peso do desespero.

— Não seja idiota. Essa é a pior coisa que você poderia fazer. Ela morreria com certeza. Enquanto *você* estiver vivo, eles *a* manterão viva como isca – diz Haymitch.

Haymitch! Dou um soco na porta e caio dentro da sala. Haymitch, Plutarch e um Finnick bastante ferido estão sentados ao redor de uma mesa onde se encontra uma refeição que ninguém come. A luz da manhã é filtrada pelas janelas curvas e, ao longe, vejo as copas das árvores que formam uma floresta. Nós estamos voando.

– Terminou de se machucar, queridinha? – diz Haymitch, a irritação visível em sua voz. Mas quando tombo para frente, ele se levanta e me segura pelo punho, equilibrando-me. Ele olha para a minha mão. – Quer dizer então que são você e uma seringa contra a Capital? Está vendo? É por isso que ninguém deixa você fazer os planos. – Olho fixamente para ele, sem entender o que está querendo dizer. – Solta isso. – Sinto a pressão aumentar no meu punho direito até que minha mão é forçada a se abrir e largo a seringa. Ele me senta em uma cadeira perto de Finnick.

Plutarch coloca uma tigela de caldo na minha frente. Um pãozinho. Desliza a colher para a minha mão.

– Coma – diz ele, com uma voz muito mais delicada do que a utilizada por Haymitch.

Haymitch senta-se bem na minha frente.

– Katniss, vou explicar o que aconteceu. Não quero que você faça nenhuma pergunta até eu terminar. Está entendendo?

Balanço a cabeça entorpecidamente.

Havia um plano para nos tirar da arena desde o momento em que o Massacre Quaternário foi anunciado. Os tributos vitoriosos do 3, 4, 6, 7, 8 e 11 tinham graus variáveis de conhecimento acerca disso. Plutarch Heavensbee é membro, há vários anos, de um grupo secreto que tem por meta destruir o regime da Capital. Ele garantiu que o fio estivesse entre as armas. Beetee estava encarregado de fazer um buraco no campo de força. O pão que recebemos na arena era um código para a hora do resgate. O distrito de onde provinha o pão indicava o dia. Três. O número de pãezinhos a hora. Vinte e quatro. O aerodeslizador pertence ao Distrito 13. Bonnie e Twill, as mulheres do Distrito 8 que conheci na floresta, tinham razão em relação a sua existência e a sua capacidade de defesa. Estamos atualmente em uma viagem cheia de voltas até o Distrito 13. Enquanto isso, a maioria dos distritos em Panem está vivenciando uma rebelião em escala total.

Haymitch faz uma pausa para ver se estou seguindo a narrativa. Ou talvez tenha terminado por ora.

É muita coisa para ser apreendida, esse plano muito bem-detalhado do qual eu era uma peça, assim como estava destinada a ser uma peça nos Jogos Vorazes. Usada sem consentimento, sem conhecimento. Pelo menos nos Jogos Vorazes eu sabia que estava sendo um joguete.

Meus supostos amigos foram bem mais eficientes em esconder os fatos.

– Você não me contou. – Minha voz está tão áspera quanto a de Finnick.

– Nem você nem Peeta foram informados. Não podíamos correr esse risco – diz Plutarch. – Eu estava inclusive preocupado com a possibilidade de você mencionar a minha indiscrição com o relógio durante os Jogos. – Ele pega o relógio de bolso e passa o polegar em cima do cristal, acendendo o tordo. – Mas é claro que, no momento em que mostrei isso a você, estava apenas dando uma dica sobre a arena. Como mentora. Pensei que isso talvez funcionasse como um primeiro passo no sentido de ganhar a sua confiança. Nunca sonhei que você voltaria a ser tributo.

– Ainda não entendo por que Peeta e eu não fomos informados sobre o plano – digo.

– Porque assim que o campo de força explodisse, vocês seriam as primeiras pessoas que eles tentariam capturar, e quanto menos vocês soubessem, melhor – diz Haymitch.

– Os primeiros? Por quê? – digo, tentando seguir o raciocínio.

– Pela mesma razão que o resto de nós concordou em morrer para manter você viva – diz Finnick.

– Não, Johanna tentou me matar – digo.

– Johanna bateu em você para arrancar o rastreador do seu braço e fazer com que Brutus e Enobaria ficassem longe – diz Haymitch.

– O quê? – A minha cabeça está doendo tanto que quero que eles parem de falar em círculos. – Não sei o que vocês estão...

– Tínhamos que salvá-la porque você é o tordo, Katniss – diz Plutarch. – Enquanto você viver, a revolução vive.

O pássaro, o broche, a canção, as amoras, o relógio, o biscoito, o vestido em chamas. Eu sou o tordo. O que sobreviveu apesar dos planos da Capital. O símbolo da rebelião.

Foi o que suspeitei na floresta quando encontrei Bonnie e Twill fugindo. Embora nunca tivesse realmente entendido a magnitude disso tudo. Mas não era mesmo para eu entender. Penso em Haymitch debochando dos meus planos de fugir do Distrito 12, de começar o meu levante pessoal, até mesmo da própria noção de que o Distrito 13 poderia existir. Subterfúgios e mentiras. E se ele conseguia fazer isso, por trás de sua máscara de bebedeira e sarcasmo, sobre o que mais ele mentiu? Mas já sei a resposta.

– Peeta – sussurro, meu coração acelerando.

– Os outros mantiveram Peeta vivo porque, se ele morresse, nós sabíamos que não haveria chance de manter você na aliança – diz Haymitch. – E não podíamos correr o risco de deixar você desprotegida. – As palavras dele são diretas, sua expressão imutável, mas ele não consegue esconder a palidez cinzenta que recobre seu rosto.

– Onde está Peeta? – sibilo para ele.

– Ele foi pego pela Capital junto com Johanna e Enobaria – diz Haymitch. E finalmente ele tem a decência de desviar o olhar.

Tecnicamente, estou desarmada. Mas ninguém deveria jamais subestimar os danos causados por unhas afiadas, principalmente se o alvo estiver despreparado. Avanço na mesa e ataco Haymitch com elas, arrancando sangue e ferindo um de seus olhos. E logo estamos ambos gritando coisas terríveis, muito terríveis um para o outro, e Finnick está tentando me arrastar de lá, e sei que Haymitch está se esforçando ao máximo para não me partir ao meio, mas eu sou o tordo. Eu sou o tordo e já é difícil o bastante me manter viva na atual situação.

Outras mãos ajudam Finnick e volto para a minha mesa, o corpo contido, meus punhos amarrados, de modo que bato com a cabeça seguidamente na mesa, mais enfurecida do que nunca. Uma agulha é espetada em meu braço, e minha cabeça dói tanto que paro de lutar, e simplesmente emito um horrível lamento semelhante ao de um animal moribundo até minha voz desaparecer.

A droga proporciona uma sedação, de modo que fico presa numa tristeza nebulosa e dolorosa pelo que parece uma eternidade. Eles recolocam os tubos e falam comigo com vozes tranquilas que jamais me alcançam. Só consigo pensar em Peeta, deitado numa cama similar em algum lugar, enquanto eles tentam, por meios brutais, fazer com que ele forneça informações que nem sonharia possuir.

– Katniss. Katniss, eu sinto muito. – A voz de Finnick vem da cama próxima à minha e desliza para a minha consciência. Talvez porque nós dois estejamos vivenciando o mesmo tipo de dor. – Eu queria voltar para resgatar Peeta e Johanna, mas não conseguia me mover.

Não respondo. As boas intenções de Finnick Odair significam menos do que nada para mim.

– A situação é melhor para ele do que para Johanna. Eles vão entender com muita rapidez que ele não sabe nada. E não vão matá-lo se acharem que podem usá-lo contra você – diz Finnick.

– Como uma isca? – digo olhando para o teto. – Da mesma maneira que vão usar Annie como isca, Finnick?

Ouço-o chorar, mas não dou a mínima. Provavelmente eles nem vão perder tempo interrogando-a, já que a consciência dela submergiu há tanto tempo. Submergiu profundamente na época em que disputou seus Jogos. Há uma boa chance de eu estar me encaminhando para o mesmo fim. Talvez já esteja ficando louca e ninguém tenha coragem para me dizer. Eu me sinto louca o bastante.

– Gostaria muito que ela estivesse morta – diz ele. – Eu gostaria muito que todos eles estivessem mortos, e nós também. Seria melhor.

Bom, não existe uma boa resposta para isso. Mal consigo me opor, já que eu mesma estava andando com uma seringa na mão para matar Peeta quando dei de cara com eles. Será que realmente quero que ele morra? O que eu quero... o que eu quero é tê-lo de volta. Mas jamais o terei de volta agora. Mesmo que as forças rebeldes pudessem de alguma maneira derrubar a Capital, com certeza o último ato do presidente Snow seria cortar o pescoço de Peeta. Não. Eu jamais o terei de volta. Nesse caso, é melhor que ele esteja morto.

Mas será que Peeta vai saber disso ou será que ele vai continuar lutando? Ele é muito forte, além de ser um excelente mentiroso. Será que ele acha que tem alguma chance de sobreviver? Será que ele ao menos se importa se tem ou não?

De qualquer maneira, ele não estava fazendo planos nesse sentido. Já havia se despedido da vida. Talvez esteja até feliz, se sabe que fui resgatada. Talvez esteja sentindo que cumpriu sua missão de me manter viva.

Acho que o odeio ainda mais do que odeio Haymitch.

Eu desisto. Paro de falar, e de responder, recuso comida e água. Eles podem enfiar o que quer que desejem em meu braço, mas é necessário muito mais do que isso para manter uma pessoa viva, uma vez que ela perdeu a vontade de viver. Tenho inclusive uma noção engraçada de que, se eu morrer mesmo, quem sabe Peeta não tenha permissão para continuar vivo? Não como uma pessoa livre, mas como um Avox ou coisa que o valha, atendendo os futuros tributos do Distrito 12. Então, talvez ele consiga encontrar alguma maneira de fugir. Minha morte ainda poderia salvá-lo, na realidade.

Se não puder, pouco importa. É suficiente morrer só para perturbar as coisas. Só para castigar Haymitch que, de todas as pessoas nesse mundo podre, transformou Peeta e a mim em peças dos Jogos dele. Confiei nele. Coloquei o que tinha de mais precioso nas mãos dele. E ele me traiu.

"*Está vendo? É por isso que ninguém deixa você fazer os planos*", disse Haymitch.

É verdade. Ninguém em sã consciência me deixaria fazer algum plano. Porque, obviamente, não consigo distinguir um amigo de um inimigo.

Muitas pessoas vêm conversar comigo, mas faço com que as palavras delas soem como os cliques dos insetos na selva. Distantes e sem sentido. Perigosas, mas somente se abordadas. Sempre que as palavras começam a ficar compreensíveis, gemo até me darem mais analgésicos, e isso ajeita as coisas.

Até que, em determinado momento, abro os olhos e encontro alguém que não consigo impedir que me olhe. Alguém que não vai implorar, ou explicar, ou pensar que pode alterar meu desejo com solicitações humildes, porque ele é a única pessoa que sabe como eu funciono.

– Gale – sussurro.

– Oi, Catnip. – Ele se aproxima e afasta alguns fios de cabelo de meus olhos. Um lado do rosto dele foi queimado recentemente. Seu braço está numa tipoia, e vejo ataduras por baixo da camisa de mineiro que ele usa. O que aconteceu com ele? Como ele pode estar aqui? Alguma coisa muito ruim aconteceu em casa.

Não é exatamente uma questão de esquecer Peeta, mas sim de se lembrar dos outros. Basta um olhar para Gale e eles avançam em direção ao presente, exigindo serem reconhecidos.

– Prim? – arquejo.

– Ela está viva. Assim como a sua mãe. Tirei-as de lá a tempo.

– Elas não estão no Distrito 12?

– Depois dos Jogos, eles mandaram aviões. Jogaram bombas incendiárias. – Ele hesita. – Bom, você sabe o que aconteceu com o Prego.

Eu sei. Vi a coisa acontecendo. Aquele antigo armazém coberto de poeira de carvão. O distrito inteiro coberto de poeira preta. Uma nova espécie de horror começa a tomar forma dentro de mim, enquanto imagino as bombas incendiárias atingindo a Costura.

– Elas não estão no Distrito 12? – repito. Como se pronunciar as palavras pudesse de alguma forma evitar a verdade.

– Katniss – diz Gale suavemente.

Reconheço aquela voz. É a mesma que ele usa para abordar animais feridos antes de lhes dar o golpe fatal. Levanto a mão instintivamente para bloquear as palavras, mas ele a segura com firmeza.

– Não fala – sussurro.

Mas Gale não costuma esconder segredos de mim.

– Katniss, o Distrito 12 não existe mais.

FIM DO LIVRO DOIS

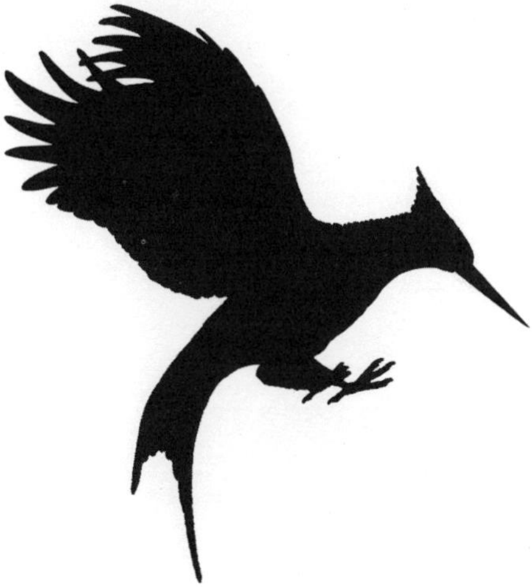

Impressão e Acabamento:
BMF GRÁFICA E EDITORA